W0212378

Meine deutschen Gedichte

Meine Deutschen Gedichte

Eine Sammlung von
Hartmut von Hentig

Erhard Friedrich
gewidmet

Kallmeyer bei Friedrich in Velber

Die Deutsche Bibliothek – CIP-Einheitsaufnahme

Meine deutschen Gedichte / ges. von Hartmut von Hentig. - Seelze - Velber : Kallmeyer, 1999
ISBN 3-7800-4194-4

Realisation: Friedrich Medien-Gestaltung, Seelze
Druck: Jütte Druck GmbH, Leipzig

Inhalt

Vorwort 6

sichten und ordnen 20

fabulieren und zaubern 62

singen und ahnen 94

denken und deuten 126

begreifen und lehren 152

sehnen und suchen 194

spielen, spotten, schmunzeln 218

bejahen und danken 254

aufbegehren und bezeugen 284

verdichten und verdeutlichen 328

trauern und trösten 358

zureden und fragen 398

sich erkennen und sich bescheiden 428

»landeinwärts gehen« und entsagen 466

die Liebe preisen 504

die Liebe beweinen 542

Bilder malen 578

Geschichten erzählen 610

mit und von Gott reden 678

dichten 708

Kapitelverzeichnis 744

Dichterverzeichnis 764

Verzeichnis der Gedichttitel und -anfänge 769

Quellenverzeichnis 782

Vorwort

Seit ich Gedichte wahrnehme, habe ich die mir liebsten aufgehoben – auswendig gelernt, abgeschrieben, ausgeschnitten oder auch nur gemerkt – und solchermaßen »gesammelt«. Im Laufe meines Lebens ist da allerhand zusammengekommen; manches hielt nicht stand und wurde verworfen oder vergessen; kein Gedicht, das mir etwas bedeutet hat, ist »verlorengegangen«. Es gibt keinen Besitz, an dem ich so zäh hänge wie an »meinen Gedichten«, – zäh und ihrer Kostbarkeit zunehmend gewiß, jedenfalls bei den deutschen. Bei den griechischen und lateinischen Gedichten, die mich als Person berührt und nicht nur als Altphilologen beschäftigt haben – es sind nur wenige, zumeist von Sappho und Catull –, bei den fünf oder sechs französischen, bei den zwei bis drei Dutzend englischen hingegen, die mich getroffen, mich bezaubert haben, läßt die Gewißheit nach. Eine verstörende Wahrnehmung! Die Gedanken, die ich mir hierzu mache, gehören aber wohl eher in ein Nachwort, jedenfalls nicht hier an den Anfang.
In der Regel sind Gedichte, die mir gleich bei der ersten Begegnung »wichtig« waren – beglückend oder beunruhigend –, wichtig geblieben und die Gründe dafür auch: des Matthias Claudius Lied »Der Mond ist aufgegangen« wegen der unfraglichen Einheit von schöner und sittlicher Welt, von »... aus den Wiesen steiget / der weiße Nebel wunderbar« und »... laß uns ruhig schlafen / und unsern kranken Nachbarn auch«; Ludwig Uhlands »Frühlingsglaube« wegen seines Wissens von meiner geheimen Qual und wegen seines darum ganz in die Melodie verlegten Trostes »Nun muß sich alles, alles wenden«; Goethes Ballade vom Getreuen Eckart wegen des verschwörerischen Einvernehmens des alten Gesellen mit den Kindern: »Verplaudern ist schädlich, verschweigen ist gut«.
Daß ich hier einzelne Verse zitiere, ist freilich schon eine Folge des Nachdenkens. Ihm geht eine spontane Erinnerung an ein ganzes Erlebnis voran: erst ist da Rilkes »Der Panther«, dann dessen »durch das Vorübergehn der Stäbe« so müde gewordener Blick; erst Conrad Ferdinand Meyers »Die Füße im Feuer«, dann »Im fahlen Lichte steht ein Turm«, »Draußen plätschert Regenflut«, »Erwach! Du solltest längst ein hinnen sein«; erst Ingeborg Bachmanns »Freies Geleit«, dann »Das Land legt Liebesversprechen / der reinen Luft in den Mund / mit frischen Blumen« und »die unerhörten Stimmen des Verderbens«.

Die so erinnerten, ins eigene Innere genommenen Gedichte habe ich immer wieder heraus- und heraufgeholt, meist um mit einem anderen das Glück oder die Erschütterung zu teilen, die sie in mir auslösen; oft um zu sagen: ich bin einer, dem hat dies einmal wohlgetan – es könnte auch dir helfen, dich halten und heilen. Diese Gedichte sind mit der Wirkung, die sie auf mich getan haben, identisch. Deshalb gibt es auch bei mir kein Gefälle von später Gedicht-Erfahrung zu früher; was dem Knaben, dem jungen, dem erwachsenen HvH zugesetzt hat, ist dem alten Mann unterschiedslos »groß« geblieben; den Achtjährigen hätte zwar kein Sonett von Shakespeare erregt, aber im achten Jahrzehnt meines Lebens ergreift mich noch immer

Gott, der Herr, hat sie gezählet,
daß ihm auch nicht eines fehlet.
Kennt auch dich und hat dich lieb.

Und

Jakob, kleiner Jakob, komm zu Haus!

erzeugt noch immer liebevolles Bangen, einen physischen Schmerz oberhalb des Brustbeins.

Kriterien, gar untrügliche, habe ich darum für die Auswahl nicht bemühen müssen – sie weder gehabt noch gesucht. Die Auswahl war ein Sicheinfinden.

Hat sich beim Wiederlesen eines Gedichtes die erwartete Wirkung nicht eingestellt, meldete sich alsbald das Bewußtsein: das hat dich auch »damals« nicht wirklich bewegt. Schnell verfällt nun beides – die Erinnerung und das Bedürfnis zu erinnern.

Das »Einsammeln« der »Blüten« war insofern ohne Anstrengung. Was sich in der Welt meiner Gedichte befand, hatte volle Anwartschaft auf einen Platz in meiner Anthologie.

Gerne hätte ich es bei diesem einfachen Befund gelassen. Mein Vorwort wäre hier zu Ende, der Titel erklärt, der Leser aller falschen Erwartungen entkleidet: »Meine Gedichte« sind *meine* Gedichte – sie sind kein poetisches Ikebana, kein Ergebnis eines Gedicht-Waren-Tests, keine *quinta essentia* der literarischen Bildung, kein allerjüngstes Gericht über unsere Dichter und ihre Werke.

Aber bei der Musterung meiner Sammlung stellten sich vier unvorhergesehene Schwierigkeiten ein. Ihre Bewältigung hat die Gestalt der Sammlung nicht weniger bestimmt als ihr geschildertes Entstehen. Dies dem Leser erkennbar zu machen bin ich ihm schuldig. Da gab es, erstens, unter den erinnerten Gedichten viele, deren Anspruch auf meine Aufmerksamkeit und Treue tatsächlich nur auf wenigen Zeilen, gar auf nur einer beruhte:

– auf einen alles versprechenden Anfang

> *Nah ist*
> *Und schwer zu fassen der Gott.*
> *Wo aber Gefahr ist, wächst*
> *Das Rettende auch.*
> (Hölderlin: Patmos)

aus dem der Dichter – verstrickt in die Schwierigkeit, die er sich und uns da angerichtet hat – später selber

> *Voll Güt' ist; keiner aber fasset*
> *allein Gott*

gemacht hat;

– auf einem beseligenden Schluß

> *Einmal lebt' ich wie Götter, und mehr bedarf es nicht.*
> (Hölderlin: An die Parzen);

– auf einer verstörenden Einsicht

> *... denn da ist keine Stelle,*
> *die dich nicht sieht. Du mußt dein Leben ändern.*
> (Rilke: Archaïscher Torso Apollos);

– auf einer bangen, bitteren Ahnung

> *Hoch flog der Ball im Aufwind junger Jahre.*
> *Nun fällt er schon ...?*
> *Ist dies verloren, ist es je gewesen?*
> (Hagelstange: Lied der Jahre)

– auf einem einzigen geglückten Vergleich

Sterben ist, wie wenn man einen Löffel aus dem Kleister zieht.
(Tucholsky: Media in vita);

– auf einer verblüffenden und verführenden Behauptung

Ein Mensch, der heut noch Mensch ist, ist verloren.
Wer hofft, der lügt.
(Peter Gan: Preislied auf die Nächstenliebe)

– auf kecken, unwahrscheinlichen Reimen

Kentauren werfen die Lassos
der Angst um unseren Hals.
Gejagt von den Büffeln Picassos,
erlöst von den Engeln Chagalls.
(Wolfgang Bächler: Kollektivträume)

– auf einer Zauberformel

Der Himmel, blau und kinderrein,
Worin die Wolken singen.
(Mörike: Mein Fluß)

– auf einer glücklichen Zusammenfassung eines uferlosen Tatbestandes

Wer wird künftig deinen Kleinen lehren
Speere werfen und die Götter ehren
(Wenn der finstre Orkus dich verschlingt).
(Schiller: Hektors Abschied von Andromache)

– auf einem durch seine Einfachheit bezwingenden Bild

Brüder – überm Sternenzelt
Muß ein lieber Vater wohnen
(Schiller: An die Freude)

– auf einer zur Weise gewordenen Weisheit

Was aber schön ist, selig scheint es in ihm selbst.
(Mörike: Auf eine Lampe)

– auf einer Kadenz, die das Ohr der Seele nicht losläßt

Und doch, welch Glück, geliebt zu werden,
Und lieben, Götter, welch ein Glück!
(Goethe: Willkommen und Abschied)

– oder einer betäubenden Melodie

Uraltes Wehn vom Meer,
Meerwind bei Nacht;
du kommst zu keinem her
wenn einer wacht,
so muß er sehn, wie er
dich übersteht:
uraltes Wehn vom Meer …
(Rilke: Lied vom Meer).

An solch kostbaren Splittern hing oft zu vieles, was mich nicht anging, meine Hörer nicht erwärmen konnte, überflüssig schien, unvollkommen war. Da mußte dann entschieden werden, denn die Aufnahme einzelner, aus einem Gedicht herausgeschnittener Verse oder Strophen ist nicht zu rechtfertigen, es sei denn, man erhebt es zum Prinzip: Beerenauslese, *the highlights of …*, die schönsten Stellen auch aus mittelmäßigen Gedichten, Rosinen ohne Kuchen. Zu dieser Schwierigkeit gehört umgekehrt auch der Umstand, daß viele Gedichte nicht für sich alleine stehen. Michael Krügers Tagebuchgedichte (»Idyllen und Illusionen«) geben durch ihre gemeinsame Form und ihre unterschiedliche Stimmung eine bestimmte poetische Absicht kund; in ihrer Abfolge trägt das eine das andere. Darf man eines aus diesem Zusammenhang herausreißen? Andere Gedichte erblühen erst ganz auf der »Wiese« ihrer Blumenschwestern. Die Gedichte, die Dagmar Nick in »Gezählte Tage« vereint, würde ich schon darum am liebsten alle aufnehmen – was nicht geht.

Die nächste Schwierigkeit mag einem anderen weniger unvorhersagbar erschienen sein. Mich hat die naive Arroganz meines Vorhabens zunächst blind für sie gemacht: Mit dem radikalen Subjektivitätsprinzip dünkte ich mich über die Frage nach der Stellung der »Klassiker« erhaben. Aber dann machten diese mir bei der Zusammenstellung plötzlich arg zu schaffen. Sie forderten erstens mit sehr vielen und zweitens mit weidlich bekannten Gedichten Einlaß. »Meine Gedichte« waren – so stellte sich heraus – eben zu einem großen Teil »unser aller Gedichte«. Das ist kein erstaunlicher und schon gar kein bedauerlicher Tatbestand, ob man's nun dem Geschmack, der Empfänglichkeit, der Bildung des Publikums oder der Tüchtigkeit des Deutschunterrichts oder einem Gesetz der Kunst zuschreibt, demzufolge das Große immer auch allgemein sei. Der Eigenart, der Kontur meiner Anthologie muß es jedoch abträglich sein, wenn sie als ein leicht verjüngter Echtermeyer, ein stark geschrumpfter Conrady daherkommt. Ich habe mir also eine quantitative Beschränkung auferlegt: In der Regel nehme ich von einem Dichter bis zu zehn Gedichten auf, in Ausnahmefällen bis zu zwanzig, von Goethe, in Gottes Namen, dreißig.

Wo ich diese Regel verlasse – und das tue ich bei Benn und Brecht –, wird meine Vorliebe deutlich, wird aus Sammlung Auswahl, aus Urteil Bekenntnis. Das Problem wird freilich durch diese Regel nicht gelöst, es wird durch sie lokalisiert: es steckt in dem Anspruch des Possessivpronomens. Und dieses wiederum ist die einzige objektive Begründung für Anthologien, sofern sie nicht spezifischen – wissenschaftlichen, pädagogischen, politischen – Zwecken dienen oder für eine bestimmte Leserschaft vorgenommen werden. Daß die Großen die weniger Großen verdrängen, ist in Ordnung. Die Poesie kennt keine *égalité.* Und daß es die Großen gibt, hätte ich nie leugnen wollen. Getäuscht habe ich mich über das Maß ihres Übergewichts.

Die dritte Schwierigkeit ist ganz anderer Art und trifft sich doch mit der zuletzt dargestellten: in der Frage, ob Balladen – verdichtete Erzählungen in Versform – nicht ihrer Natur nach Gemeingut sind, gleichsam die Zeitungen neben den Briefen. Mit dieser Schwierigkeit bezeichne ich nicht mehr eine Komplikation meiner Aufgabe, sondern diese selbst, wenn ich denn Gedichte zusammenstelle, von denen ich mich – man lasse das strapazierte Wort einmal durchgehen – »betroffen« fühle. Balladen handeln ja fast nie vom Dichter, mit dem ich Einklang und Einverständnis finde oder zu finden behaupte. Sie handeln von den in ihnen geschilderten Menschen und Begebenheiten, von den diesen einverleibten morali-

schen und ästhetischen Pointen. Wenn ich aber Goethes »Erlkönig«, Hebbels »Heideknaben«, Brechts »Ballade von der Entstehung des Buches Taoteking auf dem Weg des Laotse in die Emigration«, ja, auch Schillers »Handschuh« mit diesem Argument ausschlösse, ich hätte nicht nur größte deutsche Gedichte übergangen (das werde ich ohnehin tun), ich hätte vor allem einige Anlässe meiner größten Seelenbewegung geleugnet, eben das, was diese Anthologie begründet. Es gibt Balladen, die verwundern nicht nur, die verwunden auch; sie reißen nicht nur mit, sie können auch umreißen; sie unterhalten und belehren nicht nur, sie verwandeln uns auch. Sie ziehen uns in den Strudel eines Vorgangs hinab, den wir in den Titeln »Erlkönig«, »Heideknabe«, »Entstehung des Taoteking«, »Handschuh« nimmer vermuten – die Erfahrung, welche Gewalt die Vorstellung über Leben und Tod hat, wie wir uns die tödliche Falle selbst bauen, wie Wissenshunger und Herzenshöflichkeit die Weisheit gebären, wie die moralische Spannung die Nervenspannung überbietet.
Also Balladen: ja, unbedingt! Aber in dieser Auswahl doch diejenigen nicht, die nur eine buchstäblich wunderbare Geschichte wunderbar erzählen, vielmehr solche, die bei mir das Geständnis auslösen: Dieses Widerfahrnis – dieses Wissen, dieser Schrecken, dieses Glück – läßt sich nicht mehr wegdenken; es ist ein Teil von mir geworden wie die Bleiche meines Haars, die Freude am Gehen, die Unfähigkeit, Brot wegzuwerfen.
Dies alles möchte man wohl lieber in leichteren, trockeneren Worten hören oder sagen, aber fassen sie's? Was hätte ich mitgeteilt, wenn ich sagte: Die ausgewählten Balladen sind in einem strengeren Sinn vollkommen als die lyrischen Gedichte, deren jedes nur mit sich selbst vergleichbar ist? – Hierüber, vor allem über die »Vollkommenheit« von Gedichten, muß weiter nachgedacht werden – ich will es weiter unten tun. An dieser Stelle schafft das Wort nur neue Verlegenheit: Schillers »Bürgschaft«, Theodor Fontanes »John Maynard«, Adalbert von Chamissos »Die Sonne bringt es an den Tag«, Franz von Gaudys »Die Rache des Sapjeha« sind Meisterwerke – in der Gattung »Ballade« unübertrefflich; ich bin dankbar, daß ich sie habe und meinen Schülern vorlesen kann. In dieser Sammlung stehen sie trotzdem nicht: Sie »beglücken oder beunruhigen« mich nicht, weil sie auch den Dichter nicht beunruhigen oder beglücken, sondern beschäftigen. Sie sind nicht darauf angelegt, »von mir« zu handeln. Kluge Leute können vielleicht angeben,

wann ein Stoff und seine Ver-Dichtung das tun. Ich weiß es nicht – muß es und will es auch nicht wissen. Mit der getroffenen Auswahl sage ich vielmehr: »So ist es in diesen Fällen« und verlasse mich darauf, daß sich die Beunruhigung oder Beglückung auch anderen mitteilt.

Das Aufkommen der vierten Schwierigkeit kann ich meine Leser miterleben lassen. Als ich im Mai 1945 in amerikanische Kriegsgefangenschaft geriet, wurde mir auf der »Bücherbörse«, die alsbald in unserem Lager Böhl-Iggelheim entstand, Rilkes Stunden-Buch angeboten. Die Dauer des jeweiligen Verleihs richtete sich nach der veranschlagten Lesezeit. Ich konnte zwei amerikanische Romane von Pearl Buck, die als Einübung in die Sprache der neu beginnenden Welt hoch im Kurs lagen, in das Geschäft einbringen: mir zwei ganze Wochen einhandeln. In ihnen habe ich das Stunden-Buch, I. und II. Teil, nicht nur gründlich gelesen, ich habe es für mich abgeschrieben – in ein leeres Oktavheft und mit einem Kopierstift, zu dessen permanenter Anspitzung eine abgenutzte Rasierklinge weiterdiente. Das Büchlein besitze ich noch. Wenige Gedichte kann ich so sehr »mein eigen« nennen wie diese, die ich solchermaßen in das uns Deutschen – wie ich meinte – bevorstehende Fellachendasein hinüberrettete. Welche unter ihnen für diese Anthologie in Frage kamen, mußte nun geprüft werden. Titel, die ich mir hätte merken können, haben diese Gedichte nicht. Ich las sie also alle wieder – skeptisch geworden durch einen Rilke-Überdruß, der mich in den zu theologischem Raunen geneigten Nachkriegsjahren befallen hatte. Zu meinem Erstaunen erhielten sehr viele Gedichte den »Aufnahme« bedeutenden Stern. Auch das »Buch der Bilder«, die »Neuen Gedichte«, die »Sonette an Orpheus« erwiesen sich als Schatzkammern »meiner« Gedichte. Ja, ich entdeckte ganz neue Kostbarkeiten. Es bildete sich eine Kategorie von Gedichten – neben den bisher auf andere Weise versammelten. Ich fühlte mich seither verpflichtet, das Umfeld »meiner Gedichte« nach »bisher versäumten« abzusuchen. Das Vergnügen dieser Mühe war groß – und die Verlegenheit, in die es mich brachte, erst recht. Bei Conrad Ferdinand Meyer, von dem ich die Erzählungen kannte und liebte, dessen »Hutten« wir in der Schule mit schuldigem Respekt gelesen hatten, dessen Ballade »Die Füße im Feuer« zum Kern meines Vorleserepertoires gehörte, fand ich so viele mich unmittelbar anrührende Gedichte – unbestimmbar ob Lied, Erzählgedicht, Genrebild, gereimte Lebensweisheit –, daß ihre Zahl die der ausgewählten Goethe-Gedichte zunächst übertraf. Bei Theodor Fontane, Wilhelm Busch und Erich Kästner ist es mir ähnlich gegangen: Ich bin ihrer treffsicheren Sprache und menschlichen Klugheit erlegen. Was mich zu dem Bekenntnis drängt: Das Staunen, das die vollendete Artistik, die Lust, die der zum Fliegen gebrachte Gedanke, die Heiterkeit, die die gebändigte Bosheit auslösen, sind oft nicht weniger heftig als die großen Erschütterungen, die die »ernste« Poesie bereitet.

Da dieses Buch die Anthologie des heute 73-Jährigen ist, da sich das neue Erlebnis frischer, wenn nicht stärker vor dem richtenden Verstand behauptet als das alte und da sich schon früher die unabweisliche Frage nach der »Vollkommenheit« eingeschlichen hatte, habe ich alle in Frage kommenden Gedichte einer – hier doch zunächst ausgeschlossenen! – Prüfung unterworfen und mich gefragt: Könntest du dieses Gedicht auch »vollkommen« nennen? Wenn ja – gut, dann war es mit diesem zusätzlichen Gütesiegel versehen und aufgenommen. Wenn nein, mußte es dennoch nicht ausgeschlossen werden, aber es bedurfte zu seiner Aufnahme einer besonderen Rechtfertigung. Ich gebe ein Beispiel. Schillers Gedicht »Das Glück« ist nicht »vollkommen«. Das zeigt schon ein flüchtiger Vergleich mit der »Nänie«, die ihre Botschaft zügig in drei Themen und einem großen melodischen Bogen zur Fermate führt. »Das Glück« hingegen stampft mühsam daher, häuft Beispiel auf Beispiel, Sentenz auf Sentenz, wirkt dadurch amorph und strengt uns weit über die dem jeweiligen Gedanken geschuldete Gebühr an. Aber jedes einzelne Verspaar ist so kostbar, der Reichtum der Gedanken so beglückend, die uns verkündete Wahrheit so undeutsch, so sehr dieser Eindringlichkeit bedürftig, daß ich es in meiner Auswahl nicht missen will, – daß ich verstehe, warum Thomas Mann, wenn er schon über Schiller reden mußte, über dieses Gedicht vor allem reden wollte.

Was ist das – die Vollkommenheit eines Gedichts? Ist der »Erlkönig« vollkommen, weil er mich so nachhaltig zu beunruhigen und zu beglücken vermag? Oder kommen diese Regungen aus der Vollkommenheit, die es also als solche gibt? – Vollkommenheit ist keine Eigenschaft des Kunstwerks (oder eines natürlichen Gegenstands). Sie ist entweder eine platonische Idee: ein gedachtes Maß einer Sache, die Bedingung dafür, daß man sie erkennt und daß sie für ihren Zweck taugt. Das mögen die Philosophen so sehen und dieses *telos* untereinander genauer bestimmen. Oder die Vollkommenheit ist ein Wirkung: die Erfahrung einer totalen Überwältigung, einer restlosen Befriedigung. So möchte ich es sehen – ohne das Urteil damit der Beliebigkeit auszuliefern. Es gibt da einige harte Kriterien und vor allem ein Verfahren, das auch die Philosophen nicht tadeln oder wesentlich verbessern können. Vom letzteren zuerst: Man liest die subjektiv angeeigneten Gedichte laut vor – einem empfänglichen, neugierigen, gemischten Publikum; man erklärt nicht; man wiederholt vielmehr die Lesung des einzelnen Gedichts; man fragt, ob ein anderer es auch lesen möchte; man spricht über die Gründe, aus denen Unterschiede oder Unklarheiten oder Versprechungen beim Vortrag entstehen; man spricht auch über eine mögliche andere Vortragsweise. Das wichtigste Kriterium ist: Das Gedicht wird hierdurch schöner, deutlicher, bedeutender; es hält den Einwänden stand; angebliche Schwächen nimmt es in sich auf als Teil seiner Absicht; es wirkt auf mich vollkommen. Das zweitwichtigste Kriterium ist: Auch die anderen nehmen es so wahr.

Die entscheidenden Voraussetzungen für diese Wirkung schafft der Dichter: durch die Wahrhaftigkeit des Gedankens oder der Empfindung, durch das Gewicht und die Auslegung, die er ihnen gibt, durch die Originalität der Gestaltung und die formale Disziplin – eine peinliche Vermeidung von Überflüssigem. Andere Voraussetzungen für die Wirkung »Vollkommenheit« müssen hinzukommen: die Bereitschaft und Bildung des Lesers, die Kunst und (abermals!) die Wahrhaftigkeit der Wiedergabe, die Gunst des Augenblicks. Aber diese vermögen nichts für sich, bleiben auf das angewiesen, was der Dichter vorgegeben hat. Dessen Absicht kann der Vortragende oder Leser verderben oder verfehlen, zum Beispiel indem er »ha!« liest, weil es im Text so steht (statt der Erregung oder der Resignation den hier geeigneten Laut zu geben); oder indem er das Versmaß, hier den Jambus, pedantisch einhält:

Wer ín der Sónne kämpft, ein Sóhn der Erde
und feurig geißelt das Gespann der Pferde

statt es in schwebenden Einklang mit dem Sinn zu bringen

Wer in der Sónne kämpft ...
(C. F. Meyer, Unter den Sternen);

oder indem er dem Versende und Reimwort Vorrang vor dem Satz einräumt (also das Enjambement nicht meistert):

Und einer steht bei mir und bläst uns Raum
mit der Trompete, welche blitzt und schreit ...
(Rilke, Der Knabe);

oder umgekehrt, indem er den Reim ganz in die Syntax verschluckt:

... vielleicht Gehaltenes fallen lassen, um
allein zu sterben, wissend nicht warum.
(Rilke, Der Auszug des verlorenen Sohns)

Auf der anderen Seite kann der Dichter durch metrische Nachlässigkeit das Prädikat »vollkommen« verspielen (»in Jená und Weimár macht mán Hexaméter wie diése«, witzelten die Zeitgenossen über Schillers und Goethes Xenien) oder durch offenkundigen Reimzwang (»... an meiner Sinne Saum / beginnst du zögernd, wie mit vielen Inseln, / und deinen Augen, welche niemals blinseln, / bin ich der Raum.« Rilke, Das Stunden-Buch: »Was irren meine Hände ...«) oder durch schlecht vertuschte Reimnot (»Fühlt den Wind von einem großen Blatt / das Gott und du und ich beschrieben hat« – statt »haben« –, Rilke, Das Stunden-Buch: »Ich lebe grad ...«) oder durch Manierismen (»Doch stille sammelt im Weidengrund ... / das vergossene Blut sich mondne Kühle«, Trakl, Grodek; »... und tanzten im insligen Meer«, Heym: Mit den fahrenden Schiffen; zu ihnen zähle ich auch Rilkes Versanfänge mit »Und ...« bis zu fünfmal hintereinander) oder durch mutwillige Verletzungen der Sprachlogik (»... wenn es Mond wird über das plane / lang vergangene Land.« Rilke, Das Stunden-Buch: »Eine Stunde vom Rande des Tages ...«) oder durch eine Häufung mehrerer dieser keineswegs läßlichen Schwächen (»Es ist nur noch der Ort, / Wo wir gefreut uns haben, / Die Lieben all' sind fort, /Verreiset und begraben«, Lenau: Das Wiedersehen). Das Gedicht unterwirft sich strengen Gesetzen und tut damit seine gegenüber der Prosa gesteigerte Wirkung; wenn es diesen Gesetzen folgt, darf man es ihm nicht anmerken; wenn es sie bricht, muß es dies kraft eines höheren Gesetzes tun; die Erfüllung der Gesetze durch nur erlaubte, nicht gewollte »Freiheiten« raubt ihnen die Wirkung.

Welches höhere Gesetz hatte Goethe im Sinn, als er den Unglücklichen in der »Harzreise« sich vergebens »gegen die Schranken / Des ehernen Fadens / Den die doch bittere Schere / Nur einmal löst« »sträuben« läßt? Mögen die Bilder von »ehernen Fäden«, die »Schranken« bilden, gegen die man sich »sträubt«, hingehen wie die »bittere Schere« – aber daß diese den Faden »löst«, ist keine Freiheit, sondern Schlampigkeit, zumal in einem Gedicht ohne Reim und mit freien Rhythmen.

Solchermaßen die schon ausgewählten Gedichte noch einmal musternd bin ich zu dem nun vorgelegten Bestand gelangt. Ich bitte die Leser ihrerseits nicht zu urteilen, bis sie nicht auch selber beide Prüfungen vorgenommen haben – die meiner Vorlage und die ihres Vortrags.

Daß ich Goethes »Harzreise« doch aufgenommen habe, ist eine leidige Inkonsequenz: Meine heutige Strenge hebt die einstige Wirkung nicht auf. Diese mag sich Brahms' Vertonung verdanken – aber die verdankt sich wiederum dem Text: Die drei Strophen von »Aber abseits, wer ist's?« bis »Neben den Durstenden / In der Wüste« könnten mich noch heute zum Ton-Dichter machen.

Ich habe im Voraufgehenden das Wort »Bildung« zweimal im Zusammenhang mit der Empfänglichkeit für Gedichte benutzt – als ein Merkmal der Urteilsfähigkeit. Ich meine damit – Hentig-Lesern ist das bekannt – nicht das Abiturwissen, nicht die Fähigkeit, etwas in den systematischen und historischen Zusammenhang einzuordnen, nicht also eine Gabe des *homme de lettres,* der dann auch diese Bezeichnung trägt und schätzt, sondern ein Bedürfnis, sich selbst zu bilden, eine moralische und ästhetische Empfindsamkeit, eine entsprechende Bereitschaft hinzuhören, sich auszusetzen und sich zu sammeln. »Meine deutschen Gedichte« können und wollen bei dem Vorgang solcher Bildung helfen. Diese Anthologie legt darum keine Ordnungen über das Ganze – keine zeitliche (wie die meisten Gedichtsammlungen), keine formale (Schiller wollte sein poetisches Werk nach Gedankendichtung, Balladen und Liedern eingeteilt sehen), keine materiale (Gott, Natur, Menschen, Geschichte ...), keine nach einzelnen Dichtern. Die zwanzig Kapitel oder Felder dienen der Übersichtlichkeit in der mutwilligen Subjektivität. Die Verben, mit denen ich sie bezeichne, geben wieder, was die Dichter in und mit dem jeweiligen Gedicht vorwiegend tun, nicht wovon die Gedichte handeln: sichten und ordnen / fabulieren und zaubern / singen und ahnen / denken und deuten / begreifen und lehren / sehnen und suchen / spotten, spielen, schmunzeln / bejahen und danken / aufbegehren und bezeugen / verdichten und verdeutlichen / trauern und trösten / zureden und fragen / sich erkennen und sich bescheiden / »landeinwärts gehen« und entsagen / die Liebe preisen / die Liebe beweinen / Bilder malen / Geschichten erzählen / mit und von Gott reden / dichten – solche Kennzeichnungen geben an: Dies hat den Sinnen und der Wahrnehmungslust, dies dem Verstand, dies dem Gemüt, dies dem Scharf- und Schalksinn, dies der Phantasie und der Empathie das größte Vergnügen bereitet. Die einzelnen Gedichte überschreiten oft die Grenzen der so bezeichneten Tätigkeitsfelder. Indem nicht gerade das Entfernteste nebeneinander steht, wird die Freude an der Assoziation geweckt und in Dienst genommen.

In allen Gedichten »dichten« die Dichter. Meistens freilich tun sie dabei noch etwas anderes, und das hat der Gliederung meiner Sammlung gedient. Die im letzten Kapitel vereinigten Gedichte sind »übriggeblieben«; ich konnte nicht entscheiden, wo sie in meinem System hingehören, und wollte sie schon gar nicht ausscheiden. Sie sind nicht weniger deutlich als die anderen und weder ärmer noch reicher, sondern nur schwerer einzuordnen: Gustav Schwab *erzählt* in »Das Gewitter« ein unheimliches Ereignis, er *malt* eine Szene, er ordnet die Lebensalter, er *singt* eine Melodie mit einem wiederkehrenden Akkord: »Hört ihr, wie der Donner grollt?« Das Rubrum »dichten« stellt insofern nicht eine Schwäche meines Gliederungsprinzips bloß und also eine Verlegenheit dar. Es erlaubt etwas bewußtzumachen, was man die Macht der Dichtung nennen möchte.

Auf die Frage: »Was ist Poesie?« antworte ich: »Ein Schiff mit acht Segeln und fünfzig Kanonen« und meine damit: etwas nicht Begründbares und zugleich etwas Nicht-Beliebiges. Die Sicherheit, mit der Brecht das Schiff, das am Kai liegt, beschreibt – mit dieser Zahl von Segeln und dieser Zahl von Kanonen –, bestätigt die Sicherheit, mit der ich weiß, es werde »entschwinden mit mir«. Ich könnte auch antworten: Poesie ist, wenn ein Dichter (Goethe) einen anderen Dichter (Hafis) fragt, wie er »es gehalten«, und selber antwortet: »Denn meine Meinung ist / Nicht übertrieben: / Wenn man nicht trinken kann, / Soll man nicht lieben« – und alsbald auf's Heiterste kontert: »Doch sollt ihr Trinker euch / Nicht besser dünken, / Wenn man nicht lieben kann, / Soll man nicht trinken.« Oder: Poesie ist, wenn der Dichter (C. F. Meyer) den Lenz Wanderer, Mörder und Triumphator sein und aus Florenz kommen läßt – und im Fünfzeiler dreimal reimt: umblaut, Laut, aufgebaut. Oder: Poesie ist, wenn der Dichter (Uhland) ein Unglücksdrama in acht Fragen einfängt: »Hast du das Schloß gesehen, / Das hohe Schloß am Meer?« »Dichten« ist eben nicht nur fingieren, es bannt Wildnis und Widerspruch durch wohltätige Form, hebt die Anstrengung des Begriffs in der Anmut des Wortes auf, hält die Wahrnehmung zusammen und verwandelt sie zugleich: zu nicht veränderbarer Gestalt. Man kann, wo das Gedicht gelungen ist, wo das Dichten sich erfüllt, nichts hinzufügen, nichts fortnehmen. An den in Kapitel 20 versammelten Gedichten läßt sich das leichter prüfen als an denen, die noch anderes »tun«.

Wer mit Gedichten noch wenig vertraut ist, möge mit den Erzählgedichten (Kapitel 18) beginnen und an der Steigerung eines dramatischen Geschehens lernen, was Dichtung allemal durch Verdichtung vermag. Von da aus möge er zur Wahrnehmung der Bildkraft des Gedichtes fortschreiten (Kapitel 17); sein nächster Schritt könnte in die Gefilde der poetischen Ironie, der Pointe, der Polemik führen (Kapitel 7); danach könnte er die Deutung und Verdeutlichung der Welt durch das Gedicht wahrnehmen wollen (Kapitel 4 und 5); schließlich dürfte sich sein Sinn für die machtvollste Wirkung der Poesie öffnen: das zu sagen, was die Grammatik der Alltagssprache nicht faßt – unsere Seelenbewegung (Kapitel 3, 6, 8, 11, 13, 14). Ein Gedicht ist immer auch Zauberspruch oder Beschwörung oder Gebet oder Trost oder eine Bitte um ihn (Kapitel 2, 12, 15, 16, 19). Obwohl man das Lesen von Gedichten lernen muß, gibt es doch keine Anleitung dafür, wie dies zu geschehen hat. »Meine deutschen Gedichte« lassen alle Wege und Umwege zu. Dem Stunden-Buch von Rilke entnehme ich eine Formel dafür, wie sie gemeint sind:

Und wie eine Braut
kommt jedem das Ding zu, das er will.

Heidi, Uwe, Tom und Frank danke ich für aufmerksames kritisches Zuhören; dem letzten auch für die gesamte technische Vor- und Nacharbeit der Auswahl.

Hartmut von Hentig
im März 1999

sichten und ordnen

Der Mensch erfaßt, was ist. Er »reagiert« nicht nur – wie die anderen Geschöpfe – auf »Signale« und »Impulse«. Das Erfassen schließt das Auswählen und Zuordnen des Erfaßten ein – Einteilung, Auslegung, Bewertung. All diese Tätigkeiten vollziehen wir durch Sprache, deren wirkungsmächtigste Form die Dichtung ist. Wenn ich meine Sammlung mit den Gedichten eröffne, die »sichten und ordnen«, gebe ich scheinbar der einen Funktion von Sprache, der Darstellung, den Vorrang vor den beiden anderen, dem Ausdruck und der Aufforderung. Aber selbst, wenn ich das wollte, würde es mir nicht gelingen. Die Dichtung fügt sich nicht in das System der Linguistik ein. Immer teilt sie in dem, was sie darstellt, auch mit, was sie meint – einen Sinn oder eine Ordnung; die Gedichte dieses Kapitels lesend erfahren wir, wie poetisch das Aufzählen und Konfigurieren, das Paaren und das Gliedern sein können; ein elementares Bedürfnis wird befriedigt: die Welt wird aufgeräumt. Als Schüler habe ich zum Beispiel an den »Zwei Gesellen« von Eichendorff eine Grundunterscheidung gelernt, die Robert Schumann in seiner Vertonung des Gedichtes durch die dur-Tonart des ersten, durch die moll-Tonart des zweiten Lebenstypus und Schicksals wiedergibt. Eichendorff und Schumann erkennen in der wahrgenommenen Welt Muster oder Figuren; sie bilden sie nicht einfach ab; sie sehen sie durch ihre »Tränen« hindurch. – Realismus ist ein Kunstprodukt.

MATTHIAS CLAUDIUS

Der Mensch

Empfangen und genähret
Vom Weibe wunderbar,
Kömmt er und sieht und höret,
Und nimmt des Trugs nicht wahr;
Gelüstet und begehret,
Und bringt sein Tränlein dar;
Verachtet, und verehret;
Hat Freude, und Gefahr;
Glaubt, zweifelt, wähnt und lehret,
Hält nichts und alles wahr;
Erbauet, und zerstöret;
Und quält sich immerdar;
Schläft, wachet, wächst, und zehret;
Trägt braun und graues Haar.
Und alles dieses währet,
Wenn's hoch kommt, achtzig Jahr.
Denn legt er sich zu seinen Vätern nieder,
Und er kömmt nimmer wieder.

Clemens Brentano

Lieb' und Leid im leichten Leben
Sich erheben, abwärts schweben,
Alles will das Herz umfangen
Nur verlangen, nie erlangen,

In den Spiegel all ihr Bilder
Blicket milder, blicket wilder
Jugend kann doch nichts versäumen
Fortzuträumen, fortzuschäumen.

Frühling muß mit süßen Blicken
Sie beglücken, sie berücken,
Sommer sie mit Frucht und Myrten,
Froh bewirten, froh umgürten.

Herbst muß ihr den Haushalt lehren,
Zu begehren, zu entbehren,
Winter, Winter lehr mich sterben,
Mich verderben, Frühling erben.

Wasser fallen um zu springen.
Um zu klingen, um zu singen,
Muß ich schweigen. Wie und wo?
Trüb und froh? nur so, so.

CONRAD FERDINAND MEYER

Der Römische Brunnen

Aufsteigt der Strahl und fallend gießt
Er voll der Marmorschale Rund,
Die, sich verschleiernd, überfließt
In einer zweiten Schale Grund;
Die zweite gibt, sie wird zu reich,
Der dritten wallend ihre Flut,
Und jede nimmt und gibt zugleich
Und strömt und ruht.

Hans Kasper

Jugend und Alter

So rasch die jungen Leute auch den Baum
erklimmen – sagt man auf Ceylon – die
alten Leute waren früher oben.

Die Zeit macht's – sagt man in Arabien –
daß alte Dummheit immer noch klüger
ist als junge Klugheit.

Klüger sein wollen als klug – sagt man
auf Korsika – macht in der Jugend hoch-
fahrend und im Alter weise.

Geht der Weg übers Gebirge, nimm ein
altes Maultier – sagt man in den Anden –
vielleicht trägt's dich nicht mehr, aber
es kennt den Pfad.

Wolf Biermann

Himmelfahrt in Berlin

Die Kinder spielen im Hof so schön
Prinzessin, Mörder und Volkspolizist.
Sie müssen nicht zur Schule gehn,
weil heute Himmelfahrt ist.

Die Kinder spielen im Hof so laut,
behängt mit alten Lappen.
Sie spielen Braut und Kosmonaut
im Himmelsschiff aus Pappen.

Die Kinder spielen so laut und schön,
der Hof wird ein ganzes Theater.
Die dicken Frau'n aus den Fenstern sehn
und warten auf den Vater.

HEINZ CZECHOWSKI

Blick ins Register

Blick ins Register
Und finde dich wieder:
Unterm Buchstaben C.

Gullivers Reisen,
Robinsons Insel,
Hiobs nimmer endende Klage:
Du
Findest alles.

Zur Einsicht ins Unwiederbringliche
Steht das Register bereit:
Du selbst
Bist schon vergangen,
Die Zukunft
Hat keinen Namen:
Schlag nach!

In der Stille der Bibliotheken
Flüstert Malthus mit Marx.

Eva Zeller

Mütterlicherseits

Mütterlicherseits
waren sie Hugenotten,
Seidenweber aus
der Gegend um Nimes,

Wo sie sich die
Seinen nannten
und Ihn ihren
Bräutigam:

Voici l'époux,
allez à sa
rencontre,

Einen Stuhl
mehr hinstellten,
Ihn aufzunehmen,

Ein Gedeck
mehr auflegten,
daß Er ihr
Gast sei,

Das Buch
aufschlugen,
Ihm zuzuhören,

Die Tür einen
Spalt offenließen,
damit Er jederzeit
in sein Eigentum komme;
Ein Sehnsuchtsbild:

Stuhl Tisch Buch Tür,
auf unsichtbarer Kette
in einen Gobelin gewebt;

Den haben die Motten
zerfressen und
verschiedene Kriege
samt Stuhl Tisch
Tür und Buch

in längst
vergessener
Sprache

Theodor Fontane

Überlaß es der Zeit

Erscheint dir etwas unerhört,
Bist du tiefsten Herzens empört,
Bäume nicht auf, versuch's nicht mit Streit,
Berühr es nicht, überlaß es der Zeit.
Am ersten Tag wirst du feige dich schelten,
Am zweiten läßt du dein Schweigen schon gelten,
Am dritten hast du's überwunden,
Alles ist wichtig nur auf Stunden,
Ärger ist Zehrer und Lebensvergifter,
Zeit ist Balsam und Friedensstifter.

Gotthold Ephraim Lessing

Der größte Mann

Laßt uns den Priester Orgon fragen:
Wer ist der größte Mann?
Mit stolzen Mienen wird er sagen:
Wer sich zum kleinsten machen kann.

Laßt uns den Dichter Kriton hören:
Wer ist der größte Mann?
Er wird es uns in Versen schwören:
Wer ohne Mühe reimen kann.

Laßt uns den Hofmann Damis fragen:
Wer ist der größte Mann?
Er bückt sich lächelnd; das will sagen:
Wer lächeln und sich bücken kann.

Wollt ihr vom Philosophen wissen,
Wer ist der größte Mann?
Aus dunkeln Reden müßt ihr schließen:
Wer ihn verstehn und grübeln kann.

Was darf ich jeden Toren fragen:
Wer ist der größte Mann?
Ihr seht, die Toren alle sagen:
Wer mir am nächsten kommen kann.

Wollt ihr den klügsten Toren fragen:
Wer ist der größte Mann?
So fraget mich; ich will euch sagen:
Wer trunken sie verlachen kann.

Clemens Brentano

Es leben die Soldaten,
So recht von Gottes Gnaden,
Der Himmel ist ihr Zelt,
Ihr Tisch das grüne Feld.

Ihr Bette ist der Rasen,
Trompeter müssen blasen,
Guten Morgen, gute Nacht,
Daß man mit Lust erwacht.

Ihr Wirtsschild ist die Sonne,
Ihr Freund die volle Tonne,
Ihr Schlafbuhl ist der Mond,
Der in der Sternschanz wohnt.

Die Sterne haben Stunden,
Die Sterne haben Runden
Und werden abgelöst,
Drum Schildwacht sei getröst.

Wir richten mit dem Schwerte,
Der Leib gehört der Erde,
Die Seel' dem Himmelszelt,
Der Rock bleibt in der Welt.

Wer fällt, der bleibet liegen,
Wer steht, der kann noch siegen,
Wer übrig bleibt, hat Recht,
Und wer entflieht, ist schlecht.

Zum Hassen oder Lieben
Ist alle Welt getrieben,
Es bleibet keine Wahl,
Der Teufel ist neutral.

Bedienet uns ein Bauer,
So schmeckt der Wein fast sauer
Doch ist's ein schöner Schatz
So kriegt sie einen Schmatz.

James Krüss

Gedicht für jeden Tag im Jahr

Jeder wünscht sich jeden Morgen
Irgend etwas – je nachdem.
Jeder hat seit jeher Sorgen,
Jeder jeweils sein Problem.

Jeder jagt nicht jede Beute.
Jeder tut nicht jede Pflicht.
Jemand freut sich jetzt und heute.
Jemand anders freut sich nicht.

Jemand lebt von seiner Feder.
Jemand anders lebt als Dieb.
Jedenfalls hat aber jeder
Jeweils irgend jemand lieb.

Jeder Garten ist nicht Eden.
Jedes Glas ist nicht voll Wein.
Jeder aber kann für jeden
Jederzeit ein Engel sein.

Ja, je lieber und je länger
Jeder jedem jederzeit
Jedes Glück wünscht, um so enger
Leben wir in Einigkeit.

JOSEF GUGGENMOS

Die Schatzkiste

Es liegt ein Schatz vergraben.
Den Schatz, den wollen wir haben.

Den Schatz, den suchen wir überall.
Wo liegt er? Vielleicht im Zillertal?

In Ungarn oder bei Hilversum?
Wir graben Europa um und um.

Wir graben bei Hamburg, wir graben bei Wien.
Wenn wir ihn finden, dann haben wir ihn!

Was? Aus dem Loche will er nicht?
Horuck! Die Kiste muß ans Licht!

Die Kiste ist aus Blei.
Schlösser hat sie: drei.

Drei Schlösser mit einem Schlüsselloch.
Jetzt fehlen nur die Schlüssel noch.

Der erste liegt in Mexiko,
der zweite Schlüssel irgendwo.

Der dritte liegt im tiefsten Meer.
Die drei Schlüssel müssen her.

Wenn wir sie haben, dann, ja dann
kann jeder zeigen, was er kann.

Den Schlössern, den rostigen, hilft kein Geschrei.
Die Schlüssel drehen sich, eins, zwei, drei!

Wir aber heben den Deckel. So!
Und schauen in die Kiste. – Oooh!

Peter Härtling

Sechs Sätze für Fabian

Fünfmal einen Kreis schlagen.
Viermal eine Erbse tragen.
Dreimal in der Mitte stehn.
Zweimal um die Ecke sehn.
Einmal an der Nase drehn.
Nach Hause gehn.

Ernst Jandl

fünfter sein

tür auf
einer raus
einer rein
vierter sein

tür auf
einer raus
einer rein
dritter sein

tür auf
einer raus
einer rein
zweiter sein

tür auf
einer raus
einer rein
nächster sein

tür auf
einer raus
selber rein
tagherrdoktor

NIKOLAUS LENAU

Die drei Zigeuner

Drei Zigeuner fand ich einmal
Liegen an einer Weide,
Als mein Fuhrwerk mit müder Qual
Schlich durch sandige Heide.

Hielt der eine für sich allein
In den Händen die Fiedel,
Spielte, umglüht vom Abendschein,
Sich ein feuriges Liedel.

Hielt der zweite die Pfeif im Mund,
Blickte nach seinem Rauche,
Froh, als ob er vom Erdenrund
Nichts zum Glücke mehr brauche.

Und der dritte behaglich schlief,
Und sein Zimbal am Baum hing,
Über die Saiten der Windhauch lief,
Über sein Herz ein Traum ging.

An den Kleidern trugen die drei
Löcher und bunte Flicken,
Aber sie boten trotzig frei
Spott den Erdengeschicken.

Dreifach haben sie mir gezeigt,
Wenn das Leben uns nachtet,
Wie man's verraucht, verschläft, vergeigt
Und es dreimal verachtet.

Nach den Zigeunern lang noch schaun
Mußt ich im Weiterfahren,
Nach den Gesichtern dunkelbraun,
Den schwarzlockigen Haaren.

JOSEPH VON EICHENDORFF

Frühlingsfahrt

Es zogen zwei rüst'ge Gesellen
Zum ersten Mal von Haus
So jubelnd recht in die hellen
Klingenden, singenden Wellen
Des vollen Frühlings hinaus.

Die strebten nach hohen Dingen,
Die wollten trotz Lust und Schmerz,
Was Rechts in der Welt vollbringen,
Und wem sie vorübergingen
Dem lachten Sinnen und Herz. –

Der Erste, der fand ein Liebchen,
Die Schwieger kauft' Hof und Haus;
Der wiegte gar bald ein Bübchen,
Und sah aus heimlichen Stübchen
Behaglich in's Feld hinaus.

Dem zweiten sangen und logen
Die tausend Stimmen im Grund,
Verlockend' Sirenen, und zogen
Ihn in der buhlenden Wogen
Farbig klingenden Schlund.

Und wie er auftaucht' vom Schlunde
Da war er müde und alt,
Sein Schifflein das lag im Grunde,
So still war's rings in die Runde
Und über die Wasser weht's kalt.

Es singen und klingen die Wellen
Des Frühlings wohl über mir;
Und seh ich so kecke Gesellen,
Die Tränen im Auge mir schwellen –
Ach Gott, führ' uns liebreich zu Dir!

Bertolt Brecht

Die Liebenden

Sieh jene Kraniche in großem Bogen!
Die Wolken, welche ihnen beigegeben
Zogen mit ihnen schon, als sie entflogen

Aus einem Leben in ein andres Leben.
In gleicher Höhe und mit gleicher Eile
Scheinen sie alle beide nur daneben.

Daß also keines länger hier verweile
Daß so der Kranich mit der Wolke teile
Den schönen Himmel, den sie kurz befliegen

Und keines andres sehe als das Wiegen
Des andern in dem Wind, den beide spüren
Die jetzt im Fluge beieinander liegen.

So mag der Wind sie in das Nichts entführen;
Wenn sie nur nicht vergehen und sich bleiben
So lange kann sie beide nichts berühren

So lange kann man sie von jedem Ort vertreiben
Wo Regen drohen oder Schüsse schallen.
So unter Sonn und Monds wenig verschiedenen Scheiben

Fliegen sie hin, einander ganz verfallen.

Wohin, ihr? – Nirgendhin.

Von wem davon? – Von allen.

Ihr fragt, wie lange sind sie schon beisammen?
Seit kurzem. – Und wann werden sie sich trennen? – Bald.
So scheint die Liebe Liebenden ein Halt.

Albrecht Haushofer

Nachbarn

Den ersten reut vielleicht, was er getan,
den zweiten höchstens, was er unterließ,
den dritten reut, daß er nicht schärfer stieß,
dem Abgrund näher, seiner Kugel Bahn.

Ein vierter jammert noch um Amt und Rang,
der nächste fühlt von allem sich entlastet.
Der eine zehrt und sorgt, der andre rastet –
und schleppend oder federnd ist ihr Gang.

Sie alle wissen um die dunklen Lose:
»Drei Jahre Zuchthaus« stöhnt der eine stumm.
Ein andrer lacht: »Wie wär ich froh darum!«

Der eine grüßt im Sterben noch die Rose,
von ihrem wundersamen Duft berührt –
der andre lebt – und hat sie nie gespürt.

Friedrich von Schiller

Die Teilung der Erde

»Nehmt hin die Welt!« rief Zeus von seinen Höhen
Den Menschen zu. »Nehmt, sie soll euer sein.
Euch schenk ich sie zum Erb' und ewgen Lehen,
Doch teilt euch brüderlich darein.«

Da eilt' was Hände hat, sich einzurichten,
Es regte sich geschäftig jung und alt.
Der Ackermann griff nach des Feldes Früchten,
Der Junker pirschte durch den Wald.

Der Kaufmann nimmt, was seine Speicher fassen,
Der Abt wählt sich den edeln Firnewein,
Der König sperrt die Brücken und die Straßen,
Und sprach: »Der Zehente ist mein!«

Ganz spät, nachdem die Teilung längst geschehen,
Naht der Poet, er kam aus weiter Fern.
Ach! da war überall nichts mehr zu sehen,
Und alles hatte seinen Herrn.

»Weh mir! So soll denn ich allein von allen
Vergessen sein, ich, dein getreuster Sohn?«
So ließ er laut der Klage Ruf erschallen,
Und warf sich hin vor Jovis Thron.

»Wenn du im Land der Träume dich verweilet«,
Versetzt der Gott, »so hadre nicht mit mir.
Wo warst du denn, als man die Welt geteilet?«
»Ich war«, sprach der Poet, »bei dir.«

»Mein Auge hing an deinem Angesichte,
An deines Himmels Harmonie mein Ohr,
Verzeih dem Geiste, der, von deinem Lichte
Berauscht, das Irdische verlor!«

»Was tun!« spricht Zeus. »Die Welt ist weggegeben,
Der Herbst, die Jagd, der Markt ist nicht mehr mein.
Willst du in meinem Himmel mit mir leben
So oft du kommst, er soll dir offen sein!«

Gotthold Ephraim Lessing

Die drei Reiche der Natur

Ich trink', und trinkend fällt mir bei,
Warum Naturreich dreifach sei.
Die Tier' und Menschen trinken, lieben,
Ein jegliches nach seinen Trieben:
Delphin und Adler, Floh und Hund
Empfindet Lieb', und netzt den Mund.
Was also trinkt und lieben kann,
Wird in das erste Reich getan.

Die Pflanze macht das zweite Reich,
Dem ersten nicht an Güte gleich:
Sie liebet nicht, doch kann sie trinken;
Wenn Wolken träufelnd niedersinken,
So trinkt die Zeder und der Klee,
Der Weinstock und die Aloe.
Drum, was nicht liebt, doch trinken kann,
Wird in das zweite Reich getan.

Das Steinreich macht das dritte Reich;
Und hier sind Sand und Demant gleich:
Kein Stein fühlt Durst und zarte Triebe,
Er wächset ohne Trunk und Liebe.
Drum, was nicht liebt noch trinken kann,
Wird in das letzte Reich getan.
Denn ohne Lieb' und ohne Wein,
Sprich, Mensch, was bleibst du noch? – – Ein Stein.

WILHELM BUSCH

Widmung zu einem Kochbuch

Es wird behauptet, und mit Grund,
Ein nützlich Werkzeug sei der Mund!
Zum ersten läßt das Ding sich dehnen
Wie Guttapercha, um zu gähnen.
Ach, Grete, wenn du dieses mußt,
Tu es im stillen und mit Lust!
Zum zweiten: wenn es grad von Nöten,
Kann man ihn spitzen, um zu flöten.
Sitzt dann der Schatz auch mal allein,
Dies wird ihm Unterhaltung sein!
Zum dritten läßt der Mund sich brauchen,
Wenn's irgend passend, um zu rauchen.
Dies kannst du deinem guten Gatten,
Der darum bittet, wohl gestatten.
Zum vierten ist es kein Verbrechen,
Den Mund zu öffnen, um zu sprechen.
Vermeide nur Gemütserregung,
Sprich lieber sanft mit Überlegung,
Denn mancher hat sich schon beklagt:
»Ach, hätt' ich das doch nicht gesagt!«
Zum fünften, wie wir alle wissen,
So eignet sich der Mund zum Küssen.
Sei's offen oder sei's verhohlen,
Gegeben oder nur gestohlen,
Ausdrücklich oder nebenher,
Bei Scheiden oder Wiederkehr,
Im Frieden und nach Kriegeszeiten:
Ein Kuß hat seine guten Seiten.
Zum Schluß jedoch nicht zu vergessen:
Hauptsächlich dient der Mund zum Essen!
Gar lieblich dringen aus der Küche
Bis an das Herz die Wohlgerüche.

Hier kann die Zunge fein und scharf
Sich nützlich machen, und sie darf!
Hier durch Gebrätel und Gebrittel
Bereitet man die Zaubermittel
In Töpfen, Pfannen oder Kesseln,
Um ewig den Gemahl zu fesseln.

Von hier aus herrscht mit schlauem Sinn
Die Haus- und Herzenskönigin. –
Lieb's Gretchen! Halt dich wohlgemut,
Regiere mild – und koche gut!

Josef Guggenmos

Der Dachs

Der Dachs hat Streifen im Gesicht.
Den argen Winter mag er nicht.
Im März schaut er aus seinem Loch
und grunzt: »Jetzt kommt der Frühling doch!«

Das Eichhörnchen

Wer solch ein Haus wie ich besitzt,
wer keck im Tannenwipfel sitzt,
sieht überm Wald die Wolken gut
und schaut dem Förster auf den Hut.

Der Elefant

Der Elefant, grau wie ein Stein,
hat Zähne, ganz aus Elfenbein.
Wie ein Gebirg geht er herum.
Zehn Männer werfen ihn nicht um.

Der Maulwurf

Der Maulwurf, schwärzer als die Nacht,
ist wie aus lauter Samt gemacht.
In dunkler Erde ist sein Reich.
Wie's droben ausschaut, ihm ist's gleich.

CHRISTIAN MORGENSTERN

Die beiden Esel

Ein finstrer Esel sprach einmal
zu einem ehlichen Gemahl:

»Ich bin so dumm, du bist so dumm,
wir wollen sterben gehen, kumm!»

Doch wie es kommt so öfter eben:
Die beiden blieben fröhlich leben.

Georg Heym

Die gefangenen Tiere

Mit schweren Fellen behangen,
Mit riesigen Hörnern dumpf
Kommen sie langsam im Dunkel
Gekrochen auf zottigem Rumpf.

Sie reiben sich an den Stäben,
Ihr Auge ist wie ein Stein.
Und dann kehren sie um und tauchen
Wieder in Schatten hinein.

Heinz Czechowski

Botanischer Garten

Für Hans Marquardt

Kein geringes Ziel:
Durchs Klinikum, vorbei
An der Offizin Martin Andersen Nexö,
Am Heizhaus vorüber, wo
Von einem Transportband
Die Asche
Auf einen Hänger fällt.

Und dann
Die vier ernsten Herren,
Gründergestalten,
Nasenlos,
Verteilt um ein Rondell
Gegenüber der Krebsbaracke.

Endlich die Johannisallee überquert,
Um einzutreten
Zwischen Kübelpalmen
Ins Glashaus, tropisch beheizt,
Wo die Tropfen abperlen
Von exotischen Pflanzen,
Deren Namen
Mir gleichgültig sind.

Denn lieber sind mir allerdings
Die bescheidenen Freilandquartiere,
Nicht zu beschreiben im März,
Wenn die Frühblüher erwachen,
Gleich vorn neben dem Eingang,
Wo ein schamlos sich sonnendes Mädchen
So tut, als läs es in einem Buch.

Trotzdem:
Es bleibt zwischen Verzicht und Entsagung
Allsonntäglich noch dieser Gang
Durch den Bayrischen Bahnhof
Zum Botanischen Garten,
Wegen des schamlos sich sonnenden Mädchens oder
Der unscheinbaren,
Am Wegrand wachsenden
Salzflora Mitteleuropas.

BERTOLT BRECHT

Finnische Landschaft

Fischreiche Wässer! Schönbaumige Wälder!
Birken- und Beerenduft!
Vieltoniger Wind, durchschaukelnd eine Luft
So mild, als stünden jene eisernen Milchbehälter
Die dort vom weißen Gut rollen, offen!
Geruch und Ton und Bild und Sinn verschwimmt.
Der Flüchtling sitzt im Erlengrund und nimmt
Sein schwieriges Handwerk wieder auf: das Hoffen.

Er achtet gut der schöngehäuften Ähre
Und starker Kreatur, die sich zum Wasser neigt
Doch derer auch, die Korn und Milch nicht nährt.
Er fragt die Fähre, die mit Stämmen fährt:
Ist dies das Holz, ohn das kein Holzbein wäre?
Und sieht ein Volk, das in zwei Sprachen schweigt.

Erich Fried

Tiermarkt / Ankauf

Der Polizeipräsident
in Berlin sucht:
Schäferhundrüden.

Alter ein bis vier Jahre,
mit und ohne
Ahnentafel,

Voraussetzungen: ein einwandfreies Wesen
rücksichtslose Schärfe
ausgeprägter Verfolgungstrieb

Schußgleichgültig
und
gesund

Überprüfung
am ungeschützten Scheintäter
Hund mit Beißkorb

Gezahlt werden
bis zu
750,– DM

Angebote an:
Der Polizeipräsident
in Berlin W-F 1

1 Berlin 42
Tempelhofer Damm 1–7
Tel. 69 10 91

Apparat
27 61
Strich 64

Diese Anzeige des Polizeipräsidiums erschien im Westberliner »Tagesspiegel« am 28. Februar und 7. März 1970. 28. Februar: Reißkorb; 7. März: Beißkorb – Wortlaut nicht verändert, nur in Verse geteilt.

Gottfried Benn

Saal der kreißenden Frauen

Die ärmsten Frauen von Berlin
– dreizehn Kinder in anderthalb Zimmern,
Huren, Gefangene, Ausgestoßene –
krümmen hier ihren Leib und wimmern.
Es wird nirgends so viel geschrien.
Es wird nirgends Schmerzen und Leid
so ganz und gar nicht wie hier beachtet,
weil hier eben immer was schreit.

»Pressen Sie, Frau! Verstehn Sie, ja?
Sie sind nicht zum Vergnügen da.
Ziehn Sie die Sache nicht in die Länge.
Kommt auch Kot bei dem Gedränge!
Sie sind nicht da, um auszuruhn.
Es kommt nicht selbst. Sie müssen was tun!«
Schließlich kommt es: bläulich und klein.
Urin und Stuhlgang salben es ein.

Aus elf Betten mit Tränen und Blut
grüßt es ein Wimmern als Salut.
Nur aus zwei Augen bricht ein Chor
von Jubilaten zum Himmel empor.

Durch dieses kleine fleischerne Stück
wird alles gehen: Jammer und Glück.
Und stirbt es dereinst in Röcheln und Qual,
liegen zwölf andere in diesem Saal.

BERTOLT BRECHT

Maria

Die Nacht ihrer ersten Geburt war
Kalt gewesen. In späteren Jahren aber
Vergaß sie gänzlich
Den Frost in den Kummerbalken und den rauchenden
Ofen
Und das Würgen der Nachgeburt gegen Morgen zu.
Aber vor allem vergaß sie die bittere Scham
Nicht allein zu sein
Die dem Armen eigen ist.
Hauptsächlich deshalb
Ward es in späteren Jahren zum Fest, bei dem
Alles dabei war.
Das rohe Geschwätz der Hirten verstummte.
Später wurden aus ihnen Könige in der Geschichte.
Der Wind, der sehr kalt war
Wurde zum Engelsgesang.
Ja, von dem Loch im Dach, das den Frost einließ, blieb nur
Der Stern, der hineinsah.
Alles dies
Kam vom Gesicht ihres Sohnes, der leicht war
Gesang liebte
Arme zu sich lud
Und die Gewohnheit hatte, unter Königen zu leben
Und einen Stern über sich zu sehen zur Nachtzeit.

Erich Kästner

Kleine Stadt am Sonntagmorgen

Das Wetter ist recht gut geraten.
Der Kirchturm träumt vom lieben Gott.
Die Stadt riecht ganz und gar nach Braten
und auch ein bißchen nach Kompott.

Am Sonntag darf man lange schlafen.
Die Gassen sind so gut wie leer.
Zwei alte Tanten, die sich trafen,
bestreiten rüstig den Verkehr.

Sie führen wieder mal die alten
Gespräche, denn das hält gesund.
Die Fenster gähnen sanft und halten
sich die Gardinen vor den Mund.

Der neue Herr Provisor lauert
auf sein gestärktes Oberhemd.
Er flucht, weil es so lange dauert.
Man merkt daran: Er ist hier fremd.

Er will den Gottesdienst besuchen,
denn das erheischt die Tradition.
Die Stadt ist klein. Man soll nicht fluchen.
Pauline bringt das Hemd ja schon!

Die Stunden machen kleine Schritte
und heben ihre Füße kaum.
Die Langeweile macht Visite.
Die Tanten flüstern über Dritte.
Und drüben, auf des Marktes Mitte,
schnarcht leise der Kastanienbaum.

HANS KASPER

Nachricht

FRANKFURT. In den Abendstunden
des neunten September
schloß
eine
Feuerlilie
zum
letzten Male ihren Kelch.
Gepflückt
von den Hängen des Taunus,
dort,
wo der Blick auf die Stadt Kronberg
geht
(die sie nicht sah),
lebte
die Blume noch drei Tage,
behütet
in
einer kostbaren Vase
neben dem Bild der Dame
des Hauses,
bis
ihre Kraft
mit dem erlöschenden Tag
verlosch.
Ihr
Tod war so lautlos.

Josef Guggenmos

Mein Haus

Mein Haus ist das schönste
auf der Welt.
Was habe ich alles
hineingestellt?

Der Tisch ist aus Holz,
die Schere aus Stahl.
Der Teller ist rund,
der Spiegel oval.

Wo ist der Saft?
In den grünen Flaschen.
Was ist im Napf?
Etwas zum Naschen.

Was tu ich am Montag?
Da wird gesungen.
Was tu ich am Dienstag?
Da wird gesprungen.

Am Mittwoch
klappere ich mit dem Topf.
Am Donnerstag
stehe ich auf dem Kopf.

Am Freitag
gilt es, Holz zu hacken.
Am Samstag
werde ich kneten und backen.

Kommst du am Sonntag
mich besuchen,
darfst du den Kuchen
auch versuchen.

WILHELM BUSCH

Pfannekuchen und Salat

Von Fruchtomletts da mag berichten
Ein Dichter aus den höhern Schichten.

Wir aber, ohne Neid nach oben,
Mit bürgerlicher Zunge loben
Uns Pfannekuchen und Salat.

Wie unsre Liese delikat
So etwas backt und zubereitet,
Sei hier in Worten angedeutet.

Drei Eier, frisch und ohne Fehl,
Und Milch und einen Löffel Mehl,
Die quirlt sie fleißig durcheinand
Zu einem innigen Verband.

Sodann, wenn Tränen auch ein Übel,
Zerstückelt sie und mengt die Zwiebel
Mit Öl und Salz zu einer Brühe,
Daß der Salat sie an sich ziehe.

Um diesen ferner herzustellen,
Hat sie Kartoffeln abzupellen.
Da heißt es, fix die Finger brauchen,
Den Mund zu spitzen und zu hauchen,
Denn heiß geschnitten nur allein
Kann der Salat geschmeidig sein.

Hierauf so geht es wieder heiter
Mit unserm Pfannekuchen weiter.

Nachdem das Feuer leicht geschürt,
Die Pfanne sorgsam auspoliert,
Der Würfelspeck hineingeschüttelt,
So daß es lustig brät und brittelt,

Pisch, kommt darüber mit Gezisch
Das ersterwähnte Kunstgemisch.

Nun zeigt besonders und apart
Sich Lieschens Geistesgegenwart,
Denn nur zu bald, wie allbekannt,
Ist solch ein Kuchen angebrannt.

Sie prickelt ihn, sie stockert ihn,
Sie rüttelt, schüttelt, lockert ihn
Und lüftet ihn, bis augenscheinlich

Die Unterseite eben bräunlich
Die umgekehrt geschickt und prompt
Jetzt ihrerseits nach oben kommt.

Geduld, es währt nur noch ein bissel,
Dann liegt der Kuchen auf der Schüssel.

Doch späterhin die Einverleibung,
Wie die zu Mund und Herzen spricht,
Das spottet jeglicher Beschreibung,
Und darum endet das Gedicht.

fabulieren und zaubern

Das deutsche Wort »dichten« kommt vom lateinischen *dictare*, einer Intensivform von *dicere*, »sagen«. Für das, was wir heute mit Dichten bezeichnen, geben die lateinischen Lexika – soweit es nicht um bloßes Verseschmieden geht – zuerst *fingere* an, »fingieren«, erdichten (Fiktion!); *fingere* heißt: etwas ausdenken und aussagen, was nicht ist. Das hat seine Grenzen in sich, weil, was nicht ist und also auch nicht erfahren werden kann, unverständlich bleibt; es fehlt beim Angesprochenen oder Leser eine Erinnerung, ein Bild, das man »ansprechen« kann. Auch eine schiere Erfindung wie »Das große Lalulā« lebt aber von konkreten Vorstellungen, die es hervorruft. Ein Zauberer hingegen zaubert etwas, das wir kennen, aus dem Nichts oder läßt etwas, das wir kennen, im Nichts verschwinden. Es ist die Einbildungskraft, die aus Kamenz einen »Ort« und aus »Orplid« mein Land macht.

JOSEPH VON EICHENDORFF

Wünschelrute

Schläft ein Lied in allen Dingen,
Die da träumen fort und fort,
Und die Welt hebt an zu singen,
Triffst du nur das Zauberwort.

HILDE DOMIN

Auf Wolkenbürgschaft

Für Sabka

Ich habe Heimweh nach einem Land
in dem ich niemals war,
wo alle Bäume und Blumen
mich kennen,
in das ich niemals geh,
doch wo sich die Wolken
meiner
genau erinnern,
ein Fremder, der sich
in keinem Zuhause
ausweinen kann.

Ich fahre
nach Inseln ohne Hafen,
ich werfe die Schlüssel ins Meer
gleich bei der Ausfahrt.
Ich komme nirgends an.
Mein Segel ist wie ein Spinnweb im Wind,
aber es reißt nicht.
Und jenseits des Horizonts,
wo die großen Vögel
am Ende ihres Flugs
die Schwingen in der Sonne trocknen,
liegt ein Erdteil
wo sie mich aufnehmen müssen,
ohne Paß,
auf Wolkenbürgschaft.

Eduard Mörike

Gesang Weylas

Du bist Orplid, mein Land!
Das ferne leuchtet;
Vom Meere dampfet dein besonnter Strand
Den Nebel, so der Götter Wange feuchtet.

Uralte Wasser steigen
Verjüngt um deine Hüften, Kind!
Vor deiner Gottheit beugen
Sich Könige, die deine Wärter sind.

HEINZ CZECHOWSKI

Ort

Heine, als er in Berlin war,
Überlief bei dem Gedanken,
Hier oder da
Könnte Lessing gegangen sein,
Immer ein Schauer.

Ach, wäre er doch
In Kamenz gewesen:
Kirchgasse, Badergasse, Schulgasse, Theatergasse –
Jeder Schritt
Nichts als ein Schauer!

Hat der kleine Gotthold
Hier oder da seine Murmeln geschoben?
Oder hat der junge Gelehrte,
Der schon mit sechs
In einem Hinterzimmer der Pfarre
Griechisch, Hebräisch, Latein
In sich stopfte, vielleicht
Diese Gassen
Niemals betreten?

Ringsum die sorbische Heide,
Kraftwerkschlote,
Vom erhöhten Ausguck im Kirchhof
Gut zu erkennen. Der Name Lessing
Auf keinem Grabstein verzeichnet.

Der Nachmittag summt
Zwischen Grabsteinen und Koniferen,
Die Stille gestört
Von einem dahinheulenden Rettungswagen.

Auf der Straße nach Räckelwitz
Ein Wartburg um eine Birke gewickelt,
Die Frontscheibe
Gerötet von Blut.

Man hat nicht mehr viel zu erfinden:
Keine Minna wartet in einem Berliner Hotel
Auf ihren Tellheim.

Wendische Mädchen
Singen im Heu, in der Luft ein Geruch,
Der einem Mann zusetzen kann.

In Königswartha die kleine Friseuse
In hautengen Hosen,
Die nach Bautzen will in die Disko
Und die von Lessing nichts weiß.

Der doch ein Mann war,
Kein Stubengelehrter,
Und der hier und da
Gewesen sein könnte,
In Neschwitz zum Beispiel.

So viele Schauer
Während der Fahrt über Land,
Durch Panschwitz-Kuckau,
Wo der Urin der Äbtissinnen
Die Hartbrandsteine zersetzt,
Und wo ein Priester
Mit wehender Soutane
Über die Straße eilt,
Als hätte es Lessing
Niemals gegeben.

JOHANN WOLFGANG VON GOETHE

Hochzeitlied

Wir singen und sagen vom Grafen so gern,
Der hier in dem Schlosse gehauset,
Da, wo ihr den Enkel des seligen Herrn,
Den heute vermählten, beschmauset.
Nun hatte sich jener im heiligen Krieg
Zu Ehren gestritten durch mannigen Sieg,
Und als er zu Hause vom Rösselein stieg,
Da fand er sein Schlösselein oben;
Doch Diener und Habe zerstoben.

Da bist du nun, Gräflein, da bist du zu Haus,
Das Heimische findest du schlimmer!
Zum Fenster, da ziehen die Winde hinaus,
Sie kommen durch alle die Zimmer.
Was wäre zu tun in der herbstlichen Nacht?
So hab ich doch manche noch schlimmer vollbracht,
Der Morgen hat alles wohl besser gemacht.
Drum rasch bei der mondlichen Helle
Ins Bett, in das Stroh, ins Gestelle.

Und als er im willigen Schlummer so lag,
Bewegt es sich unter dem Bette.
Die Ratte, die raschle, so lange sie mag!
Ja, wenn sie ein Bröselein hätte!
Doch siehe! da stehet ein winziger Wicht,
Ein Zwerglein so zierlich mit Ampelenlicht,
Mit Rednergebärden und Sprechergewicht,
Zum Fuß des ermüdeten Grafen,
Der, schläft er nicht, möcht' er doch schlafen.

»Wir haben uns Feste hier oben erlaubt,
Seitdem du die Zimmer verlassen,
Und weil wir dich weit in der Ferne geglaubt,
So dachten wir eben zu prassen.
Und wenn du vergönnest, und wenn dir nicht graut,
So schmausen die Zwerge, behaglich und laut,
Zu Ehren der reichen, der niedlichen Braut.«
Der Graf im Behagen des Traumes:
»Bedienet euch immer des Raumes!«

Da kommen drei Reiter, sie reiten hervor,
Die unter dem Bette gehalten;
Dann folget ein singendes, klingendes Chor
Possierlicher, kleiner Gestalten;
Und Wagen auf Wagen mit allem Gerät,
Daß einem so Hören und Sehen vergeht,
Wie's nur in den Schlössern der Könige steht;
Zuletzt auf vergoldetem Wagen
Die Braut und die Gäste getragen.

So rennet nun alles in vollem Galopp
Und kürt sich im Saale sein Plätzchen;
Zum Drehen und Walzen und lustigen Hopp
Erkieset sich jeder ein Schätzchen.
Da pfeift es und geigt es und klinget und klirrt,
Da ringelt's und schleift es und rauschet und wirrt,
Da pispert's und knistert's und flüstert's und schwirrt;
Das Gräflein, es blicket hinüber,
Es dünkt ihn, als läg' er im Fieber.

Nun dappelt's und rappelt's und klappert's im Saal
Von Bänken und Stühlen und Tischen,
Da will nun ein jeder am festlichen Mahl
Sich neben dem Liebchen erfrischen;
Sie tragen die Würste, die Schinken so klein
Und Braten und Fisch und Geflügel herein;
Es kreiset beständig der köstliche Wein.
Das toset und koset so lange,
Verschwindet zuletzt mit Gesange. – –

Und sollen wir singen, was weiter geschehn,
So schweige das Toben und Tosen!
Denn was er, so artig, im kleinen gesehn,
Erfuhr er, genoß er im großen.
Trompeten und klingender, singender Schall,
Und Wagen und Reiter und bräutlicher Schwall,
Sie kommen und zeigen und neigen sich all',
Unzählige, selige Leute.
So ging es und geht es noch heute.

Mascha Kaléko

Nennen wir es »Frühlingslied«

In das Dunkel dieser alten, kalten
Tage fällt das erste Sonnenlicht.
Und mein dummes Herz blüht auf, als wüsst es nicht:
Auch der schönste Frühling kann nicht halten,
Was der werdende April verspricht.

Da, die Amseln üben schon im Chor,
Aus der Nacht erwacht die Welt zum Leben,
Pans vergessenen Flötenton im Ohr …
Veilchen tun, als hätt es nie zuvor
Laue Luft und blauen Duft gegeben.

Die Kastanien zünden feierlich
Ihre weißen Kerzen an. Der Flieder
Bringt die totgesagten Jahre wieder
Und es ist, als reimten alle Lieder
Sich wie damals auf »Ich liebe dich«.

– Sag mir nicht, das sei nur Schall und Rauch!
Denn wer glaubt, der forscht nicht nach Beweisen.
Willig füg ich mich dem alten Brauch,
Ist der Zug der Zeit auch am Entgleisen –
Und wie einst, in diesem Frühjahr auch
Geht mein wintermüdes Herz auf Reisen.

Christian Morgenstern

Die Hystrix

Das hinterindische Stachelschwein
(hystrix grotei Gray),
das hinterindische Stachelschwein
aus Siam, das tut weh.

Entdeckst du wo im Walde drauß
bei Siam seine Spur,
dann tritt es manchmal, sagt man, aus
den Schranken der Natur.

Dann gibt sein Zorn ihm so Gewalt,
daß, eh' du dich versiehst,
es seine Stacheln jung und alt
auf deinen Leib verschießt.

Von oben bis hinab sodann
stehst du gespickt am Baum,
ein heiliger Sebastian,
und traust den Augen kaum.

Die Hystrix aber geht hinweg,
an Leib und Seele wüst.
Sie sitzt im Dschungel im Versteck
und büßt.

JAMES KRÜSS

Das Königreich von Nirgendwo

Das Königreich von Nirgendwo
Liegt tief am Meeresgrund.
Dort wohnt der König Soundso
Mit Niemand, seinem Hund.

Die Königin heißt Keinesfalls.
Sie ist erstaunlich klein,
Hat einen langen Schwanenhals
Und sagt beständig: Nein!

Und Keiner ist der Hofmarschall,
Er trinkt gern süße Luft.
Sein Haus (gleich neben Niemands Stall)
Besteht aus Kieselduft.

Die Köchin Olga Nimmermehr,
Die wohnt in Keiners Haus.
Sie putzt und werkelt immer sehr
Und kocht tagein, tagaus.

Am liebsten kocht sie Grabgeläut,
Mit Seufzern fein gemischt.
Das wird im Schloß zu Keinerzeit
Meist Niemand aufgetischt.

Oft macht die Katze Niemals hier
Zu Keinerzeit Tumult.
Dann sorgt sich Keiner um das Tier,
Und Niemand kriegt die Schuld.

Man schimpft ihn tüchtig aus und läßt
Ihn prügeln noch und noch.
Für Nimmermehr gibt's Hausarrest,
Und Keiner muß ins Loch.

Doch meist ist König Soundso
Sehr friedlich und human.
Drum liebt im ganzen Nirgendwo
Ihn jeder Untertan.

Ich selber ging mal seinerzeit
Zu einer Zeit im Mai
(Man tat so was zu meiner Zeit)
An Keinerzeit vorbei.

Das Meer war still. Und Keiner stand
Am Zaun, nach mir zu schaun.
Schloß Keinerzeit lag linkerhand
Und Niemand rechts am Zaun.

Das Königreich von Nirgendwo
Liegt tief am Meeresgrund.
Dort wohnt der König Soundso
Mit Niemand, seinem Hund.

Josef Guggenmos

Die drei Grafen

Ein Schiff zieht in den Hafen,
tut, tut.
An Deck stehen drei Grafen
mit blaugrauem Hut.

Drei Grafen mit roten Nelken am Rock.
Drei Grafen mit einem silbernen Stock.
Sie haben Diamanten am Ring
und tragen unter dem linken Arm
in Seidenpapier
ein besonderes Ding.

Die drei Grafen lachen und singen.
Was werden sie uns bringen?

Carl Meisl

Arie des Orpheus

Altes Eisen, Messing, Blei,
Lumpen, Fetzen, Hahneng'schrei.
Galgenvögel, Rabenas,
Faule Äpfel, Ananas,
Artischocken, Teufelskot,
Schwere Reiter, Butterbrot,
Alte Weiber, Kohlendampf,
Fliegengift und Magenkrampf.
Gliederreißen, Ohrenweh,
Ranziges Fett und Märzenschnee.
Postillion und Sesseltrager,
Bäckenjodl, Ochsenschlager.
Alte Katzen, schwarze Pudel,
Leberknödel, Lungenstrudel,
Das ist doch ein Quodlibet,
Das gewiß zum Herzen geht.

Marie Luise Kaschnitz

Die Kinder dieser Welt

Die Kinder dieser Welt hab ich gesehen.
Mein Bruder hatte sie eingeladen
Über die sieben Berge zu fahren.
Über die sieben Berge fuhren
Die Kinder dieser Welt.

Auf dem ersten Berg war Jahrmarkt.
Die Kinder riefen, halt an.
Da tanzten über dem Rasenzelt
Milchblaue Bälle mit Nasen.
Haben, riefen die Kinder der Welt.

Auf dem zweiten Berg lief der Sturmwind
Und die Kinder schrien, hol ein.
Sie stampften und griffen ins Steuerrad
Sie ließen die Hupe gellen.
Ich weiß nicht, was mein Bruder tat
Um ihrer Herr zu sein.

Auf dem dritten Berg stand die Nebelkuh
Und leckte über das Gras.
Da machten die Kinder die Augen zu
Sie fragten, sind wir nicht blaß?
Wir stürzen in die tiefe Schlucht.
Wer weiß, wer unsre Knöchlein sucht.
Sterben, sagten die Kinder der Welt.

Auf dem vierten Berg war ein Wasser.
Und mein Bruder sagte, vorbei.
Da wollten die Kinder ihn schlagen
Sie sprangen vom fahrenden Wagen
Mitten in den See.
Sie schwammen dort in der Runde
Tief unten am steinigen Grunde
Wie die Kinder der Lilofee.

Auf dem fünften Berg schien die Sonne
Wie sieben Sonnen klar.
Da streckten die Kinder die Arme aus
Und beugten sich weit zu den Fenstern heraus
Mit wehendem Haar
Und winkten und sangen laut dabei
Wie süß die sündige Liebe sei.
Küssen, sangen die Kinder der Welt.

Um den sechsten Berg schlich der Mondmann
Klein und gebückt.
Seinen Hund an der Leine.
Da rückten die Kinder zusammen.
Mein Vater ist verrückt
Mein Bruder hat keine Beine
Meine Mutter ist fortgegangen
Kommt nicht zurück ...

Auf dem siebenten Berg war kein Haus
Und mein Bruder sagte, steigt aus.
Da wurden sie alle traurig
Und ließen die Luftballons los
Und das lieblichste übergab sich
Gerade in seinen Schoß.

Sie gingen eins hierhin, eins dorthin
Die kleinen Fäuste geballt
Und wir hörten sie noch von ferne
Trotzig singen im Wald.

Heinrich Heine

Zwei Ritter

Crapülinski und Waschlapski,
Polen aus der Polackei,
Fochten für die Freiheit, gegen
Moskowiter-Tyrannei.

Fochten tapfer und entkamen
Endlich glücklich nach Paris –
Leben bleiben, wie das Sterben
Für das Vaterland, ist süß.

Wie Achilles und Patroklus,
David und sein Jonathan,
Liebten sich die beiden Polen,
Küßten sich: »Kochan! Kochan!«

Keiner je verriet den Andern,
Blieben Freunde, ehrlich, treu,
Ob sie gleich zwei edle Polen,
Polen aus der Polackei.

Wohnten in derselben Stube,
Schliefen in demselben Bette;
Eine Laus und eine Seele,
Kratzten sie sich um die Wette.

Speisten in derselben Kneipe,
Und da keiner wollte leiden,
Daß der Andre für ihn zahle,
Zahlte Keiner von den Beiden.

Auch dieselbe Henriette
Wäscht für beide edle Polen;
Trällernd kommt sie jeden Monat, –
Um die Wäsche abzuholen.

Ja, sie haben wirklich Wäsche,
Jeder hat der Hemden zwei,
Ob sie gleich zwei edle Polen,
Polen aus der Polackei.

Sitzen heute am Kamine,
Wo die Flammen traulich flackern;
Draußen Nacht und Schneegestöber
Und das Rollen von Fiakern.

Eine große Bowle Punsch,
(Es versteht sich, unverzückert,
Unversäuert, unverwässert)
Haben sie bereits geschlückert.

Und von Wehmuth wird beschlichen
Ihr Gemüte; ihr Gesicht
Wird befeuchtet schon von Zähren,
Und der Crapülinski spricht:

»Hätt' ich doch hier in Paris
Meinen Bärenpelz, den lieben
Schlafrock und die Katzfell-Nachtmütz,
Die im Vaterland geblieben!«

Ihm erwiderte Waschlapski:
»O du bist ein treuer Schlachzitz,
Denkest immer an der Heimat
Bärenpelz und Katzfell-Nachtmütz.

Polen ist noch nicht verloren,
Unsre Weiber, sie gebären,
Unsre Jungfraun tun dasselbe,
Werden Helden uns bescheren,

Helden, wie der Held Sobieski,
Wie Schelmufski und Uminski,
Eskrokewitsch, Schubiakski,
Und der große Eselinski.«

Franz Josef Degenhardt

Der, der meine Lieder singt

Durchs Schalloch im Gitarrenbauch,
da seh ich ihn und höre auch
die Lieder, die er singt.
Ich rieche jenen scharfen Hauch
von Schnaps und seh durch Pfeifenrauch,
wie andächtig er trinkt.
Hör, was er meiner Frau erzählt,
hör, wie sie lacht und Fragen stellt,
und höre, wie er lügt.
Seh, wie er mit den Kindern spielt,
an ihre Ohren Muscheln hält,
vom Rumpelstilzchen spricht.
Wie kommt nur dieser Mann hierhin?
Was hält ihn hier, was will er denn,
der, der meine Lieder singt,
der, der meine Schnäpse trinkt,
meine Frau ans Lachen bringt,
meinen Kindern Muscheln schenkt?

Der könnt doch auch als Lohengrin
im Nachen auf die Bühne ziehn
– den Bauch voll Wagnerklang –,
in Flandern an 'nem Tresen stehn,
durchs Schnapsglas auf die Mole sehn
– am Ölzeug Salz und Tang –,
mit langstieligen Mädchen an
Kaminen hocken als der Mann,
der Nüstern beben läßt,
als Pfaff und Arzt in Hindustan,
der auch noch Orgel spielen kann,
die Kinder impfen gegen Pest.

Das könnt doch alles der da tun,
auf dem jetzt alle Blicke ruhn,
der, der meine Lieder singt,
der, der meine Schnäpse trinkt,
meine Frau ans Lachen bringt,
meinen Kindern Muscheln schenkt.

Der singt und quasselt, lacht und raucht,
der säuft und säuft und lutscht und saugt,
sein Mund kriegt nie genug.
Die Zunge brennt, in Schnaps getaucht,
das Glas, das er pro Stunde braucht,
leert er in einem Zug.
Wenn der mit andren Frauen spricht,
dann sieht er nur in ihr Gesicht,
nur selten tiefer hin.
Der lügt, daß Rumpelstilzchen nicht
nachts unter Kinderbetten liegt,
erzählt von guten Feen.
Ein ordentlicher Mann, gepflegt,
der Schlips und weiße Hemden trägt,
der, der meine Lieder singt,
der, der meine Schnäpse trinkt,
meine Frau ans Lachen bringt,
meinen Kindern Muscheln schenkt.

Wie, wenn's dem plötzlich nicht mehr schmeckt,
wenn der sein Instrument zerschlägt
und laut Kommandos brüllt?
Die Zunge nicht ins Schnapsglas steckt,
sie jedem gleich entgegenstreckt,
des Nase ihm mißfällt?
Wie, wenn der alle Scham vergißt,
und sich zum Bahndamm ziehen läßt,
Zigeunerweiber jagt?

Den Kindern sagt, wie's richtig ist,
daß Rumpelstilzchen Kinder frißt
und nachts am Bettpfost nagt?
Vertraut dem nicht zu sehr, gebt acht.
Auch, wenn er so gemütlich lacht,
der, der meine Lieder singt,
der, der meine Schnäpse trinkt,
meine Frau ans Lachen bringt,
meinen Kindern Muscheln schenkt.

Werner Bergengruen

Die Unsichtbaren

Rüste abendlich die Schale,
schütte Milch und brocke Brot
dem geheimen Volk zum Mahle.
Geht es, ist die Hausung tot.

Wiege hütet es und Windel
und im Keller Kohl und Wein.
Jeder Stein und jede Schindel
will von ihm bezeichnet sein.

Horche nicht nach ihren Schritten,
geh sie nicht mit Worten an.
Niemals sind sie zu erbitten,
frei ist Gabe, Spruch und Bann.

Manchmal wie ein Mückenschatten
streift es winzig dein Gesicht,
manchmal zwischen Stroh und Latten
blitzt und lischt ein schmales Licht ...

Sie bewahren, sie bescheren
deinem Salz die heilge Kraft,
kochen in den Gartenbeeren
prall den sonnensüßen Saft.

In der grünen Flut der Bäume
zählen sie getreu das Laub,
streun in deiner Kinder Träume
Mondenkräuter, Sternenstaub.

Segnen Lust und Tränenfließen,
Speise, Atem, Schlaf und Trank,
auch das letzte Augenschließen,
– ohne Bitte, ohne Dank.

Dem geheimen Volk zum Mahle
schütte Milch und brocke Brot.
Rüste abendlich die Schale
und verletze kein Gebot.

Und so wird dir alles werden,
dessen wir bedürftig sind:
Tau des Himmels, Fett der Erden,
bis auf Kind und Kindeskind.

CHRISTIAN MORGENSTERIN

Das große Lalulā

Kroklokwafzi? Semememi!
Seiokrontro – prafriplo:
Bifzi, bafzi; hulalemi:
quasti basti bo ...
Lalu lalu lalu lalu la!

Hontraruru miromente
zasku zes rü rü?
Entepente, leiolente
klekwapufzi lü?
Lalu lalu lalu lalu la!

Simarar kos malzipempu
silzuzankunkrei (;) !
Marjomar dos: Quempu Lempu
Siri Suri Sei [ ]!
Lalu lalu lalu lalu la!

Josef Guggenmos

Dein Stift kann's auch

Es war einmal ein weißes Blatt,
da kam ein Stift, lief auf und ab,
lief manche Kurve elegant.
Dann ging er fort; als er verschwand,
stand auf dem Blatt ein Elefant.

Am Rüssel und am Zähnenpaar
sah jeder, daß es einer war.
Man sah es an dem dicken Bauch
und an den großen Ohren auch.
Mit Beinen – jedes wie ein Faß –
steht er noch heut im Zickzackgras
und nascht an einem Kringelstrauch.

HILDE DOMIN

Ich lade dich ein

Liebster, ich lade dich ein,
komm in das Haus unsrer Wünsche
und häng deinen Hut an die Wand,
den Hut mit dem kleinen Schußloch.
Denn ich habe das Haus
ganz nach deinem Befehle gebaut.
Es ist alles darin, was wir brauchen.
Der blaue Himmel der Tropen,
die leichte Luft von Madrid,
doch ohne den lästigen Wind, der
dir die Papiere zerzaust.
Die Zimmer sind im gobelinweichen Grün
der Hänge von Heidelberg gestrichen.
Ich geb dir die alte Brücke als Bett
mit einer Latexmatratze darauf.
Es riecht nach den Glyzinien
der Via Monte Tarpeo,
Marc Aurel ist wieder unser Portier.
Des Abends vergoldet die Sonne den Tiber,
dann singt uns die Nachtigall am Palatin.
Danach gehen wir in die Kammerspiele,
in die Scala oder Old Vic,
oder sehn den großen Barrault,
ob Paris ihn gerade mag oder nicht.
Du hast immer Zeit,
und es fällt dir was ein, wenn du Zeit hast.
(Die Schreibmaschine kopiert von allein,
völlig geräuschlos, versteht sich.)
Und was du schreibst,
wird im ersten Monat gedruckt
und sofort darauf rezensiert
und gefällt dir und den andern, und das mit Recht,
denn es ist bahnbrechend, einfach und gut
und zur richtigen Stunde gesagt. –

Und für die Flauten schreibt Händel
dir neue Concerti Grossi,
weil du die alten schon kennst,
und der tote Busch dirigiert.
Dann ißt du gebratene Enten
und Frühlingssalat aus Florenz.
Wir spülen nie. Die Teller
werfen wir zum Fenster hinaus,
wie in Rom in der Neujahrsnacht.
Sei unbesorgt, sie fallen
niemand auf den Kopf,
denn unten ist keine Straße.
Deswegen ist's auch so ruhig,
und nichts stört deinen Schlaf
(und morgens bleibt dir nie
ein weißes Haar an der Bürste).
Dabei sind die Oper und das Kino
mit ausgewähltem Programm
gleich um die nächste Ecke,
und dort stehen auch die Museen.
Die frühen Kulturen sind gut vertreten,
die fernöstliche Sammlung ist exquisit,
und ein Wiener Café in der Nähe.
Dort sehen wir rasch die Zeitungen durch,
sie sind, wie immer,
empörend interessant,
nur ist alles viel weiter weg.
Wir lesen mit kopfschüttelndem Entsetzen,
wie die Schwalben vom Himmel fallen
nach den Atomexplosionen
auf einer anderen Erde.
Dann gehn wir nachhause, und du schläfst Siesta,
und für mich steht bei der Terrasse ein Baum
mit dem unentbehrlichen grünblauen Muster.

Wir arbeiten viel,
und wir lachen noch mehr,
und wir haben reizende Gäste
– wer käme nicht gern in das Haus? –
denen liest du in allen Sprachen,
am liebsten auf deutsch,
das Geschriebene vor.
Dann fahren wir zusammen zu Martha Graham
oder zum Negerballett von Port-au-Prince,
oder machen einen kurzen Mondscheinspaziergang
in den Löwenhof der Alhambra.

Der Briefträger, mein Herz, kommt pünktlich
zum Frühstück,
gleich nach dem blauweißen Gruß
der kleinen Möwen über der See,
und bringt Liebesbriefe von deinem Verleger
und Angebote von Stellen, die du nicht brauchst.
Denn du hast, was du wünscht,
und du tust, was du magst.
Und du tobst nur ganz selten,
damit ich behalte, wie gut du es kannst,
und bist viel geduldiger als sonst.

Liebster, nimm deinen Hut von der Wand,
den Hut mit dem kleinen Schußloch,
und geh auf ein Wohnungsbüro, ich bitt dich,
und sieh,
was sie uns anbieten können.
Sonst stürz ich mich noch aus dem Fenster
dieses Hauses, das es nicht gibt.

Und das Fenster, glaub mir, ist hoch.

Erich Kästner

Trostlied im Konjunktiv

Wär ich ein Baum, stünd ich droben im Wald.
Trüg Wolke und Stern in den grünen Haaren.
Wäre mit meinen dreihundert Jahren
noch gar nicht sehr alt.

Wildtauben grüben den Kopf unterm Flügel.
Kriege ritten und klirrten im Trab
querfeldein und über die Hügel
ins offene Grab.

Humpelten Hunger vorüber und Seuche.
Kämem und schmölzen wie Ostern und Schnee.
Läg ein Pärchen versteckt im Gesträuche
und tät sich süß weh.

Klängen vom Dorf her die Kirmesgeigen.
Ameisen brächten die Ernte ein.
Hinge ein Toter in meinen Zweigen
und schwänge das Bein.

Spränge die Flut und ersäufte die Täler.
Wüchse Vergissmeinnicht zärtlich am Bach.
Alles verginge wie Täuschung und Fehler
und Rauch überm Dach.

Wär ich ein Baum, stünd ich droben im Wald.
Trüg Sonnen und Mond in den grünen Haaren.
Wäre mit meinen dreihundert Jahren
nicht jung und nicht alt.

singen und ahnen

»Singen« – das ist Melodie und Rhythmus. Man weiß, daß die Sprache beides hat, schon ohne die sie steigernde Musik. »Sie singen von der Mutter, der Nacht, ins Ohr / Vom Tage, / Vom heute gewesenen Tage« – diese Zeilen singen selber. Ein Mittel des gesungenen Wortes, des Liedes, ist die Wiederholung. Sie macht das Gedicht zum Lied. Brechts Ballade von den Seeräubern würde man auch dann singen wollen, wenn es die wunderbare Melodie *L'Etendard de la Pitié* nicht gäbe: »O Himmel, strahlender Azur! / Enormer Wind die Segel bläh! ... « Vollends singt die Wiederholung in der Wiederholung: »... Durchwandelte sacht / In der Nacht, in der Nacht / Das Tor mit dem goldenen Bogen.«

Das Singen verleitet dazu, die wachsamen Gedanken fahren zu lassen. Aus Denken und Bewußtsein werden Sinnen und Ahnen; darum kommen in diesem Kapitel Frühlingslied, Reiselied, Schlummerlied zusammen, zergeht die Wirklichkeit in Aufbruch, Traum und Geheimnis.

EDUARD MÖRIKE

Um Mitternacht

Gelassen stieg die Nacht ans Land,
Lehnt träumend an der Berge Wand,
Ihr Auge sieht die goldne Waage nun
Der Zeit in gleichen Schalen stille ruhn;

Und kecker rauschen die Quellen hervor,
Sie singen der Mutter, der Nacht, ins Ohr
Vom Tage,
Vom heute gewesenen Tage.

Das uralt alte Schlummerlied,
Sie achtet's nicht, sie ist es müd;
Ihr klingt des Himmels Bläue süßer noch,
Der flüchtgen Stunden gleichgeschwungnes Joch.
Doch immer behalten die Quellen das Wort,
Es singen die Wasser im Schlafe noch fort
Vom Tage,
Vom heute gewesenen Tage.

Friedrich Hebbel

Sie sehn sich nicht wieder

Von dunkelnden Wogen
Hinunter gezogen,
Zwei schimmernde Schwäne, sie schiffen daher,
Die Winde, sie schwellen
Allmählig die Wellen,
Die Nebel, sie senken sich finster und schwer.

Die Schwäne, sie meiden
Einander und leiden,
Nun tun sie es nicht mehr, sie können die Glut
Nicht länger verschließen,
Sie wollen genießen,
Verhüllt von den Nebeln, gewiegt von der Flut.

Sie schmeicheln, sie kosen,
Sie trotzen dem Tosen
Der Wellen, die zweie in eines verschränkt,
Wie die sich auch bäumen,
Sie glühen und träumen,
In Liebe und Wonne zum Sterben versenkt.

Nach innigem Gatten
Ein süßes Ermatten,
Da trennt sie die Woge, bevor sies gedacht.
Laßt ruhn das Gefieder!
Ihr seht euch nicht wieder,
Der Tag ist vorüber, es dämmert die Nacht.

August von Platen

Wie rafft' ich mich auf in der Nacht, in der Nacht,
Und fühlte mich fürder gezogen,
Die Gassen verließ ich, vom Wächter bewacht,
Durchwandelte sacht
In der Nacht, in der Nacht,
Das Tor mit dem gotischen Bogen.

Der Mühlbach rauschte durch felsigen Schacht,
Ich lehnte mich über die Brücke,
Tief unter mir nahm ich der Wogen in acht,
Die wallten so sacht
In der Nacht, in der Nacht,
Doch wallte nicht Eine zurücke.

Es drehte sich oben, unzählig entfacht,
Melodischer Wandel der Sterne,
Mit ihnen der Mond in beruhigter Pracht,
Sie funkelten sacht
In der Nacht, in der Nacht,
Durch täuschend entlegene Ferne.

Ich blickte hinauf in der Nacht, in der Nacht,
Ich blickte hinunter aufs neue:
O wehe, wie hast du die Tage verbracht!

Nun stille du sacht
In der Nacht, in der Nacht,
Im pochenden Herzen die Reue!

Friedrich Hebbel

Nachtlied

Quellende, schwellende Nacht,
Voll von Lichtern und Sternen;
In den ewigen Fernen,
Sage, was ist da erwacht!

Herz in der Brust wird beengt,
Steigendes, neigendes Leben,
Riesenhaft fühle ich's weben,
Welches das meine verdrängt.

Schlaf, da nahst du dich leis,
Wie dem Kinde die Amme,
Und um die dürftige Flamme
Ziehst du den schützenden Kreis.

Nikolaus Lenau

Der Postillion

Lieblich war die Maiennacht,
Silberwölklein flogen,
Ob der holden Frühlingspracht
Freudig hingezogen.

Schlummernd lagen Wies' und Hain,
Jeder Pfad verlassen;
Niemand als der Mondenschein
Wachte auf der Straßen.

Leise nur das Lüftchen sprach,
Und es zog gelinder
Durch das stille Schlafgemach
All der Frühlingskinder.

Heimlich nur das Bächlein schlich,
Denn der Blüten Träume
Dufteten gar wonniglich
Durch die stillen Räume.

Rauher war mein Postillion,
Ließ die Geißel knallen,
Über Berg und Tal davon
Frisch sein Horn erschallen.

Und von flinken Rossen vier
Scholl der Hufe Schlagen,
Die durchs blühende Revier
Trabten mit Behagen.

Wald und Flur im schnellen Zug
Kaum gegrüßt – gemieden;
Und vorbei, wie Traumesflug,
Schwand der Dörfer Frieden.

Mitten in dem Maienglück
Lag ein Kirchhof innen,
Der den raschen Wanderblick
Hielt zu ernstem Sinnen.

Hingelehnt an Bergesrand
War die bleiche Mauer,
Und das Kreuzbild Gottes stand
Hoch, in stummer Trauer.

Schwager ritt auf seiner Bahn
Stiller jetzt und trüber;
Und die Rosse hielt er an,
Sah zum Kreuz hinüber:

»Halten muß hier Roß und Rad,
Mags euch nicht gefährden:
Drüben liegt mein Kamerad
In der kühlen Erden!

Ein gar herzlieber Gesell!
Herr, 's ist ewig schade!
Keiner blies das Horn so hell
Wie mein Kamerade!

Hier ich immer halten muß,
Dem dort unterm Rasen
Zum getreuen Brudergruß
Sein Leiblied zu blasen!«

Und dem Kirchhof sandt' er zu
Frohe Wandersänge,
Daß es in die Grabesruh
Seinem Bruder dränge.

Und des Hornes heller Ton
Klang vom Berge wieder,
Ob der tote Postillion
Stimmt' in seine Lieder. –

Weiter ging's durch Feld und Hag
Mit verhängtem Zügel;
Lang mir noch im Ohre lag
Jener Klang vom Hügel.

JOSEPH VON EICHENDORFF

Sehnsucht

Es schienen so golden die Sterne,
Am Fenster ich einsam stand
Und hörte aus weiter Ferne
Ein Posthorn im stillen Land.
Das Herz mir im Leib entbrennte,
Da hab' ich mir heimlich gedacht:
Ach wer da mitreisen könnte
In der prächtigen Sommernacht!

Zwei junge Gesellen gingen
Vorüber am Bergeshang,
Ich hörte im Wandern sie singen
Die stille Gegend entlang:
Von schwindelnden Felsenschlüften,
Wo die Wälder rauschen so sacht,
Von Quellen, die von den Klüften
Sich stürzen in die Waldesnacht.

Sie sangen von Marmorbildern,
Von Gärten, die über'm Gestein
In dämmernden Lauben verwildern,
Palästen im Mondenschein,
Wo die Mädchen am Fenster lauschen,
Wann der Lauten Klang erwacht
Und die Brunnen verschlafen rauschen
In der prächtigen Sommernacht.

Hugo von Hofmannsthal

Reiselied

Wasser stürzt, uns zu verschlingen,
Rollt der Fels, uns zu erschlagen,
Kommen schon auf starken Schwingen
Vögel her, uns fortzutragen.

Aber unten liegt ein Land,
Früchte spiegelnd ohne Ende
In den alterslosen Seen.

Marmorstirn und Brunnenrand
Steigt aus blumigem Gelände,
Und die leichten Winde wehn.

Franz Josef Degenhardt

Feierabend

Vorstadt – Feierabend,
dick von Fliederduft.
Abendglocken schwingen vogelfrei.
Mauersegler schrein,
zersicheln diese Luft.
Küster kichern in der Sakristei.
Süßer Wind weht lind
und lau vom Ehrenfriedhofhain.
Rasenmäher metzeln
Nachbarscherze kurz und klein.
Lustig flackert's Licht
im Schlachthaus auf. Die Kälber schrein.
Kinder lachen frank
und frei Jehovas Zeugen aus.
Komm –
wir gehn ins Haus.

Schließ die Fensterläden.
Bring mir das MG.
Zapf ein Kännchen
Schnaps vom Faß.
Schlaf bei unsren Kindern.
Küß mich, und dann geh.
Halt – verbrenn noch
den Familienpaß.
Horch, sie singen Lieder.
Gläser klingen. Siehst du was?
Öffnet man die Kragen?
Ballt man schon die Hand ums Glas?
Nein, dies Lachen kenn ich –
alles ist noch halber Spaß.
Ich entsichre erst,
wenn man im Chor und Marschtakt lacht.
Wann
beginnt die Nacht?

Braver Baß und Orgeln.
Schummrig schwimmt der Tag.
Küster kneten, strampeln, keuchen schwer.
Papas Lied lullt ein
beim Ledernackenschlag.
Orgeln überzeugen mich nicht mehr.
Nein. Ich halt sie noch
im Fadenkreuz, die Wohnungstür.
Diesmal, Lodenröcke,
dieses Mal, da lauern wir.
Wir sind diesmal Jäger.
In die Falle tappt jetzt ihr.
Ich blas euch Halali,
kommt, ist Feierabendzeit,
und
ich bin bereit.

Vorstadt – Feierabend.
Fliederduft verweht.
Abendglocken schwingen leise aus.
Mauersegler ruhn,
die Sicheln abgedreht.
Küster hinken hungrig nach Haus.
Kühler Nachtwind bläst
vom Fluß herauf und Tauben gurr'n.
Frauen kichern, kaun
die Lippen. Ihre Männer knurr'n.
Greise lecken sich
die Finger, und die Kater schnurr'n.
Langsam weicht der Krampf
im Bauch, löst sich die Hand vom Stahl
bis
zum nächstenmal.

CONRAD FERDINAND MEYER

Neujahrsglocken

In den Lüften schwellendes Gedröhne,
Leicht wie Halme beugt der Wind die Töne:

Leis verhallen, die zum ersten riefen,
Neu Geläute hebt sich aus den Tiefen.

Große Heere, nicht ein einzler Rufer!
Wohllaut flutet ohne Strand und Ufer.

Detlev von Liliencron

Wiegenlied

Vor der Türe schläft der Baum,
Durch den Garten zieht ein Traum.
Langsam schwimmt der Mondeskahn
Und im Schlafe kräht der Hahn.
Schlaf, mein Wölfchen, schlaf.

Schlaf, mein Wulf. In später Stund
Küß ich deinen roten Mund.
Streck dein kleines dickes Bein,
Steht noch nicht auf Weg und Stein.
Schlaf, mein Wölfchen, schlaf.

Schlaf, mein Wulf. Es kommt die Zeit,
Regen rinnt, es stürmt und schneit.
Lebst in atemloser Hast,
Hättest gerne Schlaf und Rast.
Schlaf, mein Wölfchen, schlaf.

Vor der Türe schläft der Baum,
Durch den Garten zieht ein Traum.
Langsam schwimmt der Mondeskahn,
Und im Schlafe kräht der Hahn.
Schlaf, mein Wölfchen, schlaf.

Unbekannt

Es freit ein wilder Wassermann
in der Burg wohl über dem See.
Des Königs Tochter musst er han,
die schöne junge Lilofee.

Sie hörte drunten die Glocken gehn
im tiefen tiefen See,
wollt Vater und Mutter wiedersehn,
die schöne junge Lilofee.

Und als sie an dem Tore stand
auf der Burg wohl über dem See,
da neigt sich Laub und grünes Gras
vor der schönen jungen Lilofee.

Und als sie aus der Kirche kam
in der Burg wohl über dem See,
da stand der wilde Wassermann
vor der schönen jungen Lilofee.

»Sprich, willst du hinunter gehn mit mir
von der Burg wohl über dem See?
Deine Kindlein unten weinen nach dir,
du schöne junge Lilofee.«

»Und eh ich die Kindlein weinen lass
im tiefen tiefen See,
scheid ich von Laub und grünem Gras,
ich arme junge Lilofee.«

Johann Wolfgang von Goethe

Der Fischer

Das Wasser rauscht', das Wasser schwoll,
Ein Fischer saß daran,
Sah nach dem Angel ruhevoll,
Kühl bis ans Herz hinan.
Und wie er sitzt, und wie er lauscht,
Teilt sich die Flut empor;
Aus dem bewegten Wasser rauscht
Ein feuchtes Weib hervor.

Sie sang zu ihm, sie sprach zu ihm:
»Was lockst du meine Brut
Mit Menschenwitz und Menschenlist
Hinauf in Todesglut?
Auch wüßtest du, wie's Fischlein ist
So wohlig auf dem Grund,
du stiegst herunter, wie du bist,
Und würdest erst gesund.

Labt sich die liebe Sonne nicht,
Der Mond sich nicht im Meer?
Kehrt wellenatmend ihr Gesicht
Nicht doppelt schöner her?
Lockt dich der tiefe Himmel nicht,
Das feuchtverklärte Blau?
Lockt dich dein eigen Angesicht
Nicht her in ew'gen Tau?«

Das Wasser rauscht', das Wasser schwoll,
Netzt' ihm den nackten Fuß;
Sein Herz wuchs ihm so sehnsuchtsvoll,
Wie bei der Liebsten Gruß.

Sie sprach zu ihm, sie sang zu ihm;
Da war's um ihn geschehn:
Halb zog sie ihn, halb sank er hin,
Und ward nicht mehr gesehn.

Stefan George

Stimmen im Strom

Liebende klagen zagende wesen ·
Nehmt eure zuflucht in unser bereich ·
Werdet geniessen und werdet genesen ·
Arme und worte umwinden euch weich.

Leiber wie muscheln · korallene lippen
Schwimmen und tönen in schwankem palast ·
Haare verschlungen in ästige klippen
Nahend und wieder vom strudel erfasst.

Bläuliche lampen die halb nur erhellen ·
Schwebende säulen auf kreisendem schuh –
Geigend erzitternde ziehende wellen
Schaukeln in selig beschauliche ruh.

Müdet euch aber das sinnen das singen ·
Fliessender freuden bedächtiger lauf ·
Trifft euch ein kuss: und ihr löst euch in ringen
Gleitet als wogen hinab und hinauf.

INGEBORG BACHMANN

Die große Fracht

Die große Fracht des Sommers ist verladen,
das Sonnenschiff im Hafen liegt bereit,
wenn hinter dir die Möwe stürzt und schreit.
Die große Fracht des Sommers ist verladen.

Das Sonnenschiff im Hafen liegt bereit,
und auf die Lippen der Galionsfiguren
tritt unverhüllt das Lächeln der Lemuren.
Das Sonnenschiff im Hafen liegt bereit.

Wenn hinter dir die Möwe stürzt und schreit,
kommt aus dem Westen der Befehl zu sinken;
doch offnen Augs wirst du im Licht ertrinken,
wenn hinter dir die Möwe stürzt und schreit.

Gertrud Kolmar

Die Fahrende

Alle Eisenbahnen dampfen in meine Hände,
Alle großen Häfen schaukeln Schiffe für mich,
Alle Wanderstraßen stürzen fort ins Gelände,
Nehmen Abschied hier; denn am andern Ende,
Fröhlich sie zu grüßen, lächelnd stehe ich.

Könnt ich einen Zipfel dieser Welt erst packen,
Fänd ich auch die drei andern, knotete das Tuch,
Hängt es auf einen Stecken, trügs an meinem Nacken,
Drin die Erdenkugel mit geröteten Backen,
Mit den braunen Kernen und Kalvillgeruch.

Schwere eherne Gitter rasseln fern meinen Namen,
Meine Schritte bespitzelt lauernd ein buckliges Haus;
Weit verirrte Bilder kehren rück in den Rahmen,
Und des Blinden Sehnsucht und die Wünsche des Lahmen
Schöpft mein Reisebecher, trinke ich durstig aus.

Nackte, kämpfende Arme pflüg ich durch tiefe Seen,
In mein leuchtendes Auge zieh ich den Himmel ein.
Irgendwann wird es Zeit, still am Weiser zu stehen,
Schmalen Vorrat zu sichten, zögernd heimzugehen,
Nichts als Sand in den Schuhen Kommender zu sein.

Heinrich Heine

Ich weiß nicht, was soll es bedeuten,
Daß ich so traurig bin;
Ein Märchen aus alten Zeiten,
Das kommt mir nicht aus dem Sinn.

Die Luft ist kühl und es dunkelt,
Und ruhig fließt der Rhein;
Der Gipfel des Berges funkelt
Im Abendsonnenschein.

Die schönste Jungfrau sitzet
Dort oben wunderbar,
Ihr gold'nes Geschmeide blitzet,
Sie kämmt ihr goldenes Haar.

Sie kämmt es mit goldnem Kamme,
Und singt ein Lied dabei;
Das hat eine wundersame,
Gewaltige Melodei.

Den Schiffer, im kleinen Schiffe,
Ergreift es mit wildem Weh;
Er schaut nicht die Felsenriffe,
Er schaut nur hinauf in die Höh'.

Ich glaube, die Wellen verschlingen
Am Ende Schiffe und Kahn;
Und das hat mit ihrem Singen
Die Lorelei getan.

Friedrich von Schiller

Reiterlied

Wohlauf, Kameraden, aufs Pferd, aufs Pferd!
  Ins Feld, in die Freiheit gezogen!
Im Felde, da ist der Mann noch was wert,
  Da wird das Herz noch gewogen.
Da tritt kein anderer für ihn ein,
Auf sich selber steht er da ganz allein.

Aus der Welt die Freiheit verschwunden ist,
  Man sieht nur Herren und Knechte,
Die Falschheit herrschet, die Hinterlist
  Bei dem feigen Menschengeschlechte.
Der dem Tod ins Angesicht schauen kann,
Der Soldat allein ist der freie Mann.

Des Lebens Ängsten, er wirft sie weg,
  Hat nicht mehr zu fürchten, zu sorgen,
Er reitet dem Schicksal entgegen keck,
  Triffts heute nicht, trifft es doch morgen,
Und trifft es morgen, so lasset uns heut
Noch schlürfen die Neige der köstlichen Zeit.

Von dem Himmel fällt ihm sein lustig Los,
  Braucht's nicht mit Müh zu erstreben,
Der Fröner, der sucht in der Erde Schoß,
  Da meint er den Schatz zu erheben.
Er gräbt und schaufelt, solang er lebt,
Und gräbt, bis er endlich sein Grab sich gräbt.

Der Reiter und sein geschwindes Roß,
  Sie sind gefürchtete Gäste;
Es flimmern die Lampen im Hochzeitsschloß,
  Ungeladen kommt er zum Feste.
Er wirbt nicht lange, er zeiget nicht Gold,
Im Sturm erringt er den Minnesold.

Warum weint die Dirn und zergrämet sich schier?
    Laß fahren dahin, laß fahren!
Er hat auf Erden kein bleibend Quartier,
    Kann treue Lieb nicht bewahren.
Das rasche Schicksal, es treibt ihn fort,
Seine Ruh läßt er an keinem Ort.

Drum frisch, Kameraden, den Rappen gezäumt,
    Die Brust im Gefechte gelüftet!
Die Jugend brauset, das Leben schäumt,
    Frisch auf! eh der Geist noch verdüftet.
Und setzet ihr nicht das Leben ein,
Nie wird euch das Leben gewonnen sein.

DAGMAR NICK

Treibjagd

Spätsommer, dieses Gespür
von Abschied voraus.
Hinter dir fällt schon die Tür
ins beschattete Haus.

Wind, der die Weite durchmißt:
deine Wege von morgen.
Was du verloren hast, ist
aufs neue zu borgen.

Bis der Herbststurm erwacht,
magst du noch draußen zelten,
die Schüsse während der Nacht
brauchen nicht dir zu gelten.

Fuchsfallen, im Acker getarnt,
findest du blind.
Erst wenn der Häher dich warnt,
weißt du: die Treibjagd beginnt.

Peter Rühmkorf

Einen Genickschuß lang

Phänomenal vor die Hunde,
was liegt noch drin?
Am Abend die Viertelstunde,
wo ich verwundbar bin.

Denken, Atemholen
außer Zusammenhang.
Schön ist der Mond über Polen
einen Genickschuß lang.

Mit den Wölfen gezogen
durch's herbstliche Planquadrat;
silberner Sternenrogen
hängt über Leningrad.

In kyrillischen Buden
Wodka zu Taumel und Tran:
Schwingen die Amplituden
über den inneren Plan.

Wo uns die Jahre verdarben
zwischen Qualm und Klimbim –
Träume, feuerfarben,
das magische Interim.

Josef Guggenmos

Eine Taube flog vorüber

Eine Taube flog vorüber,
eine Feder schwebt hernieder.

Schwebt hernieder,
hebt sich wieder,
schwingt sich über unser Dach,
segelt über unsern Garten,
läßt sich nieder
auf dem Bach.

Auf dem Bache fährt sie fort
als ein taubengraues Schiff
bis an einen Märchenort.

Conrad Ferdinand Meyer

Im Spätboot

Aus der Schiffsbank mach ich meinen Pfühl.
Endlich wird die heiße Stirne kühl!
O wie süß erkaltet mir das Herz!
O wie weich verstummen Lust und Schmerz!
Über mir des Rohres schwarzer Rauch
Wiegt und biegt sich in des Windes Hauch.
Hüben hier und wieder drüben dort
Hält das Boot an manchem kleinen Port:
Bei der Schiffslaterne kargem Schein
Steigt ein Schatten aus und niemand ein.
Nur der Steurer noch, der wacht und steht!
Nur der Wind, der mir im Haare weht!
Schmerz und Lust erleiden sanften Tod.
Einen Schlummrer trägt das dunkle Boot.

Hugo von Hofmannsthal

Vorfrühling

Es läuft der Frühlingswind
Durch kahle Alleen,
Seltsame Dinge sind
In seinem Wehn.

Er hat sich gewiegt,
Wo Weinen war,
Und hat sich geschmiegt
In zerrüttetes Haar.

Er schüttelte nieder
Akazienblüten
Und kühlte die Glieder,
Die atmend glühten.

Lippen im Lachen
Hat er berührt,
Die weichen und wachen
Fluren durchspürt.

Er glitt durch die Flöte
Als schluchzender Schrei,
An dämmernder Röte
Flog er vorbei.

Er flog mit Schweigen
Durch flüsternde Zimmer
Und löschte im Neigen
Der Ampel Schimmer.

Es läuft der Frühlingswind
Durch kahle Alleen,
Seltsame Dinge sind
In seinem Wehn.

Durch die glatten
Kahlen Alleen
Treibt sein Wehen
Blasse Schatten

Und der Duft,
Den er gebracht,
von wo er gekommen
Seit gestern nacht.

Heinrich Heine

Ich hatte einst ein schönes Vaterland.
Der Eichenbaum
Wuchs dort so hoch, die Veilchen nickten sanft.
Es war ein Traum.

Das küßte mich auf deutsch, und sprach auf deutsch
(Man glaubt es kaum
Wie gut es klang) das Wort: »ich liebe dich«
Es war ein Traum.

Josef Guggenmos

Unterm Rasen

Es laufen die Kinder
und raufen und spielen,
und unter ihnen
im Erdreich wühlen
die Würmer, die vielen.

Doch was sie da unten
im Dunklen, im Kühlen,
die Würmer, die vielen,
beim Wühlen fühlen –
keine Sprache beschreibt es.
Es ist ein Geheimnis und bleibt es.

denken und deuten

In einem Gedicht Gedanken (über den Zufall, das Glück oder das Gegenglück) erzeugen, abwandeln, weiterführen ist eines; im Gedicht aus einer Erscheinung (einem Hochwald) eine Parabel unserer menschlichen Verhältnisse machen oder einer Wahrnehmung (der Heimkehr der Arbeiter) eine allgemeine Bedeutung unterlegen ein anderes; ein drittes ist: hierüber Auskunft geben – aufklären. Das kann auch in Auflehnung gegen das dauernde Denken und Deuten bestehen (»Ein Gleichnis für keines«). Gedankenlyrik, Lehrgedicht, das poetische Aperçu hat man uns in der Schule als Dichtung zweiter Klasse sehen gelehrt. Nehme ich die Intensität und Nachhaltigkeit der Wirkung des Gedichts zum Maßstab, stimmt dieses Urteil nicht – es stimmt nicht einmal für die Romantik, der es selber entstammt.

Christian Hofmann von Hofmannswaldau

Das menschliche Leben

Wie dürftig scheint dem Menschen das Gelücke?
Die Dornen pflastern seine Bahn;
Es spürt mehr Blitz als Sonnenblicke,
Und rührt gar selten Rosen an.
Die Wiege blüht nicht ohne heiße Tränen,
Die Jugend lernt mit Fallen gehn,
Sie muß sich halb verbrennen, halb versehnen,
Und zwischen Sturm und wilden Klippen stehn.

Man suchet oft in leichten Hoffnungswinden,
Und in den Nesseln seine Lust.
Man reist durch Disteln zu den Sünden:
Und speiset sich mit fauler Kost.
Man scherzt beherzt auf jäher Berge Spitze,
Und die Gefahr heißt Zeitvertreib,
Man lehnet sich auf halb verfaulte Stützen,
Die fähig sind zu stürzen Seel und Leib.

Die Wollust selbst verweist uns zu den Schmerzen,
Wir schauen selten Freudental,
Oft leuchten uns die Hochzeitskerzen,
Zu Klagenfurt in Trauersaal.
Der Kummerkoch versalzt uns alle Speisen,
Und streut vor Zucker Wermuth ein,
Die Lippe lacht, der Mund singt Freudenweisen,
Wann unser Herz in Boi* gehüllt will sein.

* Frühneuhochdeutscher Ausdruck für Woll- oder Baumwollflanell (von altfrz. boie).

Wir betten uns auf Dornen und auf Spitzen,
Und stören unser Ruh und Lust,
Läßt uns der Feind gleich sicher sitzen,
So tobt der Freund in unser Brust
Die größte Not wächst uns aus eignen Händen,
Wir stürmen unser Herz und Haus,
Und will uns gleich ein Fremder nicht verblenden,
So stechen wir uns selbst die Augen aus.

So taumeln wir als trunken aus dem Leben,
Gar reich an Wollust, arm an Gut,
Bis wir den Zoll dem Tode geben,
Der uns erschüttert Fleisch und Blut.
Dann schauet man der Menschen Pracht verschwinden,
Der Firnis fällt. Sein Grund entweicht.
Auch unser Grab ist endlich nicht zu finden,
Wenn Heuchelei nicht dessen Stein bestreicht.

FRIEDRICH VON SCHILLER

Das Glück

Selig, welchen die Götter, die gnädigen, vor der Geburt schon
Liebten, welchen als Kind Venus im Arme gewiegt,
Welchem Phöbus die Augen, die Lippen Hermes gelöset,
Und das Siegel der Macht Zeus auf die Stirne gedrückt!
Ein erhabenes Los, ein göttliches, ist ihm gefallen,
Schon vor des Kampfes Beginn sind ihm die Schläfe bekränzt.
Ihm ist, eh er es lebte, das volle Leben gerechnet,
Eh er die Müh bestand, hat er die Charis erlangt.
Groß zwar nenn ich den Mann, der, sein eigner Bildner und Schöpfer,
Durch der Tugend Gewalt selber die Parze bezwingt,
Aber nicht erzwingt er das Glück, und was ihm die Charis
Neidisch geweigert, erringt nimmer der strebende Mut.
Vor Unwürdigem kann dich der Wille, der ernste, bewahren,
Alles Höchste, es kommt frei von den Göttern herab.
Wie die Geliebte dich liebt, so kommen die himmlischen Gaben,
Oben in Jupiters Reich herrscht wie in Amors die Gunst.
Neigungen haben die Götter, sie lieben der grünenden Jugend
Lockige Scheitel, es zieht Freude die Fröhlichen an.
Nicht der Sehende wird von ihrer Erscheinung beseligt,
Ihrer Herrlichkeit Glanz hat nur der Blinde geschaut;
Gern erwählen sie sich der Einfalt kindliche Seele,
In das bescheidne Gefäß schließen sie Göttliches ein.
Ungehofft sind sie da und täuschen die stolze Erwartung,
Keines Bannes Gewalt zwinget die Freien herab.
Wem er geneiget, dem sendet der Vater der Menschen und Götter
Seinen Adler herab, trägt ihn zu himmlischen Höhn,
Unter die Menge greift er mit Eigenwillen, und welches
Haupt ihm gefället, um das flicht er mit liebender Hand
Jetzt den Lorbeer und jetzt die herrschaftgebende Binde;
Krönte doch selber den Gott nur das gewogene Glück.
Vor dem Glücklichen her tritt Phöbus, der pythische Sieger,
Und der die Herzen bezwingt, Amor, der lächelnde Gott.
Vor ihm ebnet Poseidon das Meer, sanft gleitet des Schiffes Kiel,
das den Cäsar führt und sein allmächtiges Glück.

Ihm zu Füßen legt sich der Leu, das brausende Delphin
Steigt aus den Tiefen, und fromm beut es den Rücken ihm an.
Zürne dem Glücklichen nicht, daß den leichten Sieg ihm die Götter
Schenken, daß aus der Schlacht Venus den Liebling entrückt.
Ihn, den die lächelnde rettet, den Göttergeliebten beneid ich,
Jenen nicht dem sie mit Nacht deckt den verdunkelten Blick.
War er weniger herrlich, Achilles, weil ihm Hephästos
Selbst geschmiedet den Schild und das verderbliche Schwert
Weil um den sterblichen Mann der große Olymp sich beweget?
Das verherrlichet ihn, daß ihn die Götter geliebt,
Daß sie sein Zürnen geehrt und, Ruhm dem Liebling zu geben,
Hellas' bestes Geschlecht stürzten zum Orkus hinab.
Zürne der Schönheit nicht, daß sie schön ist, daß sie verdienstlos
Wie der Lilie Kelch prangt durch der Venus Geschenk,
Laß sie die Glückliche sein, du schaust sie, du bist der Beglückte,
Wie sie ohne Verdienst glänzt, so entzücket sie dich.
Freue dich, daß die Gabe des Lieds vom Himmel herabkommt,
Daß der Sänger dir singt, was ihn die Muse gelehrt,
Weil der Gott ihn beseelt, so wird er dem Hörer zum Gotte,
Weil er der Glückliche ist, kannst du der Selige sein.
Auf dem geschäftigen Markt, da führe Themis die Waage,
Und es messe der Lohn streng an der Mühe sich ab;
Aber die Freude ruft nur ein Gott auf sterbliche Wangen,
Wo kein Wunder geschieht, ist kein Beglückter zu sehn.
Alles Menschliche muß erst werden und wachsen und reifen,
Und von Gestalt zu Gestalt führt es die bildende Zeit,
Aber das Glückliche siehest du nicht, das Schöne nicht werden,
Fertig von Ewigkeit her steht es vollendet vor dir.
Jede irdische Venus ersteht wie die erste des Himmels,
Eine dunkle Geburt aus dem unendlichen Meer;
Wie die erste Minerva, so tritt mit der Ägis gerüstet
Aus des Donnerers Haupt jeder Gedanke des Lichts.

Clemens Brentano

Was reif in diesen Zeilen steht,
Was lächelnd winkt und sinnend fleht,
Das soll kein Kind betrüben,
Die Einfalt hat es ausgesäet,
Die Schwermut hat hindurchgeweht,
Die Sehnsucht hat's getrieben;
Und ist das Feld einst abgemäht,
Die Armut durch die Stoppeln geht,
Sucht Ähren, die geblieben,
Sucht Lieb', die für sie untergeht,
Sucht Lieb', die mit ihr aufersteht,
Sucht Lieb', die sie kann lieben,
Und hat sie einsam und verschmäht
Die Nacht durch dankend in Gebet
Die Körner ausgerieben,
Liest sie, als früh der Hahn gekräht,
Was Lieb' erhielt, was Leid verweht,
Ans Feldkreuz angeschrieben,
O Stern und Blume, Geist und Kleid,
Lieb', Leid und Zeit und Ewigkeit!

Gottfried Benn

Einsamer nie

Einsamer nie als im August:
Erfüllungsstunde – im Gelände
die roten und die goldenen Brände
doch wo ist deiner Gärten Lust?

Die Seen hell, die Himmel weich,
die Äcker rein und glänzen leise,
doch wo sind Sieg und Siegsbeweise
aus dem von dir vertretenen Reich?

Wo alles sich durch Glück beweist
und tauscht den Blick und tauscht die Ringe
im Weingeruch, im Rausch der Dinge –:
dienst du dem Gegenglück, dem Geist.

Friedrich Hölderlin

Sokrates und Alcibiades

»Warum huldigest du, heiliger Sokrates,
  Diesem Jünglinge stets? kennest du Größers nicht?
    Warum siehet mit Liebe,
      Wie auf Götter, dein Aug' auf ihn?«

Wer das Tiefste gedacht, liebt das Lebendigste,
  Hohe Jugend versteht, wer in die Welt geblickt,
    Und es neigen die Weisen
      Oft am Ende zu Schönem sich.

Friedrich von Schiller

Hoffnung

Es reden und träumen die Menschen viel
  Von bessern künftigen Tagen,
Nach einem glücklichen goldenen Ziel
  Sieht man sie rennen und jagen,
Die Welt wird alt und wird wieder jung,
Doch der Mensch hofft immer Verbesserung!

Die Hoffnung führt ihn ins Leben ein,
  Sie umflattert den fröhlichen Knaben,
Den Jüngling locket ihr Zauberschein,
  Sie wird mit dem Greis nicht begraben,
Denn beschließt er im Grabe den müden Lauf,
Noch am Grabe pflanzt er – die Hoffnung auf.

Er ist kein leerer schmeichelnder Wahn,
  Erzeugt im Gehirne des Toren.
Im Herzen kündet es laut sich an:
  Zu was Besserm sind wir geboren!
Und was die innere Stimme spricht,
Das täuscht die hoffende Seele nicht.

Wilhelm Busch

Kopf und Herz

Wie es scheint, ist die Moral
Nicht so bald beleidigt,
Während Schlauheit allemal
Wütend sich verteidigt.

Nenn den Schlingel liederlich,
Leicht wird er's verdauen;
Nenn ihn dumm, so wird er dich,
Wenn er kann, verhauen.

ALBERT VON SCHIRNDING

Armer Cusanus

Lang ist die Zeit
Das Wahre ereignet sich nicht
Nichts steht zwischen den Zeilen
zwischen den Säulen nichts

Armer Cusanus
Coincidentia
lieblichste aller Lügen
mit denen ich lebte

Gottfried Benn

Kommt –

Kommt, reden wir zusammen
wer redet, ist nicht tot,
es züngeln doch die Flammen
schon sehr um unsere Not.

Kommt, sagen wir: die Blauen,
kommt, sagen wir: das Rot,
wir hören, lauschen, schauen
wer redet, ist nicht tot.

Allein in deiner Wüste,
in deinem Gobigraun –
du einsamst, keine Büste,
kein Zwiespruch, keine Fraun,

und schon so nah den Klippen,
du kennst dein schwaches Boot –
kommt, öffnet doch die Lippen,
wer redet, ist nicht tot.

Erich Fried

Vielleicht

Erinnern
das ist
vielleicht
die qualvollste Art
des Vergessens
und vielleicht
die freundlichste Art
der Linderung
dieser Qual

Hilde Domin

Von uns

Man wird in späteren Zeiten von uns lesen.

Nie wollte ich in späteren Zeiten
das Mitleid der Schulkinder erwecken.
Nie auf diese Art
in einem Schulheft stehn.

Wir, verurteilt
zu wissen
und nicht zu handeln.

Unser Staub
wird nie mehr Erde.

Erich Fried

Vorahnung des Endsiegs

Sisyphos
staubig
und satt
vom Mehl
seines Steines
hat Angst:
Der Stein
nützt sich ab

Die Sinnlosigkeit
der ewige
verfluchte
Sinn seiner Arbeit
selber
vom Fluch geschlagen

Kleiner
dem schwindelnden Stein gleich
das Mitleid der Schatten
das ihm Kraft
zur Ohnmacht gegeben hat

Bald rollt nur
ein Kiesel
am geschundenen Steilhang
Was bleibt?

Nichts als die Qual
seine Qual
überlebt zu haben

Hans Magnus Enzensberger

blindenschrift

lochstreifen flattern vom himmel
es schneit elektronen-braille
aus allen wolken
fallen digitale propheten

mit verbundenen augen
tastet belsazer
die flimmernde wand ab:
mit händen zu greifen

immer dasselbe programm:
meneh tekel
meneh meneh tekel
meneh tekel

gezeichnet:
unleserlich

nimm die binde ab
könig mensch und lies
unter der blinden schrift
deinen eigenen namen

Friedrich von Schiller

Die Worte des Glaubens

Drei Worte nenn ich euch, inhaltschwer,
   Sie gehen von Munde zu Munde,
Doch stammen sie nicht von außen her,
   Das Herz nur gibt davon Kunde.
Dem Menschen ist aller Wert geraubt,
Wenn er nicht mehr an die drei Worte glaubt.

Der Mensch ist frei geschaffen, ist frei,
   Und würd er in Ketten geboren,
Laßt euch nicht irren des Pöbels Geschrei,
   Nicht den Mißbrauch rasender Toren.
Vor dem Sklaven, wenn er die Kette bricht,
Vor dem freien Menschen erzittert nicht.

Und die Tugend, sie ist kein leerer Schall,
   Der Mensch kann sie üben im Leben,
Und sollt er auch straucheln überall,
   Er kann nach der göttlichen streben,
Und was kein Verstand der Verständigen sieht,
Das übet in Einfalt ein kindlich Gemüt.

Und ein Gott ist, ein heiliger Wille lebt,
   Wie auch der menschliche wanke,
Hoch über der Zeit und dem Raume webt
   Lebendig der höchste Gedanke,
Und ob alles in ewigem Wechsel kreist,
Es beharret im Wechsel ein ruhiger Geist.

Die drei Worte bewahret euch, inhaltschwer,
   Sie pflanzet von Munde zu Munde,
Und stammen sie gleich nicht von außen her,
   Eures Innres gibt davon Kunde,
Dem Menschen ist nimmer sein Wert geraubt,
Solang er noch an die drei Worte glaubt.

Reiner Kunze

Der hochwald erzieht seine bäume

sie des lichtes entwöhnend, zwingt er sie,
all ihr grün in die kronen zu schicken
Die fähigkeit,
mit allen zweigen zu atmen,
das talent,
äste zu haben nur so aus freude,
verkümmern

Den regen siebt er, vorbeugend
der leidenschaft des durstes

Er läßt die bäume größer werden
wipfel an wipfel:
Keiner sieht mehr als der andere,
dem wind sagen alle das gleiche

Heinz Czechowski

Liberty

Sie fuhren über den Atlantik, Fracht
Nach Europa bringend, wo der Krieg,
Der Hai, den Rachen aufriß, Liberty
Warn sie getauft, was Freiheit heißt, darüber
Im wolkenlosen Himmel flogen
Die Bomber, Fracht
Nach Dresden bringend, Fastnachtsfracht.
Ich lebe mit den Toten, tote Seelen
Haben das Brot mit mir gebrochen, die Musik
Des Totenreichs hab ich auf meinen Platten.
Nun schweißen Tote in die toten Schiffe,
Die auf der Reede liegen, Löcher,
Um sie im Golf von Mexiko
Den Haien und Korallen zu versenken.
Das lehrt, daß das Gestorbene nicht tot ist,
Oder das Tote nicht gestorben, wer das wüßte,
Bekäm die Krone. Ich schreibe keine Lehrgedichte,
Das überlaß ich andern, die das auch nicht können.
Das Leben lehrt nicht und der Tod lehrt nicht,
Denn beide sind sich selbst genug und leben
Im besten Einverständnis miteinander.
Die Schiffe aber, die den Tang der Meere
Wie Bärte an den Kielen tragen, sinken
In eine Zukunft

Günter Eich

Der Mann in der blauen Jacke

Der Mann in der blauen Jacke,
der heimgeht, die Hacke geschultert, –
ich sehe ihn hinter dem Gartenzaun.

So gingen sie abends in Kanaan,
so gehen sie heim aus den Reisfeldern von Burma,
den Kartoffeläckern von Mecklenburg,
heim aus Weinbergen Burgunds und kalifornischen Gärten.

Wenn die Lampe hinter beschlagenen Scheiben aufscheint,
neide ich ihnen ihr Glück, das ich nicht teilen muß,
den patriarchalischen Abend
mit Herdrauch, Kinderwäsche, Bescheidenheit.

Der Mann in der blauen Jacke geht heimwärts;
seine Hacke, die er geschultert hat,
gleicht in der sinkenden Dämmerung einem Gewehr.

Adolf Muschg

Das Genie des Herzens
und sein Katzenmaler

Hartmut von Hentig gewidmet
und dem Andenken meines Mitbürgers Heinrich Pestalozzi

Verjagt aus seiner harten Väter Mauern,
Ein Landmann, dessen spottete das Land,
Bis er den rechten Keim zu ziehen fand
Und arme Waisen goß mit Tränenschauern.

Das Strafen, hör ich, hab er nie gekannt,
Nur sollte sie in tiefer Seele dauern
Wenn sie ihn sahn vor ihren Sünden kauern.
So fraß er sie mit Herz und Kopf und Hand.

O Waisenfutter für die Industrie!
Wie machte Liebe diesen Vater blind!
Doch was er liebte, das gelang ihm nie.

Ein Glück, für das der Narr mit Blut bezahlte:
Er duldete, der Dulder, wenn ein Kind,
Das Katzen malen konnte, Katzen malte.

Ernst Jandl

Sich zu erinnern

Jung und gefangen
hinter Stacheldraht
auf einem Quadrat aus Lehm
für hundert Mann,
begann er bei Nacht
auf dem Weg zwischen Zelt und Latrine
sich zu erinnern an
die Sichtbarkeit der Sterne.

Jung und zurückgekehrt
in seine Heimat
auf ein Holzquadrat
für sieben Köpfe,
begann er bei Nacht
im Schlaf zwischen Hunger und Kälte
sich zu erinnern an
die Fruchtbarkeit der Ferne.

GÜNTER KUNERT

Ein Gleichnis für keins

Eine Frau mit einem Besen
fegt das Pflaster: ein Tun
ohne Bedeutung ohne Beziehung
zur Kosmogonie
zur verzweifelten Suche
nach einem Sinn
im wirbelnden Staub

Müde aller Symbole
der scheinbaren Erklärung
ursprünglicher Rätsel
die unser Verständnis
nicht faßt

beobachte ich
die zusammengekehrten Blätter
die schon abgeschliffenen Borsten
die langsame Bewegung der Arme
die gebeugte Gestalt
befriedigt

ERICH FRIED

Nach einer alten Anekdote

»Wie hast du
allein
sechzig gefangengenommen?«

Da lachte er:
»Ganz einfach
Ich hab sie umzingelt«

So will auch ich
die sechzig
Lügen umzingeln

und die sechshundertsechsundsechzig
Gemeinheiten
die uns beherrschen

Wie
das weiß ich noch nicht
aber es wird am Ende

ganz einfach sein
weil es sonst gar nicht geht
und ich werde dann lachen

Wilhelm Busch

Glaube

Stark in Glauben und Vertrauen,
Von der Burg mit festen Türmen
Kannst du dreist herniederschauen,
Keiner wird sie je erstürmen.

Laßt sie graben, laßt sie schanzen,
Stolze Ritter, grobe Bauern,
Ihre Flegel, ihre Lanzen
Prallen ab von deinen Mauern.

Aber hüte dich vor Zügen
In die Herrschaft des Verstandes,
Denn sogleich sollst du dich fügen
Den Gesetzen seines Landes.

Bald umringen dich die Haufen,
Und sie ziehen dich vom Rosse,
Und du mußt zu Fuße laufen
Schleunig heim nach deinem Schlosse.

begreifen und lehren

»Begreifen« bezeichnet den – manchmal katastrophisch plötzlichen, manchmal buchhalterisch zähen, manchmal beschaulich heiteren – Vorgang, in dem einer versteht, warum etwas so ist, wie es ist, und daß es vielleicht immer so war; in dem er erkennt, warum es just ihm »passieret« und daß es ihn »verzehrt«; in dem er einsieht, daß er etwas – etwa ein Haus zu bauen – versäumt hat; in dem er zugibt, daß er etwas – die Verläßlichkeit – überschätzt hat oder sich selbst verfehlt. »Begreifen« heißt auch: wahrnehmen, daß man nicht versteht, wo man verstehen möchte. Begreifen heißt Umlernen.
Die Zeit macht aus der neuen Erfahrung Wissen – eine lehrbar gewordene, zur Belehrung drängende Einsicht. Das eine zieht das andere nach sich.

Erich Kästner

Der Abschied

Nun ich mich ganz von euch löse,
hört meinen Epilog:
Freunde, seid mir nicht böse,
daß ich mich selber erzog!

Wer sich strebend verwandelt,
restlos und ganz und gar,
hat unselig gehandelt,
wenn er nicht wird, was er war!

Friedrich von Schiller

Odysseus

Alle Gewässer durchkreuzt', die Heimat zu finden, Odysseus;
   Durch die Skylla Gebell, durch der Charybde Gefahr,
Durch die Schrecken des feindlichen Meers, durch die Schrecken des Landes,
   Selber in Aides' Reich führt ihn die irrende Fahrt.
Endlich trägt das Geschick ihn schlafend an Ithakas Küste,
   Er erwacht und erkennt jammernd das Vaterland nicht.

Hugo von Hofmannsthal

Manche freilich ...

Manche freilich müssen drunten sterben
Wo die schweren Ruder der Schiffe streifen,
Andre wohnen bei dem Steuer droben,
Kennen Vogelflug und die Länder der Sterne.

Manche liegen immer mit schweren Gliedern
Bei den Wurzeln des verworrenen Lebens,
Andern sind die Stühle gerichtet
Bei den Sibyllen, den Königinnen,
Und da sitzen sie wie zu Hause,
Leichten Hauptes und leichter Hände.

Doch ein Schatten fällt von jenen Leben
In die anderen Leben hinüber,
Und die leichten sind an die schweren
Wie an Luft und Erde gebunden:

Ganz vergessener Völker Müdigkeiten
Kann ich nicht abtun von meinen Lidern,
Noch weghalten von der erschrockenen Seele
Stummes Niederfallen ferner Sterne.

Viele Geschicke weben neben dem meinen,
Durcheinander spielt sie alle das Dasein,
Und mein Teil ist mehr als dieses Lebens
Schlanke Flamme oder schmale Leier.

STEFAN GEORGE

Wer seines Reichtums unwert ihn nicht nüzt
Muss weinen: nicht wer arm ist wer verlor . .
Du bist der gerte finder deren ruck
Verrät wo heilsam wasser steigen will
Und adern goldes in der tiefe ruhn.
Erschrick nicht staune nicht: ‹warum denn ich?›
Wirf nicht im trotz das wunderding beiseit
Weil du es nicht begreifst . . geniess und hilf
Solang der stab in deiner hand gehorcht.

Andreas Gryphius

Einsamkeit

In dieser Einsamkeit der mehr denn öden Wüsten,
Gestreckt auf wildes Kraut, an die bemooste See:
Beschau' ich jenes Tal und dieser Felsen Höh'
Auf welchem Eulen nur und stille Vögel nisten.
Hier, fern von dem Palast; weit von des Pöbels Lüsten,
Betracht ich: wie der Mensch in Eitelkeit vergeh'
Wie auf nicht festem Grund all unser Hoffen steh'
Wie die vor Abend schmähn, die vor dem Tag uns grüßten.
Die Höll, der rauhe Wald, der Totenkopf, der Stein,
Den auch die Zeit auffrißt, die abgezehrten Bein',
Entwerfen in dem Mut unzählige Gedanken.
Der Mauren alter Graus, dies ungebaute Land
Ist schön und fruchbar mir, der eigentlich erkannt',
Daß alles, ohn' ein' Geist, den Gott selbst hält, muß wanken.

Erich Kästner

Jahrgang 1899

Wir haben die Frauen zu Bett gebracht,
als die Männer in Frankreich standen.
Wir hatten uns das viel schöner gedacht.
Wir waren nur Konfirmanden.

Dann holte man uns zum Militär,
bloß so als Kanonenfutter.
In der Schule wurden die Bänke leer,
zu Hause weinte die Mutter.

Dann gab es ein bißchen Revolution
und schneite Kartoffelflocken;
dann kamen die Frauen, wie früher schon,
und dann kamen die Gonokokken.

Inzwischen verlor der Alte sein Geld,
da wurden wir Nachtstudenten.
Bei Tag waren wir bureau-angestellt
und rechneten mit Prozenten.

Dann hätte sie fast ein Kind gehabt,
ob von dir, ob von mir – was weiß ich!
Das hat ihr ein Freund von uns ausgeschabt.
Und nächstens werden wir Dreißig.

Wir haben sogar ein Examen gemacht
und das meiste schon wieder vergessen.
Jetzt sind wir allein bei Tag und bei Nacht
und haben nichts Rechtes zu fressen!

Wir haben der Welt in die Schnauze geguckt,
anstatt mit Puppen zu spielen.
Wir haben der Welt auf die Weste gespuckt,
soweit wir vor Ypern nicht fielen.

Man hat unsern Körper und hat unsern Geist
ein wenig zu wenig gekräftigt.
Man hat uns zu lange, zu früh und zumeist
in der Weltgeschichte beschäftigt!

Die Alten behaupten, es würde nun Zeit
für uns zum Säen und Ernten.
Noch einen Moment. Bald sind wir bereit.
Noch einen Moment. Bald ist es so weit!
Dann zeigen wir euch, was wir lernten!

ERNST JANDL

Zehn-Jahre-Pamphlet

Zehn Jahre sind es her
seit dem großen Kehraus.
Damals war es für uns
aus mit dem Militär.

Seither wurden manche reich
viele wurden weniger unzufrieden
einzelne wurden sogar glücklich
und einige gingen leer aus.

Die hatten sich mit dem Militär
zu gut ausgekannt.

Die sagen sich jetzt:
zehn Jahre sind eine lange Zeit
manche werden in zehn Jahren reich
viele werden in zehn Jahren weniger unzufrieden
einzelne werden in zehn Jahren nahezu glücklich
nur wir gehen schon seit zehn Jahren leer aus
denn wir kennen uns mit dem Militär und mit nichts sonst
ausgezeichnet aus.

Die sagen sich weiter:
zehn Jahre sind eine lange Zeit
und den meisten wird in zehn Jahren so viel egal
daß wir beginnen können, ein neues Heer aufzubauen
aus den Söhnen der gleichen Männer, die vor zehn Jahren
Uniformen verbrannten, Gewehre zerschlugen, den Krieg
verfluchten und sagten: uns
bringt nie wieder einer zum Militär,
denn ein Militär ist das Werkzeug zum Krieg.

Der Hunger gab ihnen Zungen, aber in zehn Jahren
sind sie fett geworden und sprachlos vor Glück
sprachlos vor Reichtum, sprachlos auch bloß
vor verminderter Unzufriedenheit.

Das sagen sich die bisher leer Ausgegangenen
und verkünden das gleiche in einer zweiten Version
durch Rundfunk und Presse in patriotischem Jargon
und bewegen sich mit so großer Schnelligkeit
daß die ganze quallige Opposition
auf den Federn des Reichtums
unter den Käseglocken des Glücks
und im Fett verminderter Unzufriedenheit
feststellt: es rührt sich noch nichts.

Oder sollten zehn Jahre eine zu kurze Zeit gewesen sein
um sämtliche Straßen von Invaliden zu säubern
aus sämtlichen Zimmern die zuletzt in Uniform
Photographierten zu entfernen
und in sämtlichen Empfängern der lakonischen Mitteilung
das Gesicht den Kuß die Hände den Gang
des nicht mehr Wiedergekehrten zu tilgen?

ELISABETH BORCHERS

Der Soldat

Ich habe einen Soldaten gesehn
der konnte schön in den Stiefeln stehn
Er hatte keinen Strauß am Hut
doch ein Gewehr das stand ihm gut

Ich habe einen Soldaten gesehn
der konnte gut mit den Menschen umgehn
Er hat ihnen ein Loch in den Rücken gemacht
und hat dabei an die Ordnung gedacht

Ich habe viele Soldaten stehn sehn
die haben das ruhig mit angesehn
Als einer in die Knie gegangen
da hat ihn keiner aufgefangen

Ich habe viele andre gesehn
die wollten nicht in den Stiefeln stehn
Die haben einen Bogen gemacht
und haben dabei an die Ordnung gedacht

Ricarda Huch

Aus dem 30jährigen Kriege

Horch, Kind, horch, wie der Sturmwind weht
Und rüttelt am Erker!
Wenn der Braunschweiger draußen steht,
Der faßt uns noch stärker.
Lerne beten, Kind, und falten fein die Händ',
Damit Gott den tollen Christian von uns wend'!

Schlaf, Kind, schlaf, es ist Schlafens Zeit,
Ist Zeit auch zum Sterben.
Bist du groß, wird dich weit und breit
Die Trommel anwerben.
Lauf ihr nach, mein Kind, hör deiner Mutter Rat;
Fällst du in der Schlacht, so würgt dich kein Soldat.

»Herr Soldat, tu mir nichts zu Leid,
Und laß mir mein Leben!«
»Herzog Christian führt uns zum Streit,
Kann kein Pardon geben.
Lassen muß der Bauer mir sein Gut und Hab,
Zahle nicht mit Geld, nur mit dem kühlen Grab.«

Schlaf, Kind, schlaf, werde stark und groß.
Die Jahre sie rollen;
Folgst bald selber auf stolzem Roß
Herzog Christian dem Tollen.
Wie erschrickt der Pfaff' und wirft sich auf die Knie –
»Für den Bauer nicht Pardon, den Pfaffen aber nie!«

Still, Kind, still, wenn Herr Christian kommt,
Der lehrt dich zu schweigen!
Sei fein still, bis dir selber frommt
Ein Roß zu besteigen.
Sei fein still, dann bringt der Vater bald dir Brot,
Wenn nach Rauch der Wind nicht schmeckt, und nicht der Himmel rot.

Andreas Gryphius

Grabschrift Marianæ Gryphiæ seines Brudern Pauli Töchterlein

Geboren in der Flucht, umringt mit Schwert und Brand,
Schier in dem Rauch erstickt, der Mutter herbes Pfand,
Des Vatern höchste Furcht, die an das Licht gedrungen,
Als die ergrimmte Glut mein Vaterland verschlungen.
Ich habe diese Welt beschaut und bald gesegnet:
Weil mir auf einen Tag all' Angst der Welt begegnet.
Wo ihr die Tage zählt; so bin ich jung verschwunden,
Sehr alt; wofern ihr schätzt, was ich für Angst empfunden.

Ingeborg Bachmann

Alle Tage

Der Krieg wird nicht mehr erklärt,
sondern fortgesetzt. Das Unerhörte
ist alltäglich geworden. Der Held
bleibt den Kämpfen fern. Der Schwache
ist in die Feuerzonen gerückt.
Die Uniform des Tages ist die Geduld,
die Auszeichnung der armselige Stern
der Hoffnung über dem Herzen.

Er wird verliehen,
wenn nichts mehr geschieht,
wenn das Trommelfeuer verstummt,
wenn der Feind unsichtbar geworden ist
und der Schatten ewiger Rüstung
den Himmel bedeckt.

Er wird verliehen
für die Flucht von den Fahnen,
für die Tapferkeit vor dem Freund,
für den Verrat unwürdiger Geheimnisse
und die Nichtachtung
jeglichen Befehls.

Hans Magnus Enzensberger

doomsday

denkbar immerhin
wenn auch nicht glaublich
daß es ausbliebe
das vorgesehne verrecken
daß der frieden über uns käme
im ernst
sanftmütig
unerbittlich

erbleichend erbrächen wir den brief
mit der nachricht:
schrottreif
die glorreichen werke
umsonst geschält
auf den kongressen
die dürren äpfel: spieltheorie
wahrscheinlichkeitsrechnung

vergebens geblickt
auf das letzthinnige
und unser gerät
das unfehlbare
vor seinen opfern zunichte
die erbauer hilflos
ausgeliefert ihrer vernunft
lebenslänglich

verurteilt uns zu verstellen
ganz als wären wir menschen
denkbar immerhin
wenn auch nicht glaublich:
die katastrophe wäre da
wenn über uns käme die nachricht
daß sie ausbleiben wird
für immer
verloren wären wir:
wir stünden am anfang

Erich Fried

Heimatbesuch eines Emigranten

Ich hatte mein Verzeihen vorausgeschickt
als freundlichen Boten ...
Ich fand mein Verzeihen nicht wieder

Es war überwuchert vom Grün der Ruinengärten
vom Duft der Linden verweht
überragt von den neuen Häusern

übertönt von den Spielen der Nachkriegskinder
Es war verbraucht und verraucht
veraltet und gar nicht mehr nötig.

Bertold Brecht

Vom Fünften Rad

Wir sind bei die in der Stunde, wo du erkennst
Daß du das fünfte Rad bist
Und deine Hoffnung von dir geht.
Wir aber
Erkennen es noch nicht.

Wir merken
Daß du die Gespräche rascher treibst
Du suchst ein Wort, mit dem
Du fortgehen kannst
Denn es liegt dir daran
Kein Aufsehen zu machen.

Du erhebst dich mitten im Satz
Du sagst böse: du willst gehen
Wir sagen: Bleibe! und erkennen
Daß du das fünfte Rad bist.
Du aber setzest dich.

Also bleibst du sitzen bei uns in der Stunde
Wo wir erkennen, daß du das fünfte Rad bist.
Du aber
Erkennst es nicht mehr.

Laß es dir sagen: du bist
Das fünfte Rad
Denke nicht, ich, der ich's dir sage
Bin ein Schurke
Greife nicht nach dem Beil, sondern greife
Nach einem Glas Wasser.

Ich weiß, du hörst nicht mehr
Aber
Sage nicht laut, die Welt sei schlecht
Sag es leis.

Denn nicht die vier sind zuviel
Sondern das fünfte Rad
Und nicht schlecht ist die Welt
Sondern
Voll.

(Das hast du schon sagen hören.)

HEINZ CZECHOWSKI

Selbsttrost

Wie soll ich absehn
Von diesem Stück Welt,
Von diesem verschlickten Stück Strand,
Zu dem ich fuhr
Von der einen zur anderen Kante
Des Kontinents?

Jetzt,
Auf dieser vergammelten Fähre
Mit ihrer besoffenen Mannschaft,
Inmitten der müden
Urlaubsreifen Gesichter,
Nach dieser Nacht
Zwischen den Pappwänden eines Motels,
Bin ich auf der Fahrt
Ins Gewisse.

Als ich abreiste,
Hatten die Zungen des Schnees
Die Gärten noch nicht verlassen. Ungewiß,
Welcher Jahreszeit
Ich mich anvertraun sollte,
Ging ich davon.

Der Zöllner
Deutete beinah verlegen auf mich
Und mein Fahrzeug: so schnell
War ich noch nie über der Grenze,
In diesem Moment
Gedachte kein Mensch
Meiner verfehlten Wörter,
Die noch immer
Nach ihren Synonymen suchen.

Doch ich begriff: man muß,
Möglichst ohne den Nacken zu beugen,
Unter den Schlagbäumen durch,
Auch wenn die andere Hälfte der Welt
Ohne Erinnerung ist
An ein portugiesisches Restaurant in Makau,
Das ich nie sehn werd.

Erich Fried

Ungelöst

Ich weiß
noch immer nicht
ob ich manche Dinge
(es werden mehr
und mehr)
nicht mehr wollen kann
oder nur
nicht mehr können will

Das macht nichts
Sie werden mich
so
oder so
zu Falle bringen

HELMUT SCHELSKY

Gegenseitigkeit

Man verläßt, man wird verlassen,
was du anderen antust, geschieht dir selbst.
Läßt du dich gehen, läßt man dich laufen.
Wer nicht leidet, wird nicht gelitten.
Du bleibst im Trab.

Du siehst nichts, willst du gesehen werden;
der Jäger verbirgt sich.
Du hörst nichts, wenn du Lärm machst;
das Neue kommt leise.
Das Sprechen stumpft ab.

Wüßte man dies als Kind,
lebte man anders.

Johann Wolfgang von Goethe

Wenn Kindesblick begierig schaut,
Er findet des Vaters Haus gebaut;
Und wenn das Ohr sich erst vertraut,
Ihm tönt der Muttersprache Laut:
Gewahrt es dies und jenes nah,
Man fabelt ihm, was fern geschah,
Umsittigt ihn, wächst er heran;
Er findet eben alles getan,
Man rühmt ihm dies, man preist ihm das:
Er wäre gar gern auch etwas;
Wie er soll wirken, schaffen, lieben,
Das steht ja alles schon geschrieben,
Und, was noch schlimmer ist, gedruckt:
Da steht der junge Mensch verduckt,
Und endlich wird ihm offenbar:
Er sei nur was ein andrer war.

Günter Bruno Fuchs

Schularbeiten

Der Fortschritt
hat keene Lust, sich
zu kümmern um
mir. Und wat mir anjeht, habick
keene Lust, mir
um den Fortschritt

zu kümmern. Denn
unsereins
war ja
als Mensch
wohl zuerst da.

So, mein Kind, das
schreibste
in dein Schulheft
rein.

FRIEDRICH RASCHE

Schreibe!

Schreibe auf die Ziegelmauer,
die zu zögernd aufgeschichtet:
Alle Steine sind gerichtet.
Nur des Windes Wehn hat Dauer.

Schreibe auf die Windpaniere,
die durch alle Lande fliegen:
Einmal wird die Taube siegen
über alle Kolchis-Stiere.

Schreibe auf die Stirn des Toten,
ehe sie dem Staub verfallen:
Deiner Liebe letztes Lallen
hat dem Tode Trotz geboten.

Schreibe auf die Kinderstirne,
die noch blank wie Rosenblätter:
Mehre uns die Schar der Retter!
Widersteh' dem Fluch der Hirne!

Schreibe in den Sand der Tage
unermüdet Zeichen-Worte:
Hier ist Weg und da ist Pforte,
hier der Brunnen, dort die Waage.

Bertolt Brecht

Verlangt nicht zuviel Klugheit:
Da ist nicht soviel Klugheit nötig, einzusehen
Daß eins mehr als keins ist.

Rechnet nicht nur mit der Verläßlichkeit:
Seinen einzigen Helfer
Wird schon keiner verlassen.

Zählt nicht nur auf die Mutigen:
Ihr Leben zu retten
Sind die meisten mutig genug.

Heiner Müller

Selbstkritik

Meine Herausgeber wühlen in alten Texten
Manchmal wenn ich sie lese überläuft es mich kalt Das
Habe ich geschrieben IM BESITZ DER WAHRHEIT
Sechzig Jahre vor meinem mutmasslichen Tod
Auf dem Bildschirm sehe ich meine Landsleute
Mit Händen und Füßen abstimmen gegen die Wahrheit
Die vor vierzig Jahren mein Besitz war
Welches Grab schützt mich vor meiner Jugend

GOTTFRIED BENN

Jena

»Jena vor uns im lieblichen Tale«
schrieb meine Mutter von einer Tour
auf einer Karte vom Ufer der Saale,
sie war in Kösen im Sommer zur Kur;
nun längst vergessen, erloschen die Ahne,
selbst ihre Handschrift, Graphologie,
Jahre des Werdens, Jahre der Wahne,
nur diese Worte vergesse ich nie.

Es war kein berühmtes Bild, keine Klasse,
für lieblich sah man wenig blühn,
schlechtes Papier, keine holzfreie Masse,
auch waren die Berge nicht rebengrün,
doch kam man vom Lande, von kleinen Hütten,
so waren die Täler wohl lieblich und schön,
man brauchte nicht Farbdruck, man brauchte nicht Bütten,
man glaubte, auch andere würden es sehn.

Es war wohl ein Wort von hoher Warte,
ein Ausruf hatte die Hand geführt,
sie bat den Kellner um eine Karte,
so hatte die Landschaft sie berührt,
und doch – wie oben – erlosch die Ahne
und das gilt allen und auch für den,
die – Jahre des Werdens, Jahre der Wahne –
heute die Stadt im Tale sehn.

Rainer Maria Rilke

Herbsttag

Herr: es ist Zeit. Der Sommer war sehr groß.
Leg deinen Schatten auf die Sonnenuhren,
und auf den Fluren laß die Winde los.

Befiehl den letzten Früchten voll zu sein;
gieb ihnen noch zwei südlichere Tage,
dränge sie zur Vollendung hin und jage
die letzte Süße in den schweren Wein.

Wer jetzt kein Haus hat, baut sich keines mehr.
Wer jetzt allein ist, wird es lange bleiben,
wird wachen, lesen, lange Briefe schreiben
und wird in den Alleen hin und her
unruhig wandern, wenn die Blätter treiben

Peter Rühmkorf

Zum Jahreswechsel

Wieder mal große Eindrücke vom Fernseher her
mit ins Bett genommen:
Das letzte Jahr Rolle rückwärts,
alles ballert wie blind in der Gegend rum oder läßt sich
im Fallen noch fotografieren
(peng! – klick – und aus)
Du kapierst in der Eile gar nicht, was eigentlich Sache ist
(rein fortschrittsmäßig, versteht sich)
Diese Welt kann doch nicht so gemeint sein
wie sie aussieht, oder?

›An der Demokratie ist vielleicht doch etwas dran,‹
strahlte Kasimir, *›wenn so einer wie ich*
Ministerpräsident werden kann ..‹
Auch so'n Wahlspruch, der sich bei näherem Hinsehen
gar nicht aufrechterhalten läßt –
Am besten Sie lenken Ihre Lichtblicke künftig gleich
ins praktische Tempo-Taschentuch.
Schließlich glauben Sie noch, hier wäre
immer so erleuchtet wie Sie sich fühlen.

Daß es unsere Zeit einmal wirklich gegeben hat,
wird uns bald kein Deibel mehr abnehmen.
Auf der einen Seite der Kamera
nagt der Hunger die Zahnstocher ab,
auf der anderen:
Borsalino Zwo, der große Gatsby,
etwas gestreckte Silhouette, coloradobraun, polarblau,
pampasgrün,
die Mode
hat wieder den Mann von 30–40 entdeckt –
Manche Völker gehn übrigens bunter zugrunde als andere
auferstehn.

Aber na, aber nu: diese unbescholtenen Stirnen im Vormarsch!
Wo der Kommunismus einzieht, steht das Zuckerrohr stramm,
erglühen die Runkelrüben ...
Wie muß sich da einer vorkommen
mit alle diesen Einstichen und Ausfällen?
(Veteranen der Libertinage, ergraute Trauerweiden)
Man blickt an sich selber runter
wie auf Sanierungsgelände.
Aber sieh-dann-auch-wieder, mit welchen Kräften der Greis
um seinen letzten Zahnstummel ringt,
einmalig
wie wir alle!

Unsterblich bist du schon mal nicht.
Ich glaub, zwischen dir und dem Leben stehn immer noch
viel zu viele Agenten rum,
dir dein Ich auszureden –
(Wo nehmen die Leute bloß unentwegt
diese fremden Interessen her?)
Soll ich mir in dieser Verfassung
etwa noch den Kopf über China zerbrechen?
Davon haben doch beide Seiten nichts.

Ich will ja nicht hetzen, aber so rum betrachtet
ist der Sozialismus eigentlich
mehr ne Sache fürs Jenseits:
Ohne Hoffnung nicht zu ertragen, und zum Leben
– wie sagt man? – keine echte Alternative.
Dagegen dieser Tag,
nochmal den Würmern abgetrotzt und diese-deine-da
bibbernde Brünne,
bereit zum Überlaufen ...
Los, laß mich schon an deiner Luft mitziehn, und mich,
geschichtslos wie ein Schwein,
in deinen Grund vertiefen.

Johann Wolfgang von Goethe

Selige Sehnsucht

Sagt es niemand, nur den Weisen,
Weil die Menge gleich verhöhnet,
Das Lebend'ge will ich preisen,
Das nach Flammentod sich sehnet.

In der Liebesnächte Kühlung,
Die dich zeugte, wo du zeugtest,
Überfällt dich fremde Fühlung,
Wenn die stille Kerze leuchtet.

Nicht mehr bleibest du umfangen
In der Finsternis Beschattung,
Und dich reißet neu Verlangen
Auf zu höherer Begattung.

Keine Ferne macht dich schwierig,
Kommst geflogen und gebannt,
Und zuletzt, des Lichts begierig,
Bist du, Schmetterling, verbrannt.

Und solang du das nicht hast,
Dieses: Stirb und werde!
Bist du nur ein trüber Gast
Auf der dunklen Erde.

Stefan George

Breit' in der stille den geist
Unter dem reinen gewölk
Send ihn zu horchender ruh
Lang in die furchtbare nacht
Dass er sich reinigt und stärkt
Du dich der hüllen befreist
Du nicht mehr stumm bist und taub
Wenn sich der gott in dir regt
Wenn dein geliebter dir raunt.

Günter Kunert

Leben

Lange auf Brücken verharren
und hinabsehen bis das Geländer
davontreibt
In Träumen den Verschwundenen
wiederbegegnen
in der rettenden Höhle
des endlichen Schlafes
Eine Hand spüren
Eine Haut Einen Mund
Einen fremden Geruch

Heimkehren
in die biologische Wahrheit
Ehe das Mark zerfällt
Ehe jedes weitere Wort
unaussprechbar wird

GOTTHOLD EPHRAIM LESSING

Salomon

Lobt mir Davids weisen Sohn!
Auch bei Lieb und Wein und Scherzen
War er doch nach Gottes Herzen.
Brüder, lobt den Salomon.
Brüder, laßt sein Lob erschallen
Doch vor allen
Lobt mir seinen weisen Schluß:
Wer viel lernt hat viel Verdruß!

Dieses laßt mir Wahrheit sein!
Diese Wahrheit stets zu lieben
Hat mich die Natur getrieben,
Die Natur und Lieb und Wein.
Ehrt mit mir den weisen König!
Lernet wenig!
Brüder, und erwägt den Schluß:
Wer viel lernt hat viel Verdruß!

HEINRICH HEINE

Ein Jüngling liebt ein Mädchen,
Die hat einen Andern erwählt;
Der Andre liebt eine Andre,
Und hat sich mit dieser vermählt.

Das Mädchen heiratet aus Ärger
Den ersten besten Mann,
Der ihr in den Weg gelaufen;
Der Jüngling ist übel dran.

Es ist eine alte Geschichte,
Doch bleibt sie immer neu;
Und wem sie just passieret,
Dem bricht das Herz entzwei.

JOHANN WOLFGANG VON GOETHE

Solang man nüchtern ist,
Gefällt das Schlechte;
Wie man getrunken hat,
Weiß man das Rechte;
Nur ist das Übermaß
Auch gleich zuhanden;
Hafis, o lehre mich,
Wie du's verstanden!

Denn meine Meinung ist
Nicht übertrieben:
Wenn man nicht trinken kann,
Soll man nicht lieben;
Doch sollt ihr Trinker euch
Nicht besser dünken,
Wenn man nicht lieben kann,
Soll man nicht trinken.

Gottfried Benn

Verließ das Haus –

I
Verließ das Haus, verzehrt, er litt so sehr,
so viele Jahre Mensch, mit Zwischendingen,
trotz Teilerfolg im Geistesringen
war keiner von olympischem Gewähr.

So ging er langsam durch die Rêverie
des späten Herbsttags, kaum zu unterscheiden
von einem Frühlingstag mit jungen Weiden
und einem Kahlschlag, wo der Häher schrie.

So träumerisch von Dingen überspielt,
die die Natur in Lenken und Verwalten
entfernter Kreise – jüngeren und alten –
als unaufhebbar einer Ordnung fühlt –:

So trank er denn den Schnaps und nahm die Tracht
Wurstsuppe, donnerstags umsonst gereichte
an jeden Gast, und fand das angegleichte
Olympische von Lust und Leidensmacht.

II
Er hatte etwas auf der Bank gelesen
und in der letzten Rosen Grau gesehn,
es waren keine Stämme, Buschwerkwesen,
gelichtet schon von Fall und Untergehn.

Nun sank das Buch. Es war ein Tag wie alle
und Menschen auch wie alle im Revier,
das würde weiter sein, in jedem Falle
blieb dies Gemisch von Tod und Lachen hier.

Schon ein Geruch kann mancherlei entkräften,
auch kleine Blumen sind der Zeder nah –
dann ging er weiter und in Pelzgeschäften
lag manches Warme für den Winter da.

III

Ganz schön – gewiß – für Schnaps und eine Weiße
im Park am Mittag, wenn die Sonne scheint,
doch wenn der Hauswirt kommt, gewisse Teile
der Steuer fehlen und die Freundin weint?

Verzehrt: wie weit darfst du dein Ich betreiben,
Absonderliches als verbindlich sehn?
Verzehrt: wie weit mußt du im Genre bleiben –
so weit wie Ludwig Richters Bilder gehn?

Verzehrt: man weiß es nicht. Verzehrt: man wendet
sich qualvoll Einzel zu wie Allgemein –
das Zwischenspiel von Macht des Schicksals endet
glorios und ewig, aber ganz allein.

Verflucht die Evergreens! Die Platten dröhnen!
Schnaps, Sonne, Zedern – was verhelfen sie
dem Ich, den Traum, den Wirt und Gott versöhnen –
die Stimmen krächzen und die Worte höhnen –
verließ das Haus und schloß die Rêverie.

THEODOR FONTANE

Aber wir lassen es andere machen

Ein Chinese ('s sind schon an 200 Jahr)
In Frankreich auf einem Hofball war.
Und die einen frugen ihn: ob er das kenne?
Und die andern frugen ihn: wie man es nenne?
»Wir nennen es tanzen«, sprach er mit Lachen,
»Aber wir lassen es andere machen.«

Und dieses Wort, seit langer Frist,
Mir immer in Erinnerung ist.
Ich seh das Rennen, ich seh das Jagen,
Und wenn mich die Menschen umdrängen und fragen,
»Was tust du nicht mit? Warum stehst du beiseit'?«
So sag ich: »Alles hat seine Zeit.
Auch die Jagd nach dem Glück. All derlei Sachen,
Ich lasse sie längst durch andere machen.«

sehnen und suchen

Wenn, was uns lieb ist, was wir uns so heiß wünschen, weil die Wirklichkeit es so kalt verweigert, nicht *hier* ist und nicht hier sein kann, dann sehnen wir uns danach, versuchen es mit unserer Vorstellungskraft, mit der Inständigkeit des Gefühls herbeizuholen. Das ist das eine Sehnen – das Sehnen nach etwas, nach »Frieden«, nach der »Heimat«, nach der »Ferne«, nach »Dir«. Das andere ist ohne Ziel oder Objekt – ein Zustand, eine süße Steigerung des Leids, eine adverbiale Intensivierung verschiedener Tätigkeiten: »sehnlich«, »voll Sehnsucht«, »sehnend« können wir hoffen und harren, warten und wünschen, blicken und bitten.

Man sucht Verlorenes: den geliebten Menschen; Verlassenes: ein Land; Verheißenes: den sich versagenden Sinn; Verborgenes: eine Lücke in der tödlichen Grenze; das Notwendige: Ruhe von des Tages Müh'. Das Suchen kann systematisch geschehen wie beim Aufspüren von Minen oder willkürlich und laut wie auf einer Treibjagd oder leise, ratlos, die Vergeblichkeit ahnend. Dann verwandelt es sich in Wünschen und Hoffen – oder Verzweiflung. Am Ende geben die einen auf, beten die anderen, dritte malen sich das Finden aus, vierte bescheiden sich, machen daraus den Zustand, von dem eben die Rede war, und werden auch hinfort »alle tage in sehnen leben«.

Johann Wolfgang von Goethe

Kennst du das Land, wo die Zitronen blühn,
Im dunkeln Laub die Goldorangen glühn,
Ein sanfter Wind vom blauen Himmel weht,
Die Myrte still und hoch der Lorbeer steht,
Kennst du es wohl?
Dahin! Dahin
Möcht' ich mit dir, o mein Geliebter, ziehn!

Kennst du das Haus? auf Säulen ruht sein Dach,
Es glänzt der Saal, es schimmert das Gemach,
Und Marmorbilder stehn und sehn mich an:
Was hat man dir, du armes Kind, getan?
Kennst du es wohl?
Dahin! Dahin
Möcht' ich mit dir, o mein Beschützer, ziehn!

Kennst du den Berg und seinen Wolkensteg?
Das Maultier sucht im Nebel seinen Weg,
In Höhlen wohnt der Drachen alte Brut,
Es stürzt der Fels und über ihn die Flut:
Kennst du ihn wohl?
Dahin! Dahin
Geht unser Weg; o Vater, laß uns ziehn!

Heinrich Heine

Nachtgedanken

Denk ich an Deutschland in der Nacht,
Dann bin ich um den Schlaf gebracht,
Ich kann nicht mehr die Augen schließen,
Und meine heißen Thränen fließen.

Die Jahre kommen und vergehn!
Seit ich die Mutter nicht gesehn,
Zwölf Jahre sind schon hingegangen;
Es wächst mein Sehnen und Verlangen.

Mein Sehnen und Verlangen wächst.
Die alte Frau hat mich behext
Ich denke immer an die alte,
Die alte Frau, die Gott erhalte!

Die alte Frau hat mich so lieb,
Und in den Briefen, die sie schrieb,
Seh' ich wie ihre Hand gezittert,
Wie tief das Mutterherz erschüttert.

Die Mutter liegt mir stets im Sinn.
Zwölf lange Jahre flossen hin,
Zwölf lange Jahre sind verflossen,
Seit ich sie nicht ans Herz geschlossen.

Deutschland hat ewigen Bestand,
Es ist ein kerngesundes Land,
Mit seinen Eichen, seinen Linden,
Werd' ich es immer wiederfinden.

Nach Deutschland lechzt' ich nicht so sehr,
Wenn nicht die Mutter dorten wär';
Das Vaterland wird nie verderben,
Jedoch die alte Frau kann sterben.

Seit ich das Land verlassen hab',
So viele sanken dort in's Grab,
Die ich geliebt – wenn ich sie zähle,
So will verbluten meine Seele.

Und zählen muß ich – Mit der Zahl
Schwillt immer höher meine Qual,
Mir ist als wälzten sich die Leichen
Auf meine Brust – Gottlob! sie weichen!

Gottlob! durch meine Fenster bricht
Französisch heit'res Tageslicht;
Es kommt mein Weib, schön wie der Morgen,
Und lächelt fort die deutschen Sorgen.

Rainer Maria Rilke

Der Knabe

Ich möchte einer werden so wie die,
die durch die Nacht mit wilden Pferden fahren,
mit Fackeln, die gleich aufgegangnen Haaren
in ihres Jagens großem Winde wehn.
Vorn möcht ich stehen wie in einem Kahne,
groß und wie eine Fahne aufgerollt.
Dunkel, aber mit einem Helm von Gold,
der unruhig glänzt. Und hinter mir gereiht
zehn Männer aus derselben Dunkelheit
mit Helmen, die, wie meiner, unstät sind,
bald klar wie Glas, bald dunkel, alt und blind.
Und einer steht mir bei und bläst uns Raum
mit der Trompete, welche blitzt und schreit,
und bläst uns eine schwarze Einsamkeit,
durch die wir rasen wie ein rascher Traum:
Die Häuser fallen hinter uns ins Knie,
die Gassen biegen sich uns schief entgegen,
die Plätze weichen aus: wir fassen sie,
und unsre Rosse rauschen wie ein Regen.

Matthias Claudius

Die Sternseherin Lise

Ich sehe oft um Mitternacht,
Wenn ich mein Werk getan
Und niemand mehr im Hause wacht,
Die Stern' am Himmel an.

Sie gehn da, hin und her zerstreut
Als Lämmer auf der Flur;
In Rudeln auch, und aufgereiht
Wie Perlen an der Schnur;

Und funkeln alle weit und breit,
Und funkeln rein und schön;
Ich seh die große Herrlichkeit,
Und kann mich satt nicht sehn ...

Dann saget, unterm Himmelszelt,
Mein Herz mir in der Brust:
»Es gibt was Bessers in der Welt
Als all ihr Schmerz und Lust.«

Ich werf mich auf mein Lager hin,
Und liege lange wach,
Und suche es in meinem Sinn,
Und sehne mich darnach.

Friedrich Hebbel

Schlafen

Schlafen, schlafen, nichts als schlafen!
Kein Erwachen, keinen Traum!
Jener Wehen, die mich trafen,
leisestes Erinnern kaum,
daß ich, wenn des Lebens Fülle
niederklingt in meine Ruh',
nur noch tiefer mich verhülle,
fester zu die Augen tu'!

Friedrich von Schiller

Der Jüngling am Bache

An der Quelle saß der Knabe,
  Blumen wand er sich zum Kranz,
Und er sah sie fortgerissen,
  Treiben in der Wellen Tanz.

»Und so fliehen die Tage
  Wie die Quelle rastlos hin!
Und so bleichet die Jugend,
  Wie die Kränze schnell verblühn!

Fraget nicht, warum ich traure
  In des Lebens Blütezeit!
Alles freuet sich und hoffet,
  Wenn der Frühling sich erneut.
Aber diese tausend Stimmen
  Der erwachenden Natur
Wecken in dem tiefen Busen
  Mir den schweren Kummer nur.

Was soll mir die Freude frommen,
  Die der schöne Lenz mit beut?
Eine nur ist's, die ich suche,
  Sie ist nah und ewig weit.
Sehnend breit ich meine Arme
  Nach dem teuren Schattenbild,
Ach, ich kann es nicht erreichen,
  Und das Herz bleibt ungestillt!

Komm herab, du schöne Holde,
　Und verlaß dein stolzes Schloß!
Blumen, die der Lenz geboren,
　Streu ich dir in deinen Schoß.
Horch, der Hain erschallt von Liedern,
　Und die Quelle rieselt klar!
Raum ist in der kleinsten Hütte
　Für ein glücklich liebend Paar.«

EDUARD MÖRIKE

Neue Liebe

Kann auch ein Mensch des andern auf der Erde
Ganz, wie er möchte, sein?
– In langer Nacht bedacht ich mir's und mußte sagen, nein!

So kann ich niemands heißen auf der Erde,
Und niemand wäre mein?
– Aus Finsternissen hell in mir aufzückt ein Freudenschein:

Sollt ich mit Gott nicht können sein,
So wie ich möchte, mein und dein?
Was hielte mich, daß ich's nicht heute werde?

Ein süßes Schrecken geht durch mein Gebein!
Mich wundert, daß es mir ein Wunder wollte sein,
Gott selbst zu eigen haben auf der Erde!

Clemens Brentano

Hörst Du wie die Brunnen rauschen,
Hörst Du wie die Grille zirpt?
Stille, stille, laß uns lauschen,
Selig, wer in Träumen stirbt.
Selig, wen die Wolken wiegen,
Wem der Mond ein Schlaflied singt,
O wie selig kann der fliegen,
Dem der Traum den Flügel schwingt,
Daß an blauer Himmelsdecke
Sterne er wie Blumen pflückt:
schlafe, träume, flieg', ich wecke
Bald Dich auf und bin beglückt.

Johann Wolfgang von Goethe

Wandrers Nachtlied

Der du von dem Himmel bist,
Alles Leid und Schmerzen stillest,
Den, der doppelt elend ist,
Doppelt mit Erquickung füllest,
– Ach, ich bin des Treibens müde,
Was soll all der Schmerz und Lust? –
Süßer Friede,
Komm, ach komm in meine Brust!

THEODOR STORM

Der Geier Schmerz flog nun davon,
Die Stätte, wo er saß, ist leer;
Nur unten tief in meiner Brust
Regt sich noch etwas, dumpf und schwer.

Das ist die Sehnsucht, die mit Qual
Um deine holde Nähe wirbt,
Doch, eh sie noch das Herz erreicht,
Mutlos die Flügel senkt und stirbt.

STEFAN GEORGE

Im windes-weben
War meine frage
Nur träumerei.
Nur lächeln war
Was du gegeben.
Aus nasser nacht
Ein glanz entfacht –
Nun drängt der mai ·
Nun muss ich gar
Um dein aug und haar
Alle tage
In sehnen leben.

Rose Ausländer

Vielleicht I

Vielleicht
im April
wenn der Wind
an das siebenverschlossene Tor
rüttelt

öffnet
vielleicht
der Hüter
behutsam
die eherne Tür

du erblickst
vielleicht
durch einen Spalt
den transparenten
Granatapfelbaum

vielleicht
erkennst du
in einem roten Kristall
dein Urbild

hörst du
vielleicht
dein Aprilherz pochen

ehe der Hüter
das Tor
wieder schließt

EVA ZELLER

Nachruf auf einen Gefallenen

Wir werden uns wiedersehen,
bei unserem Kreidefelsen am liebsten,
dem schneeweißen Umriß,
du kniest nahe am Abgrund,
ich trage ein rotes Kleid
und halte mich an den Steinen,
wir sind verabredet,
du weißt Tag und Stunde.

Oder unter der Laterne
vor dem nächtlichen Haus
mit den erleuchteten Fenstern,
ich warte auf dich, wir können
uns gar nicht verfehlen,
der Taghimmel über uns
spottet jeder Logik:
fällt nun der Abend ein oder
glänzt uns ein schönerer Morgen?

Auch komme ich, wie spät
immer es sein mag, in unser
Café in Arles, wir sitzen
ineinanderversunken,
während die Billardkugel rollt
und draußen der arme Vincent,
brennende Kerzen auf seinem Hutrand,
die Staffelei aufstellt;
mein Gott, du mußt gehen,
um ihn zu warnen,
die Leute verjagen
alle Verzückten und
lachen über die Bilder.

Besser wir treffen uns dort,
wohin dich der Krieg
verschlagen hat, wo
nun für immer die
Geigenspieler auf den
Dächern sitzen
und die Brautpaare
fliegen können.

Erich Fried

Schutthaufen

Der Dichter Ossip Mandelstam wurde zuletzt gesehen
in einem Durchgangslager für die Gefangenen
bei Wladiwostok im Dezember Achtunddreißig
wie er nach Resten von Eßbarem suchte in einem
Abfallhaufen. Er starb noch vor Jahresende

Seine Mörder sprachen zu jener Zeit nicht ungern
vom »Schutthaufen der Geschichte auf den der Feind
geworfen wird«

So also sah der Feind aus: der todkranke Dichter
und so sah der Schutthaufen aus (wie schon Lenin gesagt hat:
»Die Wahrheit ist konkret«) Wenn die Menschheit Glück hat
werden die Archäologen des Schutthaufens der Geschichte
noch etwas vom Heimweh nach Weltkultur ausgraben
Wenn die Menschheit Glück hat werden die Archäologen
auf dem Schutthaufen der Geschichte Menschen sein.

Ossip Mandelstam, aufgefordert, den Akmeismus,
eine poetische Richtung, deren Anhänger er war, zu bezeichnen,
nannte ihn 1937 »Heimweh nach Weltkultur«.

Eva Zeller

Wanderungen durch die Mark Brandenburg

Die Hagelberge sind versetzt,
auch ohne meinen Glauben,
die Felder aufgeteilt, jemand
ließ Ähren am Rand für mich stehn.

Alte Klosterdörfer, Gehorsam,
Armut, und immer noch die
Runkelrübenzuckerfabrik, das
längste Wort, das ich kannte.

Die Vögel singen vom Blatt,
die Seen werfen sich Blicke zu,
die Gräber sind aufgelassen,
aus den Kiefernstämmen tropft Harz.

Durch die Lindenallee irrt Fontane,
er kann das weiße Fräulein nicht finden,
oder er sucht den Ziehbrunnen,
einen Kiesel hineinzuwerfen.

Wenn ich wiederkomme, liebes Land,
wenn die Junisterne fallen,
wenn ich den Tränen freien Lauf ...

Rose Ausländer

Italien I

Immer träume ich zurück
zu deinen Städten
Venedig Rom Florenz
Siena Neapel

Zum Amalfiweg
zu San Michele
zu deinen Schätzen

Ich verständige mich
mit vier Worten
ja nein rechts links

Die Menschen verstehen mich
antworten mir
mit gütigen Gesten
jeder Blick ein
Willkomm-Gruß

Italien
mein Immerland

HEINZ CZECHOWSKI

Es ist nicht wahr

Es ist nicht wahr,
Daß der Wind weht, wo er will.
Und auch der Geist
Ist nicht ortlos. Das Wort
Beginnt zu erbleichen und stinkt,
Ein verfaulender Fisch,
Der nicht ausschwärmen kann.

Nur die Lüge verdoppelt sich schnell,
Eine Alge,
Das Leben erstickend.

Jetzt
Ist es noch nicht zu spät:
Tritt den Heimweg an über die Dörfer,
Wo in einem Fenster noch Licht brennt.

Eine
Hat sich hinübergetrunken
Auf ihrem langen Weg von der Angara zur Saale.
Ein andrer
Zählt seine Münzen,
Das letzte Bier zu bezahlen,
Bevor er den Zug,
Der schon einfährt,
Besteigt.

Dieser,
Ich weiß es,
Kommt an,
Wenn über der Wiese der Nebel zu steigen beginnt.
Die Sense geschultert,
Geht er über den Acker,
Im Auge das bleiche, erlöschende Licht.

GÜNTER KUNERT

Abendgedicht

Ach dieses lange Einsinken
in den Abend. Die Erde
wird bodenlos sobald
ihr das Licht vergeht.
Noch treten die Füße Gras oder Schotter
dann nichts mehr.
Aus der Emigration des Tages
kehren die Toten zurück um raschelnd
in alten Fotos ihren Platz einzunehmen.
Jetzt zögert die Zeit wieder und täuscht
andere Zeiten vor: Welches Jahrhundert
hatten wir heute?
Ich würde mich nicht wundern
wenn vor der Tür Chamisso stünde
oder sein Schatten oder ich
sein Schatten bin oder auch Chamisso selber
der berlinwärts vor einer Tür
steht.

Wir wollen unseren Umriß verlieren
und glücklich sein wie niemand und zwar
Abend für Abend.

Hilde Domin

Nicht müde werden

Nicht müde werden
sondern dem Wunder
leise
wie einem Vogel
die Hand hinhalten.

spielen, spotten, schmunzeln

Was die Dichter in und mit den hier versammelten Gedichten tun, reicht vom harmlosen Schabernack bis zum Sarkasmus, ja bis zu unverhohlener Bosheit, vom Jonglieren mit Wörtern und Reimen bis zum hinterhältigen Witz, vom Parodieren des eigenen Metiers bis zum Destillieren einer bescheidenen aber gediegenen Lebensweisheit. Gemeinsam ist ihnen, was sie auslösen: Heiterkeit, eine lockere Sicht der Dinge, ein wissendes Schmunzeln. Unerheblich sind sie darum gerade nicht. Bewußt habe ich auch nicht »spaßen« in die Überschrift gesetzt, sondern »spielen«, das zu den ernsten und notwendigen Geistesübungen zählt.

EUGEN ROTH

Falscher Verdacht

Ein Mensch hat meist den übermächtigen
Naturdrang, andre zu verdächtigen.
Die Aktenmappe ist verlegt.
Er sucht sie, kopflos und erregt,
Und schwört bereits, sie sei gestohlen,
Und will die Polizei schon holen
Und weiß von nun an überhaupt,
Daß alle Welt nur stiehlt und raubt.
Und sicher ist's der Herr gewesen,
Der, während scheinbar er gelesen –
Er ahnt genau, wie es geschah...
Die Mappe? Ei, da liegt sie ja!
Der ganze Aufwand war entbehrlich
Und alle Welt wird wieder ehrlich.
Doch den vermeintlich frechen Dieb
Gewinnt der Mensch nie mehr ganz lieb,
Weil der die Mappe, angenommen
Sie wäre wirklich weggekommen –
Und darauf wagt er jede Wette –
Gestohlen würde haben hätte!

GOTTHOLD EPHRAIM LESSING

Der Irrtum

Den Hund im Arm, mit bloßen Brüsten,
Sah Lotte frech herab.
Wie mancher ließ sich's nicht gelüsten,
Daß er ihr Blicke gab.

Ich kam gedankenvoll gegangen
Und sahe steif heran.
Ha! denkt sie, der ist auch gefangen,
Und lacht mich schalkhaft an.

Allein, gesagt zur guten Stunde,
Die Jungfer irrt sich hier.
Ich sah nach ihrem bunten Hunde:
Es ist ein artig Tier.

Joachim Ringelnatz

Ringkampf

Gibson (sehr nervig), Australien,
Schulze, Berlin (ziemlich groß).
Beißen und Genitalien
Kratzen verboten. – Nun los!

Ob sie wohl seelisch sehr leiden?
Gibson ist blaß und auch Schulz.
Warum fühlen die beiden
Wechselnd einander den Puls?

Ängstlich hustet jetzt Gibson.
Darauf schluckt Schulze Cachou.
Gibson will Schulzen jetzt stipsen.
Ha! Nun greifen sie zu.

Packen sich an, auf, hinter, neben, in,
Über, unter, vor und zwischen,
Statt, auch längs, zufolge, trotz
Stehen auf die Frage wessen.
Doch ist hier nicht zu vergessen,
Daß bei diesen letzten drei
Auch der Dativ richtig sei.

(Pfeife des Schiedsrichters.)

Wo sind die Beine von Schulze?
Wem gehört denn das Knie?
Wirr wie lebendige Sulze
Mengt sich die Anatomie.

Ist das ein Kopf aus Australien?
Oder Gesäß aus Berlin?
Jeder versucht Repressalien,
Jeder läßt keinen entfliehn.

Hat sich der Schiedsmann bemeistert,
Lange parteilos zu sein;
Aber nun brüllt er begeistert:
»Schulze, stell ihm ein Bein!

Zwinge den Mann mit den Nerven
Nieder nach Sitte und Jus.
Kannst du dich über ihn werfen
Just wie im Koi, dann tu's!«

EUGEN ROTH

Hilflosigkeiten

Ein Mensch, voll Drang, daß er sich schneuzt,
Sieht diese Absicht schnöd durchkreuzt:
Er stellt es fest mit leisem Fluch,
Daß er vergaß sein Taschentuch.
Indessen sind Naturgewalten,
Wie Niesen, oft nicht aufzuhalten.
Und während nach dem Tuch er angelt,
Ob es ihm wirklich völlig mangelt,
Beschließt die Nase, reizgepeinigt,
Brutal, daß sie sich selber reinigt.
Der Mensch steht da mit leeren Händen –
Wir wollen uns beiseite wenden –,
Denn es gibt Dinge, welche peinlich
Für jeden Menschen, so er reinlich.
Wir wollen keinen drum verachten,
Jedoch erst wieder ihn betrachten,
Wenn er sich (wie, muß man nicht wissen)
Dem Allzumenschlichen entrissen.

Eugen Roth

Die guten Bekannten

Ein Mensch begegnet einem zweiten.
Sie wechseln Förm- und Herzlichkeiten,
Sie zeigen Wiedersehensglück
Und gehn zusammen gar ein Stück,
Und während sie die Stadt durchwandern,
sucht einer heimlich von dem andern
Mit ungeheurer Hinterlist
Herauszubringen, wer er ist.
Daß sie sich kennen, das steht fest,
Doch äußerst dunkel bleibt der Rest.
Das wo und wann, das wie und wer
Das wissen alle zwei nicht mehr.
Doch sind sie, als sie sich nun trennen,
Zu feig, die Wahrheit zu bekennen.
Sie freu'n sich, daß sie sich getroffen,
Jedoch im Herzen beide hoffen,
Indes sie ihren Abschied segnen,
Einander nie mehr zu begegnen.

Günter Bruno Fuchs

Tageslauf eines dicken Mannes

Morgens
verdingt er sich bei den Kindern am Buddelplatz.
Er beginnt seine Arbeit und sagt: Liebe Kinder,
dieser Bauch ist kein Bauch, sondern der große Berg Bimbula.

Da lachen die Kinder, schlagen Purzelbäume und sagen:
Bitte, großer Berg, morgen mußt du wiederkommen.

Mittags
macht er seine Urwaldfreunde nach.
Er trommelt dann auf seinen Bauch
und manchmal springt er schweren Herzens
auf den Rücken eines Generals und sagt:
Wenn du meinen Bauch mit einer Trommel verwechselst,
so ist das deine eigne klägliche Sache! Dieser Bauch
ist nämlich der große Berg Bimbula,
dessen Schönheit du nie erkennen wirst.

Abends
wird er immer sehr traurig.
Er setzt sich unter die Sterne
und trinkt zehn Liter Himmelsbier.
Manche Leute haben ihn singen gehört –
er singt dann ganz einfältig,
so einfältig, wie's ihm niemand zugetraut hätte:
Mutter, ach Mutter, mich hungert!

Wilhelm Busch

Bestimmung

Ein Fuchs von flüchtiger Moral
Und unbedenklich, wenn er stahl,
Schlich sich bei Nacht zum Hühnerstalle
Von einem namens Jochen Dralle,
Der, weil die Mühe ihn verdroß,
Die Tür mal wieder nicht verschloß.

Er hat sich, wie er immer pflegt,
So wie er war, zu Bett gelegt.
Er schlief und schnarchte auch bereits.

Frau Dralle, welche ihrerseits
Noch wachte, denn sie hat die Grippe,
Stieß Jochen an die kurze Rippe.
Du, rief sie flüsternd, hör doch bloß,
Im Hühnerstall, da ist was los;
Das ist der Fuchs, der alte Racker.

Und schon ergriff sie kühn und wacker,
Obgleich sie nur im Nachtgewand,
Den Besen, der am Ofen stand,
Indes der Jochen leise flucht
Und erst mal Licht zu machen sucht.

Sie ging voran, er hinterdrein.
Es pfeift der Wind, die Hühner schrein.

Nur zu, mahnt Jochen, sei nur dreist
Und sag Bescheid, wenn er dich beißt.

Umsonst sucht sich der Dieb zu drücken
Vor Madam Dralles Geierblicken.
Sie schlägt ihm unaussprechlich schnelle
Zwei-, dreimal an derselben Stelle
Mit ihres Besens hartem Stiel
Aufs Nasenbein. Das war zuviel. –

Ein jeder kriegt, ein jeder nimmt
In dieser Welt, was ihm bestimmt.

Der Fuchs, nachdem der Balg herab,
Bekommt ein Armesündergrab.

Frau Dralle, weil sie leichtgesinnt
Sich ausgesetzt dem Winterwind
Zum Trotz der Selbsterhaltungspflicht,
Kriegt zu der Grippe noch die Gicht.

Doch Jochen kriegte hocherfreut
Infolge der Gelegenheit
Von Pelzwerk eine warme Kappe
Mit Vorder- und mit Hinterklappe.

Stets hieß es dann, wenn er sie trug:
Der ist es, der den Fuchs erschlug.

Wilhelm Busch

Die Schnecken

Rötlich dämmert es im Westen
Und der laute Tag verklingt,
Nur daß auf den höchsten Ästen
Lieblich noch die Drossel singt.

Jetzt in dichtbelaubten Hecken,
Wo es still verborgen blieb,
Rüstet sich das Volk der Schnecken
Für den nächtlichen Betrieb.

Tastend streckt sich ihr Gehörne.
Schwach nur ist das Augenlicht.
Dennoch schon aus weiter Ferne
Wittern sie ihr Leibgericht.

Schleimig, säumig, aber stete,
Immer auf dem nächsten Pfad,
Finden sie die Gartenbeete
Mit dem schönsten Kopfsalat.

Hier vereint zu ernsten Dingen,
Bis zum Morgensonnenschein,
Nagen sie geheim und dringen
Tief ins grüne Herz hinein.

Darum braucht die Köchin Jettchen
Dieses Kraut nie ohne Arg.
Sorgsam prüft sie jedes Blättchen,
ob sich nichts darin verbarg.

Sie hat Furcht, den Zorn zu wecken
Ihres lieben gnädigen Herrn.
Kopfsalat, vermischt mit Schnecken,
Mag der alte Kerl nicht gern.

Dichter
Schenke, komm! Noch einen Becher!
Schenke
Herr, du hast genug getrunken;
Nennen dich den wilden Zecher!
Dichter
Sahst du je, daß ich gesunken?
Schenke
Mahomet verbietet's.
Dichter
                Liebchen!
Hört es niemand, will dir's sagen.
Schenke
Wenn du einmal gerne redest,
Brauch' ich gar nicht viel zu fragen.
Dichter
Horch! wir andren Muselmannen
Nüchtern sollen wir gebückt sein,
Er, in seinem heil'gen Eifer,
Möchte gern allein verrückt sein.

Josef Guggenmos

Wick

Hinter Idaroberstein,
hör zu und laß dir was sagen,
sitzen drei Zwerge
vor dem Berge
und reden von alten Tagen.

Der erste heißt Schnack,
der zweite heißt Schnick,
der dritte heißt
Schnigelschnagelguckgagelzibelzabeldiwick.

Manche Herrn
und gewisse Damen
lernen nie seinen Namen.
Nein.

Aber du,
wen du ihn triffst,
sagst einfach: »Tag, Wick!
Weißt du mir einen Edelstein?«
Dann schenkt er dir ein schönes Stück.

So ein Kerl
ist Schnigelschnagelguckgagelzibelzabeldiwick!

HENRY JELINEK

Nachtgesang

badedas placentubex
tai-ginseng panteen
thermofax wipp dentofix
anti-svet palmin

mondamin elastofix
fewa fa feh vlot
seiblank presto caro lux
maggi pez blett pott

alka-seltzer seborin
mem pitrell grill-fix
tempo mampe aspirin
tampax atrix drix

hormocenta kukident
knorr pfaff tarr darmol
odorono chlorodont
fuß-frisch bac odol

mezzo-slabil wazzaba
abba dabba wabbaba
f-x k2r T 2
$E = m c^2$

Edwin Bormann

Goethe-Quintessenz

Allen citatenbedürftigen Gemüthern gewidmet.

Ihr naht euch wieder? In die Ecke, Besen!
Luft! Luft! Clavigo! Meine Ruh' ist hin.
Der König rief: Ich bin ein Mensch gewesen;
Das Ewig-Weibliche, das war mein Sinn.
Ein deutscher Mann mag keinen Franzen leiden,
Der and're hört von allem nur das Nein.
Ich weiß nicht, nur die Lumpe sind bescheiden,
Ein Werdender wird immer dankbar sein.

Mir graut's vor dir, der Kasus macht mich lachen,
Und Marmorbilder steh'n und seh'n mich an;
Wer fertig ist, dem ist nichts recht zu machen,
Der Morgen kam, kühl bis an's Herz hinan.
Prophete rechts – mein Herz, was soll das geben?
Du sprichst ein großes Wort gelassen aus;
Das Wasser rauscht in's volle Menschenleben,
Ich denke dein, so oft er trank daraus.

Wenn ihr's nicht fühlt, ihr werdet's nicht erjagen;
Der Page lief, man sieht doch wo und wie.
Was hör' ich draußen? Fräulein, darf ich's wagen?
Grau, theurer Freund, ist alle Theorie.
Heißt mich nicht reden, schwankende Gestalten!
Man merkt die Absicht, dunkler Ehrenmann!
Durch Feld und Wald laßt mir herein den Alten;
Ich kenne dich, du siehst mich lächelnd an.

Er sah ihn stürzen, himmlisches Behagen!
Der Knabe kam und ward nicht mehr geseh'n.
Die Sonne sinkt, du mußt es dreimal sagen –
Dies ist die Art, mit Hexen umzugeh'n.
Der Geist der Medizin ist leicht zu fassen,
Von Zeit zu Zeit seh' ich den Alten gern ...
Es muß sich dabei doch was denken lassen?!
Ergo bibambus! ist des Pudels Kern.

Klabund

Deutsches Volkslied

Es braust ein Ruf wie Donnerhall,
Daß ich so traurig bin.
Und Friede, Friede überall,
Das kommt mir nicht aus dem Sinn.

Kaiser Rotbart im Kyffhäuser saß
An der Wand entlang, an der Wand.
Wer nie sein Brot mit Tränen aß,
Bist du, mein Bayerland!

Wer reitet so spät durch Nacht und Wind?
Ich rate dir gut, mein Sohn!
Urahne, Großmutter, Mutter und Kind
vom Roßbachbataillon.

O selig, o selig, ein Kind noch zu sein,
Von der Wiege bis zur Bahr!
Mariechen saß auf einem Stein,
Sie kämmte ihr goldenes Haar.

Sie kämmt's mit goldnem Kamme,
Wie Zieten aus dem Busch.
Sonne, du klagende Flamme:
Husch! Husch!

Der liebe Gott geht durch den Wald,
Von der Etsch bis an den Belt,
Daß lustig es zum Himmel schallt:
Fahr wohl, du schöne Welt!

Der schnellste Reiter ist der Tod,
Mit Juppheidi und Juppheida.
Stolz weht die Flagge Schwarzweißrot.
Hurra, Germania!

Josef Guggenmos

Fritz Stachelwald

Bei Nacht und Nebel durch den Park
marschiert der Polizist Hans Stark.

In einem Strauche rührt sich was.
Ein Niesen, Schnaufen. Was ist das?

»Heraus! – Ich schieße! – Wird es bald?«
Zum Vorschein kommt Fritz Stachelwald.

»Ach Igel, du streifst noch herum?
Das darfst du gern. – Entschuldigung!«

Christian Morgenstern

Die Behörde

Korf erhält vom Polizeibüro
ein geharnischt Formular,
wer er sei und wie und wo.

Welchen Orts er bis anheute war,
welchen Stands und überhaupt,
wo geboren, Tag und Jahr.

Ob ihm überhaupt erlaubt,
hier zu leben und zu welchem Zweck,
wieviel Geld er hat und was er glaubt.

Umgekehrten Falls man ihn vom Fleck
in Arrest verführen würde, und
drunter steht: Borowsky, Heck.

Korf erwidert darauf kurz und rund:
»Einer hohen Direktion
stellt sich, laut persönlichem Befund,
untig angefertigte Person
als nichtexistent im Eigen-Sinn
bürgerlicher Konvention

vor und aus und zeichnet, wennschonhin
mitbedauernd nebigen Betreff,
Korf. (An die Bezirksbehörde in –).«

Staunend liest's der anbetroffne Chef.

Heinrich Heine

Das Fräulein stand am Meere
Und seufzte lang und bang,
Es rührte sie so sehre
Der Sonnenuntergang.

Mein Fräulein! sei'n Sie munter,
Das ist ein altes Stück;
Hier vorne geht sie unter
Und kehrt von hinten zurück.

Robert Gernhardt

Der Tag, an dem ich Unseld übersah

Am Tag, an dem ich Unseld übersah –
Es war in Frankfurt. Ich war auf der Messe,
die Bücher sehend, dacht ich: Meine Fresse,
das alles schrieb, nur ich habe geschwiegen,
das alles wurde, mein Projekt blieb liegen,
wie war das möglich, daß mir dies geschah?

Am Tag, an dem ich Unseld übersah –
Ich hatte nichts geschafft, nun war mir elend,
die andren trumpften auf, es war schlicht quälend,
dies Werk an Werk, das füllte die Regale
in voller Breite, und mit einem Male
begriff ich: Ich war gar nicht da!

Am Tag, an dem ich Unseld übersah –
Ich ging daran, mich langsam auszuklinken,
wer schon nichts tut, soll wenigstens gut trinken,
da tönt wer rum: Der Gernhardt übersieht mich!
Ich denke noch: Der Gernhardt? Ja, bezieht sich
das denn auf mich? Und: Wer macht so'n Trara?

Am Tag, an dem ich Unseld übersah –
Ich schwieg verwirrt. Er winkte mir im Gehen.
Da spür ich Stolz: Ich hab ihn übersehen.
Er war nicht da, weil ich, der Überseher,
ihn übersah. So kamen wir uns näher.
Nur näher? Waren wir uns da nicht nah?

Im Namen der Barmherzigkeit: Sagt ja!

Joachim Ringelnatz

Logik

Die Nacht war kalt und sternenklar,
Da trieb im Meer bei Norderney
Ein Suahelischnurrbarthaar. –
Die nächste Schiffsuhr wies auf drei.

Mir scheint da mancherlei nicht klar,
Man fragt doch, wenn man Logik hat,
Was sucht ein Suahelihaar
Denn nachts um drei am Kattegatt?

Heinrich Heine

Sie saßen und tranken am Teetisch,
Und sprachen von Liebe viel.
Die Herren, die waren ästhetisch,
Die Damen von zartem Gefühl.

Die Liebe muß sein platonisch,
Der dürre Hofrat sprach.
Die Hofrätin lächelt ironisch,
Und dennoch seufzt sie: Ach!

Der Domherr öffnet den Mund weit:
Die Liebe sei nicht zu roh,
Sie schadet sonst der Gesundheit.
Das Fräulein lispelt: wieso?

Die Gräfin spricht wehmütig:
Die Liebe ist eine Passion!
Und präsentieret gütig
Die Tasse dem Herren Baron.

Am Tische war noch ein Plätzchen;
Mein Liebchen, da hast du gefehlt.
Du hättest so hübsch, mein Schätzchen,
Von deiner Liebe erzählt.

Joseph Viktor von Scheffel

Der Ichthyosaurus

Es rauscht in den Schachtelhalmen,
Verdächtig leuchtet das Meer,
Da schwimmt mit Tränen im Auge
Ein Ichthyosaurus daher.

Ihn jammert der Zeiten Verderbnis,
Denn ein sehr bedenklicher Ton
War neuerlich eingerissen
In der Liasformation.

»Der Plesiosaurus, der Alte,
Er jubelt in Saus und Braus,
Der Pterodaktylus selber
Flog neulich betrunken nach Haus.

Der Iguanodon, der Lümmel,
Wird frecher zu jeglicher Frist,
Schon hat er am hellen Tage
Die Ichthyosaura geküßt.

Mir ahnt eine Weltkatastrophe,
So kann es ja länger nicht gehn;
Was soll aus dem Lias noch werden,
Wenn solche Dinge geschehn?«

So klagte der Ichthyosaurus,
Da ward es ihm kreidig zumut';
Sein letzter Seufzer verhallte
Im Qualmen und Zischen der Flut.

Es starb zu derselbigen Stunde
Die ganze Saurierei,
Sie kamen zu tief in die Kreide,
Da war es natürlich vorbei.

Und der uns hat gesungen
Dies petrefaktische Lied,
Der fand's als fossiles Albumblatt
Auf einem Koprolith.*

*Koprolith, d. h. Kotstein,
versteinertes Exkrement der Saurier.

Robert Gernhardt

Nach der Lektüre einer Anthologie

Der Pissefleck am Fuß der Rolltreppe der
U-Bahn-Station Miquel-Adickes-Allee

Ich behaupte nicht, daß er besser ist
als eines der vielen Gedichte
die ich heute gelesen habe
ich weiß nur, daß er mir mehr sagt

Dieser Pissefleck am Fuß der Rolltreppe der
U-Bahn-Station Miquel-Adickes-Allee

Redet davon, daß da wer unter Druck stand
Kündet davon, daß das unbedingt raus mußte
Zeugt davon, daß der, den es drängte
schnell was aus einem Guß hinlegte

Diesen Pissefleck am Fuß der Rolltreppe der
U-Bahn-Station Miquel-Adickes-Allee

Vor Augen gedenk ich der Stimmen
die heut zu mir sprachen, so
drucklos, so dranglos, so
schwunglos, so harmlos, so
bißlos, so zwanglos, so
harnlos, so hirnlos.

Hans Magnus Enzensberger

Über die Schwierigkeiten der Umerziehung

Einfach vortrefflich
all diese großen Pläne:
das Goldene Zeitalter
das Reich Gottes auf Erden
das Absterben des Staates.
Durchaus einleuchtend.

Wenn nur die Leute nicht wären!
Immer und überall stören die Leute.
Alles bringen sie durcheinander.

Wenn es um die Befreiung der Menschheit geht
laufen sie zum Friseur,
Statt begeistert hinter der Vorhut herzutrippeln
sagen sie: Jetzt wär ein Bier gut.
Statt um die gerechte Sache
kämpfen sie mit Krampfadern und mit Masern.
Im entscheidenden Augenblick
suchen sie einen Briefkasten oder ein Bett.
Kurz bevor das Millenium anbricht
kochen sie Windeln.

An den Leuten scheitert eben alles.
Mit denen ist kein Staat zu machen.
Ein Sack Flöhe ist nichts dagegen.

Kleinbürgerliches Schwanken!
Konsum-Idioten!
Überreste der Vergangenheit!

Man kann sie doch nicht alle umbringen!
Man kann doch nicht den ganzen Tag auf sie einreden!

Ja wenn die Leute nicht wären
dann sähe die Sache schon anders aus.
Ja wenn die Leute nicht wären
dann gings ruckzuck.
Ja wenn die Leute nicht wären
ja dann!
(Dann möchte auch ich hier nicht weiter stören.)

Heinrich Heine

Vermächtnis

Nun mein Leben geht zu End',
Mach' ich auch mein Testament;
Christlich will ich drin bedenken
Meine Feinde mit Geschenken.

Diese würd'gen, tugendfesten
Widersacher sollen erben
All mein Siechthum und Verderben,
meine sämmtlichen Gebresten.

Ich vermach' euch die Koliken,
Die den Bauch wie Zangen zwicken,
Harnbeschwerden, die perfiden
Preußischen Hämorrhoiden.

Meine Krämpfe sollt Ihr haben,
Speichelfluß und Gliederzucken,
Knochendarre in dem Rucken,
Lauter schöne Gottesgaben.

Codizill zu dem Vermächtnis:
In Vergessenheit versenken
Soll der Herr eu'r Angedenken,
Er vertilge eu'r Gedächtnis.

Robert Gernhardt

Materialien zu einer Kritik der bekanntesten Gedichtform italienischen Ursprungs

Sonette find ich sowas von beschissen,
so eng, rigide, irgendwie nicht gut;
es macht mich ehrlich richtig krank zu wissen,
daß wer Sonette schreibt. Daß wer den Mut

hat, heute noch so'n dumpfen Scheiß zu bauen;
allein der Fakt, daß so ein Typ das tut,
kann mir in echt den ganzen Tag versauen.
Ich hab da eine Sperre. Und die Wut
darüber, daß so'n abgefuckter Kacker
mich mittels seiner Wichsereien blockiert,
schafft in mir Aggressionen auf den Macker.

Ich tick nicht, was das Arschloch motiviert.
Ich tick es echt nicht. Und wills echt nicht wissen:
Ich find Sonette unheimlich beschissen.

KURT TUCHOLSKY

Olle Germanen

Papa ist Oberförster,
Mama ist pinselblond;
Georg ist Klassen-Oerster,
Johann steht an der Front
        der Burschenschaft
        ›Teutonenkraft‹
Bezahlen tut der Olle.
Was Wotan weihen wolle!

Verjudet sind die Wälder,
verjudet Jesus Christ.
Wir singen über die Felder,
wie das so üblich ist,
        in Reih und Glied
        das Deutschland-Lied.
Nachts funkelt durch das Dunkel
Frau Friggas Frost-Furunkel.

Die Vorhaut, die soll wachsen,
in Köln und Halberstadt;
wir achten selbst in Sachsen,
daß jeder eine hat.
        Ganz judenrein
        muß Deutschland sein.
Und haben wir zu saufen:
Laß Loki luhig laufen!

Wer uns verlacht, der irrt sich.
Uns bildet früh und spät
für 1940
die Universität.

Wer waren unsre Ahnen?
Kaschubische Germanen.
Die zeugten zur Erfrischung
uns Promenadenmischung.
Drum drehen wir
zum Beten hier
die nationale Rolle.
Was Wotan weihen wolle – !

Kurt Mautz

tastenzauber
tarzansbeute

arztbestaune
tatzenbrause

taubenzaster
austerbatzen

zarenbettaus
satzbaurente

zaubertasten
saatnutzerbe

saubretatzen
tastenzauber

Günter Bruno Fuchs

Sechszeilengedicht

Dies ist die erste Zeile.
Mit der zweiten beginnt mein Gedicht zu wachsen.
Wenn ich so weitermache, komme ich bald an den Schluß.
Die vierte Zeile hilft mir dabei. (Schönen Dank, vierte Zeile!)
Der Gerichtsvollzieher, sage ich noch, trägt seine Eier ins Kuckucksnest.
So, ich habe meine Arbeit getan und lege mich schlafen.

bejahen und danken

Vermutlich käme man mit drei Kategorien von Dichter-Handlungen aus: wiedergeben, bitten und danken. Fast alle Gedichte dieses Kapitels drücken auf irgendeine Weise Dankbarkeit aus, und das heißt: sie willigen ein, geben Ruhe, geben das Wollen und Wünschen, das Sehnen und Suchen, das Bitten und Beißen auf. Dieser Haltung geht so etwas wie Zustimmung voraus, die Einsicht, daß es gut ist, wie es ist – mitsamt der Entbehrung, dem Widerspruch, dem Schmerz –, oder die Einsicht, daß es doch gut werden kann.

JOHANN WOLFGANG VON GOETHE

Talismane

Gottes ist der Orient!
Gottes ist der Okzident!
Nord- und südliches Gelände
Ruht im Frieden seiner Hände.

Er, der einzige Gerechte,
Will für jedermann das Rechte.
Sei von deinen hundert Namen
Dieser hochgelobet! Amen.

Mich verwirren will das Irren;
Doch du weißt mich zu entwirren.
Wenn ich handle, wenn ich dichte,
Gib du meinem Weg die Richte.

Ob ich Ird'sches denk' und sinne,
Das gereicht zu höherem Gewinne.
Mit dem Staube nicht der Geist zerstoben,
Dringet, in sich selbst gedrängt, nach oben.

Im Atemholen sind zweierlei Gnaden:
Die Luft einziehen, sich ihrer entladen;
Jenes bedrängt, dieses erfrischt;
So wunderbar ist das Leben gemischt.
Du danke Gott, wenn er dich preßt,
Und dank' ihm, wenn er dich wieder entläßt.

Gottfried Benn

Aprèslude

Tauchen mußt du können, mußt du lernen,
einmal ist es Glück und einmal Schmach,
gib nicht auf, du darfst dich nicht entfernen,
wenn der Stunde es an Licht gebrach.

Halten, Harren, einmal abgesunken,
einmal überströmt und einmal stumm,
seltsames Gesetz, es sind nicht Funken,
nicht alleine – sieh dich um:

Die Natur will ihre Kirschen machen,
selbst mit wenig Blüten im April
hält sie ihre Kernobstsachen
bis zu guten Jahren still.

Niemand weiß, wo sich die Keime nähren,
niemand, ob die Krone einmal blüht –
Halten, Harren, sich gewähren
Dunkeln, Altern, Aprèslude.

Werner Bergengruen

Die Meise

Könnte ich dir sagen, kleine Meise,
wie ich dir so wohl gesonnen bin!
Lockend vor dem Fenster liegt die Speise,
doch du Ängstliche wagst dich nicht hin.

Und wie oft du hurtig angeflogen,
zitternd zwischen Bängnis und Begehr,
jedesmal hat's dich zurückgebogen
und gezwungen doch zur Wiederkehr.

Immer wohl im winz'gen Flügelleibe
wird das Herz dir vor Erschrecken kalt,
siehst du durch die unbegriffne Scheibe
düster meine riesige Gestalt.

Jetzt! Im Fluge griffest du die Beute,
birgst sie flink in Zweigicht und Genist.
Wüßtest du, daß ich die Nahrung streute,
ohne Feindschaft, ohne Hinterlist,

daß du Gerngeschenktes fortgetragen,
fürchtig wie gestohlenen Gewinn –
kleine Meise, könnte ich dir sagen,
wie ich dir so wohl gesonnen bin!

Ach, es bangte dir vor keinem Zorne,
kämest wie der fromme Hund zum Herrn,
selig schmaustest du von fettem Korne
und der Sonnenblume süßem Kern.

Ließest dich auf meiner Schulter nieder,
und die Krume nähmst du mir vom Mund,
kehrtest traulich alle Morgen wieder,
und wir schlössen einen langen Bund.

Ihr in Wipfeln und in grauen Nestern,
Ruhelose zwischen Flucht und Schmaus,
kleine Meisen, meine scheuen Schwestern,
wie getreu sprecht ihr mich selber aus!

Allenthalben ist mein Tisch gerichtet,
weißes Brot und schwarzer Wein im Krug,
Süß und bitter ward mir zugeschichtet,
und der große Wirt ist ohne Trug.

Ach, es bangte mir vor keinem Grimme
und mich drückte keine Kümmernis,
ach, verstünde ich nur seiner Stimme
stille Ladung: Nimm getrost und iß.

CONRAD FERDINAND MEYER

Eingelegte Ruder

Meine eingelegten Ruder triefen,
Tropfen fallen langsam in die Tiefen.

Nichts, das mich verdroß! Nichts, das mich freute!
Niederrinnt ein schmerzenloses Heute!

Unter mir – ach, aus dem Licht verschwunden –
Träumen schon die schönern meiner Stunden.

Aus der blauen Tiefe ruft das Gestern:
Sind im Licht noch manche meiner Schwestern?

Gottfried Benn

Keiner weine –

Rosen, gottweißwoher so schön,
in grünen Himmeln die Stadt
abends
in der Vergänglichkeit der Jahre!

Mit welcher Sehnsucht gedenke ich der Zeit,
wo mir eine Mark dreißig lebenswichtig waren,
ja, notgedrungen, ich sie zählte,
meine Tage ihnen anpassen mußte,
was sage ich Tage: Wochen, mit Brot und Pflaumenmus
aus irdenen Töpfen
vom heimatlichen Dorf mitgenommen,
noch von häuslicher Armut beschienen,
wie weh war alles, wie schön und zitternd!

Was soll der Glanz der europäischen Auguren,
der großen Namen,
der Pour le mérite,
die auf sich sehn und weiter schaffen,

ach, nur Vergehendes ist schön,
rückblickend die Armut,
sowie das Dumpfe, das sich nicht erkennt,
schluchzt und stempeln geht,

wunderbar dieser Hades,
der das Dumpfe nimmt
wie die Auguren –

keiner weine,
keiner sage: ich, so allein.

Theodor Fontane

Ja, das möcht ich noch erleben

Eigentlich ist mir alles gleich,
Der eine wird arm, der andre wird reich,
Aber mit Bismarck, – was wird das noch geben?
Das mit Bismarck, das möcht ich noch erleben.

Eigentlich ist alles soso,
Heute traurig, morgen froh,
Frühling, Sommer, Herbst und Winter,
Ach es ist nicht viel dahinter.
Aber mein Enkel, so viel ist richtig,
Wird mit nächstem vorschulpflichtig.
Und in etwa vierzehn Tagen
Wird er eine Mappe tragen,
Löschblätter will ich ins Heft ihm kleben –
Ja, das möcht ich noch erleben.

Eigentlich ist alles nichts,
Heute hält's und morgen bricht's,
Hin stirbt alles, ganz geringe
Wird der Wert der ird'schen Dinge;
Doch wie tief herabgestimmt
Auch das Wünschen Abschied nimmt,
Immer klingt es noch daneben:
Ja, das möcht ich noch erleben.

Johann Wolfgang von Goethe

Anakreons Grab

Wo die Rose blüht, wo Reben um Lorbeer sich schlingen,
  Wo das Turtelchen lockt, wo sich das Grillchen ergetzt,
Welch ein Grab ist hier, das alle Götter mit Leben
  Schon bepflanzt und geziert? Es ist Anakreons Ruh.
Frühling, Sommer und Herbst genoß der glückliche Dichter,
  Vor dem Winter hat ihn endlich der Hügel geschützt.

FRIEDRICH HÖLDERLIN

Brot und Wein

An Heinse

Rings um ruhet die Stadt; still wird die erleuchtete Gasse,
   Und, mit Fackeln geschmückt, rauschen die Wagen hinweg.
Satt gehn heim von Freuden des Tags zu ruhen die Menschen,
   Und Gewinn und Verlust wäget ein sinniges Haupt
Wohlzufrieden zu Haus; leer steht von Trauben und Blumen,
   Und von Werken der Hand ruht der geschäftige Markt.
Aber das Saitenspiel tönt fern aus Gärten; vieleicht, daß
   Dort ein Liebendes spielt oder ein einsamer Mann
Ferner Freunde gedenkt und der Jugendzeit; und die Brunnen,
   Immerquillend und frisch rauschen an duftendem Beet.
Still in dämmriger Luft ertönen geläutete Glocken,
   Und der Stunden gedenk rufet ein Wächter die Zahl.
Jetzt auch kommet ein Wehn und regt die Gipfel des Hains auf,
   Sieh! und das Ebenbild unserer Erde, der Mond
Kommet geheim nun auch; die Schwärmerische, die Nacht kommt,
   Voll mit Sternen und wohl wenig bekümmert um uns,
Glänzt die Erstaunende dort, die Fremdlingin unter den Menschen
   Über Gebirgeshöhn traurig und prächtig herauf.

Günter Eich

Weg zum Bahnhof

Noch schweigt die Fabrik,
verödet im Mondschein.
Das Frösteln des Morgens
wollt ich gewohnt sein!

Rechts in der Jacke
die Kaffeeflasche,
die frierende Hand
in der Hosentasche,

so ging ich halb schlafend
zum Sechsuhrzug,
mich griffe kein Trauern,
ich wär mir genug.

Nun aber rührt der warme Hauch
aus den Bäckerein
mein Herz an wie eine Zärtlichkeit
und ich kann nicht gelassen sein.

Peter Rühmkorf

Ausfahrt Raststätte Ostetal

Mais-nochmal und letztes Gras so rührend,
auch so rührend grün,
wenn die Dohlen, federführend,
schon den Schlußstrich ziehn.

Sonne spreizt sich zwischen Wolkenbarren
noch als Kreuzsymbol –
Einfach in ein schönes Licht zu starren
tut dem Auge wohl.

Bald schon sechsuhrzart und dünngefäßig
ist der Abend über dich gestülpt.
Langsam wirst du müde, ungleichmäßig,
bis der letzte Lichtblick auch vergilbt.

Hansa-Servicewellen-Weisen, Simon und Garfunkel,
bong, Utopia daheim/zuhaus –
Leider kurzer Tag und langes Dunkel
darauf geht es aus.

Nichts bedauern, nichts bewahren,
nichts bewegen-wollen-groß, du lernst es
BRAHMS! dreh auf! f-moll!
Nichts so schön, wie ohne Eile abzufahren,
heitern Sinnes, allen Ernstes,
unterschiedlicher Gedanken voll.

Wilhelm Lehmann

Fahrt über den Plöner See

Es schieben sich wie Traumkulissen
Bauminseln stets erneut vorbei,
Als ob ein blaues Fest uns rufe,
Die Landschaft eine Bühne sei.

Sich wandelnd mit des Bootes Gleiten
Erfrischt den Blick Laub, Schilf und See:
Hier könnte Händels Oper spielen,
Vielleicht Acis und Galathee.

Die Finger schleifen durch die Wasser,
Ein Gurgeln quillt um Bordes Wand,
Die Ufer ziehn wie Melodien,
Und meine sucht nach deiner Hand.

Wenn alle nun das Schifflein räumen,
Wir endigen noch nicht das Spiel.
Fährmann! die runde Fahrt noch einmal!
Sie selbst, ihr Ende nicht, das Ziel.

Es schieben sich wie Traumkulissen
Bauminseln stets erneut vorbei,
Als ob ein blaues Fest uns rufe,
Die Landschaft eine Bühne sei.

Sich wandelnd mit des Bootes Gleiten
Erfrischt den Blick Laub, Schilf und See:
Wir dürfen Händels Oper hören,
Man gibt Acis und Galathee.

Wir sehen, was wir hören, fühlen,
Die Ufer s i n d die Melodien;
Bei ihrem Nahen, ihrem Schwinden,
Wie gern mag uns das Schifflein ziehn!

Dort schwimmt bebuscht die Prinzeninsel,
Hier steigt die Kirche von Bosau –
Wir fahren durch den Schreck der Zeiten,
Beisammen noch, geliebte Frau.

Heißt solcher Übermut vermessen?
Rächt sich am Traum der harte Tag?
Muß seine Eifersucht uns treffen,
Wie den Acis des Riesen Schlag?

Die Götter sind nicht liebeleer –
Was ihr den beiden tatet, tut!
Die Nymphe flüchtete ins Meer,
Acis zerrann zu Bachesflut.

INGEBORG BACHMANN

Von einem Land, einem Fluß und den Seen

Im Land der tiefen Seen und der Libellen
den Mund erschöpft ans Urgestein gepreßt
ruft einer nach dem Geist der ersten Helle
eh er für immer dieses Land verläßt.

Im Schaumkraut badet er die wehen Augen;
kalt und entzaubert sieht er, was er sah.
Was unbesiegbar macht, wird ihm gegeben:
das weite Herz und die Harmonika.

Es ist die Zeit des Apfelmosts, der Schwalben;
den Fässern wird das Spundloch eingedrückt.
Wer jetzt trinkt, trinkt auf schwarze Vogelzüge,
und jede Ferne macht sein Herz verrückt.

Er schließt die Schmieden, Mühlen und Kapellen,
er geht durchs Maisfeld, schlägt die Kolben ab,
die Körner springen auf mit goldnen Funken,
und es erlischt schon, was ihm Nahrung gab.

Zum Abschied schwören die Geschwister
auf ihren Bund aus Schweigen und Vertraun.
Der Klettenkranz wird aus dem Haar gerissen,
und keines wagt, vom Boden aufzuschaun.

Die Vogelnester stürzen aus den Ästen,
der Zunder brennt, das Feuer wühlt im Laub,
und an den blauen Bienenstöcken rächen
die Engel den verjährten Honigraub.

O Engelstille, wenn im Gehn die Fäden
in alle Lüfte ausgeworfen sind!
Zu allem frei, wird sich die Hand nicht lösen,
die einen fängt vorm Gang ins Labyrinth.

Friedrich Nietzsche

»Mein Glück!«

Die Tauben von San Marco seh ich wieder:
Still ist der Platz, Vormittag ruht darauf.
In sanfter Kühle schick ich müßig Lieder
Gleich Taubenschwärmen in das Blau hinauf –
Und locke sie zurück,
Noch einen Reim zu hängen ins Gefieder
– mein Glück! Mein Glück!

Du stilles Himmels-Dach, blau-licht, von Seide,
Wie schwebst du schirmend ob des bunten Baus,
Den ich – was sag ich? – liebe, fürchte, *neide* ...
Die Seele wahrlich tränk ich gern ihm aus!
Gäb ich sie je zurück? –
Nein, still davon, du Augen-Wunderweide!
– mein Glück! Mein Glück!

Du strenger Turm, mit welchem Löwendrange
Stiegst du empor hier, siegreich, sonder Müh!
Du überklingst den Platz mit tiefem Klange –:
Französisch wärst du sein *accent aigu*
Blieb ich gleich dir zurück,
Ich wüßte, aus welch seidenweichem Zwange ...
– mein Glück! Mein Glück!

Fort, fort Musik! Laß erst die Schatten dunkeln
Und wachsen bis zur braunen lauen Nacht!
Zum Tone ist's zu früh am Tag, noch funkeln
Die Gold-Zieraten nicht in Rosen-Pracht,
Noch blieb viel Tag zurück,
Viel Tag für Dichten, Schleichen, Einsam-Munkeln
– mein Glück! Mein Glück!

Rose Ausländer

Mein Venedig

Venedig
meine Stadt

Ich fühle sie
von Welle zu Welle
von Brücke zu Brücke

Ich wohne
in jedem Palast
am großen Kanal

Meine Glocken
läuten Gedichte

Mein Venedig
versinkt nicht

JOSEPH VON EICHENDORFF

Die Nachtblume

Nacht ist wie ein stilles Meer,
Lust und Leid und Liebesklagen
Kommen so verworren her
In dem linden Wellenschlagen.

Wünsche wie die Wolken sind,
Schiffen durch die stillen Räume,
Wer erkennt im lauen Wind
Ob's Gedanken oder Träume? –

Schließ' ich nun auch Herz und Mund,
Die so gern den Sternen klagen:
Leise doch im Herzensgrund
Bleibt das linde Wellenschlagen.

Ludwig Uhland

Frühlingsglaube

Die linden Lüfte sind erwacht,
Sie säuseln und weben Tag und Nacht,
Sie schaffen an allen Enden.
O frischer Duft, o neuer Klang!
Nun, armes Herze, sei nicht bang!
Nun muß sich alles, alles wenden.

Die Welt wird schöner mit jedem Tag,
Man weiß nicht, was noch werden mag,
Das Blühen will nicht enden.
Es blüht das fernste, tiefste Tal:
Nun, armes Herz, vegiß der Qual!
Nun muß sich alles, alles wenden.

Hermann Kükelhaus

Herbst

O sprich nicht mehr! O laß uns ruhn –
Da geht der Mond in goldnen' Schuhn,
Ein Vogel schreit von Wasser her,
Die Sterne stehen silberschwer –
Und auch die Wolken schlafen nun.

Der nächtge Hauch geht still und kalt.
Im jungen Korn am dunklen Wald,
Da weht es süß, vom Mond bewacht,
Mit allen Sternen hold bedacht.
Im Ährenfeld, o stille Nacht,
Da singt die müde Sense bald.

Und wird nicht lang mehr währen,
Dann rinnen deine Zähren.
Ein Sternlein blaßt und noch eins dort,
Der Mond, der goldne, wandert fort
Und hütet einen andren Ort –
Dann neigen sich die Ähren.

Und stehen alle Felder leer –
Kein Flüstern noch, kein Liedlein mehr,
Kein Hälmchen will sich locken,
Die Bäche schrecklich stocken,
Da sausen tiefe Glocken,
Da braust ein großes graues Meer.

O Mensch, die Zeit, die Nacht begann,
Da niemand sehn und werken kann –
Die Bäume alle beten gehn.
Und aus den Tiefen ihrer Seen
Die Fische nach der Sonne flehn –
Nun heb die Gnade an!

O sprich nicht mehr, o laß uns ruhn!
Die Sterne wolln dasselbe tun.
Und alle Felder wollen's auch,
Gleich wie der kühle Abendhauch.
Und nur die Stille flüstert zag:
Die Gnade sei der neue Tag. –

FRIEDRICH HÖLDERLIN

Abendphantasie

Vor seiner Hütte ruhig im Schatten sitzt
Der Pflüger, dem Genügsamen raucht sein Herd.
Gastfreundlich tönt dem Wanderer im
Friedlichen Dorfe die Abendglocke.

Wohl kehren izt die Schiffer zum Hafen auch,
In fernen Städten, fröhlich verrauscht des Markts
Geschäft'ger Lärm; in stiller Laube
Glänzt das gesellige Mahl den Freunden.

Wohin denn ich? Es leben die Sterblichen
Von Lohn und Arbeit; wechselnd in Müh und Ruh
Ist alles freudig; warum schläft denn
Nimmer nur mir in der Brust der Stachel?

Am Abendhimmel blühet ein Frühling auf;
Unzählig blüh'n die Rosen und ruhig scheint
Die goldne Welt; o dorthin nehmt mich
Purpurne Wolken! und möge droben

In Licht und Luft zerrinnen mir Lieb' und Leid! –
Doch, wie verscheucht von töriger Bitte, flieht
Der Zauber; dunkel wird's und einsam
Unter dem Himmel, wie immer, bin ich –

Komm du nun, sanfter Schlummer! zu viel begehrt
Das Herz; doch endlich, Jugend! verglühst du ja,
Du ruhelose, träumerische!
Friedlich und heiter ist dann das Alter.

Clemens Brentano

Hör', es klagt die Flöte wieder,
Und die kühlen Brunnen rauschen.
Golden wehn die Töne nieder,
Stille, stille, laßt uns lauschen!
Holdes Bitten, mild Verlangen,
Wie es süß zum Herzen spricht!
Durch die Nacht, die mich umfangen,
Blickt zu mir der Töne Licht.

Ingeborg Bachmann

Brief in zwei Fassungen

Rom im November abends besten Dank
das glatte Marmorriff die kalten Fliesen
die Gischt der Lichter eh die Tore schließen
der Klang mit dem erfrorne Gläser springen
der Singsang den sie aus Gitarren wringen
eh sie die Schädel in die Münzen stanzen
auf die Arena mit Zypressenlanzen!
der Holzwurm ist bei mir zu Tisch gesessen –
wie wohl ein Blatt aussieht das Raupen fressen?
und im Herbst in Nebelland die bunten Lumpen
der Wälder unter großen Regenpumpen
ob es die Käuzchen gibt das Todeswerben
die Drachen die in warmen Sümpfen sterben
das Segel schwarz den Unglücksschrei der Raben
den Nordwind um die Wasser umzugraben
das Geisterschiff die Halden und Heiden
schuttüberhäuft das Haus die Trauerweiden
verschuldet und verträut am Strom aus Särgen
den Wahnsinn den sie aus der Tiefe bergen
Immer und Nimmermehr gemischt zum Trank
dein wehes Herz vergötternd alle Leiden
vernichtet und verloren liebeskrank...

Nachts im November Rom Einklang und Ruh
der Abschied ohne Kränkung ist vollzogen
die Augen hat ein reiner Glanz beflogen
die Säulen wachsen aus den Tamarinden
o Himmel den die blauen Töne binden!
es landen Disken in den Brunnenmitten
sie drehen sich zu leichten Rosenschritten
wollüstig dehnen Katzen ihre Krallen
der Schlaf hat einen letzten Stern befallen
der Mund entkommt den Küssen ohne Kerben
der Seidenschuh ist unverletzt von Scherben
rasch sinkt der Wein durch dämmernde Gedanken
springt wieder Licht mit seinen hellen Pranken
umgreift die Zeiten schleudert sie ins Heute
die Hügel stürmt die erste Automeute
vor Tempeln paradieren die Antennen
empfangen Morgenchöre und entbrennen
für jeden Marktschrei Preise Vogelrufe
ins Pflaster taucht die Spiegelschrift der Hufe
die Chrysanthemen schütten Gräber zu
Meerhauch und Bergwind mischen Duft und Tränen
ich bin inmitten – was erwartest du?

JOACHIM RINGELNATZ

Kindersand

Das Schönste für Kinder ist Sand.
Ihn gibt's immer reichlich,
Er rinnt unvergleichlich
Zärtlich durch die Hand.

Weil man seine Nase behält,
Wenn man auf ihn fällt,
Ist er so weich.
Kinderfinger fühlen
Wenn sie in ihm wühlen,
Nichts und das Himmelreich.

(Fassung des Erstdrucks, 1931)

Peter Rühmkorf

Al fresco

Sieh hinter deinen Rollen
wie leicht der Schnee in Nebel fällt.
Oh das Nichtendenwollen
der Wiese und der Welt.

Die Hecken, die Kanäle,
gibt alles seine Grenze hin;
das stimmt bis in die Seele
und malt sich fort als Sinn.

Laß-laß dem Tag die Schwebe
und rühr nicht an den Trauerrand.
Ich bin ja auch nur kurz im Land
und weiß nicht, wie lange ich lebe.

Mit vielen Himmelsmitteln
hat Unschuld sich ein Bild erblufft.
Nur noch paar Wünsche rütteln
wie Falken in der Luft.

Dahinten und daneben:
halb Land –, wer weiß, halb Küstenstrich –
Langsam die Welt will wandeln sich
und dann soll Ruhe geben.

Peter Gan

Herzenshöflich ...

Herzenshöflich, heiter-offen;
unverzichtend wunschbefreit,
ohne Härmen, ohne Hoffen,
kühl, gelassen, reif, bereit;

alt und einsam in der Mitte
einer altgewordnen Welt
ohne Klage ohne Bitte
ruhend: Dulder nicht, noch Held;

dankbar atmend, dankbar schweigend,
weltverschwiegen, gottverstummt,
fingerlos den Fernen zeigend:
schleierlos in Sich vermummt;

wahnverlassen, weltverglichen,
Sinn, so weder weiß noch will:
heil und heilend, weltentwichen,
herzenshöflich, heiter-still.

MICHAEL KRÜGER

Glückliche Zeiten, die Wälder kehren zurück
und die Bäche wandern wieder durch die Wiesen,
singend wie früher, und die Träume wachsen hell
im Gras, die Kohle zerfällt knisternd im Feuer.
Einer zerlegt Tiere, um die Ursachen
von Verrücktheit und Melancholie zu finden,
ein andrer, dicken Schweiß auf der Stirn,
überprüft die alten Listen des Herrgotts.
Und einer fragt, wovon sich die Steine
nähren auf den erdigen Feldern und teilt
ihren dösenden Schmerz unter der Sonne.

aufbegehren und bezeugen

Dies ist das »politische« Kapitel in der vorliegenden Sammlung. In der Politik wird die Moral auf ihre schwierigste Bewährungsprobe gestellt, weil es hier nicht nur um Gut und Böse geht, sondern um Macht und Ohnmacht, um Tat und Nichttat, um die Schuld auch der Schuldlosen. Die Vorstellungen von der möglichen besseren Welt klagen die bestehende, allenfalls erträgliche Welt an. Diese haben wir entweder, weil es böse Mächte gibt oder weil wir nicht gut sind – nicht stark und mutig genug. Das Gedicht ist hier vielerlei: Aufschrei und Aufruf, Maske und Code-Wort, Ermutigung und Bekenntnis von Scham, Trauer um das Opfer, Anleitung zum Handeln oder zu Geduld, Bitte um ein Versteck oder um Nachsicht. – Und dies geschieht in einem bestimmten Augenblick, will in ihm wirksam sein oder eingestanden oder verborgen. Deshalb ist in diesem Kapitel einigen Gedichten das Datum ihrer Entstehung beigegeben.

MATTHIAS CLAUDIUS

Kriegslied

's ist Krieg! 's ist Krieg! O Gottes Engel wehre,
Und rede du darein!
's ist leider Krieg – und ich begehre
Nicht schuld daran zu sein!

Was sollt ich machen, wenn im Schlaf mit Grämen
Und blutig, bleich und blaß,
Die Geister der Erschlagnen zu mir kämen,
Und vor mir weinten, was?

Wenn wackre Männer, die sich Ehre suchten,
Verstümmelt und halb tot
Im Staub sich vor mir wälzten, und mir fluchten
In ihrer Todesnot?

Wenn tausend tausend Väter, Mütter, Bräute,
So glücklich vor dem Krieg,
Nun alle elend, alle arme Leute,
Wehklagten über mich?

Wenn Hunger, böse Seuch und ihre Nöten
Freund, Freund und Feind ins Grab
Versammleten, und mir zu Ehren krähten
Von einer Leich herab?

Was hülf mir Kron und Land und Gold und Ehre?
Die könnten mich nicht freun!
's ist leider Krieg – und ich begehre
Nicht schuld daran zu sein!

HILDE DOMIN

Abel steh auf

Abel steh auf
es muß neu gespielt werden
täglich muß es neu gespielt werden
täglich muß die Antwort vor uns sein
die Antwort muß ja sein können
wenn du nicht aufstehst Abel
wie soll die Antwort
diese einzig wichtige Antwort
sich je verändern
wir können alle Kirchen schließen
und alle Gesetzbücher abschaffen
in allen Sprachen der Erde
wenn du nur aufstehst
und es rückgängig machst
die erste falsche Antwort
auf die einzige Frage
auf die es ankommt
steh auf
damit Kain sagt
damit er es sagen kann
Ich bin dein Hüter
Bruder
wie sollte ich nicht dein Hüter sein
Täglich steh auf
damit wir es vor uns haben
dies Ja ich bin hier
ich
dein Bruder
Damit die Kinder Abels
sich nicht mehr fürchten
weil Kain nicht Kain wird

Ich schreibe dies
ich ein Kind Abels
und fürchte mich täglich
vor der Antwort
die Luft in meiner Lunge wird weniger
wie ich auf die Antwort warte

Abel steh auf
damit es anders anfängt
zwischen uns allen

Die Feuer die brennen
das Feuer das brennt auf der Erde
soll das Feuer von Abel sein

Und am Schwanz der Raketen
sollen die Feuer von Abel sein

(1970)

Johann Wolfgang von Goethe

Prometheus

Bedecke deinen Himmel, Zeus,
Mit Wolkendunst!
Und übe, Knaben gleich,
Der Disteln köpft,
An Eichen dich und Bergeshöhn!
Mußt mir meine Erde
Doch lassen stehn,
Und meine Hütte,
Die du nicht gebaut,
Und meinen Herd,
Um dessen Glut
Du mich beneidest.

Ich kenne nichts Ärmer's
Unter der Sonn' als euch Götter.
Ihr nähret kümmerlich
Von Opfersteuern
Und Gebetshauch
Eure Majestät
Und darbtet, wären
Nicht Kinder und Bettler
Hoffnungsvolle Toren.

Da ich ein Kind war,
Nicht wußte, wo aus, wo ein,
Kehrte mein verirrtes Aug'
Zur Sonne, als wenn drüber wär'
Ein Ohr, zu hören meine Klage,
Ein Herz wie meins,
Sich des Bedrängten zu erbarmen.

Wer half mir wider
Der Titanen Übermut?
Wer rettete vom Tode mich,
Von Sklaverei?
Hast du's nicht alles selbst vollendet,
Heilig glühend Herz?
Und glühtest, jung und gut,
Betrogen, Rettungsdank
Dem Schlafenden dadroben?

Ich dich ehren? Wofür?
Hast du die Schmerzen gelindert
Je des Beladenen?
Hast du die Tränen gestillet
Je des Geängsteten?
Hat nicht mich zum Manne geschmiedet
Die allmächtige Zeit
Und das ewige Schicksal,
Meine Herrn und deine?

Wähntest du etwa,
Ich sollte das Leben hassen,
In Wüsten fliehn,
Weil nicht alle Knabenmorgen-
Blütenträume reiften?

Hier sitz' ich, forme Menschen
Nach meinem Bilde,
Ein Geschlecht, das mir gleich sei,
Zu leiden, weinen,
Genießen und zu freuen sich,
Und dein nicht zu achten,
Wie ich.

Bertolt Brecht

An Chronos

Wir wollen nicht aus deinem Haus gehen
Wir wollen den Ofen nicht einreißen
Wir wollen den Topf auf den Ofen setzen.
Haus, Ofen und Topf kann bleiben
Und du sollst verschwinden wie der Rauch im Himmel
Den niemand zurückhält.

Wenn du dich an uns halten willst, werden wir weggehen
Wenn deine Frau weint, werden wir unsere Hüte ins Gesicht ziehen
Aber wenn sie dich holen, werden wir auf dich deuten
Und werden sagen: Das muß er sein.

Wir wissen nicht, was kommt, und haben nichts Besseres
Aber dich wollen wir nicht mehr.
Vor du nicht weg bist
Laßt uns verhängen die Fenster, daß es nicht morgen wird.

Die Städte dürfen sich ändern
Aber du darfst dich nicht ändern.
Den Steinen wollen wir zureden
Aber dich wollen wir töten
Du mußt nicht leben.
Was immer wir an Lügen glauben müssen:
Du darfst nicht gewesen sein.

(So sprechen wir mit unsern Vätern.)

Werner Bergengruen

Das Dauernde

Erblosen Todes sterben die Tyrannen.
Tribunen zeugen nicht.
Und die der Tausende Gehör gewannen,
gewannen sich Gericht.

Im bleichen Licht der fieberheißen Lampe
steht weiß der Komödiant.
Sein Auge flackt, er neigt sich an der Rampe
und reckt verzückt die Hand.

Er kränzt sich unter dem Geschrei der Menge
mit geil geschossnem Kraut.
– Der Acker singt die alten Preisgesänge
getreulich ohne Laut.

Der Herr und Knecht der selbstgeglaubten Lüge
erhitzt sich am Gewühl.
– Der Born im mütterlichen Weltgefüge
rauscht klar und keusch und kühl.

Der Pöbel brüllt, Fanfaren heulen schrille,
und Wimpel blähn sich groß.
– Das Trächtige erfüllt sich in der Stille
und tief im dunklen Schoß.

Wie wollen vor dem Abend sie bestehen,
die schäumend, fort und fort
in tausendfachem Hin- und Wiederdrehen
gebuhlt ums hohle Wort?

Und wo des Zorns geschwollene Dämonen
den Weinberg und den Hain,
das Fruchtgelände und den Herd bewohnen,
wie soll die Saat gedeihn?

O giergehetzte Rufer nach dem Beile,
Aufspürer alter Schuld –
nur das Vergängliche kennt Haß und Eile.
Die Dauer hat Geduld.

Am Himmel, wenn Gewölk und Dunst zerrannen,
steht groß das alte Licht.
Erblosen Todes sterben die Tyrannen.
Tribunen zeugen nicht.

(1936)

Hermann Kükelhaus

Der Spuk

Es steht im Zeichen seiner Macht,
Daß er die Tauben sehen macht,
Die Blinden macht er hören.

Und als er alles so gekehrt,
Daß keiner sah und niemand hört,
Ließ er sich Treue schwören.

(1935)

Bertolt Brecht

Trenne dich von deinen Kameraden auf dem Bahnhof
Gehe am Morgen in die Stadt mit zugeknöpfter Jacke
Suche dir Quartier und wenn dein Kamerad anklopft:
Öffne, o öffne die Tür nicht
Sondern
Verwisch die Spuren!

Wenn du deinen Eltern begegnest in der Stadt Hamburg
oder sonstwo
Gehe an ihnen fremd vorbei, biege um die Ecke,
erkenne sie nicht
Zieh den Hut ins Gesicht, den sie dir schenkten
Zeige, o zeige dein Gesicht nicht
Sondern
Verwisch die Spuren!

Iß das Fleisch, das da ist! Spare nicht!
Gehe in jedes Haus, wenn es regnet, und setze dich auf
jeden Stuhl, der da ist
Aber bleibe nicht sitzen! Und vergiß deinen Hut nicht!
Ich sage dir:
Verwisch die Spuren!

Was immer du sagst, sag es nicht zweimal
Findest du deinen Gedanken bei einem andern: verleugne ihn.
Wer seine Unterschrift nicht gegeben hat, wer kein Bild hinterließ
Wer nicht dabei war, wer nichts gesagt hat
Wie soll der zu fassen sein!
Verwisch die Spuren!

Sorge, wenn du zu sterben gedenkst
Daß kein Grabmal steht und verrät, wo du liegst
Mit einer deutlichen Schrift, die dich anzeigt
Und dem Jahr deines Todes, das dich überführt!
Noch einmal:
Verwisch die Spuren!

(Das wurde mir gesagt.)

Erich Kästner

Die Maulwürfe
oder *Euer Wille geschehe*

1

Als sie, krank von den letzten Kriegen,
tief in die Erde hinunterstiegen,
in die Kellerstädte, die druntenliegen,
war noch keinem der Völker klar,
daß es der Abschied für immer war.

Sie stauten sich vor den Türen der Schächte
mit Nähmaschinen und Akten und Vieh,
daß man sie endlich nach unten brächte,
hinab in die künstlichen Tage und Nächte.
Und sie erbrachen, wenn einer schrie.

Ach, sie erschraken vor jeder Wolke!
War's Hexerei, oder war's noch Natur?
Brachte sie Regen für Flüsse und Flur?
Oder hing Gift überm wartenden Volke,
das verstört in die Tiefe fuhr?

Sie flohen aus Gottes guter Stube.
Sie ließen die Wiesen, die Häuser, das Wehr,
den Hügelwind und den Wald und das Meer.
Sie fuhren mit Fahrstühlen in die Grube.
Und die Erde ward wüst und leer.

2

Drunten in den versunkenen Städten,
versunken, wie einst Vineta versank,
lebten sie weiter, hörten Motetten,
teilten Atome, lasen Gazetten,
lagen in Betten und hielten die Bank.

Ihre neue Welt glich gekachelten Träumen.
Der Horizont war aus blauem Glas.
Die Angst schlief ein. Und die Menschheit vergaß.
Nur manchmal erzählten die Mütter von Bäumen
und die Märchen vom Veilchen, vom Mond und vom Gras.

Himmel und Erde wurden zur Fabel.
Das Gewesene klang wie ein altes Gedicht.
Man wußte nichts mehr vom Turmbau zu Babel.
Man wußte nichts mehr vom Kain und vom Abel.
Und auf die Gräber schien Neonlicht.

Fachleute saßen an blanken, bequemen
Geräten und trieben Spiegelmagie.
An Periskopen hantierten sie
und gaben acht, ob die anderen kämen.
Aber die anderen kamen nie.

3

Droben verfielen inzwischen die Städte.
Brücken und Bahnhöfe stürzten ein.
Die Fabriken sahn aus wie verrenkte Skelette.
Die Menschheit hatte die große Wette
verloren, und Pan war wieder allein.

Der Wald rückte vor, überfiel die Ruinen,
stieg durch die Fenster, zertrat die Maschinen,
steckte sich Türme ins grüne Haar,
griff Lokomotiven, spielte mit ihnen
und holte Christus vom Hochaltar.

Nun galten wieder die ewigen Regeln.
Die Gesetzestafeln zerbrach keiner mehr.
Es gehorchten die Rose, der Schnee und der Bär.
Der Himmel gehörte wieder den Vögeln
und den kleinen und großen Fischen das Meer.

Nur einmal, im Frühling, durchquerten das Schweigen
rollende Panzer, als ging's in die Schlacht.
Sie kehrten, beladen mit Kirschblütenzweigen,
zurück, um sie drunten den Kindern zu zeigen.
Dann schlossen sich wieder die Türen zum Schacht.

(um 1950)

Nelly Sachs

Chor der Geretteten

Wir Geretteten,
Aus deren hohlem Gebein der Tod schon seine Flöten schnitt,
An deren Sehnen der Tod schon seinen Bogen strich –
Unsere Leiber klagen noch nach
Mit ihrer verstümmelten Musik.
Wir Geretteten,
Immer noch hängen die Schlingen für unsere Hälse gedreht
Vor uns in der blauen Luft –
Immer noch füllen sich die Stundenuhren mit unserem tropfenden Blut.

Wir Geretteten,
Immer noch essen an uns die Würmer der Angst.
Unser Gestirn ist vergraben im Staub.
Wir Geretteten
Bitten euch:
Zeigt uns langsam eure Sonne.
Führt uns von Stern zu Stern im Schritt.
Laßt uns das Leben leise wieder lernen.
Es könnte sonst eines Vogels Lied,
Das Füllen des Eimers am Brunnen
Unseren schlecht versiegelten Schmerz aufbrechen lassen
Und uns wegschäumen –
Wir bitten euch:
Zeigt uns noch nicht einen beißenden Hund –
Es könnte sein, es könnte sein
Daß wir zu Staub zerfallen –
Vor euren Augen zerfallen in Staub.
Was hält denn unsere Webe zusammen?
Wir odemlos gewordene,
Deren Seele zu Ihm floh aus der Mitternacht
Lange bevor man unseren Leib rettete
In die Arche des Augenblicks.

Wir Geretteten,
Wir drücken eure Hand,
Wir erkennen euer Auge –
Aber zusammen hält uns nur noch der Abschied,
Der Abschied im Staub
Hält uns mit euch zusammen.

(zwischen 1943 und 1944)

Rose Ausländer

In Ehren

Wir
die Verbannten mit der
Trauer Verwandten die
der Tod unsterblich gemacht

wir halten die neuen
und alten
Tränenverse
in Ehren

Erich Fried

Gespräch mit einem Überlebenden

Was hast du damals getan
was du nicht hättest tun sollen?
»Nichts«

Was hast du *nicht* getan
was du hättest tun sollen?
»Das und das
dieses und jenes:
Einiges«

Warum hast du es nicht getan?
»Weil ich Angst hatte«
Warum hattest du Angst?
»Weil ich nicht sterben wollte«

Sind andere gestorben
weil du nicht sterben wolltest?
»Ich glaube
ja«

Hast du noch etwas zu sagen
zu dem was du nicht getan hast?
»Ja: Dich zu fragen
Was hättest du an meiner Stelle getan?«

Das weiß ich nicht
und ich kann über dich nicht richten.
Nur eines weiß ich:
Morgen wird keiner von uns
leben bleiben
wenn wir heute
wieder nichts tun

RICHARD LEISING

Auch ich

Auch ich trug es stolzgeschwellt, das Hitlermesser
Ein ganzes Jahr und wenig mehr
Das mit der Blutrinne in der Klinge, ich trug es
Ehe ich es vergrub in die Erde bei Floßmühle
Als da die Russen kamen mit Liedern
Die ich mitgrölte, auch ich

Ich war unter euch, die wir Steine warfen
Die ersten nicht, aber Steine, und auf die anderen
Auch ich tanzte Liebe Laurentia mein
Unter dem Bäumlein, sechsundvierzig, am Ersten Mai
Ein guter Mitwerfer gut mitlaufend, Mitbesitzer
Der einzig wissenschaftl. Weltanschauung, auch ich

Später mein Schweigen, ich kleidete es
In edle Wendungen, ich trug, bau auf, bau auf
Meinen Stein herbei zur Mauer, auch ich
Mitpächter war ich eines Meters Todesstreifen
Bin ich wahr, wenn ich in der Vergangenheit rede?
Von vielem bin ich frei, in nichts von Schuld

Und ist wohl nichts als Glück,
Dass ich keinen verriet.

(1998)

Bertolt Brecht

Die da wegkönnen, sollen weggehen.
Sie sollen nicht gebeten werden, zu bleiben.
Bleiben sollen nur, die nicht wegkönnen.

Wie soll man den halten können
Der auch gehen kann?
Leute, die in Bedrängnis sind
Können niemand halten.

Aber auch in den guten Zeiten
Sollen sie niemand halten, der gehen kann.
Denn es können schlechte Zeiten kommen.

Mit uns in den Kampf gehen werden nur
Die wie wir bedroht sind
Was nützt es uns, wenn den andern
Unsere Gesichter gefallen?

Sagen wir ihnen doch: heute
Ist die Straße noch frei, die von uns wegführt
Der Ring um uns ist noch nicht geschlossen.
Jeder kann weg, der woanders einen Schlupfwinkel hat
Wer bei den Feinden einen Freund hat
Der kann jetzt noch weggehen.

Damit wir endlich allein sind, lauter Leute
Die nicht weggehen können.

(1933)

Günter Grass

Kinderlied

Wer lacht hier, hat gelacht?
Hier hat sich's ausgelacht.
Wer hier lacht, macht Verdacht,
daß er aus Gründen lacht.

Wer weint hier, hat geweint?
Hier wird nicht mehr geweint.
Wer hier weint, der auch meint,
daß er aus Gründen weint.

Wer spricht hier, spricht und schweigt?
Wer schweigt, wird angezeigt.
Wer hier spricht, hat verschwiegen,
wo seine Gründe liegen.

Wer spielt hier, spielt im Sand?
Wer spielt muß an die Wand,
hat sich beim Spiel die Hand
gründlich verspielt, verbrannt.

Wer stirbt hier, ist gestorben?
Wer stirbt, ist abgeworben.
Wer hier stirbt, unverdorben
ist ohne Grund verstorben.

Bertolt Brecht

An die Nachgeborenen

1

Wirklich, ich lebe in finsteren Zeiten!

Das arglose Wort ist töricht. Eine glatte Stirn
Deutet auf Unempfindlichkeit hin. Der Lachende
Hat die furchtbare Nachricht
Nur noch nicht empfangen.

Was sind das für Zeiten, wo
Ein Gespräch über Bäume fast ein Verbrechen ist
Weil es ein Schweigen über so viele Untaten einschließt!
Der dort ruhig über die Straße geht
Ist wohl nicht mehr erreichbar für seine Freunde
Die in Not sind?

Es ist wahr: ich verdiene noch meinen Unterhalt
Aber glaubt mir: das ist nur ein Zufall. Nichts
Von dem, was ich tue, berechtigt mich dazu, mich satt zu essen.
Zufällig bin ich verschont. (Wenn mein Glück aussetzt
bin ich verloren.)

Man sagt mir: iß und trink du! Sei froh, daß du hast!
Aber wie kann ich essen und trinken, wenn
Ich es dem Hungernden entreiße, was ich esse, und
Mein Glas Wasser einem Verdurstenden fehlt?
Und doch esse und trinke ich.

Ich wäre gerne auch weise
In den alten Büchern steht, was weise ist:
Sich aus dem Streit der Welt halten und die kurze Zeit
Ohne Furcht verbringen
Auch ohne Gewalt auskommen
Böses mit Gutem vergelten

Seine Wünsche nicht erfüllen, sondern vergessen
Gilt für weise.
Alles das kann ich nicht:
Wirklich, ich lebe in finsteren Zeiten!

2

In die Städte kam ich zu der Zeit der Unordnung
Als da Hunger herrschte.
Unter die Menschen kam ich zu der Zeit des Aufruhrs
Und ich empörte mich mit ihnen.
So verging meine Zeit
Die auf Erden mir gegeben war.

Mein Essen aß ich zwischen den Schlachten
Schlafen legte ich mich unter die Mörder
Der Liebe pflegte ich achtlos
Und die Natur sah ich ohne Geduld.
So verging meine Zeit
Die auf Erden mir gegeben war.

Die Straßen führten in den Sumpf zu meiner Zeit
Die Sprache verriet mich dem Schlächter
Ich vermochte nur wenig. Aber die Herrschenden
Saßen ohne mich sicherer, das hoffte ich.
So verging meine Zeit
Die auf Erden mir gegeben war.

Die Kräfte waren gering. Das Ziel
Lag in großer Ferne
Es war deutlich sichtbar, wenn auch für mich
Kaum zu erreichen.
So verging meine Zeit
Die auf Erden mir gegeben war.

3

Ihr, die ihr auftauchen werdet aus der Flut
In der wir untergegangen sind
Gedenkt
Wenn ihr von unsern Schwächen sprecht
Auch der finsteren Zeit
Der ihr entronnen seid.

Gingen wir doch, öfter als die Schuhe die Länder wechselnd
Durch die Kriege der Klassen, verzweifelt
Wenn da nur Unrecht war und keine Empörung.

Dabei wissen wir ja:
Auch der Haß gegen die Niedrigkeit
Verzerrt die Züge.
Auch der Zorn über das Unrecht
Macht die Stimme heiser. Ach, wir
Die wir den Boden bereiten wollten für Freundlichkeit
Konnten selber nicht freundlich sein.

Ihr aber, wenn es soweit sein wird
Daß der Mensch dem Menschen ein Helfer ist
Gedenkt unsrer
Mit Nachsicht.

(zwischen 1938 und 1941)

Theodor Kramer

Requiem für einen Faschisten

Du warst in allem einer ihrer Besten,
erschrocken fühl ich heut mich dir verwandt;
du schwelgtest gerne bei den gleichen Festen
und zogst wie ich oft wochenlang durchs Land.
Es füllte dich wie mich der gleiche Ekel
vor dem Geklügel ohne innern Drang,
vor jedem Wortgekletzel und Gehäkel;
nichts galt dir als der schöne Überschwang.

So zog es dich zu ihnen, die marschierten;
wer weiß da, wann du auf dem Marsch ins Nichts
gewahr der Zeichen wurdest, die sie zierten?
Du liegst gefällt am Tage des Gerichts.
Ich hätte dich mit eigner Hand erschlagen;
doch unser keiner hatte die Geduld,
in deiner Sprache dir den Weg zu sagen:
dein Tod ist unsre, ist auch meine Schuld.

Ich setz für dich zu Abend diese Zeilen,
da schrill die Grille ihre Beine reibt,
wie du es liebstest, und der Seim im geilen
Faulbaum im Kreis die schwarzen Käfer treibt.
Daß wir des Tods und Ursprungs nicht vergessen,
wann jeder Brot hat und zum Brot auch Wein,
vom Überschwang zu singen wie besessen,
soll um dich, Bruder, meine Klage sein.

Franz Werfel

An den Leser

Mein einziger Wunsch ist, Dir, oh Mensch,
verwandt zu sein!
Bist Du Neger, Akrobat, oder ruhst Du noch
in tiefer Mutterhut,
Klingt Dein Mädchenlied über den Hof, lenkst Du
Dein Floß im Abendschein,
Bist Du Soldat oder Aviatiker voll Ausdauer und Mut.

Trugst Du als Kind auch ein Gewehr in grüner
Armschlinge?
Wenn es losging, entflog ein angebundener Stöpsel
dem Lauf.
Mein Mensch, wenn ich Erinnerung singe,
Sei nicht hart und löse Dich mit mir in Tränen auf!

Denn ich habe alle Schicksale durchgemacht: Ich weiß
Das Gefühl von einsamen Harfenistinnen in
Kurkapellen,
Das Gefühl von schüchternen Gouvernanten im
fremden Familienkreis,
Das Gefühl von Debütanten, die sich zitternd vor
den Souffleurkasten stellen.

Ich lebte im Walde, hatte ein Bahnhofsamt,
Saß gebeugt über Kassabüchern und bediente
ungeduldige Gäste.
Als Heizer stand ich vor Kesseln, das Antlitz
grell überflammt,
Und als Kuli aß ich Abfall und Küchenreste.

So gehöre ich Dir und Allen.
Wolle mir, bitte, nicht widerstehn!
Oh könnte es einmal geschehn,
Daß wir uns, Bruder, in die Arme fallen!

Günter Kunert

Bitte

Bitte um eine gnädige Höhle
ein gütiges Versteck
eine Notwendigkeit
für die tägliche Flucht

für herkömmliche Wunden
beschädigtes Fühlen
Gleichheit und Brüderlichkeit
im Schatten der Angst

unsere Regentin

eine amtliche Harpyie
kreist
über allem Sprechen und Schreiben
das die Mimikry der Metapher
kaum schützt.

Kurt Tucholsky

Haben Sie schon mal …?

Für Ernst Toller

Haben Sie schon mal, Herr Landgerichtsdirektor,
als Gefangener eine Nacht durchwacht?
Haben Sie schon mal vom Herrn Inspektor
einen Tritt bekommen, daß es kracht?
  Standen Sie schon mal, total verschüchtert,
  vor dem Tisch, wo einer untersuchungsrichtert?
    Ihnen ist das bis zum Ruhestand
    dienstlich nicht bekannt.

Haben Sie schon mal acht heiße Stunden
ein Verhör bestanden, das Sie nicht verstehn?
Haben Sie schon mal die Nachtsekunden
an der Zellenwand vorüberlaufen sehn?
  Oben dämmert ein Quadrat mit Gittern;
  unten liegt ein Tier und darf nur zittern …
    Diese kleinen Züge sind in Ihrem Stand
    dienstlich nicht bekannt.

Aber Kommunistenjungen jagen,
wegen Hochverrat ins Loch gesperrt;
vor Gericht die Spitzel mild befragen,
Saal geräumt, wenn eine Mutter plärrt;
  Fememörder sanft verschoben,
  mit dem leisen Schleierblick nach oben,
  Existenzen glatt vernichtet,
  die von Waffenplätzen was berichtet …
Unglück rings verbreitet, Not und Qual –:
  Ja, das haben Sie schon mal –!

Rudolf Hagelstange

Bei den schwarzen Baptisten

In Charlottesville,
in Virginia,
traf ich, bei den schwarzen Baptisten,
seit längerer Zeit die freundlichsten Christen.
An der Kirchentür sah ich schon einen warten
auf mich und mußte eine der Karten
ausfüllen: Name, Adresse und Herkunftsland
und was noch sonst auf der Karte stand.
Dann brachte ein Mädchen in schneeweißem Kleid
mich an einen Platz, nicht weit
von der (gewissermaßen) Bühne,
im Halbkreis geschwungen, vorn ein Podest;
dahinter, erhöht wie auf einer Tribüne,
drei Reihen des Chors, der eben erschien,
bald gefolgt von Reverend Green.

Erst sang der Chor und dann die Gemeinde.
Dann grüßte der schwarze Herr Grün seine Freunde
und betete einfach und ohne Buch,
wie ihm die Worte vom Herzen fielen.
Und sie lauschten gesammelt der leisen Rede;
er sprach ja für jeden und jede.
Sie sangen, und dann fing der Gottesmann
zu predigen an.

Er sprach von der Liebe, dem göttlichen Licht
das in unser menschliches Dunkel bricht.
Er sprach nicht wie ein Gerechter zu Sündern
Er sprach wie ein Vater zu Kindern.

Er sprach von dem Lichte der Sonne und dann
von dem künstlichen Licht: Wie die Mutter das Öl
auf die Lampe gegossen, und wie man dann
das Gas erfunden, die Elektrizität,
und das Neon-Licht. – »Aber meiner Seel« –
rief er da –, »was der Mensch auch kann, –
da ist noch ein lang-langer Weg zu gehn,
bis sie ein Licht erfinden werden, das
so hell wie die Sonne ist und so schön!«

Und sie nickten sich zu.
Und sie strahlten ihn an;
Right, Sir! That's true!

Und dann
sprach Reverend von dem inneren Licht,
das eben nur
aus den Augen bricht
eine Spur,
aber Räume, viele Räume der Welt
mit e i n e m Strahle erhellt.

Und sie nickten ihm zu
und lächelten weise.
Und sagten: Oh, Yes!
Aber leise.

»Hingegen gibt es auch Leute, die hängen
ihre Lampen nach draußen, jawohl, und drängen
andern ein Licht auf; doch ist da kein Schimmer
von Licht in ihrem eigenen Zimmer!«
Und Reverend nahm die Lampe zur Hand,
die da vor ihm stand,
und hielt sie tief seitlich:
»So! Seht ihr? So!«

Und da lachten sie gar,
und sie nickten sich zu,
und sie waren so froh,
daß dieser so trübe Fall nun so klar
von dem Beispiel der Lampe und
Reverend Greens Mund
abzulesen war.
Oh, Yes. That is true!

Und dann rühmte der schwarze Herr Grün
die Blumen, die an der Sonne erblühn
wie alle die guten und stillen Taten,
die uns im Lichte der Liebe geraten,
und wie sie die andern zum Leuchten bringen
und uns selber mit ihrem Lichte durchdringen.

Und dann sang er seinen Sonnengesang
und hob seine Arme und sagte Dank
für die doppelte Sonne, die jeden durchglüht,
der sie nur sieht.

Und es sprangen die Worte wie glühende Brocken
von seinem Munde. Bald sprach er schnell;
dann geriet er ins Stocken
und suchte nach dem treffenden Wort.
Und hatte er's, warf er es ihnen zu.
Und sie fingen es auf.
Oder riefen's ihm zu.
Und sagten: Oh, Yes.
Und: That's right, Sir, That's true!

Dann klappte er seine Bibel zu.
Und sprach für alle ein kurzes Gebet,
schon von den Klängen der Orgel umweht.
Und dann sangen sie ihre Sehnsucht aus
nach Zions goldenem Zukunftshaus.

Zum Schluß aber sprach Reverend Green:
»Es sitzen mit euch zu meinen Füßen
zwei weiße Gäste. Wir wollen sie grüßen.« –

Es fiel zunächst ein weiblicher Name.
Ich sah mich um. Da stand eine Dame,
grundgütig lächelnd, das Wohltun selbst.
Die Sonne brach ein, und in ihrem Glanz
sah sie aus wie die Schwester vom heiligen Franz.
Und dann fiel der meine. Da staunten sie
über den Mister aus Germany.
Das war kaum zu glauben: Ja, schaut nur, schaut.
Hat der einen weiten Kirchweg daher!
Dreitausend Meilen allein übers Meer ...

Und sie nickten mir zu
und lächelten weise
und sagten leise:
God bless you ...

Und ich schämte mich
meiner weißen Haut.

Dagmar Nick

Überlegung

Eigentlich wollte ich dir den Faun
und den Wald mit dem Bussard vererben,
nicht nur den Stacheldrahtzaun
und das Fischesterben.

Eigentlich dachte ich, Frieden sei Glück
und nicht bloß eine Vokabel.
Doch immer kehren die Tauben zurück
ohne den Ölzweig im Schnabel.

Vielleicht ist der Ölbaum schon umgehaun,
da machen Worte nichts besser.
Auch die Brücken, die wir aus Worten baun,
gehn über totes Gewässer.

Jetzt klagen mich deine Augen an
und wollen mir nicht vergeben.
Vielleicht hab ich doch nicht genug getan
für das Leben.

Rainer Maria Rilke

Ernste Stunde

Wer jetzt weint irgendwo in der Welt,
ohne Grund weint in der Welt,
weint über mich.

Wer jetzt lacht irgendwo in der Nacht,
ohne Grund lacht in der Nacht,
lacht mich aus.

Wer jetzt geht irgendwo in der Welt,
ohne Grund geht in der Welt,
geht zu mir.

Wer jetzt stirbt irgendwo in der Welt,
ohne Grund stirbt in der Welt:
sieht mich an.

Matthias Claudius

Auf den Tod der Kaiserin

Sie machte Frieden! Das ist mein Gedicht.
War ihres Volkes Lust und ihres Volkes Segen,
Und ging getrost und voller Zuversicht
Dem Tod als ihrem Freund entgegen.
Ein Welterobrer kann das nicht.
Sie machte Frieden! Das ist mein Gedicht.

Marie Luise Kaschnitz

Hiroshima

Der den Tod auf Hiroshima warf
Ging ins Kloster, läutet dort die Glocken.
Der den Tod auf Hiroshima warf
Sprang vom Stuhl in die Schlinge, erwürgte sich.
Der den Tod auf Hiroshima warf
Fiel in Wahnsinn, wehrt Gespenster ab
Hunderttausend, die ihn angehen nächtlich
Auferstandene aus Staub für ihn.

Nichts von alledem ist wahr.
Erst vor kurzem sah ich ihn
Im Garten seines Hauses vor der Stadt.

Die Hecken waren noch jung und die Rosenbüsche zierlich.
Das wächst nicht so schnell, daß sich einer verbergen könnte
Im Wald des Vergessens. Gut zu sehen war
Das nackte Vorstadthaus, die junge Frau
Die neben ihm stand im Blumenkleid
Das kleine Mädchen an ihrer Hand
Der Knabe der auf seinem Rücken saß
Und über seinem Kopf die Peitsche schwang.
Sehr gut erkennbar war er selbst
Vierbeinig auf dem Grasplatz, sein Gesicht
Verzerrt von Lachen, weil der Photograph
Hinter der Hecke stand, das Auge der Welt.

Ingeborg Bachmann

Freies Geleit (Aria II)

Mit schlaftrunkenen Vögeln
und winddurchschossenen Bäumen
steht der Tag auf, und das Meer
leert einen schäumenden Becher auf ihn.

Die Flüsse wallen ans große Wasser,
und das Land legt Liebesversprechen
der reinen Luft in den Mund
mit frischen Blumen.

Die Erde will keinen Rauchpilz tragen,
kein Geschöpf ausspeien vorm Himmel,
mit Regen und Zornesblitzen abschaffen
die unerhörten Stimmen des Verderbens.

Mit uns will sie die bunten Brüder
und grauen Schwestern erwachen sehn,
den König Fisch, die Hoheit Nachtigall
und den Feuerfürsten Salamander.

Für uns pflanzt sie Korallen ins Meer.
Wäldern befiehlt sie, Ruhe zu halten,
dem Marmor, die schöne Ader zu schwellen,
noch einmal dem Tau, über die Asche zu gehn.

Die Erde will ein freies Geleit
jeden Tag aus der Nacht haben,
daß noch tausend und ein Morgen wird
von der alten Schönheit jungen Gnaden.

GOTTFRIED BENN

Was meinte Luther mit dem Apfelbaum?

Mir ist es gleich – auch Untergang ist Traum –
ich stehe hier in meinem Apfelgarten
und kann den Untergang getrost erwarten –
ich bin in Gott, der ausserhalb der Welt
noch manchen Trumpf in seinem Skatblatt hält –
wenn morgen früh die Welt zu Bruche geht,
ich bleibe ewig sein und sternestet –

meinte er das, der alte Biedermann
und blickt noch einmal seine Käte an?
und trinkt noch einmal einen Humpen Bier
und schläft, bis es beginnt – frühmorgens vier?
Dann war er wirklich ein sehr grosser Mann,
den man auch heute nur bewundern kann.

WOLF BIERMANN

Ermutigung

Peter Huchel gewidmet

Du, laß dich nicht verhärten
In dieser harten Zeit
Die all zu hart sind, brechen,
die all zu spitz sind, stechen
und brechen ab sogleich

Du, laß dich nicht verbittern
In dieser bittren Zeit
Die Herrschenden erzittern
– sitzt du erst hinter Gittern –
Doch nicht vor deinem Leid

Du, laß dich nicht erschrecken
In dieser Schreckenszeit
Das wolln sie doch bezwecken
Daß wir die Waffen strecken
Schon vor dem großen Streit

Du, laß dich nicht verbrauchen
Gebrauche deine Zeit
Du kannst nicht untertauchen
Du brauchst uns, und wir brauchen
Grad deine Heiterkeit

Wir wolln es nicht verschweigen
In dieser Schweigezeit
Das Grün bricht aus den Zweigen
Wir wolln das allen zeigen
Dann wissen sie Bescheid

(zwischen 1965 und 1968)

Franz Josef Degenhardt

Diesmal

Diesmal werd ich nicht mit ihnen ziehn,
werd nicht mal winken, nicht an meinem Hoftor stehn,
wenn sie die schwarzen Boote strandwärts tragen,
verschwitzt, im Gleichschritt, den die Trommeln schlagen.
Wenn man im Chor die Killerhymne singt,
der Priester seinen nassen Besen schwingt,
diesmal werd ich nicht.

Keiner meiner Leute soll sie sehn,
kein Kind mit Salz, kein Weib mit Wein zu ihnen gehn.
Treib' Kinder, Vieh und Weiber von den Toren,
stopf meinen Töchtern Honig in die Ohren,
sperr meine Söhne mit den Mägden ein
und öffne ihnen meinen stärksten Wein.
Niemand soll sie sehn.

Ich zerschlug mein Boot, mein Kerbenbeil,
zerschnitt mein Schild, bot meine Schlächterschürze feil.
Will keine Kreuze mehr in Boote ritzen
und keine Kerben mehr in Beile schnitzen.
Ich will nicht, daß ein Lederschild mich schützt
und Blut auf eine Schlächterschürze spritzt.
Ich zerschlug mein Boot.

Ich will nur durch meine Ställe gehn,
das Wetter riechen und bei meinen Leuten stehn,
hier trinken und mit jenen was erzählen
und meinen Söhnen ihre Weiber wählen,
drauf achten, daß kein Kind mit Beilen schlägt
und eine Kinderschlächterschürze trägt.
Darauf achte ich.

Diesmal werde ich am Hoftor stehn,
wenn sie geschlagen, ohne Tritt nach Hause ziehn.
Ich hör mich satt an dem zerschlurften Schweigen
und werde allen meinen Leuten zeigen,
wie man die toten Männer landwärts bringt,
der Priester seinen nassen Besen schwingt.
Alle sollen sehn.

(1964)

BERTOLT BRECHT

Politische Betrachtungen

Auf dem Stadtweiher fahren sie stundenlang Kahn
Ich sehe das wirklich einfach mit Ekel an
Kahn fahren, wenn man bis über den Hals verschuldet ist
In so einem Staatswesen, daß das überhaupt geduldet ist

Ich rauche da nur und sehe auch nur so zu
Und denke mir meinen Teil, ich denke mir nur so zu
Sie spielen auch Mundharmonika hierzulande
Mundharmonika spielen und das Land seufzt unter der schwarzen Schande

Ich denke da kalt, spielt nur weiter und fahrt nur weiter Kahn
Ich spucke aus, ja aber weiter geht's mich nichts an
Ich sehe nur so zu schon seit einigen Jahren
Ich sehe haarscharf, wohin wir da fahren

Die Bewohner von Orkney, heißt's in von Pol zu Pol
Lebten davon, daß sie sich ihre Wäsche wuschen jawohl
Nur so zu, nur so weiter gemacht noch einige Jahre
Die Assyrer und Babylonier sind ja auch Kahn gefahren

(um 1920)

verdichten
und verdeutlichen

Dichtung kommt zwar nicht von »dicht«, aber sie ist, was sie ist, allemal durch sprachliche Konzentration. Der Moral vor allem tut es gut, gelegentlich so »auf den Punkt« gebracht zu werden – und der Ästhetik auch.

THEODOR STORM

Sprüche

Der eine fragt: Was kommt danach?
Der andre fragt nur: Ist es recht?
Und also unterscheidet sich
Der Freie von dem Knecht.

ERICH KÄSTNER

Moral

Es gibt nichts Gutes
außer: Man tut es.

Bertolt Brecht

Die Maske des Bösen

An meiner Wand hängt ein japanisches Holzwerk
Maske eines bösen Dämons, bemalt mit Goldlack.
Mitfühlend sehe ich
Die geschwollenen Stirnadern, andeutend
Wie sehr es anstrengt, böse zu sein.

FRIEDRICH VON LOGAU

Abgedankte Soldaten

Würmer im Gewissen,
Kleider wohl zerrissen,
Wohlbenarbte Leiber,
Wohlgebrauchte Weiber,
Ungewisse Kinder,
Weder Pferd noch Rinder,
Nimmer Brot im Sacke,
Nimmer Geld im Packe,
Haben mitgenommen
Die vom Kriege kommen:
Wer dann hat die Beute?
Eitel fremde Leute.

Rose Ausländer

Nie

Nie
werde ich
die Drossel erreichen

nie mit drei Lauten
umzugehn wissen
als wären sie
alles

Gottfried Benn

Eure Etüden

Eure Etüden,
Arpeggios, Dankchoral
sind zum Ermüden
und bleiben rein lokal.

Das Krächzen der Raben
ist auch ein Stück –
dumm sein und Arbeit haben:
das ist das Glück.

Das Sakramentale –
schön, wer es hört und sieht,
doch Hunde, Schakale
die haben auch ihr Lied.

Ach, eine Fanfare,
doch nicht an Fleisches Mund,
daß ich erfahre,
wo aller Töne Grund.

ERICH FRIED

Konstruktive Selbstkritik

Meine Schwäche
war
mein Gefühl
der Überlegenheit

Das habe ich
überwunden
Jetzt bin ich
vollkommen

Bertolt Brecht

Sag nicht zu oft, du hast recht, Lehrer!
Laß es den Schüler erkennen!

Strenge die Wahrheit nicht allzu sehr an:
Sie verträgt es nicht.

Höre beim Reden!

Albert von Schirnding

Carpe diem

Eine Tür
fällt ins Schloß
wenn ich erwache
Schon wieder
dem Tag
in die Falle gegangen
Draußen Schreckschüsse
kommender Tage

Gotthold Ephraim Lessing

Die Gewißheit

Ob ich morgen leben werde,
Weiß ich freilich nicht;
Aber, wenn ich morgen lebe,
Daß ich morgen trinken werde,
Weiß ich ganz gewiß.

Johann Wolfgang von Goethe

Trunken müssen wir alle sein
Jugend ist Trunkenheit ohne Wein;
Trinkt sich das Alter wieder zu Jugend,
So ist es wundervolle Tugend.
Für Sorgen sorgt das liebe Leben,
Und Sorgenbrecher sind die Reben.

FRIEDRICH VON LOGAU

Das höchste Gut

Zum höchsten Gut in dieser Welt
Wählt jeder, was ihm selbst gefällt;
Gar im Schoß sitzt der dem Glücke
Dem gegeben sind vier Stücke:
Ein gütig Gott,
Ein liebes Weib,
Ein frischer Leib,
Ein selig Tod.

Reiner Kunze

Von der Notwendigkeit der Zensur

Retuschierbar ist
alles

Nur
das negativ nicht
in uns

Friedrich von Logau

Des Krieges Buchstaben

Kummer, der das Mark verzehret,
Raub, der Hab und Gut verheeret,
Jammer, der den Sinn verkehret,
Elend, das den Leib beschweret,
Grausamkeit, die Unrecht fähret,
Sind die Frucht die *Krieg* gewähret.

Ernst Jandl

lichtung

manche meinen
lechts und rinks
kann man nicht
velwechsern.
werch ein illtum!

ROBERT GERNHARDT

Bescheidener Dichter

Älter ist das Wort
und gewitzter als ich.
Dauernder der Satz:
Wozu braucht der mich?

Satz verlangt nach Satz:
So entsteht Gedicht.
Und das macht dann Sinn.
Aber ich doch nicht.

Peter Härtling

Ich schreib auf diese Seite
nur diesen einen Satz:
Ich mag dich wirklich – heute!
für morgen ist auf einer andern Seite Platz.

Friedrich von Logau

Glauben

Luthrisch, Päpstisch und Calvinisch, diese Glauben alle drei
Sind vorhanden; doch ist Zweifel, wo das Christentum dann sei.

Erich Fried

Praktische Arbeit

Um die
Stammler
als einer
der ihren
reden
zu lehren

lernte ich fließend stammeln

Warum
verprügeln
sie mich?

Albert von Schirnding

Wer wagt verliert

Einmal gewagt
mit unverstellter Stimme
zu rufen
Schon
trifft mich
aus der Hecke
der Stein

Erich Fried

Der Versteckte

Ich muß mich verstecken lernen
vor den Verfolgern
und ich bin dabei
in doppelter Gefahr

Vielleicht noch nicht gut genug
versteckt vor ihnen
und vielleicht schon zu gut
versteckt vor mir selbst

BERTOLT BRECHT

Vergnügungen

Der erste Blick aus dem Fenster am Morgen
Das wiedergefundene alte Buch
Begeisterte Gesichter
Schnee, der Wechsel der Jahreszeiten
Die Zeitung
Der Hund
Die Dialektik
Duschen, Schwimmen
Alte Musik
Bequeme Schuhe
Begreifen
Neue Musik
Schreiben, Pflanzen
Reisen
Singen
Freundlich sein

Friedrich von Logau

Krieg und Friede

Die Welt hat Krieg geführt weit über zwanzig Jahr
Nunmehr soll Friede sein, soll werden wie es war;
Sie hat gekriegt um das, o lachenswerte Tat!
Was sie, eh sie gekriegt, zuvor besessen hat.

Bertolt Brecht

Der Radwechsel

Ich sitze am Straßenhang.
Der Fahrer wechselt das Rad.
Ich bin nicht gern, wo ich herkomme.
Ich bin nicht gern, wo ich hinfahre.
Warum sehe ich den Radwechsel
Mit Ungeduld?

Erich Fried

Nach der Korrektur

Für Ernst Fischer

Denk dir den Sozialismus
von allem befreit
was dich stört

Frage dich
wen er dann
erst recht stören würde

Niemand als der
ist und bleibt wirklich
dein Feind

Hans Kasper

Die Reise

Geh ich,
komm ich nicht weit,
fahr ich,
fliegen die Blumen vorbei,
flieg ich,
bin ich schon vor mir dort
fall ich,
bin ich da.

Theodor Fontane

Mein Leben, ein Leben ist es kaum,
Ich geh durch die Straßen als wie im Traum.
Wie Schatten huschen die Menschen hin,
Ich selber ein Schatten dazwischen bin.
Und im Herzen tiefe Müdigkeit,
Alles mahnt mich, es ist Zeit.

MATTHIAS CLAUDIUS

Der Tod

Ach, es ist so dunkel in des Todes Kammer,
Tönt so traurig, wenn er sich bewegt
Und nun aufhebt seinen schweren Hammer
Und die Stunde schlägt.

trauern und trösten

Beim Trauern ist es wie bei der Liebe: Indem wir von ihr reden, gar dichten, steigern oder stillen wir sie – das Wort wird zur Schwerkraft des Gefühls oder zum Kork, der es trägt, zum Trost. Die größte Trauer gilt dem Unwiederbringlichen und in ihm mehr dem Versäumnis als dem Verlust oder der Trennung: »Was wir bereuen müssen«, schmerzt nachhaltiger, als was wir hinfort vermissen. So wird das Gedicht zu einem Teil dessen, was man »Trauerarbeit« genannt hat. »Arbeit« hätte darum im Titel dieses Kapitels stehen können: Mühsal, leidvolle Anstrengung, *labor*, der schließlich Erleichterung schafft. Kommt er zu keinem Ende, wird aus Trauer Hader: ein sinnloses Wüten gegen die Sinnlosigkeit des Verlustes.

Auch Tröstung wirkt nur mäßig, wenn sie keine Mühe bereitet, wenn sie sich auf die Mitteilung beschränkt, andere litten ebenfalls. Daß die Verzweiflung zu loben tröstlicher sei als die Hoffnung auf Abstumpfung, auf das Vergessen, auf die Nacht, vermag ich nicht zu glauben.

FRIEDRICH VON SCHILLER

Nänie

Auch das Schöne muß sterben! Das Menschen und Götter bezwinget,
Nicht die eherne Brust rührt es des stygischen Zeus.
Einmal nur erweichte die Liebe den Schattenbeherrscher,
Und an der Schwelle noch, streng, rief er zurück sein Geschenk.
Nicht stillt Aphrodite dem schönen Knaben die Wunde,
Die in den zierlichen Leib grausam der Eber geritzt.
Nicht errettet den göttlichen Held die unsterbliche Mutter,
Wann er, am skäischen Tor fallend, sein Schicksal erfüllt.
Aber sie steigt aus dem Meer mit allen Töchtern des Nereus,
Und die Klage hebt an um den verherrlichten Sohn.
Siehe! Da weinen die Götter, es weinen die Göttinnen alle,
Daß das Schöne vergeht, daß das Vollkommene stirbt.
Auch ein Klaglied zu sein im Mund der Geliebten ist herrlich,
Denn das Gemeine geht klanglos zum Orkus hinab.

Bertolt Brecht

Meines Bruders Tod

Im Rausch geschmissen auf die kalten Steine
Es bog mein Bruder seinen Hals zurück
Und verbat sich zitternd alles Weinen
Und sammelte sich selbst in einen Blick.

Er sah uns nicht. Ihn blendete das Helle.
Er sagte nichts. Die Kehle war zu eng.
Er langte an die Brust an jene Stelle
Wo er ein Herz hat, und er sagte streng:

Geht fort und schämt euch! Und es ward sehr stille.
Die Steine sind's, sagt er, die *mir* gehören!
Und keiner weint, ihr, denn es ist mein Wille.
Da wagte keiner mehr von uns, ihn noch zu stören.

Wir gingen abseits.
Er lag bis Mittag trunken murmelnd da.
Und starb dann heimlich und verfiel in Eile
Wohl da er meinte, daß ihn keiner sah!

Ernst Moritz Arndt

Klage um den kleinen Jakob

Wo ist der kleine Jakob geblieben?
Hatte die Kühe waldein getrieben,
Kam nimmer wieder,
Schwestern und Brüder
Gingen ihn suchen in'n Wald hinaus –
Kleiner Jakob, kleiner Jakob, komm zu Haus!

Wo ist der kleine Jakob gegangen?
Es hat ihn ein Unterirdischer gefangen,
Muß unten wohnen,
Trägt goldne Kronen,
Gläserne Schuh, hat ein gläsern Haus.
Kleiner Jakob, kleiner Jakob, komm zu Haus!

Was macht der kleine Jakob da unten?
Streuet als Diener das Estrich mit bunten
Blumen und schenket
Wein ein und denket:
Wärest du wieder zum Wald hinaus!
Kleiner Jakob, kleiner Jakob, komm zu Haus!

So muß der kleine Jakob dort wohnen,
Helfen ihm nichts seine güldenen Kronen,
Schuhe und Kleider,
Weinet sich leider –
Ach! armer Jakob! – die Äuglein aus.
Kleiner Jakob, kleiner Jakob, komm zu Haus!

Günter Grass

Mein Freund Walter Henn ist tot

Nie wollte er schlafen gehen.
Seine Müdigkeit blieb sitzen und sprach sich weg.
Er verstand es,
    dicke Worte
        schlank dahergehen zu lassen.
Vor ihm hatte Symmetrie keinen Bestand;
er zerlächelte sie.
Seine Leichtigkeit machte Säulen arbeitslos.
Mit Taubenschritten
    trat auf
        sein Witz.
Die Technik gehorchte ihm meistens.
Für jedes Wunder erfand er sich neue Schwebemaschinen.
Wir sprachen über Vogelscheuchen;
die sollten mobil werden.
Er wog mehr als Bayreuth und weniger
als ein Pfund Kirschen.
Und wollte nicht schlafen gehen.
Nichts besaß er lange.
Alle liebten ihn unerbittlich.
Er spielte um,
    gegen
        und mit Minuten und Geld.
Selbst Wasser trank er süchtig.
Vom Eisbein,
    das er gerne aß,
        ließ er fünf Viertel übrig.
Und fürchtete sich vor dem Zahnarzt.
Und umging seine Probleme:
links und rechts stehende immergrüne Alleebäume.
Und machte runde Frauen glauben,
sie seien fadenscheinige Mädchen.
Und zwirbelte seine einunddreißig Jahre alten Haare.

Und wollte nicht schlafen gehen,
weil er noch sprechen wollte,
weil sein Durst noch hellwach war,
weil sein Theater nie aufhörte,
weil ihm zu jedem Abgang drei Auftritte einfielen,
weil er das Ende nicht fand und nie suchte:
listige Entschuldigungen,
    Papierdrachen,
        Kulissen hin und her geschoben ...
Doch jetzt ist mein Freund,
    der nie schlafen gehen wollte,
        tot.
Nein. Sagt nicht frühvollendet.
Sprecht nicht von Göttern,
    die ihn liebten,
        wie das Gerücht weiß,
sprecht vom Betrug, von der dummen
    und viereckigen Ungerechtigkeit,
        von der Polizeistunde,
            die da sagt: Schluß machen, Herrschaften!
von uns, den Blutegeln, sprecht
und vom Loch, das zurückbleibt:
nicht aufzufüllen – hineinstarren – schlaflos.

Peter Maiwald

Die Frau des Arbeitslosen

Mein Mann ging mir verloren.
Mein Mann ging zur Fabrik.
Er ist sehr früh gegangen
und kam sehr spät zurück.

Und der zurückkam war nicht
der Mann, den ich gekannt.
Die Hand, die mich berührte,
das war nicht seine Hand.

Der Mund, der meinen küßte,
der schmeckte kalt nach Rauch.
Und was der Mann mir sagte,
das sagen andre auch.

Die Augen, die ich liebte,
die sahen mich nicht an.
Und der mich trug vor Tagen
war jetzt ein schwacher Mann.

Die Wohnung für uns beide
die war nun riesengroß.
Die Dinge, die wir hatten,
waren die Dinge bloß.

Mein Mann ging mir verloren.
Mein Mann kam mir ganz fremd.
Wir liegen nachts in Betten
als lägen wir im Hemd.

Ludwig Uhland

Der gute Kamerad

Ich hatt' einen Kameraden,
Einen bessern findst du nit.
Die Trommel schlug zum Streite,
Er ging an meiner Seite,
In gleichem Schritt und Tritt.

Eine Kugel kam geflogen,
Gilt's mir oder gilt es dir?
Ihn hat es weggerissen,
Er liegt mir vor den Füssen,
Als wär's ein Stück von mir.

Will mir die Hand noch reichen,
Derweil ich eben lad'.
Kann dir die Hand nicht geben,
Bleib du im ew'gen Leben
Mein guter Kamerad!

Walter Flex

Wildgänse rauschen durch die Nacht
Mit schrillem Schrei nach Norden –
Unstäte Fahrt! Habt acht, habt acht!
Die Welt ist voller Morden.

Fahrt durch die nachtdurchwogte Welt,
Graureisige Geschwader!
Fahlhelle zuckt, und Schlachtruf gellt,
Weit wallt und wogt der Hader.

Rausch' zu, fahr' zu, du graues Heer!
Rauscht zu, fahrt zu nach Norden!
Fahrt ihr nach Süden übers Meer –
Was ist aus uns geworden!

Wir sind wie ihr ein graues Heer
Und fahr'n in Kaisers Namen,
Und fahr'n wir ohne Wiederkehr,
Rauscht uns im Herbst ein Amen!

HANS MAGNUS ENZENSBERGER

die verschwundenen

für nelly sachs

nicht die erde hat sie verschluckt. war es die luft?
wie der sand sind sie zahlreich, doch nicht zu sand
sind sie geworden, sondern zu nichte. in scharen
sind sie vergessen. häufig und hand in hand,

wie die minuten. mehr als wir,
doch ohne andenken, nicht verzeichnet,
nicht abzulesen im staub, sondern verschwunden
sind ihre namen, löffel und sohlen.

sie reuen uns nicht. es kann sich niemand
auf sie besinnen: sind sie geboren,
geflohen, gestorben? vermißt
sind sie nicht worden. lückenlos
ist die welt, doch zusammengehalten
von dem was sie nicht behaust,
von den verschwundenen. sie sind überall.

ohne die abwesenden wäre nichts da.
ohne die flüchtigen wäre nichts fest.
ohne die vergessenen nichts gewiß.

die verschwundenen sind gerecht.
so verschallen wir auch.

Joseph von Eichendorff

In der Fremde

Aus der Heimat hinter den Blitzen rot
Da kommen die Wolken her,
Aber Vater und Mutter sind lange tot,
Es kennt mich dort keiner mehr.
Wie bald, wie bald kommt die stille Zeit,
Da ruhe ich auch, und über mir
Rauschet die schöne Waldeinsamkeit
Und keiner mehr kennt mich auch hier.

Georg Heym

Der Tod der Liebenden

Durch hohe Tore wird das Meer gezogen
Und goldne Wolkensäulen, wo noch säumt
Der späte Tag am hellen Himmelsbogen
Und fern hinab des Meeres Weite träumt.

»Vergiß der Traurigkeit, die sich verlor
Ins ferne Spiel der Wasser, und der Zeit
Versunkner Tage. Singt der Wind ins Ohr
Dir seine Schwermut, höre nicht sein Leid.

Laß ab von Weinen. Bei den Toten unten
Im Schattenlande werden bald wir wohnen
Und ewig schlafen in den Tiefen drunten,
In den verborgenen Städten der Dämonen.

Dort wird uns Einsamkeit die Lider schließen.
Wir hören nichts in unserer Hallen Räumen,
Die Fische nur, die durch die Fenster schießen,
Und leisen Wind in den Korallenbäumen.

Wir werden immer beieinander bleiben
Im schattenhaften Walde auf dem Grunde.
Die gleiche Woge wird uns dunkel treiben,
Und gleiche Träume trinkt der Kuß vom Munde.

Der Tod ist sanft. Und die uns niemand gab,
Er gibt uns Heimat. Und er trägt uns weich
In seinem Mantel in das dunkle Grab,
Wo viele schlafen schon im stillen Reich.«

Des Meeres Seele singt am leeren Kahn.
Er treibt davon, ein Spiel den tauben Winden
In Meeres Einsamkeit. Der Ozean
Türmt fern sich auf zu schwarzer Nacht, der Blinden.

In hohen Wogen schweift ein Kormoran
Mit grünen Fittichs dunkler Träumerei.
Darunter ziehn die Toten ihre Bahn.
Wie blasse Blumen treiben sie vorbei.

Sie sinken tief. Das Meer schließt seinen Mund
Und schillert weiß. Der Horizont nur bebt
Wie eines Adlers Flug, der von dem Sund
Ins Abendmeer die blaue Schwinge hebt.

(Letzte Fassung)

Erich Kästner

Verzweiflung Nr. 1

Ein kleiner Junge lief durch die Straßen
und hielt eine Mark in der heißen Hand.
Es war schon spät, und die Kaufleute maßen
mit Seitenblicken die Uhr an der Wand.

Er hatte es eilig. Er hüpfte und summte:
»Ein halbes Brot und ein Viertelpfund Speck.«
Das klang wie ein Lied. Bis er plötzlich verstummte.
Er tat die Hand auf. Das Geld war weg.

Da blieb er stehen und stand im Dunkeln.
In den Ladenfenstern erlosch das Licht.
Es sieht zwar gut aus, wenn die Sterne funkeln.
Doch zum Suchen von Geld reicht das Funkeln nicht.

Als wolle er immer stehen bleiben,
stand er. Und war, wie noch nie, allein.
Die Rolläden klapperten über die Scheiben.
Und die Laternen nickten ein.

Er öffnete immer wieder die Hände
und drehte sie langsam hin und her.
Dann war die Hoffnung endlich zu Ende.
Er öffnete seine Fäuste nicht mehr ...

Der Vater wollte zu essen haben.
Die Mutter hatte ein müdes Gesicht.
Sie saßen und warteten auf den Knaben.
Der stand im Hof. Sie wußten es nicht.

Der Mutter wurde allmählich bange.
Sie ging ihn suchen. Bis sie ihn fand.
Er lehnte still an der Teppichstange
und kehrte das kleine Gesicht zur Wand.

Sie fragte erschrocken, wo er denn bliebe.
Da brach er in lautes Weinen aus.
Sein Schmerz war größer als ihre Liebe.
Und beide traten traurig ins Haus.

Paul Gerhardt

An das Angesicht des HErrn JEsu

1.
O Haupt voll Blut und Wunden,
Voll Schmerz und voller Hohn!
O Haupt, zum Spott gebunden
Mit einer Dornenkron!
O Haupt! Sonst schön gezieret
Mit höchster Ehr und Zier,
Itzt aber höchst schimpfieret,
Gegrüßet seist du mir.

2.
Du edles Angesichte,
Dafür sonst schrickt und scheut
Das große Weltgewichte,
Wie bist du so bespeit?
Wie bist du so erbleichet?
Wer hat dein Augenlicht,
Dem sonst kein Licht nicht gleichet,
So schändlich zugericht'?

3.
Die Farbe deiner Wangen,
Der roten Lippen Pracht
Ist hin, und ganz vergangen:
Des blassen Todes Macht
Hat alles hingenommen,
Hat alles hingerafft,
Und daher bist du gekommen
Von deines Leibes Kraft.

4.
Nun was du, HErr, erduldet,
Ist alles meine Last:
Ich hab es selbst verschuldet,
Was du getragen hast.
Schau her, hier steh ich Armer,
Der Zorn verdienet hat,
Gib mir, o mein Erbarmer,
Den Anblick deiner Gnad.

5.
Erkenne mich, mein Hüter,
Mein Hirte nimm mich an:
Von dir, Quell aller Güter,
Ist mir viel Gut's getan:
Dein Mund hat mich gelabet
Mit Milch und süßer Kost,
Dein Geist hat mich begabet
Mit mancher Himmelslust.

6.
Ich will hier bei dir stehen,
Verachte mich doch nicht:
Von dir will ich nicht gehen,
Wann dir dein Herze bricht,
Wann dein Haupt wird erblassen
Im letzten Todesstoß,
Alsdann will ich dich fassen
In meinen Arm und Schoß.

7.
Es dient zu meinen Freuden,
Und kömmt mir herzlich wohl,
Wann ich in deinem Leiden,
Mein Heil, mich finden soll!
Ach möcht ich, o mein Leben,
An deinem Kreuze hier,
Mein Leben von mir geben!
Wie wohl geschehe mir!

8.
Ich danke dir von Herzen,
O JEsu, liebster Freund
Für deines Todes Schmerzen,
Da du's so gut gemeint:
Ach gib, daß ich mich halte
Zu dir und deiner Treu,
Und wann ich nun erkalte,
In dir mein Ende sei.

9.
Wann ich einmal soll scheiden,
So scheide nicht von mir!
Wann ich den Tod soll leiden,
So tritt du dann herfür:
Wann mir am allerbängsten
Wird um das Herze sein:
So reiß mich aus den Ängsten
Kraft deiner Angst und Pein.

10.
Erscheine mir zum Schilde,
Zum Trost in meinem Tod,
Und laß mich sehn dein Bilde
In deiner Kreuzesnot,
Da will ich nach dir blicken,
Da will ich Glaubens voll
Dich fest an mein Herz drücken.
Wer so stirbt, der stirbt wohl.

Peter Rühmkorf

Elegie

Gruß aus Köln – die bleiche Trauerkarte,
die am Rand noch grad die Fassung wahrt,
würde- und bedeutungsvoll:
ah-was-soll
all das dämliche Getanke und Gestarte
für das bißchen Fahrt?

Staub zu Staub und Schaum zu Schaum:
Diese Knöchel oft umschlossen,
dieser Hintern tief geliebt,
haltlos durch ein Totenhemd gesiebt,
ausgeflossen
in den sterneleeren Kofferraum.

Efeu schleppt sich lautlos durch die Jahre;
immergrün und unbegrenzt
deckt er diesen früh entschlafnen Schoß;
knochenlos
trete ich vor deine Abendbahre,
zart wie ein Gespenst.

Hark ich dir die Erde vom Gesicht,
laß die Blumen von den Ketten
– himmelstrebend, hochgehanft –
Dich in mein entfliehendes Gedicht
u m z u b e t t e n
(Ruhe sanft!)
Da ist Silber – da ist Gold – ist Licht

Erich Kästner

Elegie nach allen Seiten

Die bunten Astern winken durch die Gitter.
Die Gärten schminken sich. Das Jahr ist alt.
Der Herbst stimmt nur die Optimisten bitter.
Normale Menschen läßt er kalt.

Die Blätter an den Bäumen kann man zählen.
An manchen Zweigen schaukeln nur noch drei.
Der Wind wird kommen und auch diese stehlen.
Er stiehlt und findet nichts dabei.

Ein blinder Mann verkauft verwelkte Rosen.
Er kann nicht sehen, wie verwelkt sie sind.
Auf einer Bank, umringt von Arbeitslosen,
sitzt singend ein vergnügtes Kind.

Im Pflaster zittern Pfützen aus der Frühe.
Das Himmelsblau ist wieder repariert.
Die Sonne scheint. Sie gibt sich große Mühe.
Man merkt die Absicht, und man friert.

Ein alter Mann, welcher vorüberwandelt,
spricht mit sich selber wie ein Wiederkäuer.
Es klingt, als ob er mit dem Tod verhandelt.
Wahrscheinlich ist der Sarg zu teuer.

Die Blätter flattern wie die Schmetterlinge.
Die Straße glüht und leuchtet und verfällt.
Der Herbst beschert uns den Verfall der Dinge
und dieses Mal auch den Verfall der Welt.

Das ist ein Jahr, da möchte alles sterben!
Die Welt verliert das Laub und den Verstand.
Der Winter und die Dummheit sind die Erben.
Und was sich Hoffnung nannte, wird verbrannt.

Vom andern Straßenufer wehen Lieder.
Das ist die Heilsarmee. Man singt zu sechst.
Die Blätter wachsen eines Tages wieder.
Doch ob auch die Vernunft von neuem wächst?

(1932)

Eva Zeller

Steinzeit

Schneebruch und Windwurf
hat der Wald überstanden
auch vorige Kriege

dann machte das aller-
letzte Gefecht ihn
dem Erdboden gleich

unser Rückzug führte
durch seine Wipfel
es war Winter es war

Eis-, es war Steinzeit
in Fallgruben erlegt was
aufrechten Ganges gewesen

Grabbeilagen aus Knochen
und Horn behauene Keile
in Vogelgestalt

Hätte nicht eine
Erkennungsmarke mit
kyrillischer Schrift

in einer Höhle gelegen
wir hätten geschworen, ein
Mammut gesehen zu haben

Hilde Domin

Haus ohne Fenster

Der Schmerz sargt uns ein
in einem Haus ohne Fenster.
Die Sonne, die die Blumen öffnet,
zeigt seine Kanten
nur deutlicher.
Es ist ein Würfel aus Schweigen
in der Nacht.

Der Trost,
der keine Fenster findet und keine Türen
und hinein will,
trägt erbittert das Reisig zusammen.
Er will ein Wunder erzwingen
und zündet es an,
das Haus aus Schmerz.

Herbert Fritsche

Wir leben, Halbes wagend.
Wir wissen, wie man schweigt:
Getarnte Trauer tragend
und keine Silbe sagend,
die etwa Wahrheit zeigt.

Ich fahre heim ins Fahle
der selbstgewollten Schuld.
Des Lebens schale Schale
hab ich an tausend Male
geleert mit Ungeduld.

So laß mich denn verrinnen
zum silbergrauen Strand,
wo man von Sinn und Sinnen
nichts weiß. Wird's neu beginnen?
Du dunkles Heimatland.

(Geschrieben im Krankenhaus, wenige Tage vor seinem Tod)

Wolfdietrich Schnurre

Lied, auf Ahasver zu singen

Du klopftest, Herr,
du bist durchnäßt;
die Regen dieser Welt,
sie wollen dir nicht wohl.

Ich weiß ein Dach;
doch hoch am First,
da fault der Schwamm.

Du ächztest, Herr,
du bist erschöpft;
die Hunde dieser Welt,
sie wollen dir nicht wohl.

Ich weiß ein Bett;
doch in der Spreu,
da steckt ein Dorn.

Dich hungert, Herr,
du fieberst schon;
die Mühlen dieser Welt,
sie wollen dir nicht wohl.

Ich weiß ein Brot;
doch tief im Teig,
da gärt der Tod.

Dich dürstet, Herr,
du bist verdorrt;
die Brunnen dieser Welt,
sie wollen dir nicht wohl.

Ich weiß ein Faß;
doch ganz am Grund,
da schwärt der Haß.

Ich schäm mich, Herr:
ich lebe noch;
die Schergen dieser Welt,
sie wollten mir zu wohl.

Ich weiß ein Herz,
das ließ' dich ein,
wär's nicht so voll
von Schuld.

Maurice Maeterlinck
Übersetzt von Paul Celan

Und sollt er wiederkommen

Und sollt er wiederkommen einst,
was tu ich ihm dann kund?
– Daß Wartens viel gewesen ist,
bis hin zu dieser Stund.

Und wenn er fragt und weiterfragt
und kennt und kennt mich nicht?
– Dann hat er's schwer, dann sprich zu ihm,
wie eine Schwester spricht.

Und wenn er Ort und Aufenthalt
und alles wissen will?
– Dann gib ihm meinen Ring aus Gold
und red nicht und sei still.

Und merkt er, daß sich nichts hier regt
und will von mir Bescheid?
– Die Lampe zeig ihm, die nicht brennt,
die Tür sperrangelweit ...

Und fragt er, wie's in letzter Stund
um dich bestellt mocht sein?
– Ich hätt aus Angst gelächelt, sag,
ich wollt nicht, daß er wein ...

BERTOLT BRECHT

Das Waschen

C.N.*

Als ich dir vor Jahren zeigte
Wie du dich waschen solltest in der Frühe
Mit Eisstückchen im Wasser
Des kleinen kupfernen Kessels
Das Gesicht eintauchend, die Augen offen
Beim Abtrocknen mit dem rauhen Tuch
Vom Blatt an der Wand die schweren Zeilen
Der Rolle lesend, sagte ich:
Das tust du für dich und tue es
Vorbildlich.

Jetzt höre ich, du sollst im Gefängnis sein.
Die Briefe, die ich für dich schrieb
Blieben unbeantwortet. Die Freunde, die ich für dich anging
Schweigen. Ich kann nichts für dich tun. Wie
Mag dein Morgen sein? Wirst du noch etwas tun für dich?
Hoffnungsvoll und verantwortlich
Mit guten Bewegungen, vorbildlich?

*C. N. ist der Schauspieler Caspar Neher.

MARIE LUISE KASCHNITZ

Nicht gesagt

Nicht gesagt
Was von der Sonne zu sagen gewesen wäre
Und vom Blitz nicht das einzig Richtige
Geschweige denn von der Liebe.

Versuche. Gesuche. Mißlungen
Ungenaue Beschreibung
Weggelassen das Morgenrot
Nicht gesprochen vom Sämann
Und nur am Rande vermerkt
Den Hahnenfuß und das Veilchen.

Euch nicht den Rücken gestärkt
Mit ewiger Seligkeit
Den Verfall nicht geleugnet
Und nicht die Verzweiflung

Den Teufel nicht an die Wand
Weil ich nicht an ihn glaube
Gott nicht gelobt
Aber wer bin ich, daß...

Fritz Mühlenweg

Sehnsucht

Morgen ist es. Horch! die Grille zirpt im Bauer.
Über Blumenwiesen tönt ihr Liebeslied.
Eine kahle Stube und ein Herz voll Trauer
blieb mir, seit der Liebste von mir schied.
Ihn zu grüßen,
ihm zu Füßen,
ach, wie lange werd' ich warten müssen.

Mittag ist es. Sieh, des Farnkrauts zarter Flügel
sinkt ermattet. Staub und Steine glühn.
Ach! Vergebens späh ich von dem Hügel.
Welche Straße wird mein Liebster ziehn?
Ihn zu grüßen,
ihm zu Füßen,
wollt ich Farnkraut, Staub und Steine küssen.

Abend ist es. Hügelan mit der Laterne
steig ich. Roter Mond am Himmel schwebt.
Meinen Liebsten such ich in der Ferne
durch den Tränenschleier, den die Sehnsucht webt.
Ihn zu grüßen,
ihm zu Füßen,
möcht ich gerne meinen Kleinmut büßen.

THEODOR KRAMER

Lob der Verzweiflung

Verzweiflung, Freund des Armen,
du letzter Rest vom Rest,
du hast mit ihm Erbarmen,
wenn alles ihn verläßt;
du läßt sein bißchen Leben
im Schein des frühen Lichts
sich krümmen und erbeben
und führst ihn dann ins Nichts.

Du hast gar viele Namen,
bist unter allen groß,
heißt Würfel, Messer, Samen,
heißt Branntwein, Strick und Schoß;
du bist im Klirrn der Scherben,
im Zucken des Gesichts,
du fährst ins träge Sterben
und wirbelst es ins Nichts.

Du warst mir oft Gefährtin
in meiner Einsamkeit;
für mich wär jeder Wert hin,
wär ich von dir befreit;
gib Kraft mir, daß ich lebe,
und führ mich durch das Nichts,
auf daß ich mich erhebe
am Tage des Gerichts.

Fritz Mühlenweg

Herzog Wens Abschied

Ich gab ihm das Geleit, bis uns des Stromes Flut
die Trennung auferlegte. Da sprach ich zu ihm:
Schon hebt das strahlende Gestirn sein Haupt.
Die Nacht will weichen.
Nimm diese Pferde als das unscheinbare Zeichen
der Freundschaft an. Dein Weg sei leicht und gut.
Mögst du die heimatliche Halle bald erreichen.

Ich gab ihm das Geleit zum Strom und stieg vom Pferd.
Das Herz war mir von Trauer schwer. Ich sprach zu ihm:
Schon zerrt das Boot auf runden Wellen an der Leine.
Ich habe nichts als diese unscheinbaren Steine
und diese Jaspis-Gemme. Sie hat keinen Wert.
Oh, wende dich von mir, bevor ich weine.

DAGMAR NICK

Abschiede

Auch die Abschiede werden jetzt leichter,
als wären sie nicht so gemeint.
Horizonte voll unerreichter
Hoffnungen – weggeweint.

Dein Winken zurückgeworfen.
Deine Hände versinken im Meer.
Kein Anker für meine amorphen
Träume der Wiederkehr.

Abschiede. Nirgends war Dauer.
Schon zerrieselt dein Aschengesicht.
Am Ende ist auch die Trauer
ohne Gewicht.

Rose Ausländer

Jom Kipur

Getröstet
vom Wort Versöhnung

in deiner Arche aus Angst
sieh dein Spiegelbild
in der Sintflut
vergangenen Jahres

Heute
darfst du dich sattfasten
deine Tränen trinken

Versiegelt
wird heute
der Schicksalsbrief

Du wirst ihn lesen
den bittern den süßen
Tag für Tag

bis zum
nächsten Jom Kipur
oder bis
du die Augen schließt
für immer

Morgen
regnet es wieder

CHRISTA REINIG

Robinson

manchmal weint er, wenn die worte,
still in seiner kehle stehn,
doch er lernt an seinem orte
schweigend mit sich umzugehn,

und erfindet alte dinge,
halb aus not und halb im spiel,
splittert stein zur messerklinge,
schnürt die axt an einen stiel,

kratzt mit einer muschelkante
seinen namen in die wand,
und der allzu oft genannte
wird ihm langsam unbekannt.

Wilhelm Busch

Tröstlich

Nachbar Nickel ist verdrießlich,
Und er darf sich wohl beklagen,
Weil ihm seine Pläne schließlich
Alle gänzlich fehlgeschlagen.

Unsre Ziege starb heut morgen.
Geh und sag's ihm, lieber Knabe!
Daß er nach so vielen Sorgen
Auch mal eine Freude habe.

Joseph von Eichendorff

Der Einsiedler

Komm, Trost der Welt, du stille Nacht!
Wie steigst du von den Bergen sacht,
Die Lüfte alle schlafen,
Ein Schiffer nur noch, wandermüd,
Singt übers Meer sein Abendlied
Zu Gottes Lob im Hafen.

Die Jahre wie die Wolken gehn
Und lassen mich hier einsam stehn,
Die Welt hat mich vergessen,
Da tratst du wunderbar zu mir,
Wenn ich beim Waldesrauschen hier
Gedankenvoll gesessen.

O Trost der Welt, du stille Nacht!
Der Tag hat mich so müd gemacht,
Das weite Meer schon dunkelt,
Laß ausruhn mich von Lust und Not,
Bis daß das ew'ge Morgenrot
Den stillen Wald durchfunkelt.

zureden und fragen

In alter Zeit wurden – wie die großen Lebensgeschichten – auch die wichtigsten Lebensregeln in Versen weitergegeben. In der rhythmisierten, formelhaften Sprache ließen sie sich leichter merken und eindringlich vortragen. Noch immer drängt ein großer Teil dessen, was wir »guten Rat« nennen, ins Gedicht: zureden, mahnen, warnen, das, was uns gewiß und wichtig ist, den anderen als Maß empfehlen. Aber das Gegenteil drängt an die gleiche Stelle: die rüttelnde Ungewißheit (»Sind sie schuld?«), der leise Zweifel (»Werd ich's vermissen?«), das selbstgewisse staunende Fragen (»Weißt du wieviel Sterne stehn ...?«), die alle nicht wollen, daß die Antworten zur Lebensnorm werden.

BERTOLT BRECHT

Kinderhymne

Anmut sparet nicht noch Mühe
Leidenschaft nicht noch Verstand.
Daß ein gutes Deutschland blühe
Wie ein andres gutes Land.

Daß die Völker nicht erbleichen
Wie vor einer Räuberin
Sondern ihre Hände reichen
Uns wie andern Völkern hin.

Und nicht über und nicht unter
Andern Völkern wolln wir sein
Von der See bis zu den Alpen
Von der Oder bis zum Rhein.

Und weil wir dieses Land verbessern
Lieben und beschirmen wir's
Und das liebste mag's uns scheinen
So wie andern Völkern ihrs.

Hans Magnus Enzensberger

ins lesebuch für die oberstufe

lies keine oden, mein sohn, lies die fahrpläne:
sie sind genauer. roll die seekarten auf,
eh es zu spät ist. sei wachsam, sing nicht.
der tag kommt, wo sie wieder listen ans tor
schlagen und malen den neinsagern auf die brust
zinken. lern unerkannt gehn, lern mehr als ich:
das viertel wechseln, den paß, das gesicht.
versteh dich auf den kleinen verrat,
die tägliche schmutzige rettung. nützlich
sind die enzykliken zum feueranzünden,
die manifeste: butter einzuwickeln und salz
für die wehrlosen. wut und geduld sind nötig,
in die lungen der macht zu blasen
den feinen tödlichen staub, gemahlen
von denen, die viel gelernt haben,
die genau sind, von dir.

Günter Eich

Betrachtet die Fingerspitzen

Betrachtet die Fingerspitzen, ob sie sich schon verfärben!

Eines Tages kommt sie wieder, die ausgerottete Pest.
Der Postbote wirft sie als Brief in den rasselnden Kasten,
als eine Zuteilung von Heringen liegt sie dir im Teller,
die Mutter reicht sie dem Kinde als Brust.

Was tun wir, da niemand mehr lebt von denen,
die mit ihr umzugehen wußten?
Wer mit dem Entsetzlichen gut Freund ist,
kann seinen Besuch in Ruhe erwarten.
Wir richten uns immer wieder auf das Glück ein,
aber es sitzt nicht gern auf unseren Sesseln.

Betrachtet die Fingerspitzen! Wenn sie sich schwarz färben,
ist es zu spät.

Peter Rühmkorf

Komm raus!

Komm raus aus deiner Eber-Einzelbucht,
aus deiner Ludergrube.
Komm raus aus deiner kaskoversicherten Dunkelkammer!
Auch dein Innenleben
findet öfter statt, merk ich grade –
(Komm raus aus deinem Farbbandkäfig)
Im Prinzip – ja? – P r i n z i p
sind doch längst alle Schleusen geöffnet, Gitter gefallen ...

Immer noch vielerlei Licht hier, wo sich
keine Anzeigenseite dazwischenschiebt,
keine Helium-Annonce–:
DIE SONNE
unverwandt, mit angezogenen Strahlen –
(Komm raus aus deinem Leichen-Entsafter)
Vor dir das Meer und hinter dir
die Waschmaschine ...
(aus deinem Metzelwerk, aus deinem Familien-Gefrierfach)
Hier nichts gewollt zu haben,
ist soviel wie verspielt, das weißt du, oder?

Heda, du eingerahmtes Tier, du kriegst
den Kopf wohl gar nicht mehr raus aus dieser Paste, laß sehn!
Unbeugsam reflektierst du dich
an der Schreibtischkante –
(eisern nach innen blickend, ein Vesuv mit geschlossenen Augen)
Komm raus aus deinem handversiegelten Hockergrab!
A u c h K u l t u r
ist nur eine unmaßgebliche Schutzbehauptung.

Eine Schlacht im Sitzen gewinnen:
schön wär's!
Und schön der Gedankeda wer sich nicht rührt,
hat wenigstens Anspruch auf Schicksal – Aus deiner Tropfsteintruhe!
Komm raus aus deinem Todeskoben, überleg dir das Leben:
Die Morgenschiffe rauschen schon an –
Ein Tag aus Gold und Grau:
willst du mit rein? –

HEINZ CZECHOWSKI

Schwedisches Stenogramm

Unterbelichtete Bilder,
Natur, an den Stadtrand verbannt,
Winterlich, ohne Schnee,
Eingefrorene Boote und
Eisangler, wie
Du und ich.

Öffne dein Herz:

Auch du
Bist, wo du hinkommst,
Willkommen,

Das Brot zu teilen,
Das Dunkel,
Die Stille.

Die Angst
Vor dem Schweigen
Der Zukunft.

Reiner Kunze

Weckruf

Für einen jungen Dichter im geteilten Deutschland

Untersagt worden sei dir
eine reise nach W.
Unklarheit herrsche über
deine person
Plötzlich

Verkennung, schreibst du
Unterstellung, schreibst du
Diffamierung, schreibst du, was

hättest du geschrieben wäre dir
gestattet worden
auch diese reise

BERTOLT BRECHT

Ansprache des Bauern an seinen Ochsen

Nach einem ägyptischen Bauernlied aus dem Jahre 1400 v. Chr.

O großer Ochse, göttlicher Pflugzieher
Geruhe, gerade zu pflügen! Bring die Furchen
Freundlichst nicht durcheinander! Du
Gehst voraus, Führender, hüh!
Wir haben gebückt gestanden, dein Futter zu schneiden
Geruhe jetzt, es zu verspeisen, teurer Ernährer!
                                        Sorg dich nicht
Beim Fressen um die Furche, friß!
Für deinen Stall, du Beschützer der Familie
Haben wir ächzend die Balken hergeschleppt, wir
Liegen im Nassen, du im Trockenen. Gestern
Hast du gehustet, geliebter Schrittmacher.
Wir waren außer uns. Willst du etwa
Vor der Aussaat verrecken, du Hund?

Helmut Schelsky

Ratschläge an mich selbst

Grab Dir ein Loch in die Zeit,
Zieh sie Dir übers Ohr!
Bewahre die Einsamkeit!
Sieh Dich vor!

Bau Dir ein Zelt aus Glück,
Verlängere jeden Traum!
Schätze den Augenblick
Im kleinsten Raum.

Schreibe nur noch, was Du mußt!
Rede mit Deinem Hund!
Alles wird schon gewußt.
Halt den Mund!

Einmal gelebt wie ein Gott?
Es bedarf mehr.
Erst langsam wächst Dein Bruder, der Tod,
Hinter Dir her.

Halt nicht am Leben fest!
Es schenkte Dir vielerlei.
Führe mit Würde den Rest!
Bald bist Du frei.

(September 1979)

Paul Fleming

An Sich

Sei dennoch unverzagt. Gib dennoch unverloren.
Weich keinem Glücke nicht. Steh' höher als der Neid.
Vergnüge dich an dir, und acht' es für kein Leid,
hat sich gleich wieder dich Glück, Ort und Zeit verschworen.
Was dich betrübt und labt, halt alles für erkoren.
Nimm dein Verhängnis an. Laß' alles unbereut.
Tu, was getan muß sein, und eh' man dir's gebeut.
Was du noch hoffen kanst, das wird noch stets geboren.
Was klagt, was lobt man doch? Sein Unglück und sein Glücke
ist ihm ein jeder selbst. Schau alle Sachen an.
Dies alles ist in dir, laß deinen eiteln Wahn,
und eh du fürder gehst, so geh' in dich zurücke.
Wer sein' selbst Meister ist, und sich beherrschen kann,
dem ist die weite Welt und alles untertan.

Oskar Ansull

Sprich in Rätseln
aber sprich
sprich verschwiegen
rede nicht
setz' dich aus
mit deinen Händen
schreibe Sätze
die nicht enden
mach' ein Zeichen
fürs Beginnen
sprich in Rätseln
sei von Sinnen
sprich verschwiegen
setz' dich aus

Gotthold Ephraim Lessing

Die Faulheit

Fleiß und Arbeit lob' ich nicht.
Fleiß und Arbeit lob' ein Bauer.
Ja, der Bauer selber spricht,
Fleiß und Arbeit wird ihm sauer.
Faul zu sein, sei meine Pflicht;
Diese Pflicht ermüdet nicht.

Bruder, laß das Buch voll Staub.
Willst du länger mit ihm wachen?
Morgen bist du selber Staub!
Laß uns faul in allen Sachen,
Nur nicht faul zu Lieb' und Wein,
Nur nicht faul zur Faulheit sein.

Ernst Jandl

menschenfleiß

ein faulsein
ist nicht lesen kein buch
ist nicht lesen keine zeitung
ist überhaupt nicht kein lesen

ein faulsein
ist nicht lernen kein lesen und schreiben
ist nicht lernen kein rechnen
ist überhaupt nicht kein lernen

ein faulsein
ist nicht rühren keinen finger
ist nicht tun keinen handgriff
ist überhaupt nicht kein arbeiten

ein faulsein
solang mund geht auf und zu
solang luft geht aus und ein
ist überhaupt nicht

Bertolt Brecht

Die Nachtlager

Ich höre, daß in New York
An der Ecke der 26. Straße und des Broadway
Während der Wintermonate jeden Abend ein Mann steht
Und den Obdachlosen, die sich ansammeln
Durch Bitten an Vorübergehende ein Nachtlager verschafft.

Die Welt wird dadurch nicht anders
Die Beziehungen zwischen den Menschen bessern sich nicht
Das Zeitalter der Ausbeutung wird dadurch nicht verkürzt.
Aber einige Männer haben ein Nachtlager
Der Wind wird von ihnen eine Nacht lang abgehalten
Der ihnen zugedachte Schnee fällt auf die Straße.

Leg das Buch nicht nieder, der du das liesest, Mensch.
Einige Menschen haben ein Nachtlager
Der Wind wird von ihnen eine Nacht lang abgehalten
Der ihnen zugedachte Schnee fällt auf die Straße.
Aber die Welt wird dadurch nicht anders
Die Beziehungen zwischen den Menschen bessern sich dadurch nicht
Das Zeitalter der Ausbeutung wird dadurch nicht verkürzt.

Franz Josef Degenhardt

Spiel nicht mit den Schmuddelkindern

»Spiel nicht mit den Schmuddelkindern,
sing nicht ihre Lieder.
Geh doch in die Oberstadt,
mach's wie deine Brüder«,

so sprach die Mutter, sprach der Vater, lehrte der Pastor.
Er schlich aber immer wieder durch das Gartentor
und in die Kaninchenställe,
wo sie Sechsundsechzig spielten
um Tabak und Rattenfelle –
Mädchen unter Röcke schielten –
wo auf alten Bretterkisten
Katzen in der Sonne dösten –
wo man, wenn der Regen rauschte,
Engelbert, dem Blöden, lauschte,
der auf einen Haarkamm biß,
Rattenfängerlieder blies.
Abends, am Familientisch, nach dem Gebet zum Mahl
hieß es dann: »Du riechst schon wieder nach Kaninchenstall.
Spiel nicht mit den Schmuddelkindern,
sing nicht ihre Lieder.
Geh doch in die Oberstadt,
mach's wie deine Brüder!«

Sie trieben ihn in eine Schule in der Oberstadt,
kämmten ihm die Haare und die krause Sprache glatt.
Lernte Rumpf und Wörter beugen.

Und statt Rattenfängerweisen
mußte er das Largo geigen
und vor dürren Tantengreisen
unter roten Rattenwimpern
par coeur Kinderscenen klimpern –
und, verklemmt in Viererreihen,
Knochen morsch und morscher schreien –
zwischen Fahnen aufgestellt
brüllen, daß man Freundschaft hält.
Schlich er manchmal abends zum Kaninchenstall davon,
hockten da die Schmuddelkinder, sangen voller Hohn:
»Spiel nicht mit den Schmuddelkindern,
sing nicht ihre Lieder.
Geh doch in die Oberstadt,
mach's wie deine Brüder!«

Aus Rache ist er reich geworden. In der Oberstadt
hat er sich ein Haus gebaut. Nahm jeden Tag ein Bad.
Roch, wie beßre Leute riechen.
Lachte fett, wenn alle Ratten
ängstlich in die Gullys wichen,
weil sie ihn gerochen hatten.
Und Kaninchenställe riß er
ab. An ihre Stelle ließ er
Gärten für die Kinder bauen.
Liebte hochgestellte Frauen,
schnelle Wagen und Musik,
blond und laut und honigdick.
Kam sein Sohn, der Nägelbeißer, abends spät zum Mahl,
roch er an ihm, schlug ihn, schrie: «Stinkst nach Kaninchenstall.
Spiel nicht mit den Schmuddelkindern,
sing nicht ihre Lieder.
Geh doch in die Oberstadt,
mach's wie deine Brüder!«

Und eines Tages hat er eine Kurve glatt verfehlt.
Man hat ihn aus einem Ei von Schrott herausgepellt.
Als er später durch die Straßen
hinkte, sah man ihn an Tagen
auf 'nem Haarkamm Lieder blasen,
Rattenfell am Kragen tragen.
Hinkte hüpfend hinter Kindern,
wollte sie am Schulgang hindern
und schlich um Kaninchenställe.
Eines Tags in aller Helle
hat er dann ein Kind betört
und in einen Stall gezerrt.
Seine Leiche fand man, die im Rattenteich rumschwamm.
Drum herum die Schmuddelkinder bliesen auf dem Kamm:
»Spiel nicht mit den Schmuddelkindern,
sing nicht ihre Lieder.
Geh doch in die Oberstadt,
mach's wie deine Brüder.«

Michael Krüger

Wenn du die Treppe hinaufgehst, gib acht,
daß du die Kerbe triffst, von tausend Schuhen
getreten. Wenn du ins Haus trittst, ergreife
die helle Klinke, von tausend Händen gefaßt.
Nimm die alte Tasse, die mit gebrochenem Henkel,
den Teller mit Sprung. Betrachte die Bilder,
die kein Lob lackierte, den kippelnden Tisch.
Frage nach Wasser, wenn sie dir Wein einschenken,
in Worten, die nicht nach Ewigkeit schmecken.
Von allen Vögeln widme dich dem Spatzen zuerst,
dann der Krähe. Preise das Gras und die Flechte.

GOTTFRIED BENN

Nur zwei Dinge

Durch so viel Formen geschritten,
durch Ich und Wir und Du,
doch alles blieb erlitten
durch die ewige Frage: wozu?

Das ist eine Kinderfrage.
Dir wurde erst spät bewußt,
es gibt nur eines: ertrage
– ob Sinn, ob Sucht, ob Sage –
dein fernbestimmtes: Du mußt.

Ob Rosen, ob Schnee, ob Meere,
was alles erblühte, verblich,
es gibt nur zwei Dinge: die Leere
und das gezeichnete Ich.

Hans Kasper

Elf Fragen

Was ist Glück? – Daß du fragst.

Was ist Tugend? – Weiß der Kirschbaum,
daß er blüht?

Was ist Laster? – Blumen aus Papier.

Was ist Weisheit? – Der Kopf verneigt sich
vor dem Herzen.

Was ist Klugheit? – Bis zumTode nicht zu
hungern.

Was ist Dummheit? – Sein Pferd auf sich reiten lassen.

Was ist Wahrheit? – Reichtum des Armen,
Armut des Reichen.

Was ist Zeit? – Frag den, auf dessen Nacken
das Richtschwert herniedersaust.

Was ist Eitelkeit? – Spiegel belästigen.

Was ist Kunst? – Male Wind.

Was ist Gnade? – Was nicht?

UNBEKANNT

Einem Fremden etwas zeigend

Sehen Sie, damals lagen die Toten hier
und überall auf den Plätzen,
von Flammen geschwärzt und gedörrt,
merkwürdig klein geworden, wie Pakete
ohne Inhalt,
ganz leicht.

Stürme von Feuer fuhren dahin ohne
Hindernis,
Ein Brausen vom Himmel wie ...

man kann das einem Fremden nur schwer
erklären ...
verstehen Sie: die Städte waren reif.

Und dann: in diesen Kellern – sehen Sie? –
aus denen Unkraut hervorweht und kalter
Totengeruch zerfetzter Zeit –
in diesen Kellern wartete man.

Auf was, möchten Sie wissen? – Daß man übrig blieb.
Jetzt ist es still. Nichts mehr. Kein Laut.
Aber doch waren dies die Orte des Wartens
auf Tod oder Verschontwerden,
Höhlen unbeachteter Grablegung.

Unvermuteter Ausbruch von Wassermassen
kürzte die Wartezeit ab, nur etwas qualvoll.
Hier verbrachten die meisten
endlos scheinende Lehrstunden für eine andere Welt.
Ob die Prüfung bestanden wurde, fragen Sie?
Nein!

GOTTFRIED BENN

Menschen getroffen

Ich habe Menschen getroffen, die,
wenn man sie nach ihrem Namen fragte,
schüchtern – als ob sie gar nicht beanspruchen könnten,
auch noch eine Benennung zu haben –
«Fräulein Christian» antworteten und dann:
«wie der Vorname», sie wollten einem die Erfassung erleichtern,
kein schwieriger Name wie «Popiol» oder «Babendererde» –
«wie der Vorname» – bitte, belasten sie Ihr Erinnerungsvermögen nicht!

Ich habe Menschen getroffen, die
mit Eltern und vier Geschwistern in einer Stube
aufwuchsen, nachts, die Finger in den Ohren,
am Küchenherde lernten,
hochkamen, äußerlich schön und ladylike wie Gräfinnen –
und innerlich sanft und fleißig wie Nausikaa,
die reine Stirn der Engel trugen.

Ich habe mich oft gefragt und keine Antwort gefunden,
woher das Sanfte und das Gute kommt,
weiß es auch heute nicht und muß nun gehn.

Rainer Maria Rilke

Der Auszug des verlorenen Sohnes

Nun fortzugehn von alledem Verworrnen,
das unser ist und uns doch nicht gehört,
das, wie das Wasser in den alten Bornen,
uns zitternd spiegelt und das Bild zerstört;
von allem diesen, das sich wie mit Dornen
noch einmal an uns anhängt – fortzugehn
und Das und Den,
die man schon nicht mehr sah
(so täglich waren sie und so gewöhnlich),
auf einmal anzuschauen: sanft, versöhnlich
und wie an einem Anfang und von nah;
und ahnend einzusehn, wie unpersönlich,
wie über alle hin das Leid geschah,
von dem die Kindheit voll war bis zum Rand –:
Und dann doch fortzugehen, Hand aus Hand,
als ob man ein Geheiltes neu zerrisse,
und fortzugehn: wohin? Ins Ungewisse,
weit in ein unverwandtes warmes Land,
das hinter allem Handeln wie Kulisse
gleichgültig sein wird: Garten oder Wand;
und fortzugehn: warum? Aus Drang, aus Artung,
aus Ungeduld, aus dunkeler Erwartung,
aus Unverständlichkeit und Unverstand:

Dies alles auf sich nehmen und vergebens
vielleicht Gehaltnes fallen lassen, um
allein zu sterben,wissend nicht warum –

Ist das der Eingang eines neuen Lebens?

Theodor Fontane

Würd' es mir fehlen, würd' ich's vermissen?

Heute früh, nach gut durchschlafener Nacht,
Bin ich wieder aufgewacht.
Ich setzte mich an den Frühstückstisch,
Der Kaffee war warm, die Semmel war frisch,
Ich habe die Morgenzeitung gelesen
(Es sind wieder Avancements gewesen).
Ich trat ans Fenster, ich sah hinunter,
Es trabte wieder, es klingelte munter,
Eine Schürze (beim Schlächter) hing über dem Stuhle,
Kleine Mädchen gingen nach der Schule, –
Alles war freundlich, alles war nett,
Aber wenn ich weiter geschlafen hätt'
Und tät' von alledem nichts wissen,
Würd' es mir fehlen, würd' ich's vermissen?

Wilhelm Hey

Weißt du, wieviel Sterne stehen

Weißt du, wieviel Sterne stehen
An dem blauen Himmelszelt?
Weißt du, wieviel Wolken gehen
Weithin über alle Welt?
Gott der Herr hat sie gezählet,
Daß ihm auch nicht eines fehlet
An der ganzen großen Zahl.

Weißt du, wieviel Mücklein spielen
In der hellen Sonnenglut?
Wieviel Fischlein auch sich kühlen
In der hellen Wasserflut?
Gott der Herr rief sie mit Namen,
Daß sie all' ins Leben kamen,
Daß sie nun so fröhlich sind.

Weißt du, wieviel Kinder frühe
Stehn aus ihren Bettlein auf,
Daß sie ohne Sorg und Mühe
Fröhlich sind im Tageslauf?
Gott im Himmel hat an allen
Seine Lust, sein Wohlgefallen,
Kennt auch dich und hat dich lieb.

August von Platen

Wer wußte je das Leben recht zu fassen,
Wer hat die Hälfte nicht davon verloren
Im Traum, im Fieber, im Gespräch mit Toren,
In Liebesqual, im leeren Zeitverprassen?

Ja, der sogar, der ruhig und gelassen,
Mit dem Bewußtsein, was er soll, geboren,
Frühzeitig einen Lebensgang erkoren,
Muß vor des Lebens Widerspruch erblassen.

Denn jeder hofft doch, daß das Glück ihm lache,
Allein das Glück, wenn's wirklich kommt, ertragen,
Ist keines Menschen, wäre Gottes Sache.

Auch kommt es nie, wir wünschen bloß und wagen:
Dem Schläfer fällt es nimmermehr vom Dache,
Und auch der Läufer wird es nicht erjagen.

Kurt Tucholsky

Geduld

Die großen, sanften Augen der Bauernpferde, die
still trottend ziehn; auf den Augenrändern
und in den Augenwinkeln sitzt es schwarz vor Fliegen …
Geduld –

Der wie ein Paket geschnürte Hund, dem der Professor
Curare eingespritzt hat, nun kann er sich nicht
bewegen, nur noch fühlen;
sie haben ihm die Harnleiter durchgeschnitten, da liegt er
Studenten umgeben das prächtige Bild …
Geduld –

Der verheiratete Angestellte, der vor dem brummigen Chef
steht, zitternd, die Kündigung an den Kopf geworfen
zu bekommen;
der Mann hinter dem Schreibtisch fühlt sich: er hat auf einmal
zwei Leben: das eigene und das des andern …
Geduld –

Der Proletarier im Holzschrein vor Gericht, wo unaufhörlich
die dreisten Ermahnungen des Richters kalt-spöttisch auf ihn
heruntersausen …
Geduld –

Das Fürsorgekind, das einer verwitweten Megäre in die
Anstaltsfinger gefallen ist; die braucht bei Männern
keine Lust zu suchen,
sie hat die Kinder …
Geduld –

Läutert Leiden? Welchen Sinn hat es?
Was haben sie getan, mein Gott: das Pferd, der Hund,
der Angestellte, der Proletarier, das Fürsorgekind –?

Sind sie schuld?
Woran sind sie schuld?

Nimm ihnen die Geduld!
Nimm ihnen die Geduld!
Nimm ihnen die Geduld –!

sich erkennen und sich bescheiden

Die Urquelle der Menschenkenntnis ist die Selbsterkenntnis. Die Griechen meinten, sie sei damit auch die Quelle der Weisheit. Das Wissen der Wahrheit über uns macht uns bescheiden, nimmt uns den Hoch- und Übermut. Gedichte, die »vom Menschen« sprechen, sagen eigentlich: »So erfahre ich mich«; Gedichte, die »von mir« sprechen, fragen wenigstens: »Ist es bei dir auch so?« Manches Gedicht sagt weder »Ich« noch »alle«, sondern »es« oder »eine« oder »jemand«, es läßt beispielsweise eine Schildkröte vorführen, wie man sehr, sehr lange leben und doch alle »Eigentlichkeit« und Weisheit verpassen kann: Sie hat sich in tausend Jahren keine Biographie, keine »Identität« zugelegt.
Daß der Blick ins eigene Innere auch zynisch machen kann oder daß man andere vor sich selber warnen will, liegt nahe. Wohl dem, der sich dann »ändern« kann! Und vollends: Wohl dem, der weiß, »daß das Schicksal, das uns quälet, / Uns doch nicht verändern mag.«

Matthias Claudius

Täglich zu singen

Ich danke Gott, und freue mich
Wie's Kind zur Weihnachtsgabe,
Daß ich bin, bin! Und daß ich dich,
Schön menschlich Antlitz! habe;

Daß ich die Sonne, Berg und Meer,
Und Laub und Gras kann sehen,
Und abends unterm Sternenheer
Und lieben Monde gehen;

Und daß mir denn zumute ist,
Als wenn wir Kinder kamen,
Und sahen, was der heil'ge Christ
Bescheret hatte, Amen!

Ich danke Gott mit Saitenspiel,
Daß ich kein König worden;
Ich wär' geschmeichelt worden viel,
Und wär' vielleicht verdorben.

Auch bet' ich ihn von Herzen an,
Daß ich auf dieser Erde
Nicht bin ein großer reicher Mann,
Und auch wohl keiner werde.

Denn Ehr' und Reichtum treibt und bläht,
Hat mancherlei Gefahren.
Und vielen hat's das Herz verdreht,
Die weiland wacker waren.

Und all das Geld und all das Gut
Gewährt zwar viele Sachen;
Gesundheit, Schlaf und guten Mut
Kann's aber doch nicht machen.

Und die sind doch, bei ja und nein!
Ein rechter Lohn und Segen!
Drum will ich mich nicht groß kastein
Des vielen Geldes wegen.

Gott gebe mir nur jeden Tag,
Soviel ich darf zum Leben.
Er gibt's dem Sperling auf dem Dach;
Wie sollt' er's mir nicht geben!

Bertolt Brecht

Vom armen B. B.

1
Ich, Bertolt Brecht, bin aus den schwarzen Wäldern.
Meine Mutter trug mich in die Städte hinein
Als ich in ihrem Leibe lag. Und die Kälte der Wälder
Wird in mir bis zu meinem Absterben sein.

2
In der Asphaltstadt bin ich daheim. Von allem Anfang
Versehen mit jedem Sterbsakrament:
Mit Zeitungen. Und Tabak. Und Branntwein.
Mißtrauisch und faul und zufrieden am End.

3
Ich bin zu den Leuten freundlich. Ich setze
Einen steifen Hut auf nach ihrem Brauch.
Ich sage: Es sind ganz besonders riechende Tiere
Und ich sage: Es macht nichts, ich bin es auch.

4
In meine leeren Schaukelstühle vormittags
Setze ich mir mitunter ein paar Frauen
Und ich betrachte sie sorglos und sage ihnen:
In mir habt ihr einen, auf den könnt ihr nicht bauen.

5
Gegen abend versammle ich um mich Männer
Wir reden uns da mit «Gentleman» an.
Sie haben ihre Füße auf meinen Tischen
Und sagen: es wird besser mit uns. Und ich frage nicht: Wann?

6
Gegen Morgen in der grauen Frühe pissen die Tannen
Und ihr Ungeziefer, die Vögel, fängt an zu schrein.
Um die Stunde trink ich mein Glas in der Stadt aus und schmeiße
Den Tabakstummel weg und schlafe beunruhigt ein.

7
Wir sind gesessen, ein leichtes Geschlechte
In Häusern, die für unzerstörbare galten
(So haben wir gebaut die langen Gehäuse des Eilands Manhattan
Und die dünnen Antennen, die das Atlantische Meer unterhalten).

8
Von diesen Städten wird bleiben: der durch sie hindurchging, der Wind!
Fröhlich machet das Haus den Esser: er leert es.
Wir wissen, daß wir Vorläufige sind
Und nach uns wird kommen: nichts Nennenswertes.

9
Bei den Erdebeben, die kommen werden, werde ich hoffentlich
Meine Virginia nicht ausgehen lassen durch Bitterkeit
Ich, Bertolt Brecht, in die Asphaltstädte verschlagen
Aus den schwarzen Wäldern in meiner Mutter in früher Zeit.

PETER RÜHMKORF

Auf was nur einmal ist

Für Heinrich Maria Ledig-Rowohlt

Manchmal fragt man sich: ist das das Leben?
Manchmal weiß man nicht: ist dies das Wesen?
Wenn du aufwachst, ist die Klappe zu.
Nichts eratmet, alles angelesen,
siehe, das bist du.

Und du denkst vielleicht: ich gehe unter,
bodenlos und fürchterlich –:
Einer aus dem großen Graupelhaufen,
nur um einen kleinen Flicken bunter,
siehe, das bin ich.

Aber dann, aufeinmalso, beim Schlendern,
lockert sich die Dichtung, bricht die Schale,
fliegen Funken zwischen Hut und Schuh:
Dieser ganz bestimmte Schlenker aus der Richtung,
dieser Stich ins Unnormale,
was nur einmal ist und auch nicht umzuändern:
siehe, das bist du.

Arno Reinfrank

Was ich lernte

Mein Brot
war gelb vom Maismehl,
aber ich las
»Der Bürger Thomas Paine«,
und in Hamburg
druckte Rowohlt als Zeitung
»Light in August«.

Mein Fenster
war mit Folie bespannt,
aber ich sah
»Revenue de l'Étoile«
und weinte Schwüre
am Grabmal
des Unbekannten Soldaten.

Ich trug
Sandalen
aus Holz und Schnur.
Ich war zwölf
und ein Schüler.
Ich ging leichter
als heute.

Das Brot
ist schon lange wieder gut,
und die Gläser
sind wieder eingesetzt.
Was ich über
die Freiheit lernte,
macht mich beben in Deutschland.

Ernst S. Steffen

Das Vorleben

Mein Vater war Oberfeldwebel
und starb in Stalingrad,
von wo er als mein Onkel zurückkehrte.
Er war ein guter Onkel.

Nach neunzehnhundertfünfundvierzig
nahm er jedoch
eine schwarze Hautfarbe an.
Das irritierte mich.
Ich war so jung damals.

Der staatlich geprüfte Jugendpsychiater
erzählte mir eine Geschichte,
in der ein Mann namens Oedipus vorkam,
und ich sei kein schlechter Junge,
sagte er;

der Krieg sei schuld,
so und so,
auch an der Null-acht,
mit der ich so sehr ins Schwarze getroffen hatte
zwischen den weißen Augen.

Er brachte mich dann selbst
in das Erziehungsheim,
weil sein Freund recht behalten hatte.

Im Heim erhielt ich eine Tante,
die sich meiner Komplexe annahm
und schließlich meiner Libido.
Ich war so hübsch damals.

Als sie ein Kind bekam,
begann ich den Vorgang zu verstehen
und erhielt wieder einen Onkel.

Irgend jemand sagte mir dann,
Flucht sei ein Ausweg.
Unterwegs lernte ich Motorrad fahren,
weil ich Blasen an den Füßen hatte.

Dann brachte man mich vor einen Onkel,
der von Schuld sprach
und mich seiner Gnade versicherte.

Im Jugendgefängnis lernte ich,
was er damit gemeint hatte.
Ich lernte viel im Gefängnis.
Besonders mochte ich Goethe leiden.
Er schrieb eine Farbenlehre.

Erich Fried

Zu guter Letzt

Als Kind wußte ich:
Jeder Schmetterling
den ich rette
jede Schnecke
und jede Spinne
und jede Mücke
jeder Ohrwurm
und jeder Regenwurm
wird kommen und weinen
wenn ich begraben werde

Einmal von mir gerettet
muß keines mehr sterben
Alle werden sie kommen
zu meinem Begräbnis

Als ich dann groß wurde
erkannte ich:
Das ist Unsinn
Keines wird kommen
ich überlebe sie alle

Jetzt im Alter
frage ich: Wenn ich sie aber
rette bis ganz zuletzt
kommen doch vielleicht zwei oder drei?

AUGUST VON PLATEN

Sonett nach Camoens

Was beut die Welt, um noch darnach zu spähn,
Wo ist ein Glück, dem ich mich nicht entschwur?
Verdruß nur kannt ich, Abgunst kannt ich nur,
Dich, Tod, zuletzt, was konnte *mehr* geschehn?

Dies Leben reizt nicht, Leben zu erflehn;
Daß Gram nicht töte, weiß ich, der's erfuhr:
Birgst du noch größres Mißgeschick, Natur,
Dann seh ich's noch, denn alles darf ich sehn!

Der Unlust lange starb ich ab und Lust,
Selbst jenen Schmerz verschmerzt ich, büßt' ich ein,
Der längst die Furcht gebannt mir aus der Brust.

Das Leben fühlt ich als verliebte Pein,
Den Tod als unersetzlichen Verlust,
Trat ich nur darum in dies kurze Sein?

CHRISTIAN MORGENSTERN

Die Schildkröte

»Ich bin eintausend Jahre alt
und werde täglich älter;
der Gotenkönig Theobald
erzog mich im Behälter.

Seitdem ist mancherlei geschehn,
doch weiß ich nichts davon;
zur Zeit, da läßt für Geld mich sehn
ein Kaufmann zu Heilbronn.

Ich kenne nicht des Todes Bild
und nicht des Sterbens Nöte:
Ich bin die Schild – ich bin die Schild –
ich bin die Schild – krö – kröte.«

GOTTFRIED BENN

Verhülle dich –

Verhülle dich mit Masken und mit Schminken,
auch blinzle wie gestörten Augenlichts,
laß nie erblicken, wie dein Sein, dein Sinken
sich abhebt von dem Rund des Angesichts.

Im letzten Licht, vorbei an trüben Gärten,
der Himmel ein Geröll aus Brand und Nacht –
verhülle dich, die Tränen und die Härten,
das Fleisch darf man nicht sehn, das dies vollbracht.

Die Spaltungen, den Riß, die Übergänge,
den Kern, wo die Zerstörung dir geschieht,
verhülle, tu, als ob die Ferngesänge
aus einer Gondel gehn, die jeder sieht.

Conrad Ferdinand Meyer

Begegnung

Mich führte durch den Tannenwald
Ein stiller Pfad, ein tief verschneiter,
Da, ohne daß ein Huf gehallt,
Erblickt ich plötzlich einen Reiter.

Nicht zugewandt, nicht abgewandt,
Kam er, den Mantel umgeschlagen,
Mir deuchte, daß ich ihn gekannt
In alten, längst verschollnen Tagen.

Der jungen Augen wilde Kraft,
Des Mundes Trotz und herbes Schweigen,
Ein Zug von Traum und Leidenschaft
Berührte mich so tief und eigen.

Sein Rößlein zog auf weißer Bahn
Vorbei mit ungehörten Hufen.
Mich faßts mit Lust und Grauen an,
Ihm Gruß und Namen nachzurufen.

Doch keinen Namen hab ich dann
Als meinen eigenen gefunden,
Da Roß und Reiter schon im Tann
Und hinterm Schneegeflock verschwunden.

Robert Gernhardt

Sauber bleiben

Mich manchmal den Medien verweigert
Dachte, das würde unheimlich wahrgenommen
Aber meine Freunde vor den Fernsehern
Die haben das überhaupt nicht mitbekommen.

Auch: Keine Frauen ins Bett gedichtet
Niemals rilkehaft abgesahnt
Freilich: Die also Verschonten
Haben ihr Glück nicht einmal geahnt.

Dann: Ziemlich viel Geld ausgeschlagen
Nicht peanuts – wirklich Summen
Hätte das vielleicht bekanntmachen sollen
Aber: Wer spielt gern den Dummen?

Hier und da mit den Wölfen geheult
Doch viel öfter mit den Schafen
Wirklich: Ich habe das beste Gewissen der Welt
Nur: Was läßt mich nicht schlafen?

Christoph Meckel

Odysseus

Was bleibt mir zu tun
und wo kann ich hin gehn
da doch alles feststeht im Buch des Dichters
das mich überliefert mit meinen Göttern
Häusern, Inseln, Frauen, Adressen.

Bleibt mir zu leben nur ein Echo
wo mein Zuhaus ist: zwischen den Zeilen
stumm und prosaisch
im undeutbaren Rest, im Schweigen
wo sich, Worte reißend, entzieht
der Raubvogel Leben
mein Name, mein Irrweg.

Kann ich noch einmal anfangen? Untertauchen
hinter dem Rücken des Dichters
mit meinem Namen
ich, Odysseus, unauffindbar
in Büchern, tatenlos, ruhmlos, schweigend
von Vergleichen nicht mehr getroffen
wirklich zuletzt
und im Fleisch, vorhanden?

Meine Geschichte dauert nur in der Asche.
Wenn vergangen sind Versmaß und Götter
endlich vergangen sind die Strophen des Alten
wird auch mein Name frei, und ich
mach mich auf die Socken, ich such mir
eine Heimstatt, gottlos, spurlos
nicht länger Stoff für eine Ballade.

Nicht länger Stoff für irgend etwas
außer mir selber. Keine Krone
kein Ithaka, und keine Heimkehr
in ein rechtmäßiges Bett. Vergänglich
ein vom Tod geschüttelter Knochen
Glück oder Unglück
arm, reich, rechtlos
schüttle ich ab, ich schüttle alles ab
und schlag mich durch ins sterbliche Licht
und komme, zu leben!

Peter Maiwald

Die Zeichnung

Heut hat mich ein Kind gemalt.
Das Auge war ein Punkt.
Die Nase war ein Strich.
Der Mund bog lachend sich.
Ich stand wie eine Acht.
Das war geprahlt.

Sah mich an die Wand gestellt.
Die Arme ein Geäst.
Die Beine spindeldünn.
Nicht Faust, nicht Kantenkinn.
Das bläst ein Wind schon aus
der harten Welt.

Sahn mich alle, die da gehn.
Und Lisbeth rief: genau!
Und Hanne rief: wie echt!
Und Paule rief: nicht schlecht!
Und fuhren schwatzend fort
und blieben stehn.

Heut hat mich ein Kind gemalt.
Ich sah mir ins Gesicht.
Ein Kunststück kreidebleich.
Ein Kunststück kinderleicht.
Ein Kunststück nicht bestellt
und nicht bezahlt.

Peter Rühmkorf

Schon ab Vierzig

Grauer Gast in vielen Freudenhäusern,
Ehrenjungfern werden merklich knapp,
wie sie dastehn,
so in ihrer Blüte,
e i s e r n;
und du puckelst dich mit deinen Sünden ab.

Wenn dir unterm Hemd die Flechte juckt,
glaub nur nicht, du wärst ein großer Friedrich –
Die Natur zerreißt dich
r e g e l w i d r i g,
Schicksal ist ein Kunstprodukt.

Tragik?
Damit zieht man Kälber groß.
Wer Fortüne haben will, muß stechen.
Schon ab Vierzig wird die Liebe zum Verbrechen
oder aussichtslos.

Liebe hat mit Dichtung auch nichts mehr zu tun:
k e i n e h o h e n h i e r,
keine Selbstgefühle;
trab nachhause, alte Suchtkanüle,
schieß dich voll und laß dich ruhn...

Du – im Kampfe unbesiegt;
Du – nur von der eignen Hand verletzbar –
D o c h d e r l e t z t e D o n n e r
nie mehr übersetzbar:
wenn dein Kopf dir um die Ohren fliegt.

Annette von Droste-Hülshoff

Das Spiegelbild

Schaust du mich an aus dem Kristall,
Mit deiner Augen Nebelball,
Kometen gleich die im Verbleichen;
Mit Zügen, worin wunderlich
Zwei Seelen wie Spione sich
Umschleichen, ja, dann flüstre ich:
Phantom, du bist nicht meinesgleichen!

Bist nur entschlüpft der Träume Hut,
Zu eisen mir das warme Blut,
Die dunkle Locke mir zu blassen;
Und dennoch, dämmerndes Gesicht,
Drin seltsam spielt ein Doppellicht,
Trätest du vor, ich weiß es nicht,
Würd' ich dich lieben oder hassen?

Zu deiner Stirne Herrscherthron,
Wo die Gedanken leisten Frohn
Wie Knechte, würd' ich schüchtern blicken;
Doch von des Auges kaltem Glast,
Voll toten Lichts, gebrochen fast,
Gespenstig, würd', ein scheuer Gast,
Weit, weit ich meinen Schemel rücken.

Und was den Mund umspielt so lind,
So weich und hilflos wie ein Kind,
Das möcht' in treue Hut ich bergen;
Und wieder, wenn er höhnend spielt,
Wie von gespanntem Bogen zielt,
Wenn leis' es durch die Züge wühlt,
Dann möcht' ich fliehen wie vor Schergen.

Es ist gewiß, du bist nicht Ich,
Ein fremdes Dasein, dem ich mich
Wie Moses nahe, unbeschuhet,
Voll Kräfte die mir nicht bewußt,
Voll fremden Leides, fremder Lust;
Gnade mir Gott, wenn in der Brust
Mir schlummernd deine Seele ruhet!

Und dennoch fühl' ich, wie verwandt,
Zu deinen Schauern mich gebannt,
Und Liebe muß der Furcht sich einen.
Ja, trätest aus Kristalles Rund,
Phantom, du lebend auf den Grund,
Nur leise zittern würd' ich, und
Mich dünkt – ich würde um dich weinen!

Albert von Schirnding

Warnung

Mit Erde, die mein Fuß zertrat,
schwärz ich mein Gesicht.
Ich geh und sinne
schwarzen Verrat.

Ich geh querfeldein
durch verwüstete Saaten.
Wer meinen Weg errät,
ist schon verraten.

Ist schon erblindet
in Schluchten in Höhlen.
Wer mich findet,
hat den Weg verloren.

Wolf Biermann

Nur wer sich ändert, bleibt sich treu

Für Arno Lustiger

Ich schwamm durch Blut in das große Licht
Neugierig kam ich aus dem Bauch
Ich war ein Tier. Und ich war ein Mensch
Von Anfang an und lernte auch
Bei der Gestapo im Verhör
Soff ich am Busen ohne Scheu
Die Wahrheit mit der Muttermilch:
Nur wer sich ändert, bleibt sich treu

Von Hamburg bin ich dann abgehaun
Mit Sechzehn ins Gelobte Land
Da sind Millionen den gleichen Weg
Wie ich, bloß umgekehrt gerannt
Ich wollte von zuhause weg
Nach Haus! Die Reise ist nicht neu:
Wer jung ist, sucht ein Vaterland
Nur wer sich ändert, bleibt sich treu

So kam ich drüben an: ohne Arg
Und blindbegeistert wie ein Kind
Bald sah ich, daß rote Götter auch
Nur MenschenSchweineHunde sind
Mein Vater hat mich nicht gemacht
Damit ich Lügen wiederkäu
Drum schrie ich meine Wahrheit aus:
Nur wer sich ändert, bleibt sich treu

Heiß oder kalt, immer war da Krieg
Ich ging von West nach Ost nach West
Und hielt mich an meinen Waffen, die
Gitarre und am Bleistift fest
Ich bleibe was ich immer war
Halb Judenbalg und halb ein Goij
Eins aber weiß ich klipp und klar:
Nur wer sich ändert, bleibt sich treu

Mit Weibern habe ich nichts! als Glück
Gehabt. Ich war so grün und blind
Und wußt nur vorne im Hinterkopf
Daß auch die Weiber Menschen sind
Nun weiß ich bis ins kleinste Teil
Mit dem ich meine Frau erfreu:
Die Männerherrschaft stinkt mich an
Nur wer sich ändert, bleibt ein Mann

Ich war verzweifelt von Anfang an
Und immer hab ich neu gehofft
– so kann man leben. Bald kommt der Tod
Ich kenn Freund Hein, ich traf ihn oft
Er bleibt mein Feind, dem ich auch nicht
zum Schluß gereimte Rosen streu
Mit letzter Puste krächze ich:
Nur wer sich ändert, bleibt sich treu.

STEFAN GEORGE

Was ist geschehn dass ich mich kaum noch kenne
Kein andrer bin und mehr doch als ich war?
Wer mich geliebt geehrt tut es nicht minder
Gefährten suchen mich mit schöner scheu.
Kein frühres fehlt mir: meiner sommer freuden
Und stolzer traum und weicher lippe kuss..
Ein kühnres wallen pocht in meinem blute –
Ich war noch arm als ich noch wahrt und wehrte
Seitdem ich ganz mich gab hab ich mich ganz.

Johann Wolfgang von Goethe

Warum gabst du uns die tiefen Blicke,
Unsre Zukunft ahndungsvoll zu schaun,
Unsrer Liebe, unserm Erdenglücke
Wähnend selig nimmer hinzutraun?
Warum gabst uns, Schicksal, die Gefühle,
Uns einander in das Herz zu sehn,
Um durch all' die seltenen Gewühle
Unser wahr Verhältnis auszuspähn?

Ach, so viele tausend Menschen kennen,
Dumpf sich treibend, kaum ihr eigen Herz,
Schweben zwecklos hin und her und rennen
Hoffnungslos in unversehnem Schmerz;
Jauchzen wieder, wenn der schnellen Freuden
Unerwart'te Morgenröte tagt.
Nur uns armen liebevollen beiden
Ist das wechselseit'ge Glück versagt,
Uns zu lieben, ohn' uns zu verstehen,
In dem andern sehn, was er nie war,
Und zu schwanken auch in Traumgefahr.

Glücklich, den ein leerer Traum beschäftigt!
Glücklich, dem die Ahnung eitel wär'!
Jede Gegenwart und jeder Blick bekräftigt
Traum und Ahndung leider uns noch mehr.
Sag', was will das Schicksal uns bereiten?
Sag', wie band es uns so rein genau?
Ach, du warst in abgelebten Zeiten
Meine Schwester oder meine Frau:

Kanntest jeden Zug in meinem Wesen,
Spähtest, wie die reinste Nerve klingt,
Konntest mich mit einem Blicke lesen,
Den so schwer ein sterblich Aug' durchdringt.
Tropftest Mäßigung dem heißen Blute,

Richtetest den wilden irren Lauf,
Und in deinen Engelsarmen ruhte
Die zerstörte Brust sich wieder auf:
Hieltest zauberleicht ihn angebunden
Und vergaukeltest ihm manchen Tag.
Welche Seligkeit glich jenen Wonnestunden.
Da er dankbar dir zu Füßen lag,
Fühlt' sein Herz an deinem Herzen schwellen,
Fühlte sich in deinem Auge gut,
Alle seine Sinnen sich erhellen
Und beruhigen sein brausend Blut.

Und von allem dem schwebt ein Erinnern
Nur noch um das ungewisse Herz,
Fühlt die alte Wahrheit ewig gleich im Innern,
Und der neue Zustand wird ihm Schmerz.
Und wir scheinen uns nur halb beseelet,
Dämmernd ist um uns der hellste Tag.
Glücklich, daß das Schicksal, das uns quälet,
Uns doch nicht verändern mag.

Hermann Kükelhaus

Wisse, ich kam vom Ende der Welt.
In den Kreis der Gestalten
Trat ich ein, wie der Würfel fällt:
Gewalt selbst –
Doch ohne Gewalten ...

Siehe, ich bin es und lebe doch fern.
Unter dem Spiegel der Erde
Bin ich ein seltsam wandernder Stern:
Last selbst –
Doch ohne Beschwerde ...

Vielfach umstellt von Schatten und Licht
Alles gewesen, was ich noch werde,
Bin ich stets ohne Angesicht:
Wehrlos –
Bin ich Gebärde..

Peter Rühmkorf

Zwischenmenschliche Beziehungen

Daß er noch lebt, ist gut,
und just seine Jacke ausfüllt,
wir wollen garnichts von ihm erwarten.
Wie eine stille Funktion des Sommers läßt er sich nieder;
fristet
ein knappbemessenes Glück.

Ob er gekommen ist, dem Rauch nachzusinnen
oder
zweideutig grient, als ob er ein Wunder verwalte
(er kennt kein Geheimnis!)...
es ist doch ein freundliches Fleisch, mit dem sich umgehn läßt,
und das,
einmal beseitigt,
nicht mehr recht aufersteht.

Hundertfuffzig Pfund auf die Waage gebracht
– Wie du! Wie du! –
und außer Einmaligkeit nicht viel Bedeutendes –
aber von aller Größe abgesehen und
nicht einmal seine Hilfe in Anspruch genommen,
er lebt, und schon wie er sich die Braue kratzt,
fordert volles Vertrauen.

Gönne ihm also den Hintern breit Platz auf der Parkbank,
sieh ihm die Nachbarschaft nach;
gleich, was er mit den Grillen beginnt,
die du ihm halt preisgibst –
Wie er dir endlich die leere Hand drückt mit seiner leeren,
ein guter Gruß und ein bekömmlicher Abschied!
Unter Unerlesenen:
Daß man weiß, wohin es sie heimtreibt.

Theodor Fontane

Flickwerk

»Immer eigensinniger und verstockter
Wirst du, ... so frage doch den Dokter!
So lange man lebt, muß man doch leben,
Du hustest, es muß doch am Ende was geben,
Ein Brunnen, ein Bad, eine Medizin,
Sulfonal oder Antipyrin,
Massage, Kneipp-Kaltwasserkur,
Schweninger, Schreber, versuch etwas doch nur,
Davos oder Nizza,
Oder Tarasp oder Sylt oder Föhr,
Oder bloß auch Mampes Magenlikör!«

So stürmt es zu Zeiten auf mich ein,
Ich nehm' es hin, ich steck' es ein,
Ich denke der Szene, die jahrauf, jahrab
Ich halbjährlich mit meinem Schuhmacher hab',
Ich zeig' ihm dann ein Stiefelpaar,
Das in Ehren gedient seit manchem Jahr,
Und will ihn, während Zigarren glimmen,
Zu 'nem Riester für den Stiefel bestimmen.
Er aber dreht bloß hin und her
Und lächelt: »Ne, Herr, es lohnt sich nicht mehr!»

Andreas Gryphius

An sich selbst

Mir grauet vor mir selbst, mir zittern alle Glieder
Wen ich die Lipp' und Nas' und beider Augen Kluft,
Die blind vom Wachen sind, des Atems schwere Luft
Betracht' und die nun schon erstorbnen Augenlider:
Die Zunge, schwarz vom Brand, fällt mit den Worten nieder,
Und lallt' ich weiß nicht was; die müde Seele ruft,
Dem großen Tröster zu, das Fleisch reucht nach der Gruft,
Die Ärzte lassen mich, die Schmerzen kommen wieder,
Mein Körper ist nicht mehr als Adern, Fell' und Bein.
Das Sitzen ist mein Tod, das Liegen meine Pein.
Die Schenkel haben selbst nun Träger wohl vonnöten!
Was ist der hohe Ruhm, und Jugend, Ehr und Kunst?
Wenn diese Stunde kommt, wird alles Rauch und Dunst.
Und eine Not muß uns mit allem Vorsatz töten.

Erich Fried

Angst

Meine Angst
ist so groß geworden
daß sie vor nichts mehr Angst hat

Meine Angst
ist so groß geworden
daß alles Angst hat vor ihr

In Wirklichkeit ist meine Angst
klein geblieben
und kleinlich

Auch mich macht sie klein
und kleiner
Nur dadurch kommt sie mir groß vor

Hilde Domin

Unterwegs

Von Herberge zu Herberge
Vergessenheit.
Der eigene Name
wird etwas Fremdes.

Deine Mutter
lebt nirgendwo,
ist längst dein Kind geworden,
das du nicht gebierst.

Und daß dich einer liebt,
daß man dich anders lieben kann
als im Vorübergehn,
das nimmt dich wunder.

Oskar Ansull

In Gedanken an dich –

auf der Suche nach mir,
fällt mein Blick zurück,
fällt auf Milchglasscheiben,
stärker und stärker;
die Türen, die Fenster
öffnen sich nicht;

der gleiche Blick,
der Blick des Kindes hinauf
zum Sims, zu den Klinken,
hinter den Scheiben die
Schatten zu deuten, den
Stimmen Gestalt zu geben;

die Blicke begegnen sich,
sind nicht verloren, stehen
zu beiden Seiten,
durchdringen das Weiß,
finden sich
gläsern und stumm;

sprachlos, Wort für Wort,
der langsame, alltägliche Versuch
mit den Schatten und Stimmen,
ohne die alte Angst, um
die Augen, um den Mund, –

um mich dir zu öffnen.

Hans Magnus Enzensberger

hôtel fraternité

der kein geld hat um sich eine insel zu kaufen
der vor dem kino wartet auf die königin von saba
der sein letztes hemd zerreißt vor zorn und trauer
der eine dublone verbirgt im zerfetzten schuh
der sich im polierten aug des erpressers erblickt
der auf dem karussell mit den zähnen knirscht
der den rotwein verschüttet über das harte bett
der ein feuer macht aus briefen und fotografien
der am kai sitzt unter den kränen
der das eichhorn füttert
der kein geld hat
der sich erblickt
der an die wände pocht
der schreit
der trinkt
der nichts tut

mein feind
hockt auf den simsen
auf dem bett auf dem schrank
überall auf dem fußboden
hockt
die augen auf mich gerichtet
mein bruder.

Heinz Czechowski

Ab und zu

Ab und zu verlier ich die Übersicht und tauche in die
schwarzen Wasser, die mich umgeben. Ich suche den
Grund aller Gründe: meiner Kindheit Fallen,
der Pubertät uneingestandene Leiden.

Daß die Rechnung nicht aufgeht, sehe ich ein. Jetzt
müßte ich Einblick nehmen in meine Akte, die
irgendwo schwelt in ihrem inneren Feuer, das sie
verzehrt, das Papier der Papiere im gepanzerten
Schrank.

Und doch ist es letzten Endes nichts als der Wider-
spruch, der in mir sitzt und der hinaus will ins Le-
ben, das an der runden Ecke abprallt und eingesogen
wird vom immerdar arbeitenden Apparat.

Schwarze Vögel. Schwarze Slips. Das schwarze Ge-
heimnis, das mich umgibt und in das ich eintauche
wie in die schwarzen Wasser um mich.

ALBERT VON SCHIRNDING

Also auch du Vernichter
kaum enthüllter Gestalt.
Auch du ihr tödlicher Richter,
auch deine Anmut Gewalt.

Auch du ein dunkler Erneurer
von Wunden und altem Mal,
von Zeiten ungeheurer
Verwirrung und Qual.

Auch du ein strenger Bereiter
wilder Schrecken und Flucht.
Auch du ein stummer Begleiter
an die verborgenste Schlucht.

Auch deine Züge Erwecker
aus Schlummer, vergeßlichem Sein.
Auch du meiner Spuren Beflecker
mit dem entsagenden Wein.

»landeinwärts gehen« und entsagen

Wenn man an die äußerste Grenze gekommen ist, wenn es nichts mehr zu erreichen, nichts mehr zu hoffen, nichts mehr zu hinterlassen gibt, bleibt uns doch noch das Wort – ein Aufschub gegen die endgültige Einsamkeit, gegen die endgültige Sinnlosigkeit, gegen das unaufhaltsame Ab-Leben, ein vermutlich kurzes »Landeinwärtsgehen«, Rückzug. »Mit sich selber reden, weil es hierfür keinen anderen mehr gibt« wäre eine Kennzeichnung dieser Gedichte. In ihnen kommt etwas zum Abschluß – danach »wär's auf einmal still«.

Hilde Domin

Laß uns landeinwärts gehn,
wo die kleinen Kräuter die Erde verankern.
Ich will einen festen Boden,
grün, aus Wurzeln geknotet
wie eine Matte.
Zersäge den Baum,
nimm Steine
und bau mir ein Haus.

Ein kleines Haus
mit einer weißen Wand
für die Abendsonne
und einem Brunnen für den Mond
zum Spiegeln,
damit er sich nicht,
wie auf dem Meere,
verliert.
Ein Haus
neben einem Apfelbaum
oder einem Ölbaum,
an dem der Wind
vorbeigeht
wie ein Jäger, dessen Jagd
uns
nicht gilt.

Andreas Gryphius

Menschliches Elende

Was sind wir Menschen doch! Ein Wohnhaus grimmer Schmerzen,
Ein Ball des falschen Glücks, ein Irrlicht dieser Zeit,
Ein Schauplatz herber Angst, besetzt mit scharfem Leid,
Ein bald verschmelzter Schnee und abgebrannte Kerzen.
Dies Leben fleucht davon wie ein Geschwätz und Scherzen.
Die vor uns abgelegt des schwachen Leibes Kleid
Und in das Totenbuch der großen Sterblichkeit
Längst eingeschrieben sind, sind uns aus Sinn und Herzen.
Gleich wie ein eitel Traum leicht aus der Acht hinfällt
Und wie ein Strom verscheußt, den keine Macht aufhält,
So muß auch unser Nam, Lob, Ehr und Ruhm verschwinden.
Was itzund Atem holt, muß mit der Luft entfliehn,
Was nach uns kommen wird, wird uns ins Grab nachziehn.
Was sag ich? wir vergehn wie Rauch vor starken Winden.

August von Platen

Es liegt an eines Menschen Schmerz, an eines Menschen Wunde nichts,
Es kehrt an das, was Kranke quält, sich ewig der Gesunde nichts!
Und wäre nicht das Leben kurz, das stets der Mensch
vom Menschen erbt,
So gäb's Beklagenswerteres auf diesem
weiten Runde nichts!
Einförmig stellt Natur sich her, doch tausendförmig ist ihr Tod,
Es fragt die Welt nach meinem Ziel, nach deiner letzten Stunde nichts;
Und wer sich willig nicht ergiebt dem ehrnen Lose, das ihm dräut,
Der zürnt ins Grab sich rettungslos und fühlt in dessen Schlunde nichts;
Dies wissen alle, doch vergißt es jeder gerne jeden Tag,
So komme denn, in diesem Sinn, hinfort aus meinem Munde nichts!
Vergeßt, daß euch die Welt betrügt, und daß ihr Wunsch
nur Wünsche zeugt,
Laßt eurer Liebe nichts entgehn, entschlüpfen eurer Kunde nichts!
Es hoffe jeder, daß die Zeit ihm gebe, was sie keinem gab,
Denn jeder sucht ein All zu sein und jeder ist im Grunde nichts.

Gottfried Benn

Melancholie

Wenn man von Faltern liest, von Schilf und Immen,
daß sich darauf ein schöner Sommer wiegt,
dann fragt man sich, ob diese Glücke stimmen
und nicht dahinter eine Täuschung liegt,
und auch das Saitenspiel, von dem sie schreiben,
mit Schwirren, Dufthauch, flügelleichtem Kleid,
mit dem sie tun, als ob sie bleiben,
ist anderen Ohren eine Fraglichkeit:
ein künstliches, ein falsches Potpourri –
untäuschbar bleibt der Seele Agonie.

Was ist der Mensch – die Nacht vielleicht geschlafen,
doch vom Rasieren wieder schon so müd,
noch eh ihn Post und Telefone trafen,
ist die Substanz schon leer und ausgeglüht,
ein höheres, ein allgemeines Wirken,
von dem man hört und manches Mal auch ahnt,
versagt sich vielen leiblichen Bezirken,
verfehlte Kräfte, tragisch angebahnt:
man sage nicht, der Geist kann es erreichen,
er gibt nur manchmal kurzbelichtet Zeichen.

Nicht im entferntesten ist das zu deuten,
als ob der Schöpfer ohne Seele war,
er fragt nur nicht so einzeln nach den Leuten,
nach ihren Klagen, Krebsen, Haut und Haar,
er wob sie aus Verschiedenem zusammen
das er auch noch für andere Sterne braucht,
er gab uns Mittel, selbst uns zu entflammen
– labil, stabil, labil – man träumt, man taucht:

Schon eine Pille nimmt dich auf den Arm
und macht das Trübe hell, das Kalte warm.
Du mußt aus deiner Gegend alles holen,
denn auch von Reisen kommst du leer zurück,
verläßt du dich, beginnen Kapriolen
und du verlierst dir Stück um Stück.
Von Blumen mußt du solche wählen,
die blühn am Zaun und halb im Acker schon,
die in das Zimmer tun, die Laute zählen
des Lebens Laute, seinen Ton:
vermindert oder große Terzen –
ein Kältliches verstarrt die Herzen.

Die Blumen so – dann zu Vergangenem
sich wendend oder Zukunft, wie sie wird,
da gehst du von Verschleiert zu Verhangenem,
einem Vielleicht zu einwandfrei Geirrt,
ein Hin und Her: Einmal versiegte Güsse
und Noah strahlt, die Arche streift auf Land,
und einmal ist der Nil der Fluß der Flüsse,
Antonius küßt die braune, schmale Hand:
die Ruriks, Anjous, Judas, Rasputin
und nur dein eigenes Heute ist nicht drin.

Tiere, die Perlen bilden, sind verschlossen,
sie liegen still und kennen nur die See;
an Land und Luft: Gekrönte und Profossen –
noch eine Herme mehr in der Allee;
nur Äon schweigt, er hält die Perlengabe,
wo alles fehlt und alles zielt,
der Äon träumt, der Äon ist ein Knabe,
der mit sich selbst auf einem Brette spielt:
noch eine Herme mehr – man lasse sie,
auch sie führt zum Gedicht: Melancholie.

Conrad Ferdinand Meyer

Mit einem Jugendbildnis

Hier – doch keinem darfst du's zeigen,
Solche Sanftmut war mir eigen,
Durfte sie nicht lang behalten,
Sie verschwand in harten Falten,
Sichtbar ist sie nur geblieben
Dir und denen, die mich lieben.

Erich Kästner

Herr im Herbst

Nun wirft der Herbst die Blätter auf den Markt.
Na ja, das mußte wohl so kommen.
Und Lehmanns Tochter hat man eingesargt.
Hat die ein Glück gehabt, genau genommen …

Das Jahr wird alt und zieht den Mantel an.
Der Bettler vis à vis hat keinen.
So ist das Leben. Es ist nicht viel dran.
Frau'n können lachen, denn sie dürfen weinen.

Wozu die Blätter bunt sind, wenn sie fallen?
Na ja, man muß nicht alles wissen wollen.
Mir gehts nicht gut. Und ähnlich geht es allen.
Sogar die Drüsen sind geschwollen!

Wer kommt denn dort aus meinem Haus?
Ach, das ist Paul. Ob ich ihn rufe?
Er sieht etwas wie seine Schwester aus.
Wahrscheinlich: Achtung Zwischenstufe!

Das ist ein Wetter. Um drin zu ersaufen.
Sowas von Regen war noch gar nicht da.
Paar neue Schuhe müßte ich mir kaufen …
Und Haareschneidenlassengehen muß ich auch. Na ja.

Anmerkung: Über dieses Gedicht mußte Hildegard beinahe weinen.

Günter Kunert

Alltagsgeschehen

Als würden einem Botschaften
unter der Tür durchgeschoben
so verbreitet sich das Wissen
von der Zwecklosigkeit:
Öffnen Sie gar nicht erst
Bleiben Sie an Ort und Stelle
und erwarten Sie
weitere Nachricht

Die nächste kommt
als Komet: Übliche Ankündigung
von Pest und Krieg
wenn nicht als apokalyptisches
Frühstück
bestehend aus mehreren langsam
wirkenden Giften
in Form von Brot und Butter
von Kaffee mit Milch
ohne vorherige Warnung

Als vollmundiger Sprachbrei
als das Vergessen
der eigenen untrauten Person
mit Hilfe von Blei oder Druckerschwärze

Die letzte Warnung
erreicht dich
sobald du schon abwesend bist
und mit Zerfallen
beschäftigt

Detlev von Liliencron

Mein täglicher Spaziergang

Nur ein paar Birken, Einsamkeit und Leere,
Ein Sumpf, geheimnisvoll, ein Fleckchen Heide,
Der Kiebitz gibt mir im April die Ehre,
Im Winter Raben, Rauch und Reifgeschmeide,
Und niemals Menschen, keine Grande Misère,
Nichts, nichts von unserm ewigen Seelenleide.
Ich bin allein. Was einzig ich begehre?
Grast ihr für euch, und mir laßt meine Weide.

Gottfried Benn

Reisen

Meinen Sie Zürich zum Beispiel
sei eine tiefere Stadt,
wo man Wunder und Weihen
immer als Inhalt hat?

Meinen Sie, aus Habana,
weiß und hibiskusrot,
bräche ein ewiges Manna
für Ihre Wüstennot?

Bahnhofstraßen und Ruen,
Boulevards, Lidos, Laan –
selbst auf den Fifth Avenuen
fällt Sie die Leere an –

Ach, vergeblich das Fahren!
Spät erst erfahren Sie sich:
bleiben und stille bewahren
das sich umgrenzende Ich.

Peter Rühmkorf

Aufbruch vor Morgen

Wieviel Uhr? Es kommen auf einmal so viele
fipsige Vögel auf, verflucht!
Bald wird mir die Sonne ihr Zitronenlicht
ins verkniffene Auge träufeln …
Und keine Lehre wieder mal daraus-nachhaus
und kein Gedanke an
Bewegung / Besserung.

Aufwachen? – Wozu?
Es ist doch so, laut EMNID folgt für 44 %
aller Bundesbürger auf den Tod das Nichts.
Von denen völlig zu schweigen, für die nach dem Nichts
gleich der Tod kommt –
Hab leider vergessen, was ich damit eigentlich
aussagen wollte, achja:
Wer das kapiert hat,
den versteht bald keiner mehr.

Im Verhältnis kannst du natürlich nicht klagen
(das nebenbei) –
Man soll aber auch nicht glauben, hier läg noch derselbe
rum wie damals im letzten Jahr.
Oder wüßtest du grad ne Idee, für die du bedenkenlos
deinen Kopf hinhalten würdest?
Na-bong, ein Präser hängt sich aus …
Das muß aber ja nicht gleich Zustand werden.

Wie ich immer gesagt hab, in solcher Verfassung soll
man eigentlich keine Gedichte schreiben.
Da muß der Kunde doch unvermittelt denken, hier
wär der Ausguck verstopft,
beziehungsweise gar kein Leben mehr in dieser Rolle –
S o i s t e s a b e r n i c h t !
Der Tag lehnt in der Drehtür:

Wo es meine Lieblingsbouletten gibt, ist noch erleuchtet,
mein Fuß schon unterwegs …
Gleich wird – dein Telefon – im Schlaf – aufschrein!
und dir den Aufbruch meiner Leiche
feierlich eröffnen: – : – : –.

Erich Kästner

Die Zeit fährt Auto

Die Städte wachsen. Und die Kurse steigen.
Wenn jemand Geld hat, hat er auch Kredit.
Die Konten reden. Die Bilanzen schweigen.
Die Menschen sperren aus. Die Menschen streiken.
Der Globus dreht sich. Und wir drehn uns mit.

Die Zeit fährt Auto. Doch kein Mensch kann lenken.
Das Leben fliegt wie ein Gehöft vorbei.
Minister sprechen oft vom Steuersenken.
Wer weiß, ob sie im Ernste daran denken?
Der Globus dreht sich und geht nicht entzwei.

Die Käufer kaufen. Und die Händler werben.
Das Geld kursiert, als sei das seine Pflicht.
Fabriken wachsen. Und Fabriken sterben.
Was gestern war, geht heute schon in Scherben.
Der Globus dreht sich. Doch man sieht es nicht.

Dagmar Nick

Absprung

Keine Zeit mehr zum Warten und Hoffen,
diese Jahre sind abgetan;
doch die Fluchtwege immer noch offen
über Länder und Ozean.

Nur ein Sprung ins vulkanische Feuer,
und das Herz noch einmal gestählt.
Bis zum letzten der Abenteuer
sind die Stunden gezählt.

Ohne Segel ins Wogengeschmetter,
fischabwärts im silbrigen Schwarm,
Tritonen zur Seite, die Retter,
und Poseidon im Arm!

Noch einmal ins Bodenlose,
von nichts als mir selber bedroht,
noch einmal die Metamorphose,
Liebe und Tod.

Wolf Biermann

Und als wir ans Ufer kamen

Und als wir ans Ufer kamen
Und saßen noch lang im Kahn
Da war es, daß wir den Himmel
Am schönsten im Wasser sahn
Und durch den Birnbaum flogen
Paar Fischlein. Das Flugzeug schwamm
Quer durch den See und zerschellte
Sachte am Weidenstamm
– am Weidenstamm

Was wird bloß aus unsern Träumen
In diesem zerrissnen Land
Die Wunden wollen nicht zugehn
Unter dem Dreckverband
Und was wird mit unsern Freunden
Und was noch aus dir, aus mir –
Ich möchte am liebsten weg sein
Und bleibe am liebsten hier
– am liebsten hier

Theodor Kramer

Wer läutet draußen an der Tür?

Wer läutet draußen an der Tür,
kaum daß es sich erhellt?
Ich geh schon, Schatz. Der Bub hat nur
die Semmeln hingestellt.

Wer läutet draußen an der Tür?
Bleib nur; ich geh, mein Kind.
Es war ein Mann, der fragte an
beim Nachbar, wer wir sind.

Wer läutet draußen an der Tür?
Laß ruhig die Wanne voll.
Die Post war da; der Brief ist nicht
dabei, der kommen soll.

Wer läutet draußen an der Tür?
Leg du die Betten aus.
Der Hausbesorger war's: wir solln
am Ersten aus dem Haus.

Wer läutet draußen an der Tür?
Die Fuchsien blühn so nah.
Pack, Liebste, mir mein Waschzeug ein
und wein nicht: sie sind da.

Erich Fried

Hölderlin an Sinclair

Was ist geblieben?
Nichts mehr und alles. Nämlich,
Was war, das ist und wird sein,
Auch gegen sich selbst.
Zuviel aber ist umsonst,
Und was mir schien,
Scheint nicht länger.

Aber des Todes ist wenig.
Denn sind auch verheert
Die Brunnen im Land
Und abgeholzt an den Straßen
Die heiligen Bäume des Seins,
Es kann doch keinem
Auferlegt werden, alles
Mitanzusehen, daß er es ewig ertrage
Ohne Empörung, selbst um der Liebe willen.
Und ist erst entzündet
Der Mut, so wächst ihm auch Mitleid
Mit denen, die,
Gescheucht in den Schutz der Schatten,
Versäumen den eigenen Zorn.

Viel kann verstört sein,
Daß der suchende Blick es
Kaum noch erkennt.
Nicht alle Vögel, die singen,
Helfen dem Himmel. Doch wo
Gesang fehlt, dort erblindet
Der arme Gefangene.
Das letzte aber ist Leben.

Dagmar Nick

Zugvogelzeit

Laß mir das Messer.
Laß mir das Schwert,
das uns trennte,
laß mirs als Schlüssel
für meinen Oktober.
Ich werde die Türen öffnen,
Zugvogelzeit,
und wissen, daß dieser Herbst
endgültig war.
Abgeerntet stürzen die Himmel
nach Süden.

Ich bleibe zurück
im Dickicht,
an der Schulter des Ebers.
Immer bleib ich zurück
auf dem Dämmerungsarchipel
Abschied,
das Messer zwischen den Zähnen,
tränenlos, wortlos.
Laß mir das Schwert,
Laß mirs als Schlüssel
für so viel Einsamkeit.

FRIEDRICH NIETZSCHE

Vereinsamt

Die Krähen schrein
Und ziehen schwirren Flugs zur Stadt:
Bald wird es schnein –
Wohl dem, der jetzt noch – Heimat hat!

Nun stehst du starr,
Schaust rückwärts ach! wie lange schon!
Was bist du Narr
Vor Winters in die Welt – entflohn?

Die Welt – ein Tor
Zu tausend Wüsten stumm und kalt!
Wer das verlor,
Was du verlorst, macht nirgends Halt.

Nun stehst du bleich,
Zur Winter-Wanderschaft verflucht,
Dem Rauche gleich,
Der stets nach kältern Himmeln sucht.

Flieg, Vogel, schnarr
Dein Lied im Wüsten-Vogel-Ton! –
Versteck, du Narr,
Dein blutend Herz in Eis und Hohn!

Die Krähen schrein
Und ziehen schwirren Flugs zur Stadt:
– bald wird es schnein,
Weh dem, der keine Heimat hat!

Johann Wolfgang von Goethe

Harzreise im Winter

Dem Geier gleich,
Der auf schweren Morgenwolken
Mit sanftem Fittich ruhend
Nach Beute schaut,
Schwebe mein Lied.

Denn ein Gott hat
Jedem seine Bahn
Vorgezeichnet,
Die der Glückliche
Rasch zum freudigen
Ziele rennt;
Wem aber Unglück
Das Herz zusammenzog,
Er sträubt vergebens
Sich gegen die Schranken
Des ehernen Fadens,
Den die doch bittre Schere
Nur einmal löst.

In Dickichtsschauer
Drängt sich das rauhe Wild,
Und mit den Sperlingen
Haben längst die Reichen
In ihre Sümpfe sich gesenkt.
Leicht ist's, folgen dem Wagen,
Den Fortuna führt,
Wie der gemächliche Troß
Auf gebesserten Wegen
Hinter des Fürsten Einzug.

Aber abseits, wer ist's?
Ins Gebüsch verliert sich sein Pfad,
Hinter ihm schlagen
Die Sträuche zusammen,
Das Gras steht wieder auf,
Die Öde verschlingt ihn.

Ach, wer heilet die Schmerzen
Des, dem Balsam zu Gift ward?
Der sich Menschenhaß
Aus der Fülle der Liebe trank.
Erst verachtet, nun ein Verächter,
Zehrt er heimlich auf
Seinen eignen Wert
In ungnügender Selbstsucht.

Ist auf deinem Psalter,
Vater der Liebe, ein Ton
Seinem Ohre vernehmlich,
So erquicke sein Herz!
Öffne den umwölkten Blick
Über die tausend Quellen
Neben dem Durstenden
In der Wüste!

Der du der Freuden viel schaffst,
Jedem ein überfließend Maß,
Segne die Brüder der Jagd
Auf der Fährte des Wilds
Mit jugendlichem Übermut
Fröhlicher Mordsucht,
Späte Rächer des Unbills,
Dem schon Jahre vergeblich
Wehrt mit Knütteln der Bauer.

Aber den Einsamen hüll'
In deine Goldwolken!
Umgib mit Wintergrün,
Bis die Rose wieder heranreift,
Die feuchten Haare,
O Liebe, deines Dichters!

Mit der dämmernden Fackel
Leuchtest du ihm
Durch die Furten bei Nacht,
Über grundlose Wege
Auf öden Gefilden,
Mit dem tausendfarbigen Morgen
Lachst du ins Herz ihm;
Mit dem beizenden Sturm
Trägst du ihn hoch empor.
Winterströme stürzen vom Felsen
In seine Psalmen,
Und Altar des lieblichsten Danks
Wird ihm des gefürchteten Gipfels
Schneebehangner Scheitel,
Den mit Geisterreihen
Kränzten ahnende Völker.

Du stehst mit unerforschtem Busen
Geheimnisvoll-offenbar
Über der erstaunten Welt
Und schaust aus Wolken
Auf ihre Reiche und Herrlichkeit,
Die du aus den Adern deiner Brüder
Neben dir wässerst.

Georg Heym

Nacht

Draußen
Die Dachtraufen
Laufen.
Und der Sturm
In Wolken verborgen
Im ersten Zwielicht
Trostloser Morgen
Stöhnt in die Gassen
Immer hinein.

Und du wie ein Stein
Geworfen in Öde
Möchtest ‹am liebsten›
Schrein.

Schlaf ein.
Du bist allein
In der Nacht.
Niemand wacht.
Schlaf ein.

EDUARD MÖRIKE

Das verlassene Mägdlein

Früh, wann die Hähne krähn,
Eh die Sternlein verschwinden,
Muß ich am Herde stehn,
Muß Feuer zünden.

Schön ist der Flammen Schein,
Es springen die Funken;
Ich schaue so drein,
In Leid versunken.

Plötzlich, da kommt es mir,
Treuloser Knabe,
Daß ich die Nacht von dir
Geträumet habe.

Träne auf Träne dann
Stürzet hernieder;
So kommt der Tag heran –
O ging' er wieder!

Peter Maiwald

Ich war hungrig

Ich war hungrig,
aber dein Tisch war leer.
Ich war arm,
aber du schriest nach mehr.

Ich war müde,
aber du sprangst zum Tanz.
Ich teilte,
aber du sagtest: ganz!

Ich ging nach Osten
und im Süden warst du.
Ich suchte dich lange
und verlor dich im Nu.

Joseph von Eichendorff

Lied

In einem kühlen Grunde,
Da geht ein Mühlenrad,
Mein' Liebste ist verschwunden,
Die dort gewohnet hat.

Sie hat mir Treu versprochen,
Gab mir ein'n Ring dabei,
Sie hat die Treu gebrochen,
Mein Ringlein sprang entzwei.

Ich möcht' als Spielmann reisen
Weit in die Welt hinaus,
Und singen meine Weisen
Und gehn von Haus zu Haus.

Ich möcht' als Reiter fliegen
Wohl in die blut'ge Schlacht,
Um stille Feuer liegen
Im Feld bei dunkler Nacht.

Hör' ich das Mühlenrad gehen,
Ich weiß nicht, was ich will,
Ich möcht' am liebsten sterben,
Da wär's auf einmal still.

Stefan George

Sieh mein kind ich gehe.
Denn du darfst nicht kennen
Nicht einmal durch nennen
Menschen müh und wehe.

Mir ist um dich bange.
Sieh mein kind ich gehe
Dass auf deiner wange
Nicht der duft verwehe.

Würde dich belehren.
Müsste dich versehren
Und das macht mir wehe.
Sieh mein kind ich gehe.

STEFAN GEORGE

Dies leid und diese last: zu bannen
Was nah erst war und mein.
Vergebliches die arme spannen
Nach dem was nur mehr schein ·

Dies heilungslose sich betäuben
Mit eitlem nein und kein ·
Dies unbegründete sich sträuben ·
Dies unabwendbar-sein.

Beklemmendes gefühl der schwere
Auf müd gewordner pein ·
Dann dieses dumpfe weh der leere ·
O dies: mit mir allein!

STEFAN GEORGE

Seelied

Wenn an der kimm in sachtem fall
Eintaucht der feurig rote ball:
Dann halt ich auf der düne rast
Ob sich mir zeigt ein lieber gast.

Zu dieser stund ists öd daheim ·
Die blume welkt im salzigen feim.
Im lezten haus beim fremden weib
Tritt nie wer unter zum verbleib.

Mit gliedern blank mit augen klar
Kommt nun ein kind mit goldnem haar ·
Es tanzt und singt auf seiner bahn
Und schwindet hinterm grossen kahn.

Ich schau ihm vor · ich schau ihm nach
Wenn es auch niemals mit mir sprach
Und ich ihm nie ein wort gewusst:
Sein kurzer anblick bringt mir lust.

Mein herd ist gut · mein dach ist dicht ·
Doch eine freude wohnt dort nicht.
Die netze hab ich all geflickt
Und küch und kammer sind beschickt.

So sitz ich · wart ich auf dem strand
Die schläfe pocht in meiner hand:
Was hat mein ganzer tag gefrommt
Wenn heut das blonde kind nicht kommt.

ALBERT VON SCHIRNDING

Bitte um Heimsuchung

Verschone mich verschone mich nicht
Unbarmherziger Immer verschont zu sein
Im Mutterdunkel hocken unbehelligt
Auf Schritte horchen die sich entfernen

Man zählte Ich habe ein Versteck gefunden
Die Lust des Suchens erlosch Das Spiel war aus
Man rief nicht mehr Ich wurde vergessen
unauffindbar hinter der Hecke im Park

Immer davonzukommen Sagen zu müssen vom Glück
unverwundet wie ein heiliges Tier
Dein Gnadenbrot schmeckt nach Verachtung
Laß mich in Unfrieden endlich Spür mich auf

Ingeborg Bachmann

Wenn einer fortgeht, muß er den Hut
mit den Muscheln, die er sommerüber
gesammelt hat, ins Meer werfen
und fahren mit wehendem Haar,
er muß den Tisch, den er seiner Liebe
deckte, ins Meer stürzen,
er muß den Rest des Weins,
der im Glas blieb, ins Meer schütten,
er muß den Fischen sein Brot geben
und einen Tropfen Blut ins Meer mischen,
er muß sein Messer gut in die Wellen treiben
und seinen Schuh versenken,
Herz, Anker und Kreuz,
und fahren mit wehendem Haar!
Dann wird er wiederkommen.
Wann?
Frag nicht.

Erich Fried

Sehnsucht

Endlich keine Zeitgedichte mehr schreiben!
Endlich fliehen aus dieser zugemuteten Zeit!
Endlich fort aus dem Land, statt noch etwas verändern zu wollen
weil das zu langsam geht und zu schwer. Endlich nicht mehr
sehen und fühlen und denken müssen – und nicht
wissen daß das heißt sterben zu wollen

Friedrich Hölderlin

Hälfte des Lebens

Mit gelben Birnen hänget
Und voll mit wilden Rosen
Das Land in den See,
Ihr holden Schwäne,
Und trunken von Küssen
Tunkt ihr das Haupt
Ins heilignüchterne Wasser.

Weh mir, wo nehm' ich, wenn
Es Winter ist, die Blumen, und wo
Den Sonnenschein,
Und Schatten der Erde?
Die Mauern stehn
Sprachlos und kalt, im Winde
Klirren die Fahnen.

Überschrift an dem Tempel der Sterblichkeit
aus A. Gryphii Meletomenus Ersten Buch.

Ihr irrt, indem ihr lebt, die ganz verschränkte Bahn
Läßt keinen richtig gehn. Dies, was ihr wünscht zu finden
Ist Irrtum: Irrtum ist's der euch den Sinn kann binden.
Was euer Herz ansteckt, ist nur ein falscher Wahn
Schaut, Arme, was ihr sucht. Warum so viel getan?
Um dies, was Fleisch und Schweiß und Blut, und Gut und Sünden,
Und Fall und Weh nicht hält; wie plötzlich muß verschwinden
Was diesen, der es hat, setzt in des Todes Kahn.

Ihr irrt, indem ihr schlaft, ihr irrt, indem ihr wachet;
Ihr irrt, indem ihr traurt, ihr irrt, indem ihr lachet,
Indem ihr dies verhöhnt, und das für köstlich acht'.
Indem ihr Freund' als Feind' und Feind' als Freunde schätzet,
Indem ihr Lust verwerft und Weh für Wollust setzet,
Bis der gefund'ne Tod euch frei vom Irren macht.

THEODOR FONTANE

Summa summarum

Eine kleine Stellung, ein kleiner Orden
(Fast wär' ich auch mal Hofrat geworden),
Ein bißchen Namen, ein bißchen Ehre,
Eine Tochter »geprüft«, ein Sohn im Heere,
Mit siebzig 'ne Jubiläumsfeier,
Artikel im Brockhaus und im Meyer…
Altpreußischer Durchschnitt. Summa Summarum,
Es drehte sich alles um Lirum Larum,
Um Lirum Larum Löffelstiel,
Alles in allem – es war nicht viel.

Heinrich Heine

Epilog

Unser Grab erwärmt der Ruhm.
Torenworte! Narrentum!
Eine beßre Wärme gibt
Eine Kuhmagd, die verliebt
Uns mit dicken Lippen küßt
Und beträchtlich riecht nach Mist.
Gleichfalls eine beßre Wärme
Wärmt dem Menschen die Gedärme,
Wenn er Glühwein trinkt und Punsch
Oder Grog nach Herzenswunsch
In den niedrigsten Spelunken,
Unter Dieben und Halunken,
Die dem Galgen sind entlaufen,
Aber leben, atmen, schnaufen,
Und beneidenswerter sind,
Als der Thetis großes Kind –
Der Pelide sprach mit Recht:
Leben wie der ärmste Knecht
In der Oberwelt ist besser,
Als am stygischen Gewässer
Schattenführer sein, ein Heros,
Den besungen selbst Homeros.

die Liebe preisen

»Huldigen und hadern« wäre die gemeinsame Überschrift zu den Kapiteln 15 und 16, die beide Liebesgedichte enthalten. Die Aussage »dies ist ein Liebesgedicht« gibt wenig her; sie besagt, daß der Dichter oder die Dichterin liebt, nicht aber, was sie in oder mit dem Gedicht tun. Lieben sie *und* werden sie geliebt, schwelgen sie und preisen dichtend das Glück, das ihnen beschert ist. Die größere Spannung, die bewegendere Anstrengung steckt in den Gedichten, die noch werben, den Geliebten durch ein behutsames Bekenntnis auf seine Wirkung aufmerksam machen und zum eigenen Bekenntnis ermutigen wollen. Sie entfalten eine Kunst des Huldigens, eine Ökonomie der Ergebung und Schmeichelei, eine hohe Diplomatie des Mitleidheischens und der Bangigkeit – solange sie hoffen.

Erich Fried

Was es ist

Es ist Unsinn
sagt die Vernunft
Es ist was es ist
sagt die Liebe

Es ist Unglück
sagt die Berechnung
Es ist nichts als Schmerz
sagt die Angst
Es ist aussichtslos
sagt die Einsicht
Es ist was es ist
sagt die Liebe

Es ist lächerlich
sagt der Stolz
Es ist leichtsinnig
sagt die Vorsicht
Es ist unmöglich
sagt die Erfahrung
Es ist was es ist
sagt die Liebe

Hans Magnus Enzensberger

Kopfkissengedicht

Dafür, daß du bis in die Fingerspitzen
anwesend bist, daß es dich verlangt,
dafür, wie du die Knie biegst
und mir dein Haar zeigst,
für deine Temperatur
und deine Dunkelheit;
für deine Nebensätze,
das geringe Gewicht der Ellenbogen
und die materielle Seele,
die in der kleinen Mulde
über dem Schlüsselbein schimmert;
dafür, daß du gegangen
und gekommen bist, und für alles,
was ich nicht von dir weiß,
sind meine einsilbigen Silben
zuwenig, oder zuviel.

Else Lasker-Schüler

Weltende

Es ist ein Weinen in der Welt,
Als ob der liebe Gott gestorben wär,
Und der bleierne Schatten, der niederfällt,
Lastet grabesschwer.

Komm, wir wollen uns näher verbergen …
Das Leben liegt in aller Herzen
Wie in Särgen.

Du, wir wollen uns tief küssen …
Es pocht eine Sehnsucht an die Welt,
An der wir sterben müssen.

ERICH FRIED

Werbung

Komm gestern zu mir
komm wieder
vorigen Sommer
Da will ich noch frei sein für dich
noch jung genug

Wir werden glücklich sein
wie vor der Sintflut die Tiere
und wenn wir durstig sind
spüren: der Regen kommt

Franz Josef Degenhardt

Hochzeit

Nächstens oder Mittwoch,
morgen oder gleich
hocken wieder schwarze
Vögel auf dem Deich.
Jemand steht auf einem
Eimer, mit der Hand
droht er und stößt Wolken in das Land.
Beweg dich nicht.
Wo ist dein Mund?
Schließ noch nicht die Augen,
sieh in den Himmel, und
merk dir ganz genau,
wo der Polarstern steht,
eh' der große Bär ihn frißt.
Ritz dir in die Hand
die Marschzahl, wenn es geht,
eh' man die Windrose bricht.

Mach unsern Kindern Kleider
aus Fischhaut und Asbest.
Näh die schwarzen Brillen
an ihren Ohren fest.
Auf dem Schulweg solln sie
dicht an Mauern gehn,
nie vom Himmel weg zu Boden sehn.
Jede Nacht
ruf ich sie wach,
reite für ein Weilchen
mit ihnen auf dem Dach.
Zeig ihnen genau,
wo der Polarstern steht,
eh' der große Bär ihn frißt.
Ritz jedem in die Hand
die Marschzahl, wenn es geht,
eh' man die Windrose bricht.

Keine Tasse halten
wir in unserm Schrank.
Gold zerschmilzt, wir füllen
Schnaps in einen Tank,
werfen Grundsteinstückchen
flach über den Fluß –
ein Orakel, das uns sagen muß:
Springt ein Steinchen
dreimal hoch,
habt ihr noch ein Weilchen,
vielleicht drei Tage noch.
Drum merkt euch ganz genau,
wo der Polarstern steht,
eh' der große Bär ihn frißt.
Ritzt euch in die Hand
die Marschzahl, wenn es geht,
eh' man die Windrose bricht.

Schließ jetzt deine Augen.
Hochzeit halten wir.
Schnuppen falln vom Himmel,
noch schläft der große Bär.
Wünsch uns in ein Mondschiff,
das seinen Kurs nicht hält
und weiterfliegt bis an den Rand der Welt.
Die Jungfrau flackert –
schon vorbei –
und Kassiopeia lacht.
Die Milchstraße ist frei.
Schau raus, merk dir genau,
wo der Polarstern steht,
eh' der große Bär ihn frißt.
Ritz dir in die Hand
die Marschzahl, wenn es geht,
eh' man die Windrose bricht.

Wer wird jemals finden,
wo unser Bette was?
Unter dieser Linden
brennt schon bald das Gras.
Wer spielt unsre Spiele,
liegt dann nachts noch wach,
rechnet noch mal unsre Chancen nach?
Beweg dich nicht.
Wo ist dein Mund?
Öffne deine Augen,
sieh in den Himmel, und
merk dir ganz genau,
wo der Polarstern steht,
eh' der große Bär ihn frißt.
Ritz dir in die Hand
die Marschzahl, wenn es geht,
eh' man die Windrose bricht.

SIMON DACH

Perstet amicitiae semper venerabile foedus!

Der Mensch hat nichts so eigen,
So wohl steht ihm nichts an,
Als daß er treu erzeugen
Und Freundschaft halten kann;
Wann er mit seines gleichen
Soll treten in ein Band,
Verspricht sich, nicht zu weichen,
Mit Herzen, Mund und Hand.

Die Red' ist uns gegeben,
Damit wir nicht allein
Vor uns nur sollen leben
Und fern von Leuten sein;
Wir sollen uns befragen
Und sehn auf guten Rat,
Das Leid einander klagen,
So uns betreten hat.

Was kann die Freude machen,
Die Einsamkeit verhehlt?
Das gibt ein doppelt Lachen
Was Freunden wird erzählt;
Der kann sein Leid vergessen,
Der es von Herzen sagt,
Der muß sich selbst auffressen,
Der in geheim sich nagt.

Gott stehet mir vor allen,
Die meine Seele liebt,
Dann soll mir auch gefallen,
Der mir sich herzlich gibt;
Mit diesen Bundsgesellen
Verlach' ich Pein und Not,
Geh' auf dem Grund der Höllen
Und breche durch den Tod.

Ich hab', ich habe Herzen
So treue, wie gebührt,
Die Heuchelei und Scherzen
Nie wissentlich berührt.
Ich bin auch ihnen wieder
Von Grund der Seelen hold,
Ich lieb' euch mehr, ihr Brüder,
Denn aller Erden Gold!

Erich Kästner

Ein Beispiel von ewiger Liebe

Im gelben Autobus ging's durch den Ort.
Schnell hinein. Schnell heraus.
Erstes Haus. Letztes Haus.
Fort.

Hab ich den Namen vergessen?
Ob ich ihn überhaupt las?
Es war eine Kleinstadt in Hessen,
zwischen Reben und Gras.

Du standest am Gartenrand,
als du mich plötzlich erblicktest.
Zärtlich hob ich die Hand.
Du nicktest.

Darf ich nicht Du zu dir sagen?
War keine Zeit dazu,
lang um Erlaubnis zu fragen.
Ich sag du.

Ich wünschte so sehnlich,
ich stünde bei dir.
Ging dir's nicht ähnlich?
Ging dir's wie mir?

Der Zufall hat keinen Verstand.
Es heißt, er sei blind.
Er gab und entzog uns hastig die Hand,
wie ein ängstliches Kind.

Ich bin entschlossen, fest daran zu glauben,
daß du die Richtige gewesen wärst.
Du kannst mir diese Illusion nicht rauben,
da du sie nicht erfährst.

Du lehntest lächelnd am grünen Staket.
Es war im Taunus. Es war in Hessen.
Ich habe den Namen des Orts vergessen.
Die Liebe besteht.

August von Platen

Anteros

Was mich traurig macht? Es ist ein quälender Dämon,
Daß ich verschenkte mein Herz, daß sich kein Herz mir verschenkt.
Was mir Tränen entlockt? Es ist die schmerzliche Wahrheit,
Daß ich verspottet nur ward, wo ich so innig geliebt.
Was den Blick mir umdüstert? Ich bin mit Bemühung und Willen
Was ich vergessen soll, nicht zu vergessen imstand.
Was die Stirn mir umwölkt mit melancholischen Falten?
Daß in der Möglichkeit Reich nie sich mein Hoffen erfüllt;
Daß ich doch hoffen muß und meiner Wünsche gedenken,
Ach, daß die Liebe so quält, ach, daß die Liebe beglückt!
Haben wir deinen Besitz, du freundlicher Knabe, verloren,
O so ist's dein Besitz, den wir beständig erflehn;
Haben wir deinen Besitz, du tückischer Knabe, gewonnen,
O so ist's dein Besitz, den wir verfluchend verschmähn.
Selig, selig, selig ist der, den die Liebe verschont hat,
Dem sie den tödlichen Pfeil nie in den Busen gesenkt,
Dem sein Leben ein Bach, ein himmelspiegelnder, hinfleußt,
Nicht vom tobenden Sturz schäumender Wasser gehemmt.
Selig der Jüngling, welcher den nimmermüden Kupido
Aus dem klagenden Lied liebender Dichter nur kennt!
Aber seliger noch als er, der ruhig und harmlos
Seines Lebens genießt, was sein Geschick ihm erlaubt,
Dreimal seliger noch ist der Liebende, welcher geliebt wird!

Erich Fried

Nur nicht

Das Leben
wäre
vielleicht einfacher
wenn ich dich
gar nicht getroffen hätte

Weniger Trauer
jedes Mal
wenn wir uns trennen müssen
weniger Angst
vor der nächsten
und übernächsten Trennung

Und auch nicht soviel
von dieser machtlosen Sehnsucht
wenn du nicht da bist
die nur das Unmögliche will
und das sofort
im nächsten Augenblick
und die dann
weil es nicht sein kann
betroffen ist
und schwer atmet

Das Leben
wäre vielleicht
einfacher
wenn ich dich
nicht getroffen hätte
Es wäre nur nicht
mein Leben

Joachim Ringelnatz

Ich habe dich so lieb

Ich habe dich so lieb!
Ich würde dir ohne Bedenken
Eine Kachel aus meinem Ofen
Schenken.

Ich habe dir nichts getan.
Nun ist mir traurig zu Mut.
An den Hängen der Eisenbahn
Leuchtet der Ginster so gut.

Vorbei – verjährt –
Doch nimmer vergessen.
Ich reise.
Alles, was lange währt,
Ist leise.

Die Zeit entstellt
Alle Lebewesen.
Ein Hund bellt.
Er kann nicht lesen.
Er kann nicht schreiben.
Wir können nicht bleiben.

Ich lache.
Die Löcher sind die Hauptsache
An einem Sieb.

Ich habe dich so lieb.

EDUARD MÖRIKE

Nimmersatte Liebe

So ist die Lieb! So ist die Lieb!
Mit Küssen nicht zu stillen:
Wer ist der Tor und will ein Sieb
Mit eitel Wasser füllen?
Und schöpfst du an die tausend Jahr,
Und küssest ewig, ewig gar,
Du tust ihr nie zu Willen.

Die Lieb, die Lieb hat alle Stund
Neu wunderlich Gelüsten;
Wir bissen uns die Lippen wund,
Da wir uns heute küßten.
Das Mädchen hielt in guter Ruh,
Wie's Lämmlein unterm Messer;
Ihr Auge bat: nur immer zu,
Je weher, desto besser!

So ist die Lieb, und war auch so,
Wie lang es Liebe gibt,
Und anders war Herr Salomo,
Der Weise, nicht verliebt.

Christian Morgenstern

Mich erfüllt Liebestoben zu dir!
Ich bin deinst,
als ob einst
wir vereinigst.

Sei du meinst!
Komm Liebchenstche zu mir –
ich vergehste sonst
sehnsuchtstgepeinigst.

Achst, achst, schwachst schwachst arms Wortleinstche, was? – –
Genug denn, auch du, auch du mich liebstest.
Fühls, fühls ganzst ohne Worte: sei Meinstlein!
Ich sehne dich sprachlosestest.

JOACHIM RINGELNATZ

Telephonischer Ferngruß

Ich grüße dich durchs Telephon,
Guten Morgen, du Gutes!
Ich sauge deiner Stimme Ton
In die Wurzeln meines Mutes.

Ich küsse dich durch den langen Draht,
Du Meinziges, du Liebes!
Was ich dir – nahe – je Böses tat,
Aus der Ferne bitt ich: Vergib es!

Bist du gesund? – Gut! – Was? – Wieviel? –
Nimm's leicht! – Vertraue! – Und bleibe
Mir mein. – – Wir müssen dies Wellenspiel
Abbrechen – – Nein, »dir« Dank! – –
Ich schreibe! – –

MARIE LUISE KASCHNITZ

Am Strande

Heute sah ich wieder dich am Strand
Schaum der Wellen dir zu Füßen trieb
Mit dem Finger grubst du in den Sand
Zeichen ein, von denen keines blieb.

Ganz versunken warst du in dein Spiel
Mit der ewigen Vergänglichkeit
Welle kam und Stern und Kreis zerfiel
Welle ging und du warst neu bereit.

Lachend hast du dich zu mir gewandt
Ahntest nicht den Schmerz, den ich erfuhr
Denn die schönste Welle zog zum Strand
Und sie löschte deiner Füße Spur.

STEFAN GEORGE

Keins wie dein feines ohr
Merkt was tief innen singt ·
Was noch so schüchtern schwingt ·
Was halb sich schon verlor.

Keins wie dein festes wort
Sucht so bestimmt den trost
In dem was wir erlost ·
Des wahren friedens hort.

Keins wie dein fromm gemüt
Bespricht so leicht den gram. .
Der eines abends nahm
Was uns im tag geglüht.

Johann Wolfgang von Goethe

Schenke

Nennen dich den großen Dichter,
Wenn dich auf dem Markte zeigest;
Gerne hör' ich, wenn du singest,
Und ich horche, wenn du schweigest.

Doch ich liebe dich noch lieber,
Wenn du küssest zum Erinnern;
Denn die Worte gehn vorüber,
Und der Kuß, der bleibt im Innern.

Reim auf Reim will was bedeuten,
Besser ist es viel zu denken.
Singe du den andern Leuten
Und verstumme mit dem Schenken.

Yvan Goll

Malaiische Lieder

Am Brunnen der Erinnerung
Bewässere ich deine Schattenblume
Von deren Duft ich sterben werde

Ich höre das Wachsen der jungen Lianen
Ich höre den leisen Atem der Palmen
Um meine Hütte
Der Wald ist wach
Die blaue Vanille schläft nicht
Der wilde Zimt schläft nicht
Der Himmel legt sein grosses Ohr
Nah an die Erde
Und horcht ob du kommst

Der rote Pfeffer schreit
Der schwarze Zimt wird böse
Der Regenbaum hält
Seine goldenen Tränen nicht mehr:
Mein ganzer Besitz
Verdirbt ohne dich

Oft klopft in der Nacht
Ein verlassener Wind

Es ruft eine sterbende Greisin
Es irrt ein schlafloses Tier

Ich höre sie nicht
Ich bin böse und taub
Denn mein Geliebter schläft neben mir

So weh und wild wie die Grille im Brotbaum
So schreit mein Herz.
Sie siehst du nicht. Mich hörst du nicht.

Heinrich Heine

Ich grolle nicht, und wenn das Herz auch bricht,
Ewig verlor'nes Lieb! ich grolle nicht.
Wie du auch strahlst in Diamantenpracht,
Es fällt kein Strahl in deines Herzens Nacht.

Das weiß ich längst. Ich sah dich ja im Traum,
Und sah die Nacht in deines Herzens Raum,
Und sah die Schlang', die dir am Herzen frißt,
Ich sah, mein Lieb, wie sehr du elend bist.

Else Lasker-Schüler

Morituri

Du hast ein dunkles Lied mit meinem Blut geschrieben,
Seitdem ist meine Seele jubellahm.
Du hast mich aus dem Rosenparadies vertrieben,
Ich musst sie lassen, Alle, die mich lieben.
Gleich einem Vagabund jagt mich der Gram.

Und in den Nächten, wenn die Rosen singen,
Dann brütet still der Tod – ich weiss nicht was –
Ich möchte dir mein wehes Herze bringen
Den bangen Zweifel und mein müh'sam Ringen
Und alles Kranke und den Hass!

Erich Fried

Schmutzkonkurrenz am Morgen

Für Catherine

Als ich Liebe vorschlug
lehntest du ab
und erklärtest mir:
»Ich habe eben
einen liebenswürdigen Mann
kennengelernt
im Traum
Er war blind
und er war ein Deutscher
Ist das nicht komisch?«

Ich wünschte dir schöne Träume
und ging hinunter
an meinen Schreibtisch
aber so eifersüchtig
wie sonst kaum je

Christoph Meckel

An wen auch immer ich mich wende

Mein Kriegsherr, mein Friedefürst,
mein großer Bruder, mein Goldkind, es spielt keine Rolle,
mein guter Stern, mein schlechter Stern, es spielt keine Rolle,
du machst mir was vor.

An wen auch immer ich mich wende,
wenn mich der Stiefel drückt, der goldene Stiefel,
der schwarze Stiefel, es spielt keine Rolle,
dein Laden hat immer geschlossen,
dein Diener hat immer Ausgang,
dein Telefon ist immer besetzt.

Wann kriege ich dich dran, wann reichst du mir
den kleinen Finger, den kleinsten nur,
wann zeigst du dein Gesicht, dein schönes Gesicht,
dein häßliches Gesicht, es spielt keine Rolle,
dein Gesicht?

Du bist sicher, daß ich dir nachlaufe,
du bist sicher, daß es nicht ohne dich geht,
das kann sich ändern –
was wird dann aus dir, mein Kriegsherr, ohne
meinen Ruin, von dem du dich nährst,
was fängst du dann an, mein Hofnarr, es spielt keine Rolle,
mein großer Häuptling, mein Goldkind, es spielt keine Rolle,
ohne mich?

Georg Friedrich Daumer

Stiller Schrei

Wenn du nur zuweilen lächelst,
Nur zuweilen Kühle fächelst
Dieser ungemessnen Glut –

In Geduld will ich mich fassen
Und dich Alles treiben lassen,
Was der Liebe wehe tut.

STEFAN GEORGE

Es lacht in dem steigenden jahr dir
Der duft aus dem garten noch leis.
Flicht in dem flatternden haar dir
Eppich und ehrenpreis.

Die wehende saat ist wie gold noch ·
Vielleicht nicht so hoch mehr und reich ·
Rosen begrüssen dich hold noch ·
Ward auch ihr glanz etwas bleich.

Verschweigen wir was uns verwehrt ist ·
Geloben wir glücklich zu sein ·
Wenn auch nicht mehr uns beschert ist
Als noch ein rundgang zu zwein.

Bertolt Brecht

Morgens und abends zu lesen

Der, den ich liebe
Hat mir gesagt
Daß er mich braucht

Darum
Gebe ich auf mich acht
Sehe auf meinen Weg und
Fürchte von jedem Regentropfen
Daß er mich erschlagen könnte.

August von Platen

Tristan

Wer die Schönheit angeschaut mit Augen,
Ist dem Tode schon anheimgegeben,
Wird für keinen Dienst auf Erden taugen,
Und doch wird er vor dem Tode beben,
Wer die Schönheit angeschaut mit Augen!

Ewig währt für ihn der Schmerz der Liebe,
Denn ein Tor nur kann auf Erden hoffen,
Zu genügen einem solchen Triebe:
Wen der Pfeil des Schönen je getroffen,
Ewig währt für ihn der Schmerz der Liebe!

Ach, er möchte wie ein Quell versiegen,
Jedem Hauch der Luft ein Gift entsaugen
Und den Tod aus jeder Blume riechen:
Wer die Schönheit angeschaut mit Augen,
Ach, er möchte wie ein Quell versiegen!

FRITZ MÜHLENWEG

Heimlicher Brief

Liebwerter Chung! Ich habe eine Bitte.
Ich weiß, du steigst gern auf die Silberweide
am Bach, und achtest auf die zagen Schritte
der Dörfler, Hirten und der alten Leute,
die spät zu Bett gehn.
Chung, du sollst das nicht.
Du hast die jungen Triebe abgebrochen.
Mein Vater hat am andern Tag davon gesprochen,
und Zorn verdunkelte sein freundliches Gesicht.
In kalter Nacht die Aprikosenblüte
der Reif zerstört.
Vor rauhem Wort mein Herz behüte,
das dir gehört.

Mein teurer Chung! Ich muß dir noch was sagen.
Von meinem Sandelbaum, wo in den Zweigen
zur Dämmerung die Nachtigallen schlagen,
und tausend Grillen ihre Lieder geigen,
war jüngst ein Blatt welk.
Chung, du sollst das nicht.
Du hast es in der Eile abgebrochen.
Das ganze Dorf hat schon davon gesprochen,
und Klatsch zerrt auch die Edlen vor Gericht.
In kalter Nacht die Aprikosenblüte
der Reif zerstört.
Vor rauhem Wort mein Herz behüte,
das dir gehört.

Geliebter Chung! Ich muß dir Schmerz bereiten.
Ich weiß, du steigst heut abend auf die Mauer
und läßt am Maulbeerbaum dich abwärts gleiten.
Doch meine Brüder liegen auf der Lauer
um dich zu fangen.
Chung, komm lieber nicht.
Du würdest sicher ins Verderben rennen,
du müßtest unsre Heimlichkeit bekennen,
und wir verlören beide das Gesicht.
In kalter Nacht die Aprikosenblüte
der Reif zerstört.
Vor rauhem Wort mein Herz behüte,
das dir gehört.

Christoph Meckel

Kein Nachteil

Auf Vorteile bauen
ist Sache der andern.
Während wir Kirschen aßen, uns liebten
ausraubten, zugrunderichteten
die Sprache verloren
in einem Geheul, und wiederfanden
in einem Lachen
während wir Kirschen aßen, waren die andern
unangreifbar geworden
abgöttisch in ihrer Zufriedenheit
Gerechtfertigte, ohne Kirschen
während wir unsern Nachteil immernoch
für ein Glück halten, und uns lieber
zugrunderichten
als ohne Kirschen zu leben.

Hilde Domin

Zärtliche Nacht

Es kommt die Nacht
da liebst du

nicht was schön –
was häßlich ist.

Nicht was steigt –
was schon fallen muß.

Nicht wo du helfen kannst –
wo du hilflos bist.

Es ist eine zärtliche Nacht,
die Nacht da du liebst,

was Liebe
nicht retten kann.

Bertolt Brecht

Sieben Rosen hat der Strauch
Sechs gehörn dem Wind
Aber eine bleibt, daß auch
Ich noch eine find.

Sieben Male ruf ich dich
Sechsmal bleibe fort
Doch beim siebten Mal, versprich
Komme auf mein Wort.

die Liebe beweinen

Jenseits der Hoffnung des Liebenden beginnt das Klagen – ein durch Dichtung oft sehr lang ausgedehnter Zustand der Qual. Bis man sich eines Tages damit abfindet – entweder nobel entsagt oder halb selig, halb unselig hadert. Die Dichtung »dokumentiert« diesen Zustand nicht, sie *ist* dieser Zustand. Die Not geht im Wort auf.
Es gibt – seltene – Gedichte, in denen nicht eine gestorbene Liebe zu Grabe getragen, sondern eine heftige Liebe umgebracht wird. Daß der Mensch sich durch das Wort selbst den Tod geben kann, haben wir an Kleists Penthesilea gesehen.

Johann Wolfgang von Goethe

Wer sich der Einsamkeit ergibt,
Ach! der ist bald allein;
Ein jeder lebt, ein jeder liebt,
Und läßt ihn seiner Pein.

Ja! laßt mich meiner Qual!
Und kann ich nur einmal
Recht einsam sein,
Dann bin ich nicht allein.

Es schleicht ein Liebender lauschend sacht,
Ob seine Freundin allein?
So überschleicht bei Tag und Nacht
Mich Einsamen die Pein,
Mich Einsamen die Qual.
Ach werd' ich erst einmal
Einsam im Grabe sein,
Da läßt sie mich allein!

INGEBORG BACHMANN

Erklär mir, Liebe

Dein Hut lüftet sich leis, grüßt, schwebt im Wind,
dein unbedeckter Kopf hat's Wolken angetan,
dein Herz hat anderswo zu tun,
dein Mund verleibt sich neue Sprachen ein,
das Zittergras im Land nimmt überhand,
Sternblumen bläst der Sommer an und aus,
von Flocken blind erhebst du dein Gesicht,
du lachst und weinst und gehst an dir zugrund,
was soll dir noch geschehen –

Erklär mir, Liebe!

Der Pfau, in feierlichem Staunen, schlägt sein Rad,
die Taube stellt den Federkragen hoch,
vom Gurren überfüllt, dehnt sich die Luft,
der Entrich schreit, vom wilden Honig nimmt
das ganze Land, auch im gesetzten Park
hat jedes Beet ein goldner Staub umsäumt.

Der Fisch errötet, überholt den Schwarm
und stürzt durch Grotten ins Korallenbett.
Zur Silbersandmusik tanzt scheu der Skorpion.
Der Käfer riecht die Herrlichste von weit;
hätt ich nur seinen Sinn, ich fühlte auch,
daß Flügel unter ihrem Panzer schimmern,
und nähm den Weg zum fernen Erdbeerstrauch!

Erklär mir, Liebe!

Wasser weiß zu reden,
die Welle nimmt die Welle an der Hand,
im Weinberg schwillt die Traube, springt und fällt.
So arglos tritt die Schnecke aus dem Haus!

Ein Stein weiß einen andern zu erweichen!

Erklär mir, Liebe, was ich nicht erklären kann:
sollt ich die kurze schauerliche Zeit
nur mit Gedanken Umgang haben und allein
nichts Liebes kennen und nichts Liebes tun?
Muß einer denken? Wird er nicht vermißt?

Du sagst: es zählt ein andrer Geist auf ihn …
Erklär mir nichts. Ich seh den Salamander
durch jedes Feuer gehen.
Kein Schauer jagt ihn, und es schmerzt ihn nichts.

Clemens Brentano

Wenn die Sonne weggegangen,
Kömmt die Dunkelheit heran,
Abendrot hat goldne Wangen,
Und die Nacht hat Trauer an.

Seit die Liebe weggegangen,
Bin ich nun ein Mohrenkind,
Und die roten, frohen Wangen,
Dunkel und verloren sind.

Dunkelheit muß tief verschweigen,
Alles Wehe, alle Lust,
Aber Mond und Sterne zeigen,
Was ihr wohnet in der Brust.

Wenn die Lippen dir verschweigen
Meines Herzens stille Glut,
Müssen Blick und Tränen zeigen,
Wie die Liebe nimmer ruht.

Johann Wolfgang von Goethe

Neue Liebe, neues Leben

Herz, mein Herz, was soll das geben,
Was bedränget dich so sehr?
Welch ein fremdes neues Leben –
Ich erkenne dich nicht mehr.
Weg ist alles, was du liebtest,
Weg, worum du dich betrübtest,
Weg dein Fleiß und deine Ruh –
Ach, wie kamst du nur dazu?

Fesselt dich die Jugendblüte,
Diese liebliche Gestalt,
Dieser Blick voll Treu und Güte
Mit unendlicher Gewalt?
Will ich rasch mich ihr entziehen,
Führet mich im Augenblick
– Ach – mein Weg zu ihr zurück.

Und an diesem Zauberfädchen,
Das sich nicht zerreißen läßt,
Hält das liebe lose Mädchen
Mich so wider Willen fest.
Muß in ihrem Zauberkreise
Leben nun auf ihre Weise;
Die Verändrung, ach, wie groß!
Liebe, Liebe, laß mich los!

August von Platen

Es lächelt, voll von Milde, mir manches Angesicht,
Doch alles ist vergebens, ihr alle seid es nicht!
Ihr blauen Augen werdet nie meine Sterne sein,
Ich weiß ein schwarzes Auge, aus diesem saug ich Licht;
Ein hartes Wort befürcht ich von deinem spröden Mund,
Drum laß die Lippe schweigen, so lang das Auge spricht!
Die Sonn' erwärmt die Steine, wie sollte nicht dein Aug'
Ein Herz erwärmen, dem es an Wärme nie gebricht?
Doch rat ich dir, vertraue dem Geiste nicht zu sehr,
Der, flücht'ger als die Rose, nur flücht'ge Bande flicht;
Der gern erproben möchte die ganze Welt umher,
Dem nach so viel gelüstet, den ach! so viel besticht.
Allein, was sag ich? Flehen um Liebe sollt' ich dich,
Denn dich vor mir zu warnen, ist über meine Pflicht!
Mein leichtes Wesen hätte sich längst, wie Spreu, zerstreut,
Doch Schmerz um deine Liebe verleiht mir noch Gewicht.

WOLF BIERMANN

Die Elbe bei Dresden

In Dresden, da steht ja die Elbe so still
Und die Stadt fließt so träge vorbei
Ich steh' da und seh' da die Raddampfer ziehn
Wie voriges Jahr, den Mai
Wie vorigen Mai, da wohnten wir
Diese Sommernacht unten am Fluß
In den Elbwiesen blieb uns die Puste weg
Beim Kuss zwischen Kuss und Kuss

Das sang uns der Fluß, das war unser Lied:
Es fließt alles – alles fließt
Mein Lieb, mein Lieb, jetzt bin ich allein
Jetzt redet der dumme Fluß mir ein:
Es bleibt alles, wie es ist

In jenem Mai, da schwammen wir schön
Mit der Strömung zur anderen Seit
Dann laufen ein Stück – und schwimmen zurück
Uns war ja der Fluß nicht zu breit
Das Wasser war nicht viel zu tief für uns
Ach und uns war der Dreck scheißegal
Wir ließen uns treiben und trieben das Spiel
Nocheinmal und noch ein mal

Das sang uns der Fluß, das war unser Lied:
Es fließt alles – alles fließt
Mein Lieb, mein Lieb, jetzt bin ich allein
Jetzt redet der dumme Fluß mir ein:
Es bleibt alles, wie es ist

Jetzt lieg ich am Ufer und wundere mich
Warum das mit mir grad so ist
Ach damals verriet uns der gute Fluß
Die Wahrheit, daß alles fließt
Da drehte die Erde sich unter uns
Als wir noch verharrten im Kuss
Und weißt du, warum ich dich suchen will?
Weil ich mich ja finden muß

Das sang uns der Fluß, das war unser Lied:
Es fließt alles – alles fließt
Mein Lieb, mein Lieb, jetzt bin ich allein
Jetzt redet der dumme Fluß mir ein:
Es bleibt alles, wie es ist

JOHANN WOLFGANG VON GOETHE

An den Mond

Spätere Fassung

Füllest wieder Busch und Tal
Still mit Nebelglanz,
Lösest endlich auch einmal
Meine Seele ganz;

Breitest über mein Gefild
Lindernd deinen Blick,
Wie des Freundes Auge mild
Über mein Geschick.

Jeden Nachklang fühlt mein Herz
Froh- und trüber Zeit,
Wandle zwischen Freud und Schmerz
In der Einsamkeit.

Fließe, fließe, lieber Fluß!
Nimmer werd' ich froh,
So verrauschte Scherz und Kuß,
Und die Treue so.

Ich besaß es doch einmal,
Was so köstlich ist!
Daß man doch zu seiner Qual
Nimmer es vergißt!

Rausche, Fluß, das Tal entlang,
Ohne Rast und Ruh,
Rausche, flüstre meinem Sang
Melodien zu,

Wenn du in der Winternacht
Wütend überschwillst,
Oder um die Frühlingspracht
Junger Knospen quillst.

Selig, wer sich vor der Welt
Ohne Haß verschließt,
Einen Freund am Busen hält
Und mit dem genießt,

Was, von Menschen nicht gewußt
Oder nicht bedacht,
Durch das Labyrinth der Brust
Wandelt in der Nacht.

Heinrich Heine

Sie haben dir viel erzählet,
Und haben viel geklagt;
Doch was meine Seele gequälet,
Das haben sie nicht gesagt.

Sie machten ein großes Wesen,
Und schüttelten kläglich das Haupt;
Sie nannten mich den Bösen,
Und du hast alles geglaubt.

Jedoch das Allerschlimmste,
Das haben sie nicht gewußt;
Das Schlimmste und das Dümmste,
Das trug ich geheim in der Brust.

Alfred Kerr

Brief eines kleinen Mädchens

Liebe Machtha! laß Dir sagen,
Wie mein Pfingstradausflug war:
Hermsdorf, Stolpe, Schmachtenhagen,
Und summarum sieben Paar.
Sieben Paare? Nein ... Die Träne
Steicht mir hoch, und inwiefern?
Ich (als einzige) war alleene;
Bin zu grün, noch ohne Herrn ...

Während wir im dicksten Drecke
Schwitzten bei Oranienburch,
Sah man schwarze Mummelsäcke
Oben durch die Bäume durch.
Dann als wir nach Liepnitz machten,
War der Himmel bläulich-rot;
Lange saßen wir im Gachten,
Abends fuhren wir noch Boot.

Weiter ging es ... Still war jeder.
Huh, der Forst lag schummergrau.
Nochmals stoppten wir die Räder,
Und wir schliefen in Bernau;
Hundemüde ging ich oben;
Streifte meine Hülle ab;
Einsam; denn die andren schoben
Kegel – aber nicht zu knapp.

Habe doof und beinah schwindlig
Meine Schuhe rausgestellt.
Machtha-Kind! wie unergründlich
Ist doch unsre Menschenwelt.
Weiß nicht, wie ich mir dies Beben
Meines Ichs erklären soll.
Machtha! vor mir liecht das Leben –
Und es ist jeheimnisvoll.

CLEMENS BRENTANO

Der Spinnerin Nachtlied

Es sang vor langen Jahren
Wohl auch die Nachtigall,
Das war wohl süßer Schall,
Da wir zusammen waren.

Ich sing' und kann nicht weinen,
Und spinne so allein
Den Faden klar und rein
So lang der Mond wird scheinen.

Als wir zusammen waren
Da sang die Nachtigall
Nun mahnet mich ihr Schall
Daß du von mir gefahren.

So oft der Mond mag scheinen,
Denk' ich wohl dein allein,
Mein Herz ist klar und rein,
Gott wolle uns vereinen.

Seit du von mir gefahren,
Singt stets die Nachtigall,
Ich denk' bei ihrem Schall,
Wie wir zusammen waren.

Gott wolle uns vereinen
Hier spinn' ich so allein,
Der Mond scheint klar und rein,
Ich sing' und möchte weinen.

Johann Wolfgang von Goethe

Gretchens Lied

Meine Ruh ist hin,
Mein Herz ist schwer;
Ich finde sie nimmer
Und nimmermehr.

Wo ich ihn nicht hab,
Ist mir das Grab,
Die ganze Welt
Ist mir vergällt.

Mein armer Kopf
Ist mir verrückt,
Mein armer Sinn
Ist mir zerstückt.

Meine Ruh ist hin,
Mein Herz ist schwer;
Ich finde sie nimmer
Und nimmermehr.

Nach ihm nur schau ich
Zum Fenster hinaus,
Nach ihm nur geh ich
Aus dem Haus.

Sein hoher Gang,
Sein' edle Gestalt,
Seines Mundes Lächlen,
Seiner Augen Gewalt

Und seiner Rede
Zauberfluß,
Sein Händedruck
Und, ach, sein Kuß!

Meine Ruh ist hin,
Mein Herz ist schwer;
Ich finde sie nimmer
Und nimmermehr.

Mein Busen drängt
Sich nach ihm hin.
Ach dürft ich fassen
Und halten ihn

Und küssen ihn
So wie ich wollt,
An seinen Küssen
Vergehen sollt!

Wilhelm Müller

Der Lindenbaum

Am Brunnen vor dem Tore
Da steht ein Lindenbaum:
Ich träumt' in seinem Schatten
So manchen süßen Traum.

Ich schnitt in seine Rinde
So manches liebe Wort;
Es zog in Freud und Leide
Zu ihm mich immerfort.

Ich mußt' auch heute wandern
Vorbei in tiefer Nacht,
Da hab ich noch im Dunkel
Die Augen zugemacht.

Und seine Zweige rauschten,
Als riefen sie mir zu:
Komm her zu mir, Geselle,
Hier findst du deine Ruh!

Die kalten Winde bliesen
Mir grad ins Angesicht,
Der Hut flog mir vom Kopfe,
Ich wendete mich nicht.

Nun bin ich manche Stunde
Entfernt von jenem Ort,
Und immer hör ich's rauschen:
Du fändest Ruhe dort!

WILHELM MÜLLER

Der Wegweiser

Was vermeid ich denn die Wege,
Wo die andren Wandrer gehn,
Suche mir versteckte Stege
Durch verschneite Felsenhöhn?

Habe ja doch nichts begangen,
Daß ich Menschen sollte scheun –
Welch ein törichtes Verlangen
Treibt mich in die Wüstenein?

Weiser stehen auf den Straßen,
Weisen auf die Städte zu,
Und ich wandre sonder Maßen,
Ohne Ruh, und suche Ruh.

Einen Weiser seh ich stehen
Unverrückt vor meinem Blick;
Eine Straße muß ich gehen,
Die noch keiner ging zurück.

STEFAN GEORGE

Mein kind kam heim.
Ihm weht der seewind noch im haar ·
Noch wiegt sein tritt
Bestandne furcht und junge lust der fahrt.

Vom salzigen sprühn
Entflammt noch seiner wange brauner schmelz:
Frucht schnell gereift
In fremder sonnen wildem duft und brand.

Sein blick ist schwer
Schon vom geheimnis das ich niemals weiss
Und leicht umflort
Da er vom lenz in unsern winter traf.

So offen quoll
Die knospe auf dass ich fast scheu sie sah
Und mir verbot
Den mund der einen mund zum kuss schon kor.

Mein arm umschliesst
Was unbewegt von mir zu andrer welt
Erblüht und wuchs –
Mein eigentum und mir unendlich fern.

INGEBORG BACHMANN

Das Spiel ist aus

Mein lieber Bruder, wann bauen wir uns ein Floß
und fahren den Himmel hinunter?
Mein lieber Bruder, bald ist die Fracht zu groß
und wir gehen unter.

Mein lieber Bruder, wir zeichnen aufs Papier
viele Länder und Schienen.
Gib acht, vor den schwarzen Linien hier
fliegst du hoch mit den Minen.

Mein lieber Bruder, dann will ich an den Pfahl
gebunden sein und schreien.
Doch du reitest schon aus dem Totental
und wir fliehen zu zweien.

Wach im Zigeunerlager und wach im Wüstenzelt,
es rinnt uns der Sand aus den Haaren,
dein und mein Alter und das Alter der Welt
mißt man nicht mit den Jahren.

Laß dich von listigen Raben, von klebriger Spinnenhand
und der Feder im Strauch nicht betrügen,
iß und trink auch nicht im Schlaraffenland,
es schäumt Schein in den Pfannen und Krügen.

Nur wer an der goldenen Brücke für die Karfunkelfee
das Wort noch weiß, hat gewonnen.
Ich muß dir sagen, es ist mit dem letzten Schnee
im Garten zerronnen.

Von vielen, vielen Steinen sind unsre Füße so wund.
Einer heilt. Mit dem wollen wir springen,
bis der Kinderkönig, mit dem Schlüssel zu seinem Reich im Mund,
uns holt, und wir werden singen:

Es ist eine schöne Zeit, wenn der Dattelkern keimt!
Jeder, der fällt, hat Flügel.
Roter Fingerhut ist's, der den Armen das Leichentuch säumt,
und dein Herzblatt sinkt auf mein Siegel.

Wir müssen schlafen gehn, Liebster, das Spiel ist aus.
Auf Zehenspitzen. Die weißen Hemden bauschen.
Vater und Mutter sagen, es geistert im Haus,
wenn wir den Atem tauschen.

Gottfried Benn

Mutter

Ich trage dich wie eine Wunde
auf meiner Stirn, die sich nicht schließt.
Sie schmerzt nicht immer. Und es fließt
das Herz sich nicht draus tot.
Nur manchmal plötzlich bin ich blind und spüre
Blut im Munde.

AUGUST VON PLATEN

Die Liebe hat gelogen,
Die Sorge lastet schwer,
Betrogen, ach, betrogen
Hat alles mich umher!

Es rinnen heiße Tropfen
Die Wange stets herab,
Laß ab, laß ab zu klopfen,
Laß ab, mein Herz, laß ab!

Eduard Mörike

Verborgenheit

Laß, o Welt, o laß mich sein!
Locket nicht mit Liebesgaben,
Laßt dies Herz alleine haben
Seine Wonne, seine Pein!

Was ich traure weiß ich nicht,
Es ist unbekanntes Wehe;
Immerdar durch Tränen sehe
Ich der Sonne liebes Licht.

Oft bin ich mir kaum bewußt,
Und die helle Freude zücket
Durch die Schwere, so mich drücket
Wonniglich in meiner Brust.

Laß, o Welt, o laß mich sein!
Locket nicht mit Liebesgaben,
Laßt dies Herz allein haben
Seine Wonne, seine Pein!

August von Platen

Du sprichst, daß ich mich täuschte,
Beschwörst es hoch und hehr,
Ich weiß ja doch, du liebtest,
Allein, du liebst nicht mehr!

Dein schönes Auge brannte,
Die Küsse brannten sehr,
Du liebtest mich, bekenn es,
Allein, du liebst nicht mehr!

Ich zähle nicht auf neue,
Getreue Wiederkehr:
Gesteh nur, daß du liebtest,
Und liebe mich nicht mehr!

GOTTFRIED BENN

Wie lange noch

»Wie lange noch, dann fassen
wir weder Gram noch Joch,
du kannst mich doch nicht lassen,
du weißt es doch,
die Tage, die uns einten,
ihr Immer und ihr Nie,
der Nächte, die wir weinten,
vergißt du die?

Wenn du bei Sommerende
durch diese Landschaft gehst,
die Felder, das Gelände
und schon im Dämmer stehst,
ist es nicht doch die Leere,
das Dunkel, das du fliehst,
ist es nicht doch das Schwere,
wenn du mich garnicht siehst?

Die Falten und der Kummer
auf meinen Zügen tief,
das ist doch auch der Schlummer,
den hier das Leben schlief,
die eingeglühten Zeichen,
die Male dort und hier
sind doch aus *unseren* Reichen,
die litten *wir*.

Ja, gehst du denn zu Grabe,
daß es nun garnichts gibt,
so gehe – ach, ich habe
dich so geliebt,
doch ist es eine Wende,
vergiß auch nie,
es gibt ein Sommerende
und Nächte, die

das Herz umfassen
mit Gram und Joch
– die du verlassen,
sie atmen noch –,
mit Schmerzen, hämmernden
Verlusten, wo
du suchst die dämmernden
Entfernten so!«

Wilhelm Busch

Die Freunde

Zwei Knaben, Fritz und Ferdinand,
Die gingen immer Hand in Hand,
Und selbst in einer Herzensfrage
Trat ihre Einigkeit zutage.

Sie liebten beide Nachbars Käthchen,
Ein blondgelocktes kleines Mädchen.

Einst sagte die verschmitzte Dirne:
Wer holt mir eine Sommerbirne,
Recht saftig, aber nicht zu klein?
Hernach soll er der Beste sein.

Der Fritz nahm seinen Freund beiseit
Und sprach: Das machen wir zu zweit;
Da drüben wohnt der alte Schramm,
Der hat den schönsten Birnenstamm;
Du steigst hinauf und schüttelst sacht,
Ich lese auf und gebe acht.

Gesagt getan. Sie sind am Ziel.
Schon als die erste Birne fiel,
Macht Fritz damit sich aus dem Staube,
Denn eben schlich aus dunkler Laube,
In fester Faust ein spanisch Rohr,
Der aufmerksame Schramm hervor.

Auch Ferdinand sah ihn beizeiten
Und tät am Stamm heruntergleiten
In Ängstlichkeit und großer Hast;
Doch eh er unten Fuß gefaßt,
Begrüßt ihn Schramm bereits mit Streichen,
Als wollt er einen Stein erweichen.

Der Ferdinand, voll Schmerz und Hitze,
Entfloh und suchte seinen Fritze.

Wie angewurzelt blieb er stehn.
Ach hätt er es doch nie gesehn:
Die Käthe hat den Fritz geküßt,
Worauf sie eine Birne ißt.

Seit dies geschah, ist Ferdinand
Mit Fritz nicht mehr so gut bekannt.

Erich Kästner

Die sehr moralische Autodroschke

Er brachte sie im Auto nach Haus.
Sie erzählte von ihrem Mann.
Er wußte, sie sähe entzückend aus.
Doch blickte er sie nicht an.

Sie fuhren durch die Alleen der Nacht.
Am Steuer saß irgendwer.
Die Sterne hatten sich hübsch gemacht.
Die Alleen waren ziemlich leer.

Und wenn das Auto Kurven nahm,
dann trafen sich ihre Knie.
Und wenn er ihr allzu nahe kam,
dann zitterten er und sie.

Er sprach von einem Theaterstück.
Das klang ein wenig gepreßt.
Sie sprach von ihrem Familienglück.
Ihre Stimme war nicht sehr fest.

Stets spürte er ihren Blick auf sich,
obwohl er durchs Fenster sah.
Und plötzlich wurde sie ärgerlich
und meinte, sie wären gleich da …

Dann waren sie eine Weile stumm.
In der Luft verbarg sich ein Blitz.
Doch fand er schließlich das Ganze zu dumm
und erzählte ihr einen Witz.

Die Luft war mild. Und das Auto fuhr.
Es roch nach Glück und Benzin.
Sie achteten wenig auf die Natur
und streiften sich mit den Knien.

Dann stiegen sie aus. Er gab ihr die Hand.
Und ging. Und fand alles gut.
Doch als er daheim im Zimmer stand,
zertrampelte er seinen Hut.

Günter Grass

Ehe

Wir haben Kinder, das zählt bis zwei.
Meistens gehen wir in verschiedene Filme.
Vom Auseinanderleben sprechen die Freunde.
Doch meine und Deine Interessen
berühren sich immer noch
an immer den gleichen Stellen.
Nicht nur die Frage nach den Manschettenknöpfen.
Auch Dienstleistungen:
Halt mal den Spiegel.
Glühbirnen auswechseln.
Etwas abholen.
Oder Gespräche, bis alles besprochen ist.
Zwei Sender, die manchmal gleichzeitig
auf Empfang gestellt sind.
Soll ich abschalten?
Erschöpfung lügt Harmonie.
Was sind wir uns schuldig? Das.
Ich mag das nicht: Deine Haare im Klo.
Aber nach elf Jahren noch Spaß an der Sache.
Ein Fleisch sein bei schwankenden Preisen.
Wir denken sparsam in Kleingeld.
Im Dunkeln glaubst Du mir alles.
Aufribbeln und Neustricken.
Gedehnte Vorsicht.
Dankeschönsagen.
Nimm Dich zusammen.
Dein Rasen vor unserem Haus.
Jetzt bist Du wieder ironisch.
Lach doch darüber.
Hau doch ab, wenn Du kannst.
Unser Haß ist witterungsbeständig.
Doch manchmal, zerstreut, sind wir zärtlich.

Die Zeugnisse der Kinder
müssen unterschrieben werden.
Wir setzen uns von der Steuer ab.
Erst übermorgen ist Schluß.
Du. Ja Du. Rauch nicht so viel.

Georg Friedrich Daumer

Der Verzweifelnde

Nicht mehr zu Dir zu gehen,
Beschloss ich und beschwor ich,
Und gehe jeden Abend,
Denn jede Kraft und jeden Halt verlor ich.

Ich möchte nicht mehr leben,
Möcht augenblicks verderben,
Und möchte doch auch leben
Für dich, mit dir, und nimmer, nimmer sterben.

Ach rede, sprich ein Wort nur,
Ein einziges, ein klares!
Gib Leben oder Tod mir,
Nur dein Gefühl enthülle mir, dein wahres!

Bilder malen

»Mit Wörtern malen« ist eine eingängige Metapher. Sie darf uns nicht an der bewußten Wahrnehmung von Unterschieden hindern: Lautmalerei – wie sie vor allem in der Musik vorkommt – ist etwas ganz anderes als das Herstellen eines Bildes vor dem inneren Auge, einer lebhaften und in sich geschlossenen Vision: von einer Großstadt am Abend, von einer Siesta im Grase, von einem Hochzeitszug am Waldesrand, von einem kreisenden Karussell. Die »Malerei« mit Tönen und Rhythmen hat darum in dieser Anthologie einen anderen Platz gefunden: beim »Singen«. Denn das »Bild« will fast immer mehr als einen sinnlichen Eindruck vermitteln, so sehr es auch ihn meint: »Glocken und Zyanen / Thymian und Mohn / Ach, ein fernes Ahnen / Hat das Herz davon.« Und wie die moderne bildende Kunst arbeitet das malende Gedicht mit Brüchen, Gegensätzen, Abstraktionen, Zitaten: »Was glänzt dort im Walde im Sonnenschein / Erfüllet die Seele mit Grausen« – und die Luft mit dem Geruch des noch warmen Brotes.

Werner Bergengruen

Dir zum guten Jahrgeleit*

Dir zum guten Jahrgeleit,
Hartmut, tat ich viel,
trieb schon vor Beginn der Zeit
großes Zauberspiel.

Heftete die Silberzier
an den Himmelsplan,
Waage, Sirius und Stier
und Aldebaran.

Schnitzte Dir das Mondenhorn
blank aus Elfenbein,
Ritzte ihm mit goldnem Dorn
H. v. H. hinein.

Hab im West den Himmelshang
rot und gold betupft,
Flocken für den Christnachtsgang
Dir zurecht gezupft.

Salzte Dir das Kattegatt
und den blauen Belt,
türmte Mönch und Arrarat
und das Dach der Welt.

Schickte in die Fluten kühl
Karpfen und Delphin,
tat ins dunkle Felsgestühl,
Quarz und Almandin.

Schiffe habe ich entsandt
in den Ozean
und bis in das Neumondsland
meine Eisenbahn.

Flüsse schüttete ich hin,
Rhone, Nidda, Schlei,
Orinoko, Po und Inn,
Lahn und Jenissei.

Städte habe ich ausgestreut
und sie groß benannt,
Marktgewühl und Turmgeläut
ihnen zuerkannt.

Famagusta, Astrachan,
Algier, Lima, Tours,
Löbichau und Teheran,
Mühlheim (an der Ruhr).

Tempel, Säule, Siegesmal,
Burg und Löwentor,
Krönungsdom und Kaisersaal
wölbte ich empor.

Völker habe ich gesät
gelb und weiß und braun
Dir allein zum Spielgerät,
Männer, Kinder, Fraun.

Jedem wies ich Würde an,
Perser, Mohr und Christ,
Bischof, Herzog, Ackersmann,
Fischer und Chymist,

Gärtnerin und Pulcinell,
Zofe, Dieb, Notar,
Geiger, Zimmermannsgesell,
Derwisch und Husar …

Hab dem düstren Wasserfall
Gischt und Glanz verliehn.
Übte mit der Nachtigall
ihre Melodien.

Setzte vor den Fensterschlitz
Dir das Seegeviert,
das der weiße Mövenblitz
ruhelos umgiert.

Hab, soweit mein Auge sah,
grün den Grund beschickt,
Wiesen mit Campanula
und Salbei bestickt.

Pflanzte Mohn und Akelei,
Zimt und Zuckerrohr
und ein Kräutlein Wohlverleih
in den Gartenflor.

Gab dem Birnbaum goldne Last,
schlanken Gang dem Reh,
frühen Duft dem Seidelbast,
Schmeichelhaar dem Feh.

Hab den Floh mit Springerkraft
königlich beschenkt
und mit unerschöpftem Saft
jeden Strauch getränkt.

Schuf das Einhorn ohne Fehl,
flügelstolz den Greif,
lieh dem Pfau als Kronjuwel
seinen bunten Schweif.

Gab der Schlang' den Züngeldolch
und das Schuppenkleid
und dem gelben Feuermolch
Unverbrennbarkeit.

Kräuselte den lichten Schaum
auf dem roten Wein,
kleidete in zarten Flaum
Dir den Pfirsich ein.

Kaffeestaude wird gebaut,
Kolanuß und Reis,
Ananas und Tabakskraut
nur auf mein Geheiß.

Alle Dinge fügte ich
an den rechten Platz,
selbst den bernsteinfarbnen Strich
in das Aug der Katz.

Aber heiß von Schöpferbrunst
plante ich noch mehr,
richtete ich voller Kunst
einen Popanz her.

Formte Tod und Krokodil,
Krieg und Pestgerücht
und zu Spiel und Widerspiel
nächtliches Gezücht.

Ja, den Kasperl-Kavalier
mit dem dicken Bauch
und der blanken Ordenszier,
Hartmut, schuf ich auch.

Spielten stolz und meisterlich
sie ihr Räuberstück,
in den Kasten legte ich
lächelnd sie zurück.

Also hab ich Schwarz und Bunt
Deinethalb gemischt
und Dir alles Erdenrund
gastlich aufgetischt.

Schuf ich alles Dir zu Sinn,
alles Dir zugut,
nimm die Welt willfährig hin
Und mit hartem Mut.

Weil ja Liebe sie entwarf
bis zum ärmsten Keim,
nichts ist, was Dich schrecken darf,
und Du bist daheim.

* Dem Herausgeber in dieser Form handschriftlich vermacht durch Dora Ringleb-Springer im Sommer 1942. Unter dem Titel »Poeta Creator« – ohne »Hartmut« und »HvH« – abgedruckt in: Werner Bergengruen: Glückwunschgabe. Zürich: Die Arche 1958.

PAUL GERHARDT

Sommergesang

1.
Geh aus, mein Herz und suche Freud,
In dieser lieben Sommerzeit
An deines Gottes Gaben.
Schau an der schönen Garten Zier,
Und siehe wie sie mir und dir
Sich ausgeschmücket haben.

2.
Die Bäume stehen voller Laub,
Das Erdreich decket seinen Staub
Mit einem grünen Kleide.
Narzissus und die Tulipan,
Die ziehen sich viel schöner an
Als Salomonis Seide.

3.
Die Lerche schwingt sich in die Luft,
Das Täublein fleucht aus seiner Kluft
Und macht sich in die Wälder.
Die hochbegabte Nachtigall
Ergötzt und füllt mit ihrem Schall
Berg, Hügel, Tal und Felder.

4.
Die Glucke führt ihr Völklein aus,
Der Storch baut und bewohnt sein Haus,
Das Schwälblein speist ihr' Jungen.
Der schnelle Hirsch, das leichte Reh
Ist froh und kommt aus seiner Höh'
Ins tiefe Gras gesprungen.

5.
Die Bächlein rauschen in dem Sand
Und malen sich und ihren Rand
Mit schattenreichen Myrten.
Die Wiesen liegen hart dabei
Und klingen ganz von Lustgeschrei
Der Schaf' und ihrer Hirten.

6.
Die unverdroß'ne Bienenschar
Zeucht hin und her, sucht hier und da
Ihr' edle Honigspeise.
Des süßen Weinstocks starker Saft
Kriegt täglich neue Stärk' und Kraft
In seinem schwachen Reise.

7.
Der Weizen wächset mit Gewalt,
Darüber jauchzet Jung und Alt
Und rühmt die große Güte
Des, der so überflüssig labt
Und mit so manchem Gut begabt
Das menschliche Gemüte.

8.
Ich selber kann und mag nicht ruhn.
Des großen Gottes großes Tun
Erweckt mir alle Sinnen.
Ich singe mit, wenn alles singt,
Und lasse was dem Höchsten klingt,
Aus meinem Herzen rinnen.

9.
Ach, denk' ich, bist du hier so schön,
Und läßt du's uns so lieblich gehn
Auf dieser armen Erden.
Was will doch wohl nach dieser Welt
Dort in dem reichen Himmelszelt
Und güldnem Schlosse werden?

10.
Welch hohe Lust, welch heller Schein
Wird wohl in Christi Garten sein?
Wie muß es da wohl klingen?
Da so viel tausend Seraphim
Mit eingestimtem Mund und Stimm
Ihr Halleluja singen!

11.
O wär ich da ! o stünd ich schon,
Ach süßer Gott, vor deinem Thron
Und trüge meine Palmen.
So wollt' ich nach der Engel Weis'
Erhöhen deines Namen Preis
Mit tausend schönen Psalmen.

12.
Doch will ich gleichwohl, weil ich noch
Hier trage dieses Leibes-Joch,
Auch nicht gar stille schweigen.
Mein Herze soll sich fort und fort,
An diesem und an allem Ort
Zu deinem Lobe neigen.

13.
Hilf nur, und segne meinen Geist
Mit Segen, der von Himmel fleußt,
Daß ich dir stetig blühe.
Gib, daß der Sommer deiner Gnad'
In meiner Seelen früh und spat
Viel Glaubensfrücht' erziehe.

14.
Mach in mir deinem Geiste Raum,
Daß ich dir werd' ein guter Baum,
Und laß mich wohl bekleiben*.
Verleihe, daß zu deinem Ruhm
Ich deines Gartens schöne Blum'
Und Pflanze möge bleiben.

15.
Erwähle mich zum Paradeis,
Und laß mich bis zur letzten Reis
An Leib und Seele grünen.
So will ich dir und deiner Ehr
Allein und sonsten keinem mehr,
Hier und dort ewig dienen.

* Wurzeln schlagen

Erich Kästner

Der Mai

Im Galarock des heiteren Verschwenders,
ein Blumenzepter in der schmalen Hand,
fährt nun der Mai, der Mozart des Kalenders,
aus seiner Kutsche grüßend, übers Land.

Es überblüht sich, er braucht nur zu winken.
Er winkt! Und rollt durch einen Farbenhain.
Blaumeisen flattern ihm voraus und Finken.
Und Pfauenaugen flügeln hinterdrein.

Die Äpfelbäume hinterm Zaun erröten.
Die Birken machen einen grünen Knicks.
Die Drosseln spielen, auf ganz kleinen Flöten,
das Scherzo aus der Symphonie des Glücks.

Die Kutsche rollt durch atmende Pastelle.
Wir ziehn den Hut. Die Kutsche rollt vorbei.
Die Zeit versinkt in einer Fliederwelle.
O, gäb es doch ein Jahr aus lauter Mai!

Melancholie und Freude sind wohl Schwestern.
Und aus den Zweigen fällt verblühter Schnee.
Mit jedem Pulsschlag wird aus Heute Gestern.
Auch Glück kann weh tun. Auch der Mai tut weh.

Er nickt uns zu und ruft: »Ich komm ja wieder!«
Aus Himmelblau wird langsam Abendgold.
Er grüßt die Hügel, und er winkt dem Flieder.
Er lächelt. Lächelt. Und die Kutsche rollt.

Christine Lavant

Kummergang in Kümmelwiesen,
Pfaffenkappenstauden spießen
durch mein Ingesicht.
Nordwind widerspricht
jedem Trost, den ich mir sage,
und die Skabiosenfrage
geht nie günstig aus.
Auch der Wolkenstrauß
läßt von seinen Federnelken
immer wieder eine welken
vor der guten Zahl.
Sicher will die halbe Erde
nicht, daß ich ermutigt werde
unterm schwarzen Schal.
Nur die wilden Kümmelkerne
duften so, als ob sie gerne
für mich durch das Elend gingen.
Auch die Distelköpfe schwingen,
wenn ihr Fink davongeflogen,
mutig und im sanften Bogen
in ihr Gleichgewicht und steifen
meinen Nacken unterm Reifen
seiner Überqual.
Und – mit einem Mal
sind das nimmer starre Stengel,
strahlend wölbt der Grummet-Engel
seine Flügel, seine Brauen
um mein gottverlaßnes Schauen.

Josef Weinheber

Im Grase

Glocken und Zyanen,
Thymian und Mohn.
Ach, ein fernes Ahnen
hat das Herz davon.

Und im sanften Nachen
trägt es so dahin.
Zwischen Traum und Wachen
frag ich, wo ich bin.

Seh die Schiffe ziehen,
fühl den Wellenschlag,
weiße Wolken fliehen
durch den späten Tag –

Glocken und Zyanen,
Mohn und Thymian.
Himmlisch wehn die Fahnen
über grünem Plan:

Löwenzahn und Raden,
Klee und Rosmarin.
Lenk es, Gott, in Gnaden
nach der Heimat hin.

Das ist deine Stille.
Ja, ich hör dich schon.
Salbei und Kamille,
Thymian und Mohn,

und schon halb im Schlafen
– Mohn und Thymian –
landet sacht im Hafen
nun der Nachen an.

Rainer Maria Rilke

Blaue Hortensie

So wie das letzte Grün in Farbentiegeln
sind diese Blätter, trocken, stumpf und rauh,
hinter den Blütendolden, die ein Blau
nicht auf sich tragen, nur von ferne spiegeln.

Sie spiegeln es verweint und ungenau,
als wollten sie es wiederum verlieren,
und wie in alten blauen Briefpapieren
ist Gelb in ihnen, Violett und Grau;

Verwaschnes wie an einer Kinderschürze,
Nichtmehrgetragnes, dem nichts mehr geschieht:
wie fühlt man eines kleinen Lebens Kürze.

Doch plötzlich scheint das Blau sich zu verneuen
in einer von den Dolden, und man sieht
ein rührend Blaues sich vor Grünem freuen.

RAINER MARIA RILKE

Das Karussell

Jardin du Luxembourg

Mit einem Dach und seinem Schatten dreht
sich eine kleine Weile der Bestand
von bunten Pferden, alle aus dem Land,
das lange zögert, eh es untergeht.
Zwar manche sind an Wagen angespannt,
doch alle haben Mut in ihren Mienen;
ein böser roter Löwe geht mit ihnen
und dann und wann ein weißer Elefant.

Sogar ein Hirsch ist da, ganz wie im Wald,
nur daß er einen Sattel trägt und drüber
ein kleines blaues Mädchen aufgeschnallt.

Und auf dem Löwen reitet weiß ein Junge
und hält sich mit der kleinen heißen Hand,
dieweil der Löwe Zähne zeigt und Zunge.

Und dann und wann ein weißer Elefant.

Und auf den Pferden kommen sie vorüber,
auch Mädchen, helle, diesem Pferdesprunge
fast schon entwachsen; mitten in dem Schwunge
schauen sie auf, irgendwohin, herüber –

Und dann und wann ein weißer Elefant.

Und das geht hin und eilt sich, daß es endet,
und kreist und dreht sich nur und hat kein Ziel.
Ein Rot, ein Grün, ein Grau vorbeigesendet,
ein kleines kaum begonnenes Profil –.
Und manchesmal ein Lächeln, hergewendet,
ein seliges, das blendet und verschwendet
an dieses atemlose blinde Spiel …

Rainer Maria Rilke

Der Panther

Im Jardin des Plantes, Paris

Sein Blick ist vom Vorübergehn der Stäbe
so müd geworden, daß er nichts mehr hält.
Ihm ist, als ob es tausend Stäbe gäbe
und hinter tausend Stäben keine Welt.

Der weiche Gang geschmeidig starker Schritte,
der sich im allerkleinsten Kreise dreht,
ist wie ein Tanz von Kraft um eine Mitte,
in der betäubt ein großer Wille steht.

Nur manchmal schiebt der Vorhang der Pupille
sich lautlos auf –. Dann geht ein Bild hinein,
geht durch der Glieder angespannte Stille –
und hört im Herzen auf zu sein.

Kurt Tucholsky

Park Monceau

Hier ist es hübsch. Hier kann ich ruhig träumen.
Hier bin ich Mensch – und nicht nur Zivilist.
Hier darf ich links gehn. Unter grünen Bäumen
sagt keine Tafel, was verboten ist.

Ein dicker Kullerball liegt auf dem Rasen.
Ein Vogel zupft an einem hellen Blatt.
Ein kleiner Junge gräbt sich in der Nasen
und freut sich, wenn er was gefunden hat.

Es prüfen vier Amerikanerinnen,
ob Cook auch recht hat und hier Bäume stehn.
Paris von außen und Paris von innen:
sie sehen nichts und müssen alles sehn.

Die Kinder lärmen auf den bunten Steinen.
Die Sonne scheint und glitzert auf ein Haus.
Ich sitze still und lasse mich bescheinen
und ruh von meinem Vaterlande aus.

Hans Carossa

Der alte Brunnen

Lösch aus dein Licht und schlaf! Das immer wache
Geplätscher nur vom alten Brunnen tönt.
Wer aber Gast war unter meinem Dache,
Hat sich stets bald an diesen Ton gewöhnt.

Zwar kann es einmal sein, wenn du schon mitten
Im Traume bist, daß Unruh geht ums Haus,
Der Kies beim Brunnen knirscht von harten Tritten.
Das helle Plätschern setzt auf einmal aus,

Und du erwachst, – dann mußt du nicht erschrecken!
Die Sterne stehn vollzählig überm Land,
Und nur ein Wandrer trat ans Marmorbecken,
Der schöpft vom Brunnen mit der hohlen Hand.

Er geht gleich weiter, und es rauscht wie immer.
O freue dich, du bleibst nicht einsam hier.
Viel Wandrer gehen fern im Sternenschimmer,
Und mancher noch ist auf dem Weg zu dir.

JOSEPH VON EICHENDORFF

Im Walde

Es zog eine Hochzeit den Berg entlang,
Ich hörte die Vögel schlagen,
Da blitzten viel Reiter, das Waldhorn klang,
Das war ein lustiges Jagen!

Und eh' ich's gedacht, war Alles verhallt,
Die Nacht bedecket die Runde,
Nur von den Bergen noch rauschet der Wald
Und mich schauert im Herzensgrunde.

Georg Trakl

In den Nachmittag geflüstert

Sonne, herbstlich dünn und zag,
Und das Obst fällt von den Bäumen.
Stille wohnt in blauen Räumen
Einen langen Nachmittag.

Sterbeklänge von Metall;
Und ein weißes Tier bricht nieder.
Brauner Mädchen rauhe Lieder
Sind verweht im Blätterfall.

Stirne Gottes Farben träumt,
Spürt des Wahnsinns sanfte Flügel.
Schatten drehen sich am Hügel
Von Verwesung schwarz umsäumt.

Dämmerung voll Ruh und Wein;
Traurige Guitarren rinnen.
Und zur milden Lampe drinnen
Kehrst du wie im Traume ein.

Eduard Mörike

Septembermorgen

Im Nebel ruhet noch die Welt,
Noch träumen Wald und Wiesen:
Bald siehst du, wenn der Schleier fällt,
Den blauen Himmel unverstellt,
Herbstkräftig die gedämpfte Welt
In warmem Golde fließen.

BERTOLT BRECHT

Die gute Nacht

Der Tag, vor dem der große Christ
Zur Welt geboren worden ist
War hart und wüst und ohne Vernunft.
Seine Eltern hatten keine Unterkunft
Und auf den Straßen herrschte ein arger Verkehr
Und die Polizei war hinter ihnen her
Und sie fürchteten sich vor seiner Geburt
Die gegen Abend erwartet wurd.
Denn seine Geburt fiel in die kalte Zeit.
Aber sie verlief zur Zufriedenheit.
Der Stall, den sie doch noch gefunden hatten
War warm und mit Moos zwischen seinen Latten
Und mit Kreide war auf die Tür gemalt
Daß der Stall bewohnt war und bezahlt.
So wurde es doch noch eine gute Nacht
Auch das Heu war wärmer, als sie gedacht
Ochs und Esel waren dabei
Damit alles in der Ordnung sei.
Eine Krippe gab einen kleinen Tisch
Und der Hausknecht brachte ihnen heimlich einen Fisch.
(Denn es mußte bei der Geburt des großen Christ
Alles heimlich gehen und mit List.)
Doch der Fisch war ausgezeichnet und reichte durchaus
Und Maria lachte ihren Mann wegen seiner Besorgnis aus.
Denn am Abend legte sich sogar der Wind
Und war nicht mehr so kalt, wie die Winde sonst sind.
Aber bei Nacht war er fast wie ein Föhn.
Und der Stall war warm. Und das Kind war sehr schön.
Und es fehlte schon fast gar nichts mehr -
Da kamen auch noch die Dreikönig daher!
Maria und Joseph waren zufrieden sehr.
Sie legten sich sehr zufrieden zum Ruhn.
Mehr konnte die Welt für den Christ nicht tun.

Joseph von Eichendorff

Weihnachten

Markt und Straßen steh'n verlassen,
Still erleuchtet jedes Haus,
Sinnend geh' ich durch die Gassen,
Alles sieht so festlich aus.

An den Fenstern haben Frauen
Buntes Spielzeug fromm geschmückt,
Tausend Kindlein steh'n und schauen,
Sind so wunderstill beglückt.

Und ich wandre aus den Mauern
Bis hinaus ins freie Feld,
Hehres Glänzen, heil'ges Schauern!
Wie so weit und still die Welt!

Sterne hoch die Kreise schlingen,
Aus des Schnees Einsamkeit
Steigt's wie wunderbares Singen –
O du gnadenreiche Zeit!

THEODOR FONTANE

Glück

Sonntagsruhe, Dorfesstille,
Kind und Knecht und Magd sind aus,
Unterm Herde nur die Grille
Musizieret durch das Haus.

Tür und Fenster blieben offen,
Denn es schweigen Luft und Wind,
In uns schweigen Wunsch und Hoffen,
Weil wir ganz im Glücke sind.

Felder rings, – ein Gottessegen
Hügel auf- und niederwärts,
Und auf stillen Gnadenwegen
Stieg auch *uns* er in das Herz.

Dagmar Nick

Großstadtabend

Honigabend hat die Stadt
bronzefarben eingeschlossen.
Durch das Schattenspiel der Gossen
tanzt ein gelbes Ahornblatt.

Ist schon Herbst? Wie mag das sein,
jetzt durch einen Wald zu streifen,
wenn die Ebereschen reifen –
Ach, die Trambahnschienen schrein,

blasser Vollmond sinkt vergessen
in den Feuerschlund der Essen,
grell vom Neon überstrahlt.

Und in einer späten Stille
steht ein Mädchen, wie von Zille
an die Häuserwand gemalt.

Paul Gerhardt

Abendlied

1.
Nun ruhen alle Wälder,
Vieh, Menschen, Städt' und Felder
Es schläft die ganze Welt.
Ihr aber, meine Sinnen,
Auf, auf, ihr sollt beginnen
Was eurem Schöpfer wohlgefällt.

2.
Wo bist du, Sonne, blieben?
Die Nacht hat dich vertrieben,
Die Nacht, des Tages Feind :
Fahr hin, ein' andre Sonne
Mein JEsus, meine Wonne,
Gar hell in meinem Herzen scheint.

3.
Der Tag ist nun vergangen.
Die güldnen Sternlein prangen
Am blauen Himmels-Saal.
So, so werd ich auch stehen,
Wann mich wird heißen gehen
Mein GOtt aus diesem Jammertal.

4.
Der Leib, der eilt zur Ruhe,
Legt ab das Kleid und Schuhe
Das Bild der Sterblichkeit.
Die zieh ich aus, dagegen
Wird Christus mir anlegen
Den Rock der Ehr und Herrlichkeit.

5.
Das Haupt, die Füß und Hände,
Sind froh, daß nun zum Ende
Die Arbeit kommen sei.
Herz freu dich: du sollst werden
Vom Elend dieser Erden
Und von der Sünden Arbeit frei.

6.
Nun geht, ihr matten Glieder,
Geht, geht und legt euch nieder,
Der Betten ihr begehrt.
Es kommen Stund und Zeiten,
Da man euch wird bereiten
Zur Ruh ein Bettlein in der Erd.

7.
Mein' Augen stehn verdrossen
Im Nu sind sie verschlossen,
Wo bleibt denn Leib und Seel?
Nimm sie zu deinen Gnaden,
Sei gut vor allen Schaden,
Du Aug und Wächter Israel.

8.
Breit aus die Flügel beide,
O JEsu, meine Freude,
Und nimm dein Küchlein ein.
Will Satan mich verschlingen,
So laß die Englein singen:
Dies Kind soll unverletzet sein.

9.
Auch euch, ihr meine Lieben,
Soll heute nicht betrüben
Kein Unfall noch Gefahr.
GOtt laß euch ruhig schlafen,
Stell euch die güldnen Waffen
Ums Bett und seiner Helden Schar.

Heinz Czechowski

Frieden

Wie hießen die Hügel
Neben der Straße von Dohna nach Weesenstein?
Ich weiß es nicht mehr,
Nur die Ereignisse
Sind im Gedächtnis geblieben:
Die Trecks der schlesischen Bauern,
Die westwärts durchs Nadelöhr zogen,
Die weggeworfenen Karabiner,
Königstiger,
Hinter sich schwarze Fahnen,
Um Schörners Armee zu entsetzen,
Sowjetische Jabos,
Die sie verfolgten.
Was glänzt da im Walde im Sonnenschein,
Erfüllet die Seelen mit Grausen?
Das noch warme Brot
Verzehrt unterm Rollen der Kanonade
Und im Licht
Der Leuchtspurgeschosse.
Entgegengeschwenkt
Unsere weißen Tücher
Einer Vorausabteilung,
Die auf Fahrrädern kam.

GÜNTER BRUNO FUCHS

Der Irre ist gestorben

Im Wartesaal, wenn die Züge
Verspätung hatten,
erzählte er Märchen aus Tausend-
undeiner Nacht.

Er verstand es nie,
richtig zu grüßen. Auf Guten Tag
sagte er immer: Vielleicht.

Man weiß: er zog seinen Hut
vor den Hunden.
Seine Königskrone aus Zeitungspapier
trugen die Kinder nach Hause.

Der Fünfzeiler im Ortsteil der Zeitung
schloß mit den Worten: Es war
seine letzte Nacht,
als er im Park auf den Baum stieg.

Gerüchte gehen, er habe vergessen
sich festzuhalten,
als er den Friedensappell
an die Welt sprach.

WERNER BERGENGRUEN

Leben eines Mannes

Gestern fuhr ich Fische fangen,
heut bin ich zum Wein gegangen,
– Morgen bin ich tot –
Grüne, goldgeschuppte Fische,
rote Pfützen auf dem Tische,
rings um weißes Brot.

Gestern ist es Mai gewesen,
heute wolln wir Verse lesen,
morgen wolln wir Schweine stechen,
Würste machen, Äpfel brechen,
pfundweis alle Bettler stopfen
und auf pralle Bäuche klopfen,
– Morgen bin ich tot –
Rosen setzen, Ulmen pflanzen,
schlittenfahren, fastnachtstanzen,
Netze flicken, Lauten rühren,
Häuser bauen, Kriege führen,
Frauen nehmen, Kinder zeugen,
übermorgen Kniee beugen,
übermorgen Knechte löhnen,
übermorgen Gott versöhnen –
Morgen bin ich tot.

Geschichten erzählen

Wenn ich meine Schüler – gleich welchen Alters – vor die Wahl stellte, eine Ballade oder eine Geschichte in Prosa zu hören (unabhängig von der Zeit, die das eine oder andere braucht), haben sie immer das Gedicht gewählt. Es versprach einen gesteigerten Genuß; es ist auf äußerste Wirksamkeit angelegt; es dramatisiert das Geschehen, von dem es handelt. Das kann in zahlreichen Strophen geschehen wie in Brechts »Kinderkreuzzug« oder in einer einzigen wie in seiner »Intervention«; der Gegenstand kann ernst oder komisch, der Effekt kann Erregung oder weise Einwilligung sein, – immer verleiht das Gedicht dem Erzählten höhere Intensität.

Das Kapitel beginnt absichtlich mit ungeordneter Vielfalt; nachdem ich diese vorgeführt habe, gibt es keinen Grund, die Gedichte Hebbels oder Brechts voneinander zu trennen. Eine kleine Dramaturgie waltet wieder am Schluß: Der Herr Ming, der Asra und Eva Zellers »Stummfilm« stehen zusammen, damit man sie auch zusammen, also nacheinander lese.

Bertolt Brecht

Legende von der Entstehung des Buches Taoteking auf dem Weg des Laotse in die Emigration

1
Als er siebzig war und war gebrechlich
Drängte es den Lehrer doch nach Ruh
Denn die Güte war im Lande wieder einmal schwächlich
Und die Bosheit nahm an Kräften wieder einmal zu.
Und er gürtete den Schuh.

2
Und er packte ein, was er so brauchte:
Wenig. Doch es wurde dies und das.
So die Pfeife, die er immer abends rauchte
Und das Büchlein, das er immer las.
Weißbrot nach dem Augenmaß.

3
Freute sich des Tals noch einmal und vergaß es
Als er ins Gebirg den Weg einschlug.
Und sein Ochse freute sich des frischen Grases
Kauend, während er den Alten trug.
Denn dem ging es schnell genug.

4
Doch am vierten Tag im Felsgesteine
Hat ein Zöllner ihm den Weg verwehrt:
»Kostbarkeiten zu verzollen?« – »Keine.«
Und der Knabe, der den Ochsen führte, sprach:
»Er hat gelehrt.«
Und so war auch das erklärt.

5
Doch der Mann in einer heitren Regung
Fragte noch: »Hat er was rausgekriegt?«
Sprach der Knabe: »Daß das weiche Wasser in Bewegung
Mit der Zeit den mächtigen Stein besiegt.
Du verstehst, das Harte unterliegt.«

6
Daß er nicht das letzte Tageslicht verlöre
Trieb der Knabe nun den Ochsen an.
Und die drei verschwanden schon um eine schwarze Föhre
Da kam plötzlich Fahrt in unsern Mann
Und er schrie: »He, du! Halt an!

7
Was ist das mit diesem Wasser, Alter?«
Hielt der Alte: »Intressiert es dich?«
Sprach der Mann: »Ich bin nur Zollverwalter
Doch wer wen besiegt, das intressiert auch mich.
Wenn du's weißt, dann sprich!

8
Schreib mir's auf! Diktier es diesem Kinde!
So was nimmt man doch nicht mit sich fort.
Da gibt's doch Papier bei uns und Tinte
Und ein Nachtmahl gibt es auch: ich wohne dort.
Nun, ist das ein Wort?«

9
Über seine Schulter sah der Alte
Auf den Mann: Flickjoppe. Keine Schuh.
Und die Stirne eine einzige Falte.
Ach, kein Sieger trat da auf ihn zu.
Und er murmelte: »Auch du?«

10
Eine höfliche Bitte abzuschlagen
War der Alte, wie es schien, zu alt.
Denn er sagte laut: »Die etwas fragen
Die verdienen Antwort.« Sprach der Knabe: »Es wird auch schon kalt.«
»Gut, ein kleiner Aufenthalt.«

11
Und von seinem Ochsen stieg der Weise
Sieben Tage schrieben sie zu zweit.
Und der Zöllner brachte Essen (und er fluchte nur noch leise
Mit den Schmugglern in der ganzen Zeit).
Und dann war's soweit.

12
Und dem Zöllner händigte der Knabe
Eines Morgens einundachtzig Sprüche ein
Und mit Dank für eine kleine Reisegabe
Bogen sie um jene Föhre ins Gestein.
Sagt jetzt: kann man höflicher sein?

13
Aber rühmen wir nicht nur den Weisen
Dessen Name auf dem Buche prangt!
Denn man muß dem Weisen seine Weisheit erst entreißen.
Darum sei der Zöllner auch bedankt:
Er hat sie ihm abverlangt.

FRIEDRICH HEBBEL

Der Heideknabe

Der Knabe träumt, man schicke ihn fort
Mit dreißig Talern zum Heideort,
Er ward drum erschlagen am Wege
Und war doch nicht langsam und träge.

Noch liegt er im Angstschweiß, da rüttelt ihn
Sein Meister, und heißt ihm, sich anzuziehn
Und legt ihm das Geld auf die Decke
Und fragt ihn, warum er erschrecke.

»Ach Meister, mein Meister, sie schlagen mich tot,
Die Sonne, sie ist ja wie Blut so rot!«
Sie ist es für dich nicht alleine,
Drum schnell, sonst mach ich dir Beine!

»Ach Meister, mein Meister, so sprachst du schon,
Das war das Gesicht, der Blick, der Ton,
Gleich greifst du« – zum Stock, will er sagen,
Er sagts nicht, er wird schon geschlagen.

»Ach Meister, mein Meister, ich geh, ich geh,
Bring meiner Frau Mutter das letzte Ade!
Und sucht sie nach allen vier Winden,
Am Weidenbaum bin ich zu finden!«

Hinaus aus der Stadt! Und da dehnt sie sich,
Die Heide, nebelnd, gespenstiglich,
Die Winde darüber sausend,
»Ach, wär' hier ein Schritt wie tausend!«

Und alles so still, und alles so stumm,
Man sieht sich umsonst nach Lebendigem um,
Nur hungrige Vögel schießen
Aus Wolken, um Würmer zu spießen.

Er kommt ans einsame Hirtenhaus,
Der alte Hirt schaut eben heraus,
Des Knaben Angst ist gestiegen,
Am Wege bleibt er noch liegen.

»Ach Hirte, du bist ja von frommer Art,
Vier gute Groschen hab ich erspart,
Gib deinen Knecht mir zur Seite,
Daß er bis zum Dorf mich begleite.

Ich will sie ihm geben, er trinke dafür
Am nächsten Sonntag ein gutes Bier,
Dies Geld hier, ich trag es mit Beben,
Man nahm mir im Traum drum das Leben!«

Der Hirt, der winkte dem langen Knecht,
Er schnitt sich eben den Stecken zurecht,
Jetzt trat er hervor – wie graute
Dem Knaben, als er ihn schaute!

»Ach Meister Hirte, ach nein, ach nein,
Es ist doch besser, ich geh allein!«
Der Lange spricht grinsend zum Alten:
Er will die vier Groschen behalten.

»Da sind die vier Groschen!« Er wirft sie hin
Und eilt hinweg mit verstörtem Sinn.
Schon kann er die Weide erblicken,
Da klopft ihn der Knecht in den Rücken.

Du hältst es nicht aus, du gehst zu geschwind,
Ei, Eile mit Weile, du bist ja noch ein Kind,
Auch muß das Geld dich beschweren,
Wer kann dir das Ausruhn verwehren!

Komm, setz dich unter den Weidenbaum
Und dort erzähl mir den häßlichen Traum,
Mir träumte – Gott soll mich verdammen,
Triffts nicht mit deinem zusammen!

Er faßt den Knaben wohl bei der Hand,
Der leistet auch nimmermehr Widerstand,
Die Blätter flüstern so schaurig,
Das Wässerlein rieselt so traurig!

Nun sprich, du träumtest – »Es kam ein Mann –«
War ich das? Sieh mich doch näher an,
Ich denke, du hast mich gesehen!
Nun weiter, wie ist es geschehen?

»Er zog ein Messer!« – War das, wie dies? –
»Ach ja, ach ja!« – Er zogs? – »Und stieß –«
Er stieß dir's wohl so durch die Kehle?
Was hilft es auch, daß ich dich quäle!

Und fragt ihr, wie's weiter gekommen sei?
So fragt zwei Vögel, sie saßen dabei,
Der Rabe verweilte gar heiter,
Die Taube konnte nicht weiter!

Der Rabe erzählt, was der Böse noch tat,
Und auch, wie's der Henker gerochen hat,
Die Taube erzählt, wie der Knabe
Geweint und gebetet habe.

Friedrich von Schiller

Der Handschuh

Vor seinem Löwengarten,
Das Kampfspiel zu erwarten,
Saß König Franz,
Und um ihn die Großen der Krone,
Und rings auf hohem Balkone
Die Damen in schönem Kranz.

Und wie er winkt mit dem Finger,
Auf tut sich der weite Zwinger,
Und hinein mit bedächtigem Schritt
Ein Löwe tritt,
Und sieht sich stumm
Rings um,
Mit langem Gähnen,
Und schüttelt die Mähnen,
Und streckt die Glieder,
Und legt sich nieder.

Und der König winkt wieder,
Da öffnet sich behend
Ein zweites Tor,
Daraus rennt
Mit wildem Sprunge
Ein Tiger hervor.
Wie der den Löwen erschaut,
Brüllt er laut,
Schlägt mit dem Schweif
Einen furchtbaren Reif,
Und recket die Zunge,
Und im Kreise scheu
Umgeht er den Leu
Grimmig schnurrend,
Drauf streckt er sich murrend
Zur Seite nieder.

Und der König winkt wieder,
Da speit das doppelt geöffnete Haus
Zwei Leoparden auf einmal aus,
Die stürzen mit mutiger Kampfbegier
Auf das Tigertier,
Das packt sie mit seinen grimmigen Tatzen,
Und der Leu mit Gebrüll
Richtet sich auf, da wird's still,
Und herum im Kreis,
Von Mordsucht heiß,
Lagern die greulichen Katzen.

Da fällt von des Altans Rand
Ein Handschuh von schöner Hand
Zwischen den Tiger und den Leun
Mitten hinein.
Und zu Ritter Delorges spottenderweis
Wendet sich Fräulein Kunigund:
»Herr Ritter, ist Eure Lieb so heiß,
Wie Ihr mir's schwört zu jeder Stund,
Ei, so hebt mir den Handschuh auf.«

Und der Ritter in schnellem Lauf
Steigt hinab in den furchtbarn Zwinger
Mit festem Schritte,
Und aus der Ungeheuer Mitte
Nimmt er den Handschuh mit keckem Finger.

Und mit Erstaunen und mit Grauen
Sehens die Ritter und Edelfrauen,
Und gelassen bringt er den Handschuh zurück.
Da schallt ihm sein Lob aus jedem Munde,
Aber mit zärtlichem Liebesblick –
Er verheißt ihm sein nahes Glück –
Empfängt ihn Fräulein Kunigunde.
Und er wirft ihr den Handschuh ins Gesicht:
»Den Dank, Dame, begehr ich nicht«,
Und verläßt sie zur selben Stunde.

Franz Josef Degenhardt

Tonio Schiavo

Das ist die Geschichte von Tonio Schiavo,
geboren, verwachsen im Mezzo-giorno.
Frau und acht Kinder, und drei leben kaum,
und zweieinhalb Schwestern in einem Raum.
Tonio Schiavo ist abgehaun.
Zog in die Ferne,
ins Paradies,
und das liegt irgendwo bei Herne.

Im Kumpelhäuschen oben auf dem Speicher
mit zwölf Kameraden vom Mezzo-giorno
für hundert Mark Miete und Licht aus um neun,
da hockte er abends und trank seinen Wein.
Und manchmal schienen durchs Dachfenster rein
richtige Sterne
ins Paradies,
und das liegt irgendwo bei Herne.

Richtiges Geld schickte Tonio nach Hause.
Sie zählten's und lachten im Mezzo-giorno.
Er schaffte und schaffte für zehn auf dem Bau.
Und dann kam das Richtfest, und alle waren blau.
Der Polier, der nannte ihn »Itaker-Sau«.
Das hört er nicht gerne
im Paradies,
und das liegt irgendwo bei Herne.

Tonio Schiavo, der zog sein Messer,
Das Schnappmesser war's aus dem Mezzo-giorno.
Er hieb's in den harten Bauch vom Polier,
und daraus floß sehr viel Blut und viel Bier.
Tonio Schiavo, den packten gleich vier.
Er sah unter sich Herne,
das Paradies,
und das war gar nicht mehr so ferne.

Und das ist das Ende von Tonio Schiavo,
geboren, verwachsen im Mezzo-giorno:
Sie warfen ihn zwanzig Meter hinab.
Er schlug auf das Pflaster, und zwar nur ganz knapp
vor zehn dünne Männer, die waren müde und schlapp,
die kamen grad aus der Ferne – aus dem Mezzo-giorno –
ins Paradies,
und das liegt irgendwo bei Herne.

ERICH KÄSTNER

Nekrolog für den Maler E. H.

Ach, er war ein guter Maler,
doch ein schlechter Steuerzahler.
Denn sein Bilderstapel stand
still mit dem Gesicht zur Wand.

Einsam war der Mann und bald
fünfundvierzig Jahre alt.
Und er wagte nicht mehr, offen
auf sein bißchen Glück zu hoffen.

Schulden, die er nie bezahlte,
saßen rings im Atelier.
Sinnlos war es, daß er malte!
Und sein Leben tat ihm weh.

Als er keinen Mut mehr hatte,
stopfte er zerpflückte Watte
in die Tür- und Fensterspalten,
um das Zimmer dichtzuhalten.

Danach schrieb er ein paar Briefe
zur Erklärung der Motive.
Und im weiteren Verlauf
drehte er den Gashahn auf.

Krank und müde vom Getue
um die goldne Gunst der Welt,
setzte er sich nun zur Ruhe,
wenn auch ohne Ruhegeld.

Eine Woche saß die Leiche
ungestört in ihrem Reiche.
Bis der Herr Portier erschien.
Denn nur der vermißte ihn.

Paar Bekannte standen stumm
später um das Grab herum.
Ohne Blechmusik und Predigt
wurde hier der Rest erledigt.

Alle Augen blieben trocken.
Hinterher im Stammcafé
fragte Einer ganz erschrocken:
»Wer nimmt nun das Atelier?«

Christian Morgenstern

Das Butterbrotpapier

Ein Butterbrotpapier im Wald, –
da es beschneit wird, fühlt sich kalt …

In seiner Angst, wiewohl es nie
an Denken vorher irgendwie

gedacht, natürlich, als ein Ding
aus Lumpen usw., fing,

aus Angst, so sagte ich, fing an
zu denken, fing, hob an, begann,

zu denken, denkt euch, was das heißt,
bekam (aus Angst, so sagt ich) – Geist,

und zwar, versteht sich, nicht bloß so
vom Himmel droben irgendwo,

vielmehr infolge einer ganz
exakt entstandnen Hirnsubstanz –

die aus Holz, Eiweiß, Mehl und Schmer,
(durch Angst) mit Überspringen der

sonst üblichen Weltalter, an
ihm Boden und Gefäß gewann –

[(mit Überspringung) in und an
ihm Boden und Gefäß gewann].

Mit Hilfe dieser Hilfe nun
entschloß sich das Papier zum Tun, –

zum Leben, zum – gleichviel, es fing
zu gehn an – wie ein Schmetterling …

zu kriechen erst, zu fliegen drauf,
bis übers Unterholz hinauf,

dann über die Chaussee und quer
und kreuz und links und hin und her –

wie eben solch ein Tier zur Welt
(ja nach dem Wind) (und sonst) sich stellt.

Doch, Freunde! werdet bleich gleich mir! –:
Ein Vogel, dick und ganz voll Gier,

erblickts (wir sind im Januar …) –
und schickt sich an, mit Haut und Haar –

und schickt sich an, mit Haar und Haut –
(wer mag da endigen!) (mir graut) –

(Bedenkt, was alles nötig war!) –
und schickt sich an, mit Haut und Haar – –

Ein Butterbrotpapier im Wald
gewinnt – aus Angst – Naturgestalt …

Genug!! Der wilde Specht verschluckt
das unersetzliche Produkt …

Theodor Fontane

Herr von Ribbeck auf Ribbeck im Havelland

Herr von Ribbeck auf Ribbeck im Havelland,
Ein Birnbaum in seinem Garten stand,
Und kam die goldene Herbsteszeit
Und die Birnen leuchteten weit und breit,
Da stopfte, wenn's Mittag vom Turme scholl,
Der von Ribbeck sich beide Taschen voll,
Und kam in Pantinen ein Junge daher,
So rief er: »Junge, wiste 'ne Beer?«
Und kam ein Mädel, so rief er: »Lütt Dirn,
Kumm man röwer, ich hebb 'ne Birn.«

So ging es viel Jahre, bis lobesam
Der von Ribbeck auf Ribbeck zu sterben kam.
Er fühlte sein Ende. 's war Herbsteszeit,
Wieder lachten die Birnen weit und breit,
Da sagte von Ribbeck: »Ich scheide nun ab.
Legt mir eine Birne mit ins Grab.«
Und drei Tage drauf, aus dem Doppeldachhaus,
Trugen von Ribbeck sie hinaus,
Alle Bauern und Büdner, mit Feiergesicht,
Sangen »Jesus meine Zuversicht«,
Und die Kinder klagten, das Herze schwer,
»He is dod nu. Wer giwt uns nu 'ne Beer?«

So klagten die Kinder. Das war nicht recht,
Ach, sie kannten den alten Ribbeck schlecht,
Der *neue* freilich, der knausert und spart,
Hält Park und Birnbaum strenge verwahrt,
Aber der *alte*, vorahnend schon
Und voll Mißtraun gegen den eigenen Sohn,
Der wußte genau, was damals er tat,
Als um eine Birn' ins Grab er bat,
Und im dritten Jahr, aus dem stillen Haus,
Ein Birnbaumsprößling sproßt heraus.

Und die Jahre gehen wohl auf und ab,
Längst wölbt sich ein Birnbaum über dem Grab,
Und in der goldenen Herbsteszeit
Leuchtet's wieder weit und breit.
Und kommt ein Jung übern Kirchhof her,
So flüstert's im Baume: »Wiste 'ne Beer?«
Und kommt ein Mädel, so flüstert's: »Lütt Dirn,
Kumm man röwer, ick gew di'ne Birn.«

So spendet Segen noch immer die Hand
Des von Ribbeck auf Ribbeck im Havelland.

Gotthold Ephraim Lessing

Faustin

Faustin, der ganze fünfzehn Jahr
Von Haus und Hof und Weib und Kindern war,
Ward, von dem Wucher reich gemacht,
Auf seinem Schiffe heimgebracht.
»Gott«, seufzt der redliche Faustin,
Als ihm die Vaterstadt in dunkler Fern erschien,
»Gott, strafe mich nicht meiner Sünden
Und gieb mir nicht verdienten Lohn!
Laß, weil du gnädig bis, mich Tochter, Weib und Sohn
Gesund und fröhlich wieder finden.«
So seufzt Faustin, und Gott erhört den Sünder.
Er kam, und fand sein Haus in Überfluß und Ruh.
Er fand sein Weib und seine beiden Kinder,
Und – Segen Gottes! – zwei dazu.

Heinrich Heine

Schelm von Bergen

Im Schloß zu Düsseldorf am Rhein
Wird Mummenschanz gehalten;
Da flimmern die Kerzen, da rauscht die Musik,
Da tanzen die bunten Gestalten.

Da tanzt die schöne Herzogin,
Sie lacht laut auf beständig;
Ihr Tänzer ist ein schlanker Fant,
Gar höfisch und behendig.

Er trägt eine Maske von schwarzem Samt,
Daraus gar freudig blicket
Ein Auge, wie ein blanker Dolch,
Halb aus der Scheide gezücket.

Es jubelt die Fastnachtsgeckenschar,
Wenn jene vorüberwalzen.
Der Drickes und die Marizzebill
Grüßen mit Schnarren und Schnalzen.

Und die Trompeten schmettern drein,
Der närrische Brummbaß brummet,
Bis endlich der Tanz ein Ende nimmt
Und die Musik verstummet.

»Durchlauchtigste Frau, gebt Urlaub mir,
Ich muß nach Hause gehen –«
Die Herzogin lacht: Ich laß dich nicht fort, bevor
ich dein Antlitz gesehen.

»Durchlauchtigste Frau, gebt Urlaub mir,
Mein Anblick bringt Schrecken und Grauen –«
Die Herzogin lacht: Ich fürchte mich nicht,
Ich will dein Antlitz schauen.

»Durchlauchtigste Frau, gebt Urlaub mir,
Der Nacht und dem Tode gehör' ich –«
Die Herzogin lacht: Ich lasse dich nicht,
Dein Antlitz zu schauen begehr' ich.

Wohl sträubt sich der Mann mit finsterm Wort,
Das Weib nicht zähmen kunnt' er;
Sie riß zuletzt ihm mit Gewalt
Die Maske vom Antlitz herunter.

Das ist der Scharfrichter von Bergen! so schreit
Entsetzt die Menge im Saale
Und weichet scheusam – die Herzogin
Stürzt fort zu ihrem Gemahle.

Der Herzog ist klug, er tilgte die Schmach
Der Gattin auf der Stelle.
Er zog sein blankes Schwert und sprach:
Knie vor mir nieder, Geselle!

Mit diesem Schwertschlag mach ich dich
Jetzt ehrlich und ritterzünftig,
Und weil du ein Schelm, so nenne ich dich
Herr Schelm von Bergen künftig.

So ward der Henker ein Edelmann
Und Ahnherr der Schelme von Bergen.
Ein stolzes Geschlecht! es blühte am Rhein.
Jetzt schläft es in steinernen Särgen.

UNBEKANNT

Die graus'ge Moritot von Sabinchen, dem Frauenzimmer

Sabinchen war ein Frauenzimmer, gar hold und tugendhaft.
Sie diente treu und redlich immer bei ihrer Dienstherrschaft.

Da kam aus Treuenbrietzen ein junger Mann daher,
der wollte Sabinchen so gerne besitzen und war
ein Schuhmacher.

Das Geld hat er versoffen, in Schnaps
und auch in Bier.
Da kam er zu Sabinchen geloffen und wollte welches
von ihr.

Sie konnt' ihm keines geben, da stahl er auf der Stell'
von ihrer saubern Dienstherrschaft sechs silberne
Eßlöffel.

Doch schon nach 13 Wochen, da kam der Diebstahl raus,
da jagte man mit Schimpf und Schande Sabinchen
aus dem Haus.

Sie rief: »Verfluchter Schuster, Du rabenschwarzer Hund!«
Da nahm er sein Rasiermesser und schnitt ihr ab
den Schlund.

Das Blut zum Himmel spritzte, Sabinchen fiel
gleich um.
Der böse Schuster aus Treuenbrietzen, der stand um
sie herum.

In einem finstern Keller, bei Wasser und bei Brot,
da sühnt' der Schuster aus Treuenbrietzen die
graus'ge Moritot.

Und die Moral der Geschichte: Verlieb Dich
in 'nen Schuster nicht –
Der Krug, der geht solange zu Wasser, bis daß der
Henkel abbricht!

Johann Wolfgang von Goethe

Der Gott und die Bajadere

Indische Legende

Mahadöh, der Herr der Erde,
Kommt herab zum sechstenmal,
Daß er unsersgleichen werde,
Mit zu fühlen Freud' und Qual.
Er bequemt sich hier zu wohnen,
Läßt sich alles selbst geschehn.
Soll er strafen oder schonen,
Muß er Menschen menschlich sehn.
Und hat er die Stadt sich als Wandrer betrachtet,
Die Großen belauert, auf Kleine geachtet,
Verläßt er sie abends, um weiter zu gehn.

Als er nun hinausgegangen,
Wo die letzten Häuser sind,
Sieht er, mit gemalten Wangen,
Ein verlornes schönes Kind.
»Grüß dich Jungfrau!« – »Dank der Ehre!
Wart', ich komme gleich hinaus.« –
»Und wer bist du?« – »Bajadere,
Und dies ist der Liebe Haus.«
Sie rührt sich, die Zimbeln zum Tanze zu schlagen;
Sie weiß sich so lieblich im Kreise zu tragen,
Sie neigt sich und biegt sich, und reicht ihm den Strauß.

Schmeichelnd zieht sie ihn zur Schwelle,
Lebhaft ihn ins Haus hinein.
»Schöner Fremdling, lampenhelle
Soll sogleich die Hütte sein.
Bist du müd', ich will dich laben,
Lindern deiner Füße Schmerz.
Was du willst, das sollst du haben,
Ruhe, Freuden oder Scherz.«
Sie lindert geschäftig geheuchelte Leiden.
Der Göttliche lächelt; er siehet mit Freuden,
Durch tiefes Verderben ein menschliches Herz.

Und er fordert Sklavendienste;
Immer heitrer wird sie nur,
Und des Mädchens frühe Künste
Werden nach und nach Natur.
Und so stellet auf die Blüte
Bald und bald die Frucht sich ein;
Ist Gehorsam im Gemüte,
Wird nicht fern die Liebe sein.
Aber, sie schärfer und schärfer zu prüfen,
Wählet der Kenner der Höhen und Tiefen
Lust und Entsetzen und grimmige Pein.

Und er küßt die bunten Wangen,
Und sie fühlt der Liebe Qual,
Und das Mädchen steht gefangen,
Und sie weint zum erstenmal;
Sinkt zu seinen Füßen nieder,
Nicht um Wollust noch Gewinst,
Ach! und die gelenken Glieder,
Sie versagen allen Dienst.
Und so zu des Lagers vergnüglicher Feier
Bereiten den dunklen behaglichen Schleier
Die nächtlichen Stunden, das schöne Gespinst.

Spät entschlummert, unter Scherzen,
Früh erwacht, nach kurzer Rast,
Findet sie, an ihrem Herzen,
Tot den vielgeliebten Gast.
Schreiend stürzt sie auf ihn nieder;
Aber nicht erweckt sie ihn,
Und man trägt die starren Glieder
Bald zur Flammengrube hin.
Sie höret die Priester, die Totengesänge,
Sie raset und rennet, und teilet die Menge.
»Wer bist du? was drängt zu der Grube dich hin?«

Bei der Bahre stürzt sie nieder,
Ihr Geschrei durchdringt die Luft:
»Meinen Gatten will ich wieder!
Und ich such' ihn in der Gruft.
Soll zu Asche mir zerfallen
Dieser Glieder Götterpracht?
Mein! er war es, mein vor allen!
Ach, nur Eine süße Nacht!«
Es singen die Priester: »Wir tragen die Alten,
Nach langem Ermatten und spätem Erkalten,
Wir tragen die Jugend, noch eh' sie's gedacht.

Höre deiner Priester Lehre:
Dieser war dein Gatte nicht.
Lebst du doch als Bajadere,
Und so hast du keine Pflicht.
Nur dem Körper folgt der Schatten
In das stille Totenreich;
Nur die Gattin folgt dem Gatten:
Das ist Pflicht und Ruhm zugleich.
Ertöne Drommete zu heiliger Klage!
O, nehmet, ihr Götter! die Zierde der Tage,
O, nehmet den Jüngling in Flammen zu euch!«

So das Chor, das ohn' Erbarmen
Mehret ihres Herzens Not;
Und mit ausgestreckten Armen
Springt sie in den heißen Tod.
Doch der Götterjüngling hebet
Aus der Flamme sich empor,
Und in seinen Armen schwebet
Die Geliebte mit hervor.
Es freut sich die Gottheit der reuigen Sünder;
Unsterbliche heben verlorene Kinder
Mit feurigen Armen zum Himmel empor.

Johann Wolfgang von Goethe

Der getreue Eckart

»O wären wir weiter, o wär' ich zu Haus!
Sie kommen; da kommt schon der nächtliche Graus:
Sie sind's, die unholdigen Schwestern.
Sie streifen heran, und sie finden uns hier,
Sie trinken das mühsam geholte, das Bier,
Und lassen nur leer uns die Krüge.«

So sprechen die Kinder und drücken sich schnell:
Da zeigt sich vor ihnen ein alter Gesell:
»Nur stille, Kind! Kinderlein, stille!
Die Hulden, sie kommen von durstiger Jagd,
Und laßt ihr sie trinken, wie's jeder behagt,
Dann sind sie euch hold, die Unholden.«

Gesagt, so geschehn! und da naht sich der Graus
Und siehet so grau und so schattenhaft aus,
Doch schlürft es und schlampft es aufs beste.
Das Bier ist verschwunden, die Krüge sind leer:
Nun saust es und braust es, das wütige Heer,
Ins weite Getal und Gebirge.

Die Kinderlein ängstlich gen Hause so schnell,
Gesellt sich zu ihnen der fromme Gesell:
»Ihr Püppchen, nur seid mir nicht traurig.«
»Wir kriegen nun Schelten und Streich' bis aufs Blut.«
»Nein, keineswegs, alles geht herrlich und gut,
Nur schweiget und horchet wie Mäuslein.

Und der es euch anrät, und der es befiehlt,
Er ist es, der gern mit den Kindelein spielt.
Der alte Getreue, der Eckart.
Vom Wundermann hat man euch immer erzählt,
Nur hat die Bestätigung jedem gefehlt;
Die habt ihr nun köstlich in Händen.«

Sie kommen nach Hause, sie setzen den Krug
Ein jedes den Eltern bescheiden genug
Und harren der Schläg' und der Schelten.
Doch siehe, man kostet: ein herrliches Bier!
Man trinkt in die Runde schon dreimal und vier,
Und noch nimmt der Krug nicht ein Ende.

Das Wunder, es dauert zum morgenden Tag.
Doch frage, wer immer zu fragen vermag:
»Wie ist's mit den Krügen ergangen?«
Die Mäuslein, sie lächeln, im stillen ergetzt;
Sie stammeln und stottern und schwatzen zuletzt,
Und gleich sind vertrocknet die Krüge.

Und wenn euch, ihr Kinder, mit treuem Gesicht
Ein Vater, ein Lehrer, ein Aldermann spricht,
So horchet und folget ihm pünktlich!
Und liegt auch das Zünglein in peinlicher Hut,
Verplaudern ist schädlich, verschweigen ist gut;
Dann füllt sich das Bier in den Krügen.

Johann Wolfgang von Goethe

Erlkönig

Wer reitet so spät durch Nacht und Wind?
Es ist der Vater mit seinem Kind;
Er hat den Knaben wohl in dem Arm,
Er faßt ihn sicher, er hält ihn warm. –

Mein Sohn, was birgst du so bang dein Gesicht? –
Siehst, Vater, du den Erlkönig nicht?
Den Erlenkönig mit Kron' und Schweif? –
Mein Sohn, es ist ein Nebelstreif. –

»Du liebes Kind, komm, geh mit mir!
Gar schöne Spiele spiel' ich mit dir;
Manch' bunte Blumen sind an dem Strand;
Meine Mutter hat manch' gülden Gewand.«

Mein Vater, mein Vater, und hörest du nicht,
Was Erlenkönig mir leise verspricht? –
Sei ruhig, bleibe ruhig, mein Kind!
In dürren Blättern säuselt der Wind. –

»Willst, feiner Knabe, du mit mir gehn?
Meine Töchter sollen dich warten schön;
Meine Töchter führen den nächtlichen Reihn
Und wiegen und tanzen und singen dich ein.«

Mein Vater, mein Vater, und siehst du nicht dort
Erlkönigs Töchter am düstern Ort? –
Mein Sohn, mein Sohn, ich seh' es genau;
Es scheinen die alten Weiden so grau. –

»Ich liebe dich, mich reizt deine schöne Gestalt:
Und bist du nicht willig, so brauch' ich Gewalt.« –
Mein Vater, mein Vater, jetzt faßt er mich an!
Erlkönig hat mir ein Leids getan! –

Dem Vater grauset's, er reitet geschwind,
Er hält in Armen das ächzende Kind,
Erreicht den Hof mit Mühe und Not;
In seinen Armen das Kind war tot.

Friedrich von Schiller

Das verschleierte Bild zu Sais

Ein Jüngling, den des Wissens heißer Durst
Nach Sais in Ägypten trieb, der Priester
Geheime Weisheit zu erlernen, hatte
Schon manchen Grad mit schnellem Geist durcheilt,
Stets riß ihn seine Forschbegierde weiter,
Und kaum besänftigte der Hierophant
Den ungeduldig Strebenden. »Was hab ich,
Wenn ich nicht Alles habe, sprach der Jüngling
Gibt's etwa hier ein Weniger und Mehr?
Ist deine Wahrheit wie der Sinne Glück
Nur eine Summe, die man größer, kleiner
Besitzen kann und immer doch besitzt?
Ist sie nicht eine einz'ge, ungeteilte?
Nimm einen Ton aus einer Harmonie,
Nimm eine Farbe aus dem Regenbogen,
Und alles, was dir bleibt, ist Nichts, solang
Das schöne All der Töne fehlt und Farben.«

Indem sie einst so sprachen, standen sie
In einer einsamen Rotonde still,
Wo ein verschleiert Bild von Riesengröße
Dem Jüngling in die Augen fiel. Verwundert
Blickt er den Führer an und spricht. »Was ist's,
Das hinter diesem Schleier sich verbirgt?«
»Die Wahrheit«, ist die Antwort. – »Wie?«, ruft jener,
»Nach Wahrheit streb ich ja allein, und diese
Gerade ist es, die man mir verhüllt?«

»Das mache mit der Gottheit aus«, versetzt
Der Hierophant. »Kein Sterblicher,« sagt sie,
»Rückt diesen Schleier, bis ich selbst ihn hebe.
Und wer mit ungeweihter schuld'ger Hand
Den heiligen verbotnen früher hebt,
Der, spricht die Gottheit« –
»Nun?« – »Der *sieht* die Wahrheit.«

»Ein seltsamer Orakelspruch! Du selbst
Du hättest also niemals ihn gehoben?«
»Ich? Wahrlich nicht! Und war auch nie dazu
Versucht.« – »Das faß ich nicht. Wenn von der Wahrheit
Nur diese dünne Scheidewand mich trennte –«
»Und ein Gesetz«, fällt ihm sein Führer ein.
»Gewichtiger mein Sohn als du es meinst,
Ist dieser dünne Flor – für deine Hand
Zwar leicht, doch Zentner schwer für dein Gewissen.«

Der Jüngling ging gedankenvoll nach Hause.
Ihm raubt des Wissens brennende Begier
Den Schlaf, er wälzt sich glühend auf dem Lager
Und rafft sich auf um Mitternacht. Zum Tempel
Führt unfreiwillig ihn der scheue Tritt.
Leicht ward es ihm, die Mauer zu ersteigen,
Und mitten in das Innre der Rotonde
Trägt ein beherzter Sprung den Wagenden.

Hier steht er nun, und grauenvoll umfängt
Den Einsamen die lebenlose Stille,
Die nur der Tritte hohler Wiederhall
In den geheimen Grüften unterbricht.
Von oben durch der Kuppel Öffnung wirft
Der Mond den bleichen silberblauen Schein,
Und furchtbar wie ein gegenwärtger Gott
Erglänzt durch des Gewölbes Finsternisse
In ihrem langen Schleier die Gestalt.

Er tritt hinan mit ungewissem Schritt,
Schon will die freche Hand das Heilige berühren,
Da zuckt es heiß und kühl durch sein Gebein,
Und stößt ihn weg mit unsichtbarem Arme.
Unglücklicher, was willst du tun? So ruft

In seinem Innern eine treue Stimme.
Versuchen den Allheiligen willst du?
Kein Sterblicher, sprach des Orakels Mund,
Rückt diesen Schleier, bis ich selbst ihn hebe.

Doch setzte nicht derselbe Mund hinzu:
Wer diesen Schleier hebt, soll Wahrheit schauen.
»Sei hinter ihm, was will! Ich heb ihn auf.«
(Er rufts mit lauter Stimm.) »Ich will sie schauen.«
Schauen!
Gellt ihm ein langes Echo spottend nach.

Er sprichts und hat den Schleier aufgedeckt.
Nun, fragt ihr, und was zeigte sich ihm hier?
Ich weiß es nicht. Besinnungslos und bleich,
So fanden ihn am andern Tag die Priester
Am Fußgestell der Isis ausgestreckt.
Was er allda gesehen und erfahren,
Hat seine Zunge nie bekannt. Auf ewig
War seines Lebens Heiterkeit dahin,
Ihn riß ein tiefer Gram zum frühen Grabe.
»Weh dem«, dies war sein warnungsvolles Wort,
Wenn ungestüme Fragen in ihn drangen,
»Weh dem, der zu der Wahrheit geht durch Schuld,
Sie wird ihm nimmermehr erfreulich sein.«

Friedrich Hebbel

Bubensonntag

Wenn ich einst, ein kleiner Bube,
Sonntags früh im Bette lag,
Und die helle Kirchenglocke
All das Schweigen unterbrach:

O, wie schlüpft' ich dann so hurtig
Aus dem Bett ins Kleid hinein,
Und wie gern ließ ich das Frühstück,
Um zuerst bei Gott zu sein!

Ein Gesangbuch unterm Arme,
Eh' ich's Lesen noch verstand,
Ging ich fort, gebeugten Hauptes,
Fromm verschränkend Hand in Hand.

Kam mein Hündchen froh gesprungen,
Schalt ich: komm mir nicht zu nah!
Kaum, daß ich, zur Seite schielend,
Nach der Vogelfalle sah.

Fiel die Kirchentür nun knarrend
Hinter meinem Rücken zu,
Sprach ich furchtsam-zuversichtlich:
Jetzt allein sind Gott und du!

Längst mit ganzem, vollem Herzen
Hing ich ja an meinem Gott,
Doch, daß niemand ihn erblicke,
Hielt ich stets für eitel Spott.

Und so hofft ich jeden Morgen,
Endlich einmal ihn zu sehn;
War's denn nichts in meinen Jahren,
Stets um fünfe aufzustehn?

Auf dem hohen Turm die Glocke
War schon lange wieder stumm,
Der Altar warf düstre Schatten,
Gräber lagen rings herum.

Drang ein Schall zu mir herüber,
Dacht' ich: jetzt wirst du ihn schaun!
Aber meine Augen schlossen
Sich zugleich vor Angst und Graun.

Und dies Zittern, dies Erbangen,
Und mein kalter Todesschweiß –
Daß der Herr vorbeigewandelt,
Galt mir alles für Beweis.

Still und träumend dann zu Hause
Schlich ich mich in süßer Qual,
Und mein klopfend Herz gelobte
Sich mehr Mut fürs nächste Mal.

Friedrich Hebbel

Das Kind am Brunnen

Frau Amme, Frau Amme, das Kind ist erwacht!
Doch die liegt ruhig im Schlafe,
Die Vöglein zwitschern, die Sonne lacht,
Am Hügel weiden die Schafe.

Frau Amme, Frau Amme, das Kind steht auf,
Es wagt sich weiter und weiter!
Hinab zum Brunnen nimmt es den Lauf,
Da stehen Blumen und Kräuter.

Frau Amme, Frau Amme, der Brunnen ist tief!
Sie schläft, als läge sie drinnen!
Das Kind läuft schnell, wie es nie noch lief,
Die Blumen locken's von hinnen.

Nun steht es am Brunnen, nun ist es am Ziel,
Nun pflückt es die Blumen sich munter,
Doch bald ermüdet das reizende Spiel,
Da schaut's in die Tiefe hinunter.

Und unten erblickt es ein holdes Gesicht,
Mit Augen, so hell und so süße.
Es ist sein eignes, das weiß es noch nicht,
Viel stumme freundliche Grüße!

Das Kindlein winkt, der Schatten geschwind
Winkt aus der Tiefe ihm wieder.
Herauf! Herauf! So meint's das Kind;
Der Schatten: Hernieder! Hernieder!

Schon beugt es sich über den Brunnenrand,
Frau Amme, du schläfst noch immer!
Da fallen die Blumen ihm aus der Hand
Und trüben den lockenden Schimmer.

Verschwunden ist sie, die süße Gestalt,
Verschluckt von der hüpfenden Welle,
Das Kind durchschauert's fremd und kalt,
Und schnell enteilt es der Stelle.

LUDWIG UHLAND

Bertran de Born

Droben auf dem schroffen Steine
Raucht in Trümmern Autafort,
Und der Burgherr steht gefesselt
Vor des Königs Zelte dort:
»Kamst du, der mit Schwert und Liedern
Aufruhr trug von Ort zu Ort,
Der die Kinder aufgewiegelt
Gegen ihres Vaters Wort?

Steht vor mir, der sich gerühmet
In vermeßner Prahlerei:
Daß ihm nie mehr als die Hälfte
Seines Geistes nötig sei?
Nun der halbe dich nicht rettet,
Ruf' den ganzen doch herbei,
Daß er neu dein Schloß dir baue,
Deine Ketten brech' entzwei!«

»Wie du sagst, mein Herr und König!
Steht vor dir Bertran de Born,
Der mit einem Lied entflammte
Perigord und Bentadorn,

Der dem mächtigen Gebieter
Stets im Auge war ein Dorn,
Dem zu Liebe Königskinder
Trugen ihres Vaters Zorn.

Deine Tochter saß im Saale,
Festlich, eines Herzogs Braut,
Und da sang vor ihr mein Bote,
Dem ein Lied ich anvertraut;
Sang, was einst ihr Stolz gewesen,
Ihres Dichters Sehnsuchtlaut,
Bis ihr leuchtend Brautgeschmeide
Ganz von Tränen war betaut.

Aus des Ölbaums Schlummerschatten
Fuhr dein bester Sohn empor,
Als mit zorn'gen Schlachtgesängen
Ich bestürmen ließ sein Ohr.
Schnell war ihm das Roß gegürtet,
Und ich trug das Banner vor,
Jenem Todespfeil entgegen,
Der ihn traf vor Montforts Tor.

Blutend lag er mir im Arme,
Nicht der scharfe, kalte Stahl –
Daß er sterb' in deinem Fluche,
Das war seines Sterbens Qual.
Strecken wollt' er dir die Rechte
Über Meer, Gebirg und Tal,
Als er deine nicht erreichet,
Drückt er meine noch einmal.

Da, wie Autafort dort oben,
Ward gebrochen meine Kraft;
Nicht die ganze, nicht die halbe
Blieb mir, Saite nicht, noch Schaft.
Leicht hast du den Arm gebunden;
Seit der Geist mir liegt in Haft;
Nur zu einem Trauerliede
Hat er sich noch aufgerafft.«

Und der König senkt die Stirne:
»Meinen Sohn hast du verführt,
Hast der Tochter Herz verzaubert,
Hast auch meines nun gerührt.
Nimm die Hand, du Freund des Toten!
Die, verzeihend, ihm gebührt.
Weg die Fesseln! Deines Geistes
Hab' ich einen Hauch verspürt.«

THEODOR FONTANE

Der 6. November 1632

Schwedische Sage

Schwedische Heide, Novembertag,
Der Nebel grau am Boden lag,
Hin über das Steinfeld von Dalarn
Holpert, stolpert ein Räderkarrn.

Ein Räderkarrn, beladen mit Korn;
Lorns Atterdag zieht an der Deichsel vorn,
Niels Rudbeck schiebt. Sie zwingen's nicht,
Das Gestrüpp wird dichter, Niels aber spricht:

»Buschginster wächst hier über den Steg,
Wir gehn in die Irr, wir missen den Weg,
Wir haben links und rechts vertauscht, –
Hörst du wie die Dal-Elf rauscht?«

»Das ist nicht die Dal-Elf, die Dal-Elf ist weit,
Es rauscht nicht vor uns und nicht zur Seit,
Es lärmt in Lüften, es klingt wie Trab,
Wie Reiter wogt es auf und ab.

Es ist wie Schlacht, die herwärts dringt,
Wie Kirchenlied es dazwischen klingt,
Ich hör in der Rosse wieherndem Trott:
Eine feste Burg ist unser Gott!«

Und kaum gesprochen, da Lärmen und Schrei'n,
In tiefen Geschwadern bricht es herein,
Es brausen und dröhnen Luft und Erd,
Vorauf ein Reiter auf weißem Pferd.

Signale, Schüsse, Rossegestampf,
Der Nebel wird schwarz wie Pulverdampf,
Wie wilde Jagd so fliegt es vorbei; –
Zitternd ducken sich die zwei.

Nun ist es vorüber … da wieder mit Macht
Rückwärts wogt die Reiterschlacht,
Und wieder dröhnt und donnert die Erd
Und wieder vorauf das weiße Pferd.

Wie ein Lichtstreif durch den Nebel es blitzt,
Kein Reiter mehr im Sattel sitzt,
Das fliehende Tier, es dampft und raucht,
Sein Weiß ist tief in Rot getaucht.

Der Sattel blutig, blutig die Mähn,
Ganz Schweden hat das Roß gesehn; –
Auf dem Felde von Lützen am selben Tag
Gustav Adolf in seinem Blute lag.

Theodor Fontane

Der alte Zieten

Joachim Hans von Zieten,
Husaren-General,
Dem Feind die Stirne bieten,
Er tat's wohl hundert Mal;
Sie haben's all erfahren,
Wie er die Pelze wusch
Mit seinen Leibhusaren,
Der *Zieten* aus dem Busch.

Hei, wie den Feind sie bleuten,
Bei Hennersdorf und Prag,
Bei Liegnitz und bei Leuthen,
Und weiter Schlag auf Schlag;
Bei Torgau, Tag der Ehre,
Ritt selbst der Fritz nach Haus,
Doch *Zieten* sprach: »Ich kehre
Erst noch mein Schlachtfeld aus.«

Sie kamen nie alleine,
Der *Zieten* und der Fritz,
Der Donner war der eine,
Der andre war der Blitz.
Es wies sich keiner träge,
Drum schlug's auch immer ein,
Ob warm, ob kalte Schläge,
Sie pflegten gut zu sein. –

Der Friede war geschlossen,
Doch Krieges Lust und Qual,
Die alten Schlachtgenossen
Durchlebten's noch einmal;
Wie Marschall *Daun* gezaudert
Und Fritz und *Zieten* nie,
Es ward jetzt durchgeplaudert
Bei Tisch, in Sanssouci.

Einst mocht es ihm nicht schmecken,
Und sieh, der Zieten schlief,
Ein Höfling wollt ihn wecken,
Der König aber rief:
»Laßt schlafen mir den Alten,
Er hat in mancher Nacht
Für uns sich wach gehalten,
Der hat genug gewacht.« –

Und als die Zeit erfüllet
Des alten Helden war,
Lag einst, schlicht eingehüllet,
Hans Zieten, der Husar:
Wie selber er genommen
Die Feinde stets im Husch,
So war der Tod gekommen
Wie Zieten aus dem Busch.

Wilhelm Busch

Unbeliebtes Wunder

In Tours, zu Bischof Martins Zeit,
Gab's Krüppel viel und Bettelleut.
Darunter auch ein Ehepaar,
Was glücklich und zufrieden war.
Er, sonst gesund, war blind und stumm;
Sie sehend, aber lahm und krumm
An jedem Glied, bis auf die Zunge
Und eine unverletzte Lunge.
Das paßte schön. Sie reitet ihn
Und, selbstverständlich, leitet ihn
Als ein geduldig Satteltier,
Sie obenauf, er unter ihr,
Ganz einfach mit geringer Müh,
Bloß durch die Worte Hott und Hü,
Bald so, bald so, vor allen Dingen
Dahin, wo grad die Leute gingen.
Fast jeder, der's noch nicht gesehn,
Bleibt unwillkürlich stille stehn,
Ruft: »Lieber Gott, was ist denn das?«
Greift in den Sack, gibt ihnen was
Und denkt noch lange gern und heiter
An dieses Roß und diesen Reiter.
So hätten denn gewiß die zwei
Durch fortgesetzte Bettelei,
Vereint in solcherlei Gestalt,
Auch ferner ihren Unterhalt,
Ja, ein Vermögen sich erworben,
Wär' Bischof Martin nicht gestorben.
Als dieser nun gestorben war,
Legt man ihn auf die Totenbahr
Und tät' ihn unter Weheklagen
Fein langsam nach dem Dome tragen
Zu seiner wohlverdienten Ruh.
Und sieh, ein Wunder trug sich zu.
Da, wo der Zug vorüberkam,

Wer irgend blind, wer irgend lahm,
Der fühlte sich sogleich genesen,
Als ob er niemals krank gewesen.
Oh, wie erschrak die lahme Frau!
Von weitem schon sah sie's genau,
Weil sie hoch oben, wie gewohnt,
Auf das Gemahles Rücken thront.
»Lauf«, rief sie, »laufe schnell von hinnen,
Damit wir noch beizeit entrinnen.«
Er läuft, er stößt an einen Stein,
Er fällt und bricht beinah ein Bein.
Die Prozession ist auch schon da.
Sie zieht vorbei. Der Blinde sah,
Die Lahme, ebenfalls kuriert,
Kann gehn, als wie mit Öl geschmiert,
Und beide sind wie neugeboren
Und kratzen sich verdutzt die Ohren.
Jetzt fragt es sich: Was aber nun?
Wer leben will, der muß was tun.
Denn wer kein Geld sein eigen nennt
Und hat zum Betteln kein Talent
Und hält zum Stehlen sich zu fein
Und mag auch nicht im Kloster sein,
Der ist fürwahr nicht zu beneiden.
Das überlegten sich die beiden.
Sie, sehr begabt, wird eine fesche
Gesuchte Plätterin der Wäsche.
Er, mehr beschränkt, nahm eine Axt
Und spaltet Klötze, daß es knackst,
Von morgens früh bis in die Nacht.
Das hat Sankt Martin gut gemacht.

Wilhelm Busch

Romanze vom nützlichen Soldaten

Rieke näht auf die Maschine;
Nischke ist bei's Militär,
Dennoch aber ließ sie ihne
Niemals nahe bei sich her.

Wozu, fragte sie verächtlich,
Wozu hilft mich der Soldat,
Wenn man bloß durch ihn hauptsächlich
So viel hohe Steuern hat? –

Einstmals ging sie in das Holze,
Nischke wollte gerne mit;
Aber nein, partu nicht wollt' se,
Daß er ihr dahin beglitt.

Plötzlich springt aus das Gebüsche
Auf ihr zu ein alter Strolch;
Stiere Augen, wie die Fische,
Kalte Hände, wie der Molch.

Runter, schreit er, mit die Kleider,
Denn sie lebt in Überfluß,
Da ich ein Fabrikarbeiter,
Der sich was verdienen muß.

Weinend fällt das Kleid und Röckchen,
Zitternd löst sich der Turnür,
Nur ein kurzes Unterglöckchen
Schützt vor Scham und Kälte ihr.

Bauz! Da fällt ein Schuß mit Schroten.
Fluchend lauft der Vagabund
Mit verletztem Hosenboden
In des Waldes Hintergrund.

Das tat Nischke, der trotz allen
Rieken heimlich nachgeschleicht,
Die sich unter Dankeslallen
Jetzt um seinen Hals verzweigt.

O ihr Mädchen, laßt euch raten,
Ehrt und liebet den Soldat;
Weil er sonst vor seine Taten
Nicht viel zu verzehren hat.

Wilhelm Busch

Der gütige Wandrer

Fing man vorzeiten einen Dieb,
Hing man ihn auf mit Schnellbetrieb,
Und meinte man, er sei verschieden,
Ging man nach Haus und war zufrieden.

Ein Wandrer von der weichen Sorte
Kam einst zu solchem Galgenorte
Und sah, daß oben einer hängt,
Dem kürzlich man den Hals verlängt.

Sogleich, als er ihn baumeln sieht,
Zerfließt in Tränen sein Gemüt.
Ich will den armen Schelm begraben,
Denkt er, sonst fressen ihn die Raben.

Nicht ohne Müh, doch mit Geschick,
Klimmt er hinauf und löst den Strick,
Und jener, der im Wind geschwebt,
Liegt unten, scheinbar unbelebt.

Sieh da, nach Änderung der Lage
Tritt neu die Lebenskraft zutage,
So daß der gute Delinquent
Die Welt ganz deutlich wiederkennt.

Zärtlich, als wär's der eigne Vetter,
Umarmt er seinen Lebensretter,
Nicht einmal, sondern noch einmal,
Vor Freude nach so großer Qual.

Mein lieber Mitmensch, sprach der Wandrer,
Geh in dich, sei hinfür ein andrer.
Zum Anfang für dein neues Leben
Werd ich dir jetzt zwei Gulden geben.

Das Geben tat ihm immer wohl.
Rasch griff er in sein Kamisol,
Wo er zur langen Pilgerfahrt
Den vollen Säckel aufbewahrt.6
Er sucht und sucht und fand ihn nicht,
Und länger wurde sein Gesicht.
Er sucht und suchte, wie ein Narr,
Weit wird der Mund, das Auge starr,
Bald ist ihm heiß, bald ist ihm kalt.

Der Dieb verschwand im Tannenwald.

Joachim Ringelnatz

Bumerang

War einmal ein Bumerang;
War ein weniges zu lang.
Bumerang flog ein Stück,
Aber kam nicht mehr zurück.
Publikum – noch stundenlang –
Wartete auf Bumerang.

Josef Guggenmos

Besuch

War ein Ries' bei mir zu Gast,
Sieben Meter maß er fast,
hat er nicht ins Haus gepaßt,
saßen wir im Garten.

Weil er gar so riesig war,
saßen Raben ihm im Haar,
eine ganze Vogelschar,
die da schrien und schwatzten.

Er auch lachte laut und viel,
und dann schrieb er mir zum Spiel
– Bleistift war ein Besenstiel –
seinen Namen nieder.

Und er schrieb an einem Trumm:
MUTAKIRORIKATUM.
Ebenso verkehrt herum,
ja, so hießt der Gute.

Falls ihr einen Riesen wißt,
dessen Name also ist
und der sieben Meter mißt,
sagt, ich laß ihn grüßen!

Josef Guggenmos

Ein Elefant marschiert durchs Land

Ein Elefant marschiert durchs Land
und trampelt durch die Saaten.
Er ist von Laub und Wiesenheu
so groß und kühn geraten.

Es brechen Baum und Gartenzaun
vor seinem festen Tritte.
Heut kam er durch das Tulpenfeld
zu mir mit einer Bitte.

Er trug ein weißes Kreidestück
in seinem langen Rüssel
und schrieb damit ans Scheunentor:
»Sie, geht es hier nach Brüssel?«

Ich gab ihm einen Apfel
und zeigte ihm die Autobahn.
Da kann er sich nicht irren
und richtet wenig an.

CHRISTIAN MORGENSTERN

Klabautermann

Klabautermann,
Klabauterfrau,
Klabauterkind
im Schiffe sind.

Die Küchenfei
erblickt die drei.
Sie schreit: »O Graus,
das Stück ist aus!«

Den Pudel Pax –
den Kaufmann Sachs –
sie alle frißt
der Meerschoßdachs.

Klabautermann,
Klabauterfrau,
Klabauterkind
wo anders sind.

Bertolt Brecht

Der demokratische Richter

In Los Angeles vor den Richter, der die Leute examiniert
Die sich bemühen, Bürger der Vereinigten Staaten zu werden
Kam auch ein italienischer Gastwirt. Nach ernsthafter
Vorbereitung
Leider behindert durch seine Unkenntnis der neuen Sprache
Antwortete er im Examen auf die Frage:
Was bedeutet das 8. Amendment? zögernd:
1492. Da das Gesetz die Kenntnis der Landessprache dem
Bewerber vorschreibt
Wurde er abgewiesen. Wiederkommend
Nach drei Monaten, verbracht mit weiteren Studien
Freilich immer noch behindert durch die Unkenntnis der
neuen Sprache
Bekam er diesmal die Frage vorgelegt: Wer
War der General, der im Bürgerkrieg siegte? Seine Antwort war:
1492. (Laut und freundlich erteilt.) Wieder weggeschickt
Und ein drittes Mal wiederkommend, beantwortete er
Eine dritte Frage: Für wie viele Jahre wird der Präsident
gewählt
Wieder mit: 1492. Nun
Erkannte der Richter, dem der Mann gefiel, daß er die neue
Sprache
Nicht lernen konnte, erkundigte sich
Wie er lebte, und erfuhr: schwer arbeitend. Und so
Legte ihm der Richter beim vierten Erscheinen die Frage vor:
Wann
Wurde Amerika entdeckt? Und auf Grund seiner richtigen
Antwort
1492, erhielt er die Bürgerschaft.

Bertolt Brecht

Kinderkreuzzug 1939

In Polen, im Jahr Neununddreißig
War eine blutige Schlacht
Die hat viele Städte und Dörfer
Zu einer Wildnis gemacht.

Die Schwester verlor den Bruder
Die Frau den Mann im Heer;
Zwischen Feuer und Trümmerstätte
Fand das Kind die Eltern nicht mehr.

Aus Polen ist nichts mehr gekommen
Nicht Brief noch Zeitungsbericht.
Doch in den östlichen Ländern
Läuft eine seltsame Geschicht.

Schnee fiel, als man sich's erzählte
In einer östlichen Stadt
Von einem Kinderkreuzzug
Der in Polen begonnen hat.

Da trippelten Kinder hungernd
In Trüpplein hinab die Chausseen
Und nahmen mit sich andere, die
In zerschossenen Dörfern stehn.

Sie wollten entrinnen den Schlachten
Dem ganzen Nachtmahr
Und eines Tages kommen
In ein Land, wo Frieden war.

Da war ein kleiner Führer
Der hat sie aufgericht'.
Er hatte eine große Sorge:
Den Weg, den wußte er nicht.

Eine Elfjährige schleppte
Ein Kind von vier Jahr
Hatte alles für eine Mutter
Nur nicht ein Land, wo Frieden war.

Ein kleiner Jude marschierte im Trupp
Mit einem samtenen Kragen
Der war das weißeste Brot gewohnt
Und hat sich gut geschlagen.

Und ging ein dünner Grauer mit
Hielt sich abseits in der Landschaft
Und trug an einer schrecklichen Schuld:
Er kam aus einer Nazigesandtschaft.

Und da war ein Hund
Gefangen zum Schlachten
Mitgenommen als Esser
Weil sie's nicht übers Herz brachten.

Da war eine Schule
Und ein kleiner Lehrer für Kalligraphie
Und ein Schüler an einer zerschossenen Tankwand
Lernte schreiben bis zu Frie...

Da war auch eine Liebe.
Sie war zwölf, er war fünfzehn Jahr.
In einem zerschossenen Hofe
Kämmte sie ihm sein Haar.

Die Liebe konnt nicht bestehen
Es kam zu große Kält:
Wie sollen die Bäumchen blühen
Wenn so viel Schnee drauf fällt?

Da war auch ein Begräbnis
Eines Jungen mit samtenen Kragen
Der wurde von zwei Deutschen
Und zwei Polen zu Grabe getragen.

Protestant, Katholik und Nazi war da
Ihn der Erde einzuhändigen
Und zum Schluß sprach ein kleiner Sozialist
Von der Zukunft der Lebendigen

So gab es Glaube und Hoffnung
Nur nicht Fleisch und Brot.
Und keiner schelt sie mir, wenn sie was stahln
Der ihnen nicht Essen bot.

Und keiner schelt mir den armen Mann
Der sie nicht zu Tische lud:
Gleich ein halbes Hundert, da handelt es sich
Um Mehl, nicht um Opfermut.

Sie zogen vornehmlich nach Süden.
Süden ist, wo die Sonn
Mittags um zwölf steht
Gradaus davon.

Sie fanden zwar einen Soldaten
Verwundet im Tannengries.
Sie pflegten ihn sieben Tage
Damit er den Weg ihnen wies.

Er sagte ihnen: Nach Bilgoray!
Muß stark gefiebert haben
Und starb ihnen weg am achten Tag.
Sie haben auch ihn begraben.

Und da gab es ja Wegweiser
Wenn auch vom Schnee verweht
Nur zeigten sie nicht mehr die Richtung an
Sondern waren umgedreht.

Das war nicht etwa ein schlechter Spaß
Sondern aus militärischen Gründen.
Und als sie suchten Bilgoray
Konnten sie es nicht finden.

Sie standen um ihren Führer
Der sah in die Schneeluft hinein
Und deutete mit der kleinen Hand
Und sagte: Es muß dort sein.

Einmal, nachts, sahen sie ein Feuer
Da gingen sie nicht hin.
Einmal rollten drei Tanks vorbei
Da waren Menschen drin.

Einmal kamen sie an eine Stadt
Da machten sie einen Bogen
Bis sie daran vorüber waren
Sind sie nur nachts weitergezogen.

Wo einst das südöstliche Polen war
Bei starkem Schneewehn
Hat man die fünfundfünfzig
Zuletzt gesehn.

Wenn ich die Augen schließe
Seh ich sie wandern
Von einem zerschossenen Bauerngehöft
Zu einem zerschossenen andern.

Über ihnen, in den Wolken oben
Seh ich andre Züge, neue, große!
Mühsam wandernd gegen kalte Winde
Heimatlose, Richtungslose.

Suchend nach dem Land mit Frieden
Ohne Donner, ohne Feuer
Nicht wie das, aus dem sie kommen
Und der Zug wird ungeheuer.

Und er scheint mir durch den Dämmer
Bald schon gar nicht mehr derselbe:
Andere Gesichtlein seh ich
Spanische, französische, gelbe!

In Polen, in jenem Januar
Wurde ein Hund gefangen
Der hatte um seinen mageren Hals
Eine Tafel aus Pappe hangen.

Darauf stand: Bitte um Hilfe!
Wir wissen den Weg nicht mehr.
Wir sind fünfundfünfzig
Der Hund führt euch her.

Wenn ihr nicht kommen könnt
Jagt ihn weg!
Schießt nicht auf ihn
Nur er weiß den Fleck.

Die Schrift war eine Kinderhand.
Bauern haben sie gelesen.
Seitdem sind eineinhalb Jahre um.
Der Hund ist verhungert gewesen.

Bertolt Brecht

Intervention

An diesem Morgen, vor dem Geschützstand
Erschienen uns neben dem erschossenen Baum
Drei alte Frauen. Sie standen
Einen Meter über dem Erdboden in der Dämmerung
Und sagten: Schießt nicht! Dort drüben
Liegen unsere Söhne. Gebt lieber
Eure Socken her, daß wir sie stopfen.
Nehmt doch die Stahlhelme ab, damit wir sehen
Ob eure Ohren rein sind. Und eine
Hatte ein Weißbrot gebracht und verlangte
Ein Messer von uns und da gerade
Begann die Schlacht.

Bertolt Brecht

Abbau des Schiffes Oskawa durch die Mannschaft

»Zu Beginn des Jahres 1922
Nahm ich Heuer auf dem Sechstausendtonnendampfer
Oskawa
Gebaut vier Jahre vorher für zwei Millionen Dollar
Von der United States Shipping Board. In Hamburg
Nahmen wir eine Fracht von Champagner und Likören
nach Rio.
Da die Löhnung schlecht war
Empfanden wir das Bedürfnis, unseren Kummer
In Alkohol zu ersäufen. So
Nahmen einige Kisten mit Champagner
Den Weg in die Mannschaftsräume. Aber auch in den
Offiziersräumen
Selbst auf der Brücke und im Kartenraum
Hörte man schon vier Tage hinter Hamburg
Das Klingen der Gläser und die Gesänge
Sorgloser Leute. – Mehrere Male
Irrte das Schiff von seinem Kurs ab. Dennoch
Erreichten wir durch allerhand günstige Umstände
Rio de Janeiro. Unser Schiffer
Zählte hundert Kisten weniger Champagner
Beim Ausladen. Da er jedoch
Keine bessere Mannschaft fand in Brasilien
Mußte er sich weiter mit uns behelfen. Wir luden
Über tausend Tonnen Gefrierfleisch für Hamburg.
Wenige Tage auf See, übermannte uns wieder der Kummer
Über die schlechte Löhnung, das unsichere Alter, und
Einer von uns schüttete in der Verzweiflung
Viel zuviel Öl in die Kessel, und das Feuer
Schlug aus dem Schornstein über das ganze Oberschiff,
so daß
Boote, Brücke und Kartenraum abbrannten. Um nicht
zu sinken
Beteiligten wir uns an der Löschung, aber
Grübelnd über die schlechte Löhnung (ungewisse Zukunft!),
strengten wir uns

Nicht allzusehr an, um sehr viel vom Deck zu retten. Das war
Leicht wieder aufzubauen mit einigen Kosten, sie hatten
Ja genug Geld gespart an unserer Löhnung.
Allzugroße Mühen in der Mitte des Lebens
Machen die Männer rasch alt und untüchtig zum Lebenskampf.
So brannten, weil wir unsere Kraft sparen mußten
Eines schönen Tages die Dynamos aus, die Pflege brauchen
Welche von unlustigen Leuten nicht geliefert wird. Wir
    waren jetzt
Ohne Licht. Zuerst benutzten wir Öllampen
Um nicht mit andern Schiffen zusammenzustoßen, aber
Ein müder Maat, entmutigt durch die Gedanken
An sein freudloses Alter, warf die Lampen, um Arbeit zu sparen
Über Bord. Um diese Zeit, ein wenig vor Madeira
Fing das Fleisch an zu stinken im Kühlraum
Durch das Versagen der Dynamos. Unglücklicherweise
Pumpte ein zerstreuter Mann statt des Schlagwassers
Beinahe alles Frischwasser aus. Es gab noch zum Trinken
Aber nicht mehr genug für die Kessel. Wir mußten also
Für den Dampf Salzwasser nehmen und dadurch wiederum
Wurden die Röhren uns mit Salz verstopft. Sie zu reinigen
Kostete allerhand Zeit. Es wurde siebenmal nötig.
Dann gab es Bruch im Maschinenraum. Grinsend
Flickten wir das wieder zusammen. Die OSKAWA
Schleppte sich langsam nach Madeira. Dort
War keine Gelegenheit, Reparaturen zu machen von
    dem Umfang
Wie es jetzt schon nötig geworden war. Wir nahmen nur
Etwas Wasser auf, einige Lampen und ein wenig Öl für
    die Lampen. Die Dynamos
Waren scheint's vollständig ruiniert, infolgedessen
Arbeitete das Kühlsystem nicht und der Gestank
Des faulenden Gefrierfleisches wurde unerträglich für unsere
Angegriffenen Nerven. Der Schiffer
Ging nur noch mit einem Revolver an Bord herum – ein Zeichen

Beleidigenden Mißtrauens! Einer von uns
Über diese unwürdige Behandlung außer sich
Ließ endlich einen Schuß Dampf in die Kühlröhren, damit
das verdammte Fleisch
Wenigstens gekocht wurde. An diesem Nachmittag
Saß die ganze Mannschaft und rechnete fleißig
Was die Ladung den United States kosten würde. Noch
vor Ende der Reise

Gelang es uns, unsern Rekord sogar zu verbessern: an der
Küste von Holland
Ging das Brennöl plötzlich aus, so daß wir
Unter großen Kosten nach Hamburg abgeschleppt
werden mußten.
Das stinkende Fleisch machte unserm Schiffer noch viele
Sorge. Das Schiff
Kam auf den Knochenhof. Jedes Kind, meinten wir
Konnte so sehen, daß unsere Löhnung
Wirklich zu klein gewesen war.«

James Krüss

Der Garten des Herrn Ming

Im stillen Gartenreiche
Des alten Gärtners Ming,
Da schwimmt in einem Teiche
Ein Wasserrosending.

Den alten Ming in China
Entzückt sie ungemein.
Er nennt sie Catharina,
Chinesisch: Ca-ta-rain.

Mit einer Pluderhose
Und sehr verliebtem Sinn
Hockt er sich bei der Rose
Am Rand des Teiches hin.

Er singt ein Lied und fächelt
Der Rose Kühlung zu.
Die Rose aber lächelt
Nur für den Goldfisch Wu.

Sie liebt das goldne Fischchen,
Das oft vorüberschießt
Und auf den Blättertischchen
Den Rosenduft genießt.

Doch Wu, der Goldfisch-Knabe,
Der lockre Bube, gibt
Ihr weder Gruß noch Gabe,
Weil er ein Hühnchen liebt.

Er liebt Schu-Schu, das kleine
Goldrote Hühnerding.
Jedoch Schu-Schu, die Feine,
Liebt nur den Gärtner Ming.

So liebt Herr Ming Cathrina,
Cathrina liebt den Wu,
Wu liebt Schu-Schu aus China,
Den Gärtner liebt Schu-Schu.

Man liebt sich sanft und leise.
Doch keiner liebt zurück.
Und niemand in dem Kreise
Hat in der Liebe Glück.

Sie leben und sie warten,
Sind traurig und verliebt
In diesem kleinen Garten,
Von dem es viele gibt.

Heinrich Heine

Der Asra

Täglich ging die wunderschöne
Sultanstochter auf und nieder
Um die Abendzeit am Springbrunn,
Wo die weißen Wasser plätschern.

Täglich stand der junge Sklave
Um die Abendzeit am Springbrunn,
Wo die weißen Wasser plätschern;
Täglich ward er bleich und bleicher.

Eines Abends trat die Fürstin
Auf ihn zu mit raschen Worten:
Deinen Namen will ich wissen,
Deine Heimat, deine Sippschaft!

Und der Sklave sprach: ich heiße
Mohamet, ich bin aus Yemmen,
Und mein Stamm sind jene Asra,
Welche sterben wenn sie lieben.

Eva Zeller

an dieser Stelle

auf die Trittbretter
anfahrender Züge
springe ich
noch im Traum

der Fahrwind reißt
mir deinen Namen
von den Lippen
und dich hinweg

an dieser Stelle
wird der Film
wieder schwarzweiß
und stumm

kein Schnitt
erlöst mich

mit und von Gott reden

Mit Gott redet der Mensch nicht in der Alltagssprache. Im Umgang mit ihm walten die ursprünglichen, archaischen, nicht ausgedachten Ordnungen. Für sie bedarf es der Dichtung. Die Theologie dagegen redet nicht mit Gott, sondern über ihn und kann sich mit Prosa begnügen. Der Glaube wie der Zweifel sagt »Du« und, wenn es mehrere Gottheiten sind, »Ihr«; er sagt nicht »Sie« und »Meine Herren«. Der Glaube kann auch Gott vernehmen; dann redet »Ich« zu mir. Das Motiv des Redens mit Gott kann Dankbarkeit sein – dann wird das Gedicht zur Preisung; das Motiv kann ein Bedürfnis nach Hilfe und Wahrgenommenwerden sein – dann wird das Gedicht zum Gebet; das Motiv kann Zweifel und Herausforderung sein – dann gerät das Gedicht zur Lästerung, zur Anklage, zur Leugnung und verläßt auch den Dialog. Es spricht dann von Gott und sagt: Ich will nicht mehr mit ihm reden. Dazwischen gibt es Mitteilungen über ihn wie über ein Ding oder ein Amt oder ein Wunder. Manche reden über ihn, indem sie ihn verschweigen. Er heißt dann Weltuntergang, Tod, Leben, Gnade, Ziel.
Die Reihenfolge, in die ich meine Sammlung in diesem Kapitel gebracht habe, beginnt mit der Bestätigung und endet mit Befragung Gottes; dazwischen liegen die verschiedenen Grade der Entfernung von ihm.

Christian Knorr von Rosenroth

Morgenlied

Morgenglanz der Ewigkeit,
Licht vom unerschöpften Lichte,
Schick uns diese Morgenzeit
Deine Strahlen zu Gesichte
Und vertreib durch deine Macht
Unsre Nacht.

Die bewölkte Finsternis
Müsse deinem Glanz entfliegen,
Die durch Adams Apfelbiß
Uns, die kleine Welt, bestiegen,
Daß wir, Herr, durch deinen Schein
Selig sein.

Deiner Güte Morgentau
Fall auf unser matt Gewissen:
Laß die dürre Lebensau
Lauter süßen Trost genießen
Und erquick uns, deine Schar,
Immerdar.

Gib, daß deiner Liebe Glut
Unsre kalten Werke töte
Und erweck uns Herz und Mut
Bei entstandner Morgenröte,
Daß wir, eh wir gar vergehn,
Recht aufstehn.

Andreas Gryphius

Abend

Der schnelle Tag ist hin, die Nacht schwingt ihre Fahn',
Und führt die Sternen auf. Der Menschen müde Scharen
Verlassen Feld und Werk, wo Tier' und Vögel waren
Trau'rt itzt die Einsamkeit. Wie ist die Zeit vertan!
Der Port naht mehr und mehr sich zu der Glieder Kahn.
Gleich wie dies Licht verfiel, so wird in wenig Jahren
Ich, du, und was man hat, und was man sieht, hinfahren.
Dies Leben kommt mir vor als eine Renne-Bahn.
Laß, höchster Gott, mich doch nicht auf dem Laufplatz gleiten,
Laß mich nicht Ach, nicht Pracht, nicht Lust, nicht Angst verleiten.
Dein ewig heller Glanz sei vor und neben mir,
Laß, wenn der müde Leib entschläft, die Seele wachen,
Und wenn der letzte Tag wird mit mir Abend machen,
So reiß mich aus dem Tal der Finsternis zu dir.

Martin Luther

Ein feste Burg ist unser Gott

Ein feste Burg ist unser Gott,
ein gute Wehr und Waffen.
Er hilft uns frei aus aller Not,
die uns jetzt hat betroffen.
  Der alt böse Feind,
  mit Ernst er's jetzt meint:
  groß Macht und viel List
  sein grausam Rüstung ist.
  Auf Erd ist nicht seinsgleichen.

Mit unsrer Macht ist nichts getan,
wir sind alsbald verloren,
Es streit' für uns der rechte Mann,
den Gott hat selbst erkoren.
  Fragst du, wer der ist?
  Er heißt Jesus Christ,
  der Herr Zebaoth,
  Und ist kein andrer Gott.
  Das Feld muß er behalten.

Und wenn die Welt voll Teufel wär
und möcht uns ganz verschlingen,
So fürchten wir uns nicht zu sehr.
Es muß uns doch gelingen.
  Der Fürst dieser Welt,
  wie saur er sich stellt,
  tut er uns doch nicht;
  das macht: Er ist gericht'.
  Ein Wörtlein kann ihn fällen.

Das Wort sie müssen lassen stahn
und kein' Dank dazu haben.
Er ist bei uns wohl auf dem Plan
mit seinem Geist und Gaben.
    Nehmen sie den Leib,
    Gut, Ehr, Kind und Weib –
    laß fahren dahin;
    sie haben's kein' Gewinn.
    Das Reich muß uns doch bleiben.

Conrad Ferdinand Meyer

In Harmesnächten

Die Rechte streckt ich schmerzlich oft
In Harmesnächten
Und fühlt gedrückt sie unverhofft
von einer Rechten –
Was Gott ist, wird in Ewigkeit
Kein Mensch ergründen,
Doch will er treu sich allezeit
Mit uns verbünden.

Rainer Maria Rilke

Alle, welche dich suchen, versuchen dich.
Und die, so dich finden, binden dich
an Bild und Gebärde.

Ich aber will dich begreifen
wie dich die Erde begreift;
mit meinem Reifen
reift
dein Reich.

Ich will von dir keine Eitelkeit,
die dich beweist.
Ich weiß, daß die Zeit
anders heißt
als du.

Tu mir kein Wunder zulieb.
Gieb deinen Gesetzen recht,
die von Geschlecht zu Geschlecht
sichbarer sind.

ANDREAS GRYPHIUS

Andenken eines auf der See ausgestandenen gefährlichen Sturms

O Gott! was rauhe Not! Wie schäumt die schwarze See
Und spritzt ihr grünes Salz! Wie reißt der Zorn der Wellen
Durch nebelvolle Luft! Wie heult das wüste Bellen
Der tollen Stürm uns an! Die Klippe kracht von Weh.

Wir fliegen durch die Nacht und stürzen von der Höh
In den getrennten Grund. Die often Stöße fällen
Den halbgeknickten Mast; die schwache Seiten prellen
Auf die gespitzte Klipp. O Himmel, ich vergeh!

Der dicke Querbaum bricht und schlägt den Umgang ein;
Das Segel flattert fort, der Schiffer steht allein
Und kann noch Bootsmann mehr, noch Seil, noch Ruder zwingen

Wir missen Glas, Kompaß und Tag und Stern und Nacht;
Tot war ich vor dem Tod. Doch Herr! du hast's gemacht,
Daß ich dir lebend und errettet Lob kann singen.

Regina Ullmann

Alles ist sein …

Du willst dem Geschicke zuvorkommen,
seinen majestätischen Lauf voreilig unterbrechen,
willst dein Leben von dir werfen,
wie man Warenballen aus einem Schiffe wirft,
nur weil man befürchtet und abschätzt,
daß es sie nicht mehr zu halten vermag,
bis es das Land erblickt …
Und weißt doch nicht,
ob es nicht doch noch trägt,
oder ein anderes Wunder,
vielleicht in Gestalt eines Walfischs
sich bergend,
von seinem Wasserspiele abläßt
und vor dir in silberner Straße einherzieht,
mit seinem eigenen Leibe
das todeserschöpfende Rudern ersparend!
Und weißt nicht,
ob der Blitz im Gewölk dich nicht sucht
und dein Schiff und die Bürde so heimwärts kommt
auf gradestem Wege!
Aus der wirbelnden Sturmessäule hinaufgeschleudert!
Von seiner Hand ergriffen
und geheiligt aufgestellt im Himmelsraume.
Weißt nicht, was ihm das liebste ist:
Du selbst
oder die Bürde, um deretwillen du fährst,
oder das Schiff, worin du sie birgst,
oder das Meer, worein es verpflanzt ist. –
Denn alles ist sein.

Eduard Mörike

Gebet

Herr! schicke was du willt,
Ein Liebes oder Leides;
Ich bin vergnügt, daß beides
Aus Deinen Händen quillt.

Wolltest mit Freuden
Und wollest mit Leiden
Mich nicht überschütten!
Doch in der Mitten
Liegt holdes Bescheiden.

MATTHIAS CLAUDIUS

Abendlied

Der Mond ist aufgegangen
Die goldnen Sternlein prangen
    Am Himmel hell und klar;
Der Wald steht schwarz und schweiget,
Und aus den Wiesen steiget
    Der weiße Nebel wunderbar.

Wie ist die Welt so stille,
Und in der Dämmrung Hülle
    So traulich und so hold!
Als eine stille Kammer,
Wo ihr des Tages Jammer
    Verschlafen und vergessen sollt.

Seht ihr den Mond dort stehen? –
Er ist nur halb zu sehen,
    Und ist doch rund und schön!
So sind wohl manche Sachen,
Die wir getrost belachen,
    Weil unsre Augen sie nicht sehn.

Wir stolze Menschenkinder
Sind eitel arme Sünder,
    Und wissen gar nicht viel;
Wir spinnen Luftgespinste,
Und suchen viele Künste,
    Und kommen weiter von dem Ziel.

Gott, laß uns *dein* Heil schauen,
Auf nichts Vergänglichs trauen,
  Nicht Eitelkeit uns freun!
Laß uns einfältig werden,
Und vor dir hier auf Erden
  Wie Kinder fromm und fröhlich sein!

Wollst endlich sonder Grämen
Aus dieser Welt uns nehmen
  Durch einen sanften Tod!
Und, wenn du uns genommen,
Laß uns in' Himmel kommen,
  Du unser Herr und unser Gott!

So legt euch denn, ihr Brüder,
In Gottes Namen nieder;
  Kalt ist der Abendhauch.
Verschon uns, Gott! mit Strafen,
Und laß uns ruhig schlafen!
  Und unsern kranken Nachbar auch!

Nikolaus Ludwig Graf von Zinzendorf

Gebet

Gib mir, was du verordnet hast,
das deine Diener haben sollen,
wenn sie dir nützlich werden wollen:
ein Joch, das meinem Halse paßt;
Geduld und Unerschrockenheit,
das Tun und Ruhn in gleichem Grade,
und Beugung bei der größten Gnade,
und dein Verdienst zum Ehrenkleid;
ein inniglich vergnügtes Herz,
ein schwimmend Herz in deinem Blute;
das nötigste vom Heldenmute;
beim Lieben einen mäß'gen Schmerz;
ein Auge rein und sonnenklar;
ein treues Ohr für alle Schäden;
gerührte Lippen, recht zu reden;
Gemeinschaft mit der obern Schar.

Luise Hensel

Müde bin ich, geh zur Ruh

Müde bin ich, geh zur Ruh,
schließe meine Augen zu.

Vater, laß die Augen dein
über meinem Bettchen sein.

Hab ich Unrecht heut getan,
sieh es, lieber Gott, nicht an.

Deine Gnad und Jesu Blut
machen allen Schaden gut.

Alle, die mir sind verwandt,
Gott, laß ruhn in deiner Hand.

Alle Menschen groß und klein
sollen Dir befohlen sein.

Nasse Augen schließe zu,
kranken Herzen gebe Ruh.

Laß den Mond am Himmel stehn
und die stille Welt besehn.

Werner Bergengruen

Vor dem Herrn ist nichts gering

Sei getröstet, jedes Ding
wird erfrischt und neu bekleidet,
wenn die sichere Frist verging
und sich Licht vom Dunkel scheidet.
Vor dem Herrn ist nichts gering.
Staubkorn und Planetenring
– unbeklagt und unbeneidet –
Ölbaum, Fels und Schmetterling,
Lamm, das dicht am Abgrund weidet,
Tropfen, der am Grase hing,
Auge, das der Schlummer meidet,
Volk, das sich in Schuld verfing,
was Gestalt und Hauch empfing,
ist ihm gleicherweis vereidet,
keines ist vor ihm gering,
und er leidet wenn es leidet.
Sei getröstet, jedes Ding
wird erfrischt und neu bekleidet.
Vor dem Herrn ist nichs gering.

Johann Christian Günther

Bußgedanken

Ich höre, großer Gott, den Donner deiner Stimme;
Du hörest auch nicht mehr, ich soll von deinem Grimme
Aus Größe meiner Schuld ein ewig Opfer sein,
Ich soll, ich muß, ich will und gebe mich darein.
Ich trotze deinem Zorn, ich fleh nicht mehr um Gnade,
Ich will nicht, daß dein Herz mich dieser Straf' entlade.
Du bist kein Vater mehr, als Richter bitt ich dich:
Vergiß vorher dein Kind, hernach verstoße mich.

WERNER BERGENGRUEN

Stimme Gottes

Scheu dich nicht, mich anzugehen.
Meine Wohnung ist nicht klein.
Willst du aber draußen stehen:
Auch dies Draußen, es ist mein.

Wohl empfang ich, die gereinigt
niebegangne Schuld gebüßt.
Doch es sind, die mich gesteinigt,
gleichermaßen mir gegrüßt.

Wenn die letzten Tuben tönten
von beglühten Wolkenspitzen,
werden auch die Unversöhnten
mit an meinem Tische sitzen.

Friedrich Rückert

Um Mitternacht
Hab ich gewacht
Und aufgeblickt zum Himmel;
Kein Stern vom Sterngewimmel
Hat mir gelacht
Um Mitternacht.

Um Mitternacht
Hab ich gedacht
Hinaus in dunkle Schranken;
Es hat kein Lichtgedanken
Mir Trost gebracht
Um Mitternacht.

Um Mitternacht
Nahm ich in acht
Die Schläge meines Herzens;
Ein einz'ger Puls des Schmerzens
War angefacht
Um Mitternacht.

Um Mitternacht
Kämpft ich die Schlacht,
O Menschheit, deiner Leiden;
Nicht konnt ich sie entscheiden
Mit meiner Macht
Um Mitternacht.

Um Mitternacht
Hab ich die Macht
In deine Hand gegeben:
Herr über Tod und Leben,
Du hältst die Wacht
Um Mitternacht.

Friedrich Nietzsche

O Mensch! Gib acht!
Was spricht die tiefe Mitternacht?
»Ich schlief, ich schlief –,
Aus tiefem Traum bin ich erwacht: –
Die Welt ist tief,
Und tiefer als der Tag gedacht.
Tief ist ihr Weh –,
Lust – tiefer noch als Herzeleid:
Weh spricht: Vergeh!
Doch alle Lust will Ewigkeit –,
– will tiefe, tiefe Ewigkeit!«

Ernst Jandl

an gott

dass an gott geglaubt einstens er habe
fürwahr er das könne nicht sagen
es sei einfach gewesen gott da
und dann nicht mehr gewesen gott da
und dazwischen sei garnichts gewesen
jetzt aber er müsste sich plagen
wenn jetzt an gott glauben er wollte
garantieren für ihn könnte niemand
indes vielleicht eines tages
werde einfach gott wieder da sein
und garnichts gewesen dazwischen

Christian Morgenstern

Vice Versa

Ein Hase sitzt auf einer Wiese,
des Glaubens, niemand sähe diese.

Doch, im Besitze eines Zeißes,
betrachtet voll gehaltnen Fleißes

vom vis-à-vis gelegnen Berg
ein Mensch den kleinen Löffelzwerg.

Ihn aber blickt hinwiederum
ein Gott von fern an, mild und stumm.

FRIEDRICH HÖLDERLIN

Hyperions Schicksalslied

Ihr wandelt droben im Licht
  Auf weichem Boden, seelige Genien!
    Glänzende Götterlüfte
      Rühren euch leicht,
        Wie die Finger der Künstlerin
          Heilige Saiten.

Schicksallos, wie der schlafende
  Säugling, atmen die Himmlischen;
    Keusch bewahrt
      In bescheidener Knospe,
        Blühet ewig
          Ihnen der Geist,
            Und die seeligen Augen
              Blicken in stiller
                Ewiger Klarheit.

Doch uns ist gegeben,
  Auf keiner Stätte zu ruhn,
    Es schwinden, es fallen
      Die leidenden Menschen
        Blindlings von einer
          Stunde zur andern,
            Wie Wasser von Klippe
              Zu Klippe geworfen,
                Jahrlang ins Ungewisse hinab.

Johann Wolfgang von Goethe

Wer nie sein Brot mit Tränen aß,
Wer nie die kummervollen Nächte
Auf seinem Bette weinend saß,
Der kennt euch nicht, ihr himmlischen Mächte!

Ihr führt ins Leben uns hinein,
Ihr laßt den Armen schuldig werden,
Dann überlaßt ihr ihn der Pein:
Denn alle Schuld rächt sich auf Erden.

Günter Eich

Schuttablage

Über den Brennesseln beginnt,
keiner hört sie und jeder,
die Trauer der Welt, es rührt der Wind
die Elastik einer Matratzenfeder.

Wo sich verwischt die goldene Tassenschrift,
im Schnörkel von Blume und Trauben,
wird mir lesbar, – oh wie es mich trifft:
Liebe, Hoffnung und Glauben.

Ach, wer fügte zu bitterem Scherz
so die Scherben zusammen?
Durch die Emaille wie durch ein Herz
wachsen die Brennesselflammen.

Im verrosteten Helm blieb ein Wasserrest,
schweifenden Vögeln zum Bade.
Verlorene Seele, wen du auch verläßt,
wer fügt dich zusammen in Gnade?

Erich Fried

Letzte Warnung

Wenn wir nicht aufhören
uns mit unseren kleinen
täglichen Sorgen
und Hoffnungen
unserer Liebe
unseren Ängsten
unserem Kummer
und unserer Sehnsucht
zu beschäftigen
dann geht die Welt unter

Und wenn wir aufhören
uns mit unseren kleinen
täglichen Sorgen
und Hoffnungen
unserer Liebe
unserem Kummer
und unserer Sehnsucht
zu beschäftigen
dann ist die Welt untergegangen

GOTTFRIED BENN

Abschied

Du füllst mich an wie Blut die frische Wunde
und rinnst hernieder seine dunkle Spur,
du dehnst dich aus wie Nacht in jener Stunde,
da sich die Matte färbt zur Schattenflur,
du blühst wie Rosen schwer in Gärten allen,
du Einsamkeit aus Alter und Verlust,
du Überleben, wenn die Träume fallen,
zuviel gelitten und zuviel gewußt.

Entfremdet früh dem Wahn der Wirklichkeiten,
versagend sich der schnell gegebenen Welt,
ermüdet von dem Trug der Einzelheiten,
da keine sich dem tiefen Ich gesellt;
nun aus der Tiefe selbst, durch nichts zu rühren,
und die kein Wort und Zeichen je verrät,
mußt du dein Schweigen nehmen, Abwärtsführen
zu Nacht und Trauer und den Rosen spät.

Manchmal noch denkst du dich –: die eigene Sage –:
das warst du doch –? ach, wie du dich vergaßt!
war das dein Bild? war das nicht deine Frage,
dein Wort, dein Himmelslicht, das du besaßt?
Mein Wort, mein Himmelslicht, dereinst besessen,
mein Wort, mein Himmelslicht, zerstört, vertan –
wem das geschah, der muß sich wohl vergessen
und rührt nicht mehr die alten Stunden an.

Ein letzter Tag –: spätglühend, weite Räume,
ein Wasser führt dich zu entrücktem Ziel,
ein hohes Licht umströmt die alten Bäume
und schafft im Schatten sich ein Widerspiel,
von Früchten nichts, aus Ähren keine Krone
und auch nach Ernten hat er nicht gefragt –
er spielt sein Spiel, und fühlt sein Licht und ohne
Erinnern nieder – alles ist gesagt.

BERTOLT BRECHT

Vom ertrunkenen Mädchen

1
Als sie ertrunken war und hinunterschwamm
Von den Bächen in die größeren Flüsse
Schien der Opal des Himmels sehr wundersam
Als ob er die Leiche begütigen müsse.

2
Tang und Algen hielten sich an ihr ein
So daß sie langsam viel schwerer ward
Kühl die Fische schwammen an ihrem Bein
Pflanzen und Tiere beschwerten noch ihre letzte Fahrt.

3
Und der Himmel ward abends dunkel wie Rauch
Und hielt nachts mit den Sternen das Licht in Schwebe.
Aber früh war er hell, daß es auch
Noch für sie Morgen und Abend gebe.

4
Als ihr bleicher Leib im Wasser verfaulet war
Geschah es (sehr langsam), daß Gott sie allmählich vergaß
Erst ihr Gesicht, dann die Hände und ganz zuletzt erst ihr Haar.
Dann ward sie Aas in Flüssen mit vielem Aas.

Rainer Maria Rilke

Was wirst du tun, Gott, wenn ich sterbe?
Ich bin dein Krug (wenn ich zerscherbe?)
Ich bin dein Trank (wenn ich verderbe?)
Bin dein Gewand und dein Gewerbe,
mit mir verlierst du deinen Sinn.

Nach mir hast du kein Haus, darin
dich Worte, nah und warm, begrüßen.
Es fällt von deinen müden Füßen
die Samtsandale, die ich bin.

Dein großer Mantel läßt dich los.
Dein Blick, den ich mit meiner Wange
warm, wie mit einem Pfühl, empfange,
wird kommen, wird mich suchen, lange –
und legt beim Sonnenuntergange
sich fremden Steinen in den Schoß.

Was wirst du tun, Gott? Ich bin bange.

GÜNTER KUNERT

Götterdämmerung

Nicht festzuhalten: Dieser Tag. Das Leben.
Gewebe löst sich auf und schwindet hin.
Was auch geschieht, du suchst den Sinn.
Zumindest wirst du danach streben.

Du kannst die Einsicht nicht ertragen:
Aus Dreck und Feuer eine Spottgeburt,
die haltlos durch das Universum tourt,
stets auf der Flucht vor solchen Fragen.

Erkenntnis die: Wir können uns nicht fassen.
Und finden keinen, der uns Göttern gleicht.
Und keinen, der uns Hilfe reicht.
Wir sind uns ohne Gnade überlassen.

dichten

Im Vorwort steht, was dieses Kapitel und seine systemwidrige Überschrift »dichten« begründet. Diese will nicht sagen, daß die hier wiedergegebenen Gedichte poetischer und vollendeter seien als die anderen, aber doch: daß *ich* an ihnen erfahren habe, was »die Macht der Dichtung« ist. An dem – bis an die Grenze des Kitsches »schönen« – Lied »Jenseits«, das wir als junge Soldaten sangen und dessen leise Trauer die Derbheit der anderen fröhlichen Marschlieder aufwog; an dem kindlich-einfachen »Ich steh' an deiner Krippen hier«, dessen neun Strophen ich als Kind lernte und das sich wie selbstverständlich gegen die süße Weihnachtsseligkeit behauptete; an der geheimnisvollen Kunstsprache »Dämmrung will die Flügel spreiten« und dem erschreckend klaren Wissen »Hast du einen Freund hienieden, / Trau ihm nicht zu dieser Stunde«; an dem Einverständnis des Dichters mit dem Kirschdieb und mit dem schläfrigen Kranich; an der klirrenden Härte von »Die hat dich nie gehasset, / Die hat dich nie geliebt«; an der zarten Beschwörung des Kindheitsgefährten, des Hundes, »der mit ins Bette durfte« und dann am Morgen doch verschwunden war – an solchen *poiemata* – Hervorbringungen – haben sich mir die Möglichkeiten des Gedichts überhaupt aufgetan.

Ob das gelungene Gedicht Ergebnis von Kunstfertigkeit und Arbeit oder eine Gabe der Götter ist, darüber wird man streiten, solange es Dichtung gibt. Aber daß ein Gedicht nicht mehr sein wollen solle als ein Gedicht, das lasse ich mir am Ende dieser Sammlung gern von Robert Gernhardt bestätigen, der Gedichte »macht« und also weiß, was er damit »tut«:

Gefragt, was er eigentlich wolle, sagte er:
...
Will nicht immer das Gedicht vorwärtsbringen.
Denke immer, es sollte mir *weiterhelfen.*
Frage mich, wo vorn und hinten ist bei Gedichten.
Weiß nur, daß sie Anfang und Ende haben.

Die Verben in den Kapitelüberschriften sind allesamt doch nur Nebenwirkungen des Dichtens.

Gustav Schwab

Das Gewitter

Urahne, Großmutter, Mutter und Kind
In dumpfer Stube beisammen sind;
Es spielet das Kind, die Mutter sich schmückt,
Großmutter spinnet, Urahne gebückt
Sitzt hinter dem Ofen im Pfühl –
Wie wehen die Lüfte so schwül!

Das Kind spricht: »Morgen ist's Feiertag,
Wie will ich spielen im grünen Hag,
Wie will ich springen durch Tal und Höh'n,
Wie will ich pflücken viel Blumen schön;
Dem Anger, dem bin ich hold!« –
Hört ihr's, wie der Donner grollt?

Die Mutter spricht: »Morgen ist's Feiertag,
Da halten wir alle fröhlich Gelag,
Ich selber, ich rüste mein Feierkleid;
Das Leben, es hat auch Lust nach Leid,
Dann scheint die Sonne wie Gold!« –
Hört ihr's, wie der Donner grollt?

Großmutter spricht: »Morgen ist's Feiertag,
Großmutter hat keinen Feiertag,
Sie kochet das Mahl, sie spinnet das Kleid,
Das Leben ist Sorg' und viel Arbeit;
Wohl dem, der tat, was er sollt!« –
Hört ihr's, wie der Donner grollt?

Urahne spricht: »Morgen ist's Feiertag,
Am liebsten morgen ich sterben mag:
Ich kann nicht singen und scherzen mehr,
Ich kann nicht sorgen und schaffen schwer,
Was tu' ich noch auf der Welt?« –
Seht ihr, wie der Blitz dort fällt?

Sie hören's nicht, sie sehen's nicht,
Es flammet die Stube wie lauter Licht:
Urahne, Großmutter, Mutter und Kind
Vom Strahl miteinander getroffen sind,
Vier Leben endet ein Schlag –
Und morgen ist's Feiertag.

Joseph von Eichendorff

Zwielicht

Dämmrung will die Flügel spreiten,
Schaurig rühren sich die Bäume,
Wolken ziehn wie schwere Träume –
Was will dieses Grau'n bedeuten?

Hast ein Reh du, lieb vor andern,
Laß es nicht alleine grasen,
Jäger ziehn im Wald und blasen,
Stimmen hin und wieder wandern.

Hast du einen Freund hienieden,
Trau ihm nicht zu dieser Stunde,
Freundlich wohl mit Aug und Munde,
Sinnt er Krieg im tückschen Frieden.

Was heut müde gehet unter,
Hebt sich morgen neugeboren.
Manches bleibt in Nacht verloren –
Hüte dich, bleib' wach und munter!

Börries Freiherr von Münchhausen

Jenseits

Jenseits des Tales standen ihre Zelte,
Vorm rotem Abendhimmel quoll der Rauch,
Da war ein Singen in dem ganzen Heere,
Und ihre Reiterbuben sangen auch.

Sie putzten klirrend am Geschirr der Pferde,
Hertänzelte die Marketenderin,
Und unterm Singen sprach der Knaben einer:
»Mädchen, du weißts, wo ging der König hin?« –

Diesseits des Tales stand der junge König,
Er griff die feuchte Erde aus dem Grund,
Sie kühlte nicht die Glut der heißen Stirne,
Sie machte nicht sein krankes Herz gesund.

Ihn heilten nur zwei knabenfrische Wangen,
Und nur ein Mund, den er sich selbst verbot,
– Noch fester schloß der König seine Lippen
Und sah hinüber in das Abendrot.

Jenseits des Tales standen ihre Zelte,
Vorm roten Abendhimmel quoll der Rauch,
Und war ein Lachen in dem ganzen Heere,
Und jener Reiterbube lachte auch.

Gottfried Benn

Dann –

Wenn ein Gesicht, das man als junges kannte
und dem man Glanz und Tränen fortgeküßt,
sich in den ersten Zug des Alters wandte,
den frühen Zauber lebend eingebüßt.

Der Bogen einst, dem jeder Pfeil gelungen,
purpurgefiedert lag das Rohr im Blau,
die Cymbel auch, die jedes Lied gesungen:
– »Funkelnde Schale« – »Wiesen im Dämmergrau« –

Dem ersten Zug der zweite schon im Bunde,
ach, an der Stirne hält sie schon die Wacht,
die einsame, die letzte Stunde –
das ganze liebe Antlitz dann in Nacht.

FRITZ MÜHLENWEG

Der Einsiedler

Der Wasserfall sprüht feuchte Nebelschleier
in meinen Garten, wo gekreuzte Latten stehn
wie ein Portal. Hier gibt es Einsamkeit und frisches Wasser
und Gräser, die wie Friedensfahnen wehn.

Ich grüße euch in Demut, abendliche Sterne.
Den Hochmut, euch zu greifen, hab ich abgetan
wie ein Gewand. Soll ich Forellen aus dem Hwang-Ho essen?
Was geht mich eine seidige Prinzessin an?

Nach ihrer Liebe mögen andre gieren.
Sie lächelt, schmiegt sich an, sie geht von Hand zu Hand
wie falsches Geld. Ich will auch keinen fetten Karpfen haben.
Besucht mich, wenn ihr wollt. Ich wohne auf dem Land.

STEFAN GEORGE

Ist es neu dir was vermocht
Dass dein puls geschwinder pocht?
Warte nur noch diese tage ·
Sie entscheiden
Ob du leiden
Oder ob du glück erwirbst.
Ach du weisst dass du nicht stirbst
Ruft es wiederum : entsage!
Warte nur noch diese tage
Sie entscheiden
Ob du leiden
Oder ob du glück erwirbst.

Heinrich Heine

Sie haben mich gequälet,
Geärgert blau und blaß,
Die Einen mit ihrer Liebe,
Die Andern mit ihrem Haß.

Sie haben das Brot mir vergiftet,
Sie gossen mir Gift in's Glas,
Die Einen mit ihrer Liebe,
Die Andern mit ihrem Haß.

Doch die mich am meisten gequälet,
Geärgert und betrübt,
Die hat mich nie gehasset,
Und hat mich nie geliebt.

FRIEDRICH HÖLDERLIN

Menschenbeifall

Ist nicht heilig mein Herz, schöneren Lebens voll,
  Seit ich liebe? warum achtetet ihr mich mehr,
    Da ich stolzer und wilder,
      Wortereicher und leerer war?

Ach! der Menge gefällt, was auf den Marktplatz taugt,
  Und es ehret der Knecht nur den Gewaltsamen;
    An das Göttliche glauben
      Die allein, die es selber sind.

FRIEDRICH NIETZSCHE

Der geheimnisvolle Nachen

Gestern nachts, als alles schlief,
Kaum der Wind mit ungewissen
Seufzern durch die Gassen lief,
Gab mir Ruhe nicht das Kissen,
Noch der Mohn, noch, was sonst tief
Schlafen macht, – ein gut Gewissen.

Endlich schlug ich mir den Schlaf
Aus dem Sinn und lief zum Strande.
Mondhell wars und mild, ich traf
Mann und Kahn auf warmem Sande,
Schläfrig beide, Hirt und Schaf: –
Schläfrig stieß der Kahn vom Lande.

Eine Stunde, leicht auch zwei,
Oder wars ein Jahr? – da sanken
Plötzlich mir Sinn und Gedanken
In ein ewges Einerlei,

Und ein Abgrund ohne Schranken
Tat sich auf: – da wars vorbei!

– Morgen kam: auf schwarzen Tiefen
steht ein Kahn und ruht und ruht …
Was geschah? so riefs, so riefen
Hundert bald: was gab es? Blut? – –
Nichts geschah! Wir schliefen, schliefen
Alle – ach, so gut! so gut!

BERTOLT BRECHT

Der Kirschdieb

An einem frühen Morgen, lange vor Hahnenschrei
Wurde ich geweckt durch ein Pfeifen und ging zum Fenster.
Auf meinem Kirschbaum – Dämmerung füllte den Garten –
Saß ein junger Mann mit geflickter Hose
Und pflückte lustig meine Kirschen. Mich sehend
Nickte er mir zu, mit beiden Händen
Holte er die Kirschen von den Zweigen in seine Taschen.
Noch eine ganze Zeitlang, als ich wieder in meiner Bettstatt lag
Hörte ich ihn sein lustiges kleines Lied pfeifen.

Johann Wolfgang von Goethe

Warum ich wieder zum Papier mich wende?
Das mußt du, Liebster, so bestimmt nicht fragen:
Denn eigentlich hab' ich dir nichts zu sagen;
Doch kommt's zuletzt in deine lieben Hände.

Weil ich nicht kommen kann, soll, was ich sende,
Mein ungeteiltes Herz hinübertragen
Mit Wonnen, Hoffnungen, Entzücken, Plagen:
Das alles hat nicht Anfang, hat nicht Ende.

Ich mag vom heut'gen Tag dir nichts vertrauen,
Wie sich im Sinnen, Wünschen, Wähnen, Wollen
Mein treues Herz zu dir hinüberwendet:

So stand ich einst vor dir, dich anzuschauen,
Und sagte nichts. Was hätt' ich sagen sollen?
Mein ganzes Wesen war in sich vollendet.

THEODOR FONTANE

O trübe diese Tage nicht

O trübe diese Tage nicht,
Sie sind der letzte Sonnenschein,
Wie lange, und es lischt das Licht
Und unser Winter bricht herein.

Dies ist die Zeit, wo jeder Tag
Viel Tage gilt in seinem Wert,
Weil man's nicht mehr erhoffen mag,
Daß so die Stunde wiederkehrt.

Die Flut des Lebens ist dahin,
Es ebbt in seinem Stolz und Reiz,
Und sieh, es schleicht in unsern Sinn
Ein banger, nie gekannter Geiz;

Ein süßer Geiz, der Stunden zählt
Und jede prüft auf ihren Glanz,
O sorge, daß uns keine fehlt,
Und gönn uns jede Stunde *ganz*.

Heinrich Heine

Pomare[*]

Sie tanzt. Wie sie das Leibchen wiegt!
Wie jedes Glied sich zierlich biegt!
Das ist ein Flattern und ein Schwingen,
Um wahrlich aus der Haut zu springen.

Sie tanzt. Wenn sie sich wirbelnd dreht
Auf einem Fuß, und stille steht
Am End mit ausgestreckten Armen,
Mag Gott sich meiner Vernunft erbarmen!

Sie tanzt. Derselbe Tanz ist das,
Den einst die Tochter Herodias
Getanzt vor dem Judenkönig Herodes.
Ihr Auge sprüht wie Blitze des Todes.

Sie tanzt mich rasend – ich werde toll –
Sprich, Weib, was ich dir schenken soll?
Du lächelst? Heda! Trabanten! Läufer!
Man schlage ab das Haupt dem Täufer!

[*] Ein Häuptling auf Tahiti

CONRAD FERDINAND MEYER

Lenz Wanderer, Mörder, Triumphator

I

Ich lag an einem Raine
Mit meinem dürren Stab.
Was lauf ich? Meine Beine
Erlaufen nur das Grab …

Ein Wandrer zog derenden,
War noch ein Knabe fast,
Der hielt als Stab in Händen
Den blütenreichsten Ast.

»Grüß Gott dich, schöner Wandrer!
Bist du es, Knabe Lenz?«
Er rief: »Ich bin kein andrer
Und komme von Florenz!«

Das mußte mich erwecken.
»Kind Lenz, ich wandre mit!«
Wir hoben unsre Stecken
In e i n e m Schritt und Tritt.

Die beiden Stäbe hoben
Kind Lenz und ich zugleich;
Auch meiner ward von oben
Bis unten blütenreich.

II

Nieder trägt der warme Föhn
Der Lawine fern Getön,
Hinter jenen hohen Föhren
Kann den dumpfen Schlag ich hören.

In des Lenzes blauen Schein
Aus der Scholle dunkelm Schrein
Drängt und drückt das neue Leben,
Lüftet Kleid und Decken eben –

Von derselben Kraft und Lust
Wächst das Herz mir in der Brust,
Heute kann es noch sich dehnen
Mit den Liedern, mit den Tränen!

Aber blauen wird ein Tag,
Da sichs nicht mehr dehnen mag –
Mit den Veilchen, mit den Flöten
Kommt mich dann der Lenz zu töten.

III

Frühling, der die Welt umblaut,
Frühling mit der Vöglein Laut,
Deine blühnden Siegespforten
Allerenden, allerorten
Hast du niedrig aufgebaut!

Ungebändigt, kreuz und quer,
Über alle Pfade her
Schießen blütenschwere Zweige,
Daß dir jedes Haupt sich neige,
Und die Demut ist nicht schwer.

Ludwig Uhland

Das Schloß am Meere

Hast du das Schloß gesehen,
Das hohe Schloß am Meer?
Golden und rosig wehen
Die Wolken drüber her.

Es möchte sich niederneigen
In die spiegelklare Flut;
Es möchte streben und steigen
In der Abendwolken Glut.

»Wohl hab ich es gesehen,
Das hohe Schloß am Meer,
Und den Mond darüber stehen,
Und Nebel weit umher.«

Der Wind und des Meeres Wallen,
Haben sie frischen Klang?
Vernahmst du aus den Hallen
Saiten und Festgesang?

»Die Winde, die Wogen alle
Lagen in tiefer Ruh,
Einem Klagelied aus der Halle
Hört ich mit Tränen zu.«

Sahest du oben gehen
Den König und sein Gemahl?
Der roten Mäntel Wehen,
Der goldnen Kronen Strahl?

Führten sie nicht mit Wonne
Eine schöne Jungfrau dar,
Herrlich wie eine Sonne,
Strahlend im goldnen Haar?

»Wohl sah ich die Eltern beide,
Ohne der Kronen Licht,
Im schwarzen Trauerkleide;
Die Jungfrau sah ich nicht.«

Friedrich Rückert

Vom Bäumlein, das andere Blätter hat gewollt

Es ist ein Bäumlein gestanden im Wald,
In gutem und schlechtem Wetter;
Das hat von unten bis oben
Nur Nadeln gehabt statt Blätter;
Die Nadeln die haben gestochen,
Das Bäumlein das hat gesprochen:

»Alle meine Kameraden
Haben schöne Blätter an,
Und ich habe nur Nadeln,
Niemand rührt mich an;
Dürft ich wünschen, wie ich wollt,
Wünscht ich mir Blätter von lauter Gold.«

Wie's Nacht ist, schläft das Bäumlein ein,
Und früh ist's aufgewacht;
Da hatt es goldene Blätter fein,
Das war eine Pracht!
Das Bäumlein spricht: »Nun bin ich stolz;
Goldne Blätter hat kein Baum im Holz.«

Aber wie es Abend ward,
Ging der Jude durch den Wald,
Mit großem Sack und großem Bart,
Der sieht die goldnen Blätter bald;
Er steckt sie ein, geht eilends fort,
Und läßt das leere Bäumlein dort.

Das Bäumlein spricht mit Grämen:
»Die goldnen Blättlein dauern mich;
Ich muß vor den andern mich schämen,
Sie tragen so schönes Laub an sich;
Dürft ich mir wünschen noch etwas,
So wünscht ich mir Blätter von hellem Glas.«

Da schlief das Bäumlein wieder ein,
Und früh ist's wieder aufgewacht;
Da hatt es glasene Blätter fein,
Das war eine Pracht!
Das Bäumlein spricht: »Nun bin ich froh;
Kein Baum im Walde glitzert so.«

Da kam ein großer Wirbelwind
Mit einem argen Wetter,
Der fährt durch alle Bäume geschwind,
Und kommt an die glasenen Blätter;
Da lagen die Blätter von Glase
Zerbrochen in dem Grase.

Das Bäumlein spricht mit Trauern:
»Mein Glas liegt in dem Staub,
Die andern Bäume dauern
Mit ihrem grünen Laub;
Wenn ich mir noch was wünschen soll,
Wünsch ich mir grüne Blätter wohl.«

Da schlief das Bäumlein wieder ein,
Und wieder früh ist's aufgewacht;
Da hatt es grüne Blätter fein.
Das Bäumlein lacht,
Und spricht: Nun hab ich doch Blätter auch,
Daß ich mich nicht zu schämen brauch.

Da kommt mit vollem Euter
Die alte Geiß gesprungen;
Sie sucht sich Gras und Kräuter
Für ihre Jungen;
Sie sieht das Laub, und fragt nicht viel,
Sie frißt es ab mit Stumpf und Stiel.

Da war das Bäumlein wieder leer,
Es sprach nun zu sich selber:
»Ich begehre nun keine Blätter mehr,
Weder grüner, noch roter, noch gelber!
Hätt ich nur meine Nadeln,
Ich wollte sie nicht tadeln.«

Und traurig schlief das Bäumlein ein,
Und traurig ist es aufgewacht;
Da besieht es sich im Sonnenschein,
Und lacht, und lacht!
Alle Bäume lachen's aus;
Das Bäumlein macht sich aber nichts draus.

Warum hat's Bäumlein denn gelacht,
Und warum denn seine Kameraden?
Es hat bekommen in einer Nacht
Wieder alle seine Nadeln,
Daß jedermann es sehen kann;
Geh 'naus, sieh's selbst, doch rühr's nicht an.

Warum denn nicht?
Weil's sticht.

FRIEDRICH HEBBEL

Schau ich in die tiefste Ferne

Schau ich in die tiefste Ferne
Meiner Kinderzeit hinab,
Steigt mit Vater und mit Mutter
Auch ein Hund aus seinem Grab.

Fröhlich kommt er hergesprungen,
Frischen Muts den Staub der Gruft,
Wie so oft den Sand der Straße,
Von sich schüttelnd in der Luft.

Mit den treuen braunen Augen
Blickt er wieder auf zu mir,
Und er scheint, wie einst, zu mahnen:
Geh doch nur, ich folge dir!

Denn in unsrem Hause fehlte
Es an Dienern ganz und gar,
Doch die Mutter ließ mich laufen,
Wenn er mir zur Seite war.

Besser gab auch keine Amme
Je auf ihren Schützling acht,
Und er hatte schärfre Waffen
Und gebrauchte sie mit Macht.

Seine eignen Kameraden
Hielt er mit den Zähnen fern,
Und des Nachbars Katze ehrte
Ihn von selbst als ihren Herrn.

Doch, wenn ich dem alten Brunnen
Spielend nahte hinterm Haus,
Bellte er mit heller Stimme
Meine Mutter gleich heraus.

Er erhielt von jedem Bissen
Seinen Teil, den ich bekam,
Und er war mir so ergeben,
Daß er selbst die Kirschen nahm.

Wie die beiden Dioskuren
Brachten wir die Tage hin,
Einer durch den andern glücklich,
Jede Stunde ein Gewinn.

Macht ich nicht auch halb vom Tode
Meinen treuen Pollux frei,
Ließ ichs nur, weil ich nicht ahnte,
Daß ich selbst der Kastor sei.

Aber allzu bald nur trübte
Uns der heitre Himmel sich,
Denn er hatte einen Fehler,
Diesen, daß er wuchs, wie ich.
Und an ihm erschien als Sünde,
Was an mir als Tugend galt,
Da man mich ums Wachsen lobte,
Aber ihn ums Wachsen schalt.

Immer größer ward der Hunger,
Immer kleiner ward das Brot,
Und der eine konnte essen,
Was die Mutter beiden bot.

Als ich eines Morgens fragte,
Sagte man, er wäre fort
Und entlaufen, wie mein Hase,
Doch das war ein falsches Wort.

Noch denselben Abend kehrte
Er zu seinem Freund zurück,
Den zerbißnen Strick am Halse,
Doch das war ein kurzes Glück.

Denn, obgleich er mit ins Bette
Durfte, ach, ich bat so sehr,
War er morgens doch verschwunden,
Und ich sah ihn niemals mehr.

Ward er an die Eisenkette
Jetzt gelegt von seinem Herrn,
Oder fiel sein Los noch härter,
Weiß ich nicht, doch blieb er fern!

Blick ich in tiefste Ferne
Meiner Kinderzeit hinab,
Steigt mit Vater und mit Mutter
Auch ein Hund aus seinem Grab.

Heinrich Heine

Mein Kind, wir waren Kinder,
Zwei Kinder, klein und froh;
Wir krochen in's Hühnerhäuschen
Versteckten uns unter das Stroh.

Wir krähten wie die Hähne,
Und kamen Leute vorbei –
Kikereküh! sie glaubten,
Es wäre Hahnengeschrei.

Die Kisten auf unserem Hofe,
Die tapezirten wir aus,
Und wohnten drin beisammen,
Und machten ein vornehmes Haus.

Des Nachbars alte Katze
Kam öfters zum Besuch;
Wir machten ihr Bückling' und Knixe,
Und Complimente genug.

Wir haben nach ihrem Befinden
Besorglich und freundlich gefragt;
Wir haben seitdem dasselbe
Mancher alten Katze gesagt.

Wir saßen auch oft und sprachen
Vernünftig, wie alte Leut',
Und klagten, wie Alles besser
Gewesen zu unserer Zeit;

Wie Lieb' und Treu' und Glauben
Verschwunden aus der Welt,
Und wie so teuer der Kaffee,
Und wie so rar das Geld! – – –

Vorbei sind die Kinderspiele,
Und Alles rollt vorbei, –
Das Geld und die Welt und die Zeiten,
Und Glauben und Lieb' und Treu'.

Wilhelm Busch

Der kluge Kranich

Ich bin mal so, sprach Förster Knast,
Die Flunkerei ist mir verhaßt,
Doch sieht man oft was Sonderbares.

Im Frühling vor fünf Jahren war es,
Als ich stockstill, den Hahn gespannt,
Bei Mondschein vor dem Walde stand.
Da läßt sich plötzlich flügelsausend
Ein Kranichheer, wohl an die tausend,
Ganz dicht zu meinen Füßen nieder.
Sie kamen aus Ägypten wieder
Und dachten auf der Reise nun
Sich hier ein Stündchen auszuruhn.

Ich selbstverständlich, schlau und sacht,
Gab sehr genau auf alles acht.

Du, Hans, so rief der Oberkranich,
Hast heut die Wache, drum ermahn ich
Dich ernstlich, halt dich stramm und paß
Gehörig auf, sonst gibt es was.
Bald schlief ein jeder ein und sägte.
Hans aber stand und überlegte.

Er nahm sich ein Kieselstein,
Erhob ihn mit dem rechten Bein
Und hielt sich auf dem linken nur
In Gleichgewicht und Positur.

Der arme Kerl war schrecklich müd.
Erst fiel das linke Augenlid,
Das rechte blinzelt zwar noch schwach,
Dann aber folgt's dem andern nach.
Er schnarcht sogar. Ich denke schon:
Wie wird es dir ergehn, mein Sohn?

So denk ich, doch im Augenblick,
Als ich es dachte, geht es klick!
Der Stein fiel Hänschen auf die Zeh,
Das weckt ihn auf, er schreit auweh!

Er schaut sich um, hat mich gewittert,
Pfeift, daß es Mark und Bein erschüttert,
Und allsogleich im Winkelflug
Entschwebt der ganze Heereszug.

Ich rief hurra! und schwang den Hut.
Der Vogel der gefiel mir gut.
Er lebt auch noch. Schon oft seither
Sah man ihn fern am Schwarzen Meer
Auf einem Bein auf Posten stehn.

Dies schreibt mein Freund der Kapitän,
Und was er sagt, ist ohne Frage
So wahr, als was ich selber sage.

HEINRICH HEINE

Frau Sorge

In meines Glückes Sonnenglanz,
Da gaukelte fröhlich der Mückentanz.
Die lieben Freunde liebten mich
Und teilten mit mir brüderlich
Wohl meinen besten Braten
Und meinen letzten Dukaten.

Das Glück ist fort, der Beutel leer,
Und hab auch keine Freunde mehr;
Erloschen ist der Sonnenglanz,
Zerstoben ist der Mückentanz,
Die Freunde, so wie die Mücke,
Verschwinden mit dem Glücke.

An meinem Bett in der Winternacht
Als Wärterin die Sorge wacht.
Sie trägt eine weiße Unterjack,
Ein schwarzes Mützchen, und schnupft Tabak.
Die Dose knarrt so gräßlich,
Die Alte nickt so häßlich.

Mir träumt manchmal, gekommen sei
Zurück das Glück und der junge Mai
Und die Freundschaft und der Mückenschwarm –
Da knarrt die Dose – daß Gott erbarm,
Es platzt die Seifenblase –
Die Alte schneuzt die Nase.

Paul Gerhardt

Kirchenjahr

1.
Ich steh an deiner Krippen hier,
o Jesu, du mein Leben;
ich komme, bring und schenke dir,
was du mir hast gegeben.
Nimm hin, es ist mein Geist und Sinn,
Herz, Seel und Mut, nimm alles hin
und laß dir's wohlgefallen.

2.
Da ich noch nicht geboren war,
da bist du mir geboren
und hast mich dir zu eigen gar,
eh ich dich kannt, erkoren.
Eh ich durch deine Hand gemacht,
da hast du schon bei dir bedacht,
wie du mein wolltest werden.

3.
Ich lag in tiefster Todesnacht,
du warest meine Sonne,
die Sonne, die mir zugebracht
Licht, Leben, Freud und Wonne.
O Sonne, die das werte Licht
des Glaubens in mir zugericht',
wie schön sind deine Strahlen!

4.
Ich sehe dich mit Freuden an
und kann mich nicht satt sehen;
und weil ich nun nichts weiter kann,
bleib ich anbetend stehen.
O daß mein Sinn ein Abgrund wär
und meine Seel ein weites Meer,
daß ich dich möchte fassen!

5.
Wann oft mein Herz im Leibe weint
und keinen Trost kann finden,
rufst du mir zu: »Ich bin dein Freund,
ein Tilger deiner Sünden.
Was trauerst du, o Bruder mein?
Du sollst ja guter Dinge sein,
ich zahle deine Schulden.«

6.
O daß doch so ein lieber Stern
soll in der Krippen liegen!
Für edle Kinder großer Herrn
gehören güldne Wiegen.
Ach Heu und Stroh ist viel zu schlecht,
Samt, Seide, Purpur wären recht,
dies Kindlein drauf zu legen!

7.
Nehmt weg das Stroh, nehmt weg das Heu,
ich will mir Blumen holen,
daß meines Heilands Lager sei
auf lieblichen Violen;
mit Rosen, Nelken, Rosmarin
aus schönen Gärten will ich ihn
von oben her bestreuen.

8.
Du fragest nicht nach Lust der Welt
noch nach des Leibes Freuden;
du hast dich bei uns eingestellt,
an unsrer Statt zu leiden,
suchst meiner Seele Herrlichkeit
durch Elend und Armseligkeit;
das will ich dir nicht wehren.

9.
Eins aber, hoff ich, wirst du mir,
mein Heiland, nicht versagen:
daß ich dich möge für und für
in, bei und an mir tragen.
So laß mich doch dein Kripplein sein;
komm, komm und lege bei mir ein
dich und all deine Freuden.

Kapitelverzeichnis

sichten und ordnen

Matthias Claudius: Der Mensch 22
Clemens Brentano: Lieb' und Leid 23
Conrad Ferdinand Meyer: Der Römische Brunnen 24
Hans Kasper: Jugend und Alter 25
Wolf Biermann: Himmelfahrt in Berlin 26
Heinz Czechowski: Blick ins Register 27
Eva Zeller: Mütterlicherseits 28
Theodor Fontane: Überlaß es der Zeit 30
Gotthold Ephraim Lessing: Der größte Mann 31
Clemens Brentano: Es leben die Soldaten 32
James Krüss: Gedicht für jeden Tag im Jahr 34
Josef Guggenmos: Die Schatzkiste 35
Peter Härtling: Sechs Sätze für Fabian 36
Ernst Jandl: fünfter sein 37
Nikolaus Lenau: Die drei Zigeuner 38
Joseph von Eichendorff: Frühlingsfahrt 39
Bertolt Brecht: Die Liebenden 40
Albrecht Haushofer: Nachbarn 41
Friedrich von Schiller: Die Teilung der Erde 42
Gotthold Ephraim Lessing: Die drei Reiche der Natur 44
Wilhelm Busch: Widmung zu einem Kochbuch 45
Josef Guggenmos: Der Dachs / Das Eichhörnchen / Der Elefant / Der Maulwurf 47
Christian Morgenstern: Die beiden Esel 48
Georg Heym: Die gefangenen Tiere 49
Heinz Czechowski: Botanischer Garten 50
Bertolt Brecht: Finnische Landschaft 52
Erich Fried: Tiermarkt /Ankauf 53
Gottfried Benn: Saal der kreißenden Frauen 55
Bertolt Brecht: Maria 56
Erich Kästner: Kleine Stadt am Sonntagmorgen 57
Hans Kasper: Nachricht 58
Josef Guggenmos: Mein Haus 59
Wilhelm Busch: Pfannekuchen und Salat 60

fabulieren und zaubern

Joseph von Eichendorff: Wünschelrute .64
Hilde Domin: Auf Wolkenbürgschaft .65
Eduard Mörike: Gesang Weylas .66
Heinz Czechowski: Ort .67
Johann Wolfgang von Goethe: Hochzeitlied .69
Mascha Kaléko: Nennen wir es »Frühlingslied« .72
Christian Morgenstern: Die Hysterix .73
James Krüss: Das Königreich von Nirgendwo .74
Josef Guggenmos: Die drei Grafen .76
Carl Meisl: Arie des Orpheus .77
Marie Luise Kaschnitz: Die Kinder dieser Welt .78
Heinrich Heine: Zwei Ritter .80
Franz Josef Degenhardt: Der, der meine Lieder singt .83
Werner Bergengruen: Die Unsichtbaren .86
Christian Morgenstern: Das große Lalulā .88
Josef Guggenmos: Dein Stift kann's auch .89
Hilde Domin: Ich lade dich ein .90
Erich Kästner: Trostlied im Konjunktiv .93

singen und ahnen

Eduard Mörike: Um Mitternacht 96
Friedrich Hebbel: Sie sehn sich nicht wieder 97
August von Platen: Wie rafft' ich mich auf in der Nacht 98
Friedrich Hebbel: Nachtlied 99
Nikolaus Lenau: Der Postillion 100
Joseph von Eichendorff: Sehnsucht 103
Hugo von Hofmannsthal: Reiselied 104
Franz Josef Degenhardt: Feierabend 105
Conrad Ferdinand Meyer: Neujahrsglocken 107
Detlev von Liliencron: Wiegenlied 108
Unbekannt: Es freit ein wilder Wassermann 109
Johann Wolfgang von Goethe: Der Fischer 110
Stefan George: Stimmen im Strom 111
Ingeborg Bachmann: Die große Fracht 112
Gertrud Kolmar: Die Fahrende 113
Heinrich Heine: Ich weiß nicht, was soll es bedeuten 114
Friedrich von Schiller: Reiterlied 115
Dagmar Nick: Treibjagd 117
Peter Rühmkorf: Einen Genickschuß lang 118
Josef Guggenmos: Eine Taube flog vorüber 119
Conrad Ferdinand Meyer: Im Spätboot 120
Hugo von Hofmannsthal: Vorfrühling 121
Heinrich Heine: Ich hatte einst ein schönes Vaterland 123
Josef Guggenmos: Unterm Rasen 124

denken und deuten

Christian Hofmann von Hofmannswaldau:
Das menschliche Leben 128
Friedrich von Schiller: Das Glück 130
Clemens Brentano: Was reif in diesen Zeilen steht 132
Gottfried Benn: Einsamer nie 133
Friedrich Hölderlin: Sokrates und Alcibiades 134
Friedrich von Schiller: Hoffnung 135
Wilhelm Busch: Kopf und Herz 136
Albert von Schirnding: Armer Cusanus 137
Gottfried Benn: Kommt – 138
Erich Fried: Vielleicht 139
Hilde Domin: Von uns 140
Erich Fried: Vorahnung des Endsiegs 141
Hans Magnus Enzensberger: blindenschrift 142
Friedrich von Schiller: Die Worte des Glaubens 143
Reiner Kunze: Der hochwald erzieht seine bäume 144
Heinz Czechowski: Liberty 145
Günther Eich: Der Mann in der blauen Jacke 146
Adolf Muschg: Das Genie des Herzens
und sein Katzenmaler 147
Ernst Jandl: Sich zu erinnern 148
Günter Kunert: Ein Gleichnis für keins 149
Erich Fried: Nach einer alten Anekdote 150
Wilhelm Busch: Glaube 151

begreifen und lehren

Erich Kästner: Der Abschied 154
Friedrich von Schiller: Odysseus 155
Hugo von Hofmannsthal: Manche freilich 156
Stefan George: Wer seines Reichtums unwert 157
Andreas Gryphius: Einsamkeit 158
Erich Kästner: Jahrgang 1899 159
Ernst Jandl: Zehn-Jahre-Pamphlet 161
Elisabeth Borchers: Der Soldat 163
Ricarda Huch: Aus dem 30jährigen Kriege 164
Andreas Gryphius: Grabschrift Marianæ Gryphiae 165
Ingeborg Bachmann: Alle Tage 166
Hans Magnus Enzensberger: doomsday 167
Erich Fried: Heimatbesuch eines Emigranten 169
Bertolt Brecht: Vom Fünften Rad 170
Heinz Czechowski: Selbsttrost 172
Erich Fried: Ungelöst 174
Helmut Schelsky: Gegenseitigkeit 175
Johann Wolfgang von Goethe:
Wenn Kindesblick begierig schaut 176
Günter Bruno Fuchs: Schularbeiten 177
Friedrich Rasche: Schreibe! 178
Bertolt Brecht: Verlangt nicht zuviel Klugheit 179
Heiner Müller: Selbstkritik 180
Gottfried Benn: Jena 181
Rainer Maria Rilke: Herbsttag 182
Peter Rühmkorf: Zum Jahreswechsel 183
Johann Wolfgang von Goethe: Selige Sehnsucht 185
Stefan George: Breit' in der stille den geist 186
Günter Kunert: Leben 187
Gotthold Ephraim Lessing: Salomon 188
Heinrich Heine: Ein Jüngling liebt ein Mädchen 189
Johann Wolfgang von Goethe: Solang man nüchtern ist 190
Gottfried Benn: Verliess das Haus 191
Theodor Fontane: Aber wir lassen es andere machen 193

sehnen und suchen

Johann Wolfgang von Goethe: Kennst du das Land 196
Heinrich Heine: Nachtgedanken 197
Rainer Maria Rilke: Der Knabe 199
Matthias Claudius: Die Sternseherin Lise 200
Friedrich Hebbel: Schlafen 201
Friedrich von Schiller: Der Jüngling am Bache 202
Eduard Mörike: Neue Liebe 204
Clemens Brentano: Hörst Du wie die Brunnen rauschen 205
Johann Wolfgang von Goethe: Wandrers Nachtlied 206
Theodor Storm: Der Geier Schmerz 207
Stefan George: Im windes-weben 208
Rose Ausländer: Vielleicht I 209
Eva Zeller: Nachruf auf einen Gefallenen 210
Erich Fried: Schutthaufen 212
Eva Zeller: Wanderungen durch die Mark Brandenburg 213
Rose Ausländer: Italien I 214
Heinz Czechowski: Es ist nicht wahr 215
Günter Kunert: Abendgedicht 216
Hilde Domin: Nicht müde werden 217

spielen, spotten, schmunzeln

Eugen Roth: Falscher Verdacht 220
Gotthold Ephraim Lessing: Der Irrtum 221
Joachim Ringelnatz: Ringkampf 222
Eugen Roth: Hilflosigkeiten 224
Eugen Roth: Die guten Bekannten 225
Günter Bruno Fuchs: Tageslauf eines dicken Mannes 226
Wilhelm Busch: Bestimmung 227
Wilhelm Busch: Die Schnecken 229
Johann Wolfgang von Goethe: Schenke, komm! 230
Josef Guggenmos: Wick 231
Henry Jelinek: Nachtgesang 232
Edwin Bormann: Goethe-Quintessenz 233
Klabund: Deutsches Volkslied 235
Josef Guggenmos: Fritz Stachelwald 236
Christian Morgenstern: Die Behörde 237
Heinrich Heine: Das Fräulein stand am Meere 238
Robert Gernhardt: Der Tag, an dem ich Unseld übersah 239
Joachim Ringelnatz: Logik 240
Heinrich Heine: Sie saßen und tranken am Teetisch 241
Joseph Viktor von Scheffel: Der Ichtyosaurus 242
Robert Gernhardt: Nach der Lektüre einer Anthologie 244
Hans Magnus Enzensberger: Über die Schwierigkeiten der Umerziehung 245
Heinrich Heine: Vermächtnis 247
Robert Gernhardt: Materialien zu einer Kritik... 248
Kurt Tucholsky: Olle Germanen 249
Kurt Mautz: tastenzauber 251
Günter Bruno Fuchs: Sechszeilengedicht 252

bejahen und danken

Johann Wolfgang von Goethe: Talismane 256
Gottfried Benn: Aprèslude 257
Werner Bergengruen: Die Meise 258
Conrad Ferdinand Meyer: Eingelegte Ruder 260
Gottfried Benn: Keiner weine – 261
Theodor Fontane: Ja, das möcht ich noch erleben 262
Johann Wolfgang von Goethe: Anakreons Grab 263
Friedrich Hölderlin: Brot und Wein 264
Günther Eich: Weg zum Bahnhof 265
Peter Rühmkorf: Ausfahrt Raststätte Ostetal 266
Wilhelm Lehmann: Fahrt über den Plöner See 267
Ingeborg Bachmann: Von einem Land, einem Fluß
und den Seen 269
Friedrich Nietzsche: »Mein Glück!« 270
Rose Ausländer: Mein Venedig 271
Joseph von Eichendorff: Die Nachtblume 272
Ludwig Uhland: Frühlingsglaube 273
Hermann Kükelhaus: Herbst 274
Friedrich Hölderlin: Abendphantasie 276
Clemens Brentano: Hör', es klagt die Flöte wieder 277
Ingeborg Bachmann: Brief in zwei Fassungen 278
Joachim Ringelnatz: Kindersand 280
Peter Rühmkorf: Al fresco 281
Peter Gan: Herzenshöflich... 282
Michael Krüger: Glückliche Zeiten 283

aufbegehren und bezeugen

Matthias Claudius: Kriegslied 286
Hilde Domin: Abel steh auf 287
Johann Wolfgang von Goethe: Prometheus 289
Bertolt Brecht: An Chronos 291
Werner Bergengruen: Das Dauernde 292
Hermann Kükelhaus: Der Spuk 294
Bertolt Brecht: Trenne dich von deinen Kameraden 295
Erich Kästner: Die Maulwürfe 296
Nelly Sachs: Chor der Geretteten 299
Rose Ausländer: In Ehren 301
Erich Fried: Gespräch mit einem Überlebenden 302
Richard Leising: Auch ich 303
Bertolt Brecht: Die da wegkönnen 304
Günter Grass: Kinderlied 305
Bertolt Brecht: An die Nachgeborenen 306
Theodor Kramer: Requiem für einen Faschisten 309
Franz Werfel: An den Leser 310
Günter Kunert: Bitte 311
Kurt Tucholsky: Haben Sie schon mal...? 312
Rudolf Hagelstange: Bei den schwarzen Baptisten 313
Dagmar Nick: Überlegung 317
Rainer Maria Rilke: Ernste Stunde 318
Matthias Claudius: Auf den Tod der Kaiserin 319
Marie Luise Kaschnitz: Hiroshima 320
Ingeborg Bachmann: Freies Geleit (Aria II) 321
Gottfried Benn: Was meinte Luther mit dem Apfelbaum? 322
Wolf Biermann: Ermutigung 323
Franz Josef Degenhardt: Diesmal 324
Bertolt Brecht: Politische Betrachtungen 326

verdichten und verdeutlichen

Theodor Storm: Sprüche .330
Erich Kästner: Moral .331
Bertolt Brecht: Die Maske des Bösen .332
Friedrich von Logau: Abgedankte Soldaten .333
Rose Ausländer: Nie .334
Gottfried Benn: Eure Etüden .335
Erich Fried: Konstruktive Selbstkritik .336
Bertolt Brecht: Sag nicht zu oft, du hast recht, Lehrer! .337
Albert von Schirnding: Carpe diem .338
Gotthold Ephraim Lessing: Die Gewißheit .339
Johann Wolfgang von Goethe: Trunken müssen wir alle sein .340
Friedrich von Logau: Das höchste Gut .341
Reiner Kunze: Von der Notwendigkeit der Zensur .342
Friedrich von Logau: Des Krieges Buchstaben .343
Ernst Jandl: lichtung .344
Robert Gernhardt: Bescheidener Dichter .345
Peter Härtling: Ich schreib auf diese Seite .346
Friedrich von Logau: Glauben .347
Erich Fried: Praktische Arbeit .348
Albert von Schirnding: Wer wagt verliert .349
Erich Fried: Der Versteckte .350
Bertolt Brecht: Vergnügungen .351
Friedrich von Logau: Krieg und Friede .352
Bertolt Brecht: Der Radwechsel .353
Erich Fried: Nach der Korrektur .354
Hans Kasper: Die Reise .355
Theodor Fontane: Mein Leben .356
Matthias Claudius: Der Tod .357

trauern und trösten

Friedrich von Schiller: Nänie .360
Bertolt Brecht: Meines Bruders Tod .361
Ernst Moritz Arndt: Klage um den kleinen Jakob .362
Günter Grass: Mein Freund Walter Henn ist tot .363
Peter Maiwald: Die Frau des Arbeitslosen .365
Ludwig Uhland: Der gute Kamerad .366
Walter Flex: Wildgänse rauschen durch die Nacht .367
Hans Magnus Enzensberger: die verschwundenen .368
Joseph von Eichendorff: In der Fremde .369
Georg Heym: Der Tod der Liebenden .370
Erich Kästner: Verzweiflung Nr. 1 .372
Paul Gerhardt: An das Angesicht des HErrn JEsu .374
Peter Rühmkorf: Elegie .378
Erich Kästner: Elegie nach allen Seiten .379
Eva Zeller: Steinzeit .381
Hilde Domin: Haus ohne Fenster .382
Herbert Fritsche: Wir leben, Halbes wagend .383
Wolfdietrich Schnurre: Lied, auf Ahasver zu singen .384
Maurice Maeterlinck: Und sollt er wiederkommen .386
Bertolt Brecht: Das Waschen .387
Marie Luise Kaschnitz: Nicht gesagt .388
Fritz Mühlenweg: Sehnsucht .389
Theodor Kramer: Lob der Verzweiflung .390
Fritz Mühlenweg: Herzog Wens Abschied .391
Dagmar Nick: Abschiede .392
Rose Ausländer: Jom Kipur .393
Christa Reinig: Robinson .394
Wilhelm Busch: Tröstlich .395
Joseph von Eichendorff: Der Einsiedler .396

zureden und fragen

Bertolt Brecht: Kinderhymne 400
Hans Magnus Enzensberger: ins lesebuch für die oberstufe ...401
Günther Eich: Betrachtet die Fingerspitzen 402
Peter Rühmkorf: Komm raus! 403
Heinz Czechowski: Schwedisches Stenogramm 405
Reiner Kunze: Weckruf 406
Bertolt Brecht: Ansprache des Bauern an seinen Ochsen 407
Helmut Schelsky: Ratschläge an mich selbst 408
Paul Fleming: An Sich 409
Oskar Ansull: Sprich in Rätseln 410
Gotthold Ephraim Lessing: Die Faulheit 411
Ernst Jandl: menschenfleiß 412
Bertolt Brecht: Die Nachtlager 413
Franz Josef Degenhardt: Spiel nicht mit den Schmuddelkindern 414
Michael Krüger: Wenn Du die Treppe hinaufgehst 417
Gottfried Benn: Nur zwei Dinge 418
Hans Kasper: Elf Fragen 419
Unbekannt: Einem Fremden etwas zeigend 420
Gottfried Benn: Menschen getroffen 421
Rainer Maria Rilke: Der Auszug des verlorenen Sohnes 422
Theodor Fontane: Würd' es mir fehlen, würd' ich's vermissen? 423
Wilhelm Hey: Weißt du, wieviel Sterne stehen 424
August von Platen: Wer wußte je das Leben recht zu fassen ..425
Kurt Tucholsky: Geduld 426

sich erkennen und sich bescheiden

Matthias Claudius: Täglich zu singen 430
Bertolt Brecht: Vom armen B. B. 432
Peter Rühmkorf: Auf was nur einmal ist 434
Arno Reinfrank: Was ich lernte 435
Ernst S. Steffen: Das Vorleben 436
Erich Fried: Zu guter Letzt 438
August von Platen: Sonett nach Camoens 439
Christian Morgenstern: Die Schildkröte 440
Gottfried Benn: Verhülle dich – 441
Conrad Friedrich Meyer: Begegnung 442
Robert Gernhardt: Sauber bleiben 443
Christoph Meckel: Odysseus 444
Peter Maiwald: Die Zeichnung 446
Peter Rühmkorf: Schon ab Vierzig 447
Annette von Droste-Hülshoff: Das Spiegelbild 448
Albert von Schirnding: Warnung 450
Wolf Biermann: Nur wer sich ändert, bleibt sich treu 451
Stefan George: Was ist geschehen 453
Johann Wolfgang von Goethe: Warum gabst du uns
die tiefen Blicke 454
Hermann Kükelhaus: Wisse, ich kam vom Ende der Welt 456
Peter Rühmkorf: Zwischenmenschliche Beziehungen 457
Theodor Fontane: Flickwerk 458
Andreas Gryphius: An sich selbst 459
Erich Fried: Angst 460
Hilde Domin: Unterwegs 461
Oskar Ansull: In Gedanken an dich – 462
Hans Magnus Enzensberger: hôtel fraternité 463
Heinz Czechowski: Ab und zu 464
Albert von Schirnding: Also auch du Vernichter 465

»landeinwärts gehen« und entsagen

Hilde Domin: Laß uns landeinwärts gehn 468
Andreas Gryphius: Menschliches Elende 469
August von Platen: Es liegt an eines Menschen Schmerz 470
Gottfried Benn: Melancholie 471
Conrad Ferdinand Meyer: Mit einem Jugendbildnis 473
Erich Kästner: Herr im Herbst 474
Günter Kunert: Alltagsgeschehen 475
Detlev von Liliencron: Mein täglicher Spaziergang 476
Gottfried Benn: Reisen 477
Peter Rühmkorf: Aufbruch vor Morgen 478
Erich Kästner: Die Zeit fährt Auto 480
Dagmar Nick: Absprung 481
Wolf Biermann: Und als wir ans Ufer kamen 482
Theodor Kramer: Wer läutet draußen an der Tür? 483
Erich Fried: Hölderlin an Sinclair 484
Dagmar Nick: Zugvogelzeit 485
Friedrich Nietzsche: Vereinsamt 486
Johann Wolfgang von Goethe: Harzreise im Winter 487
Georg Heym: Nacht 490
Eduard Mörike: Das verlassene Mägdlein 491
Peter Maiwald: Ich war hungrig 492
Joseph von Eichendorff: Lied 493
Stefan George: Sieh mein kind ich gehe 494
Stefan George: Dies leid und diese last zu bannen 495
Stefan George: Seelied 496
Albert von Schirnding: Bitte um Heimsuchung 497
Ingeborg Bachmann: Wenn einer fortgeht 498
Erich Fried: Sehnsucht 499
Friedrich Hölderlin: Hälfte des Lebens 500
Andreas Gryphius: Überschrift an dem Tempel
der Sterblichkeit 501
Theodor Fontane: Summa summarum 502
Heinrich Heine: Epilog 503

die Liebe preisen

Erich Fried: Was es ist 506
Hans Magnus Enzensberger: Kopfkissengedicht 507
Else Lasker-Schüler: Weltende 508
Erich Fried: Werbung 509
Franz Josef Degenhardt: Hochzeit 510
Simon Dach: Perstet amicitiae semper venerabile foedus! 513
Erich Kästner: Ein Beispiel von ewiger Liebe 514
August von Platen: Anteros 517
Erich Fried: Nur nicht 518
Joachim Ringelnatz: Ich habe dich so lieb 519
Eduard Mörike: Nimmersatte Liebe 520
Christian Morgenstern: Mich erfüllt Liebestoben zu dir! 521
Joachim Ringelnatz: Telephonischer Ferngruß 522
Marie Luise Kaschnitz: Am Strande 523
Stefan George: Keins wie dein feines ohr 524
Johann Wolfgang von Goethe: Schenke 525
Yvan Goll: Malaiische Lieder 526
Heinrich Heine: Ich grolle nicht 528
Else Lasker-Schüler: Morituri 529
Erich Fried: Schmutzkonkurrenz am Morgen 530
Christoph Meckel: An wen auch immer ich mich wende 531
Georg Friedrich Daumer: Stiller Schrei 532
Stefan George: Es lacht in dem steigenden jahr dir 533
Bertolt Brecht: Morgens und abends zu lesen 534
August von Platen: Tristan 535
Fritz Mühlenweg: Heimlicher Brief 536
Christoph Meckel: Kein Nachteil 538
Hilde Domin: Zärtliche Nacht 539
Bertolt Brecht: Sieben Rosen 540

die Liebe beweinen

Johann Wolfgang von Goethe: Wer sich der Einsamkeit ergibt 544
Ingeborg Bachmann: Erklär mir, Liebe 545
Clemens Brentano: Wenn die Sonne wegegangen 547
Johann Wolfgang von Goethe: Neue Liebe, neues Leben 548
August von Platen: Es lächelt, voll von Milde 549
Wolf Biermann: Die Elbe bei Dresden 550
Johann Wolfgang von Goethe: An den Mond 552
Heinrich Heine: Sie haben dir viel erzählet 554
Alfred Kerr: Brief eines kleinen Mädchens 555
Clemens Brentano: Der Spinnerin Nachtlied 556
Johann Wolfgang von Goethe: Gretchens Lied 557
Wilhelm Müller: Der Lindenbaum 559
Wilhelm Müller: Der Wegweiser 560
Stefan George: Mein kind kam heim 561
Ingeborg Bachmann: Das Spiel ist aus 562
Gottfried Benn: Mutter 564
August von Platen: Die Liebe hat gelogen 565
Eduard Mörike: Verborgenheit 566
August von Platen: Du sprichst, daß ich mich täuschte 567
Gottfried Benn: Wie lange noch 568
Wilhelm Busch: Die Freunde 570
Erich Kästner: Die sehr moralische Autodroschke 572
Günter Grass: Ehe 574
Georg Friedrich Daumer: Der Verzweifelnde 576

Bilder malen

Werner Bergengruen: Dir zum guten Jahrgeleit 580
Paul Gerhardt: Sommergesang 585
Erich Kästner: Der Mai 589
Christine Lavant: Kummergang in Kümmelwiesen 590
Josef Weinheber: Im Grase 591
Rainer Maria Rilke: Blaue Hortensie 592
Rainer Maria Rilke: Das Karussell 593
Rainer Maria Rilke: Der Panther 594
Kurt Tucholsky: Park Monceau 595
Hans Carossa: Der alte Brunnen 596
Joseph von Eichendorff: Im Walde 597
Georg Trakl: In den Nachmittag geflüstert 598
Eduard Mörike: Septembermorgen 599
Bertolt Brecht: Die gute Nacht 600
Joseph von Eichendorff: Weihnachten 601
Theodor Fontane: Glück 602
Dagmar Nick: Großstadtabend 603
Paul Gerhardt: Abendlied 604
Heinz Czechowski: Frieden 607
Günter Bruno Fuchs: Der Irre ist gestorben 608
Werner Bergengruen: Leben eines Mannes 609

Geschichten erzählen

Bertolt Brecht: Legende von der Entstehung des Buches Taoteking 612
Friedrich Hebbel: Der Heideknabe 615
Friedrich Schiller: Der Handschuh 618
Franz Josef Degenhardt: Tonio Schiavo 621
Erich Kästner: Nekrolog für den Maler E. H. 623
Christian Morgenstern: Das Butterbrotpapier 625
Theodor Fontane: Herr von Ribbeck auf Ribbeck
im Havelland 627
Gotthold Ephraim Lessing: Faustin 629
Heinrich Heine: Schelm von Bergen 630
Unbekannt: Die graus'ge Moritot von Sabinchen,
dem Frauenzimmer 632
Johann Wolfgang von Goethe: Der Gott und die Bajadere 634
Johann Wolfgang von Goethe: Der getreue Eckart 637
Johann Wolfgang von Goethe: Erlkönig 639
Friedrich Schiller: Das verschleierte Bild zu Sais 641
Friedrich Hebbel: Bubensonntag 644
Friedrich Hebbel: Das Kind am Brunnen 646
Ludwig Uhland: Bertran de Born 648
Theodor Fontane: Der 6. November 1632 650
Theodor Fontane: Der alte Zieten 652
Wilhelm Busch: Unbeliebtes Wunder 654
Wilhelm Busch: Romanze vom nützlichen Soldaten 656
Wilhelm Busch: Der gütige Wandrer 658
Joachim Ringelnatz: Bumerang 660
Josef Guggenmos: Besuch 661
Josef Guggenmos: Ein Elefant marschiert durchs Land 662
Christian Morgenstern: Klabautermann 663
Bertolt Brecht: Der demokratische Richter 664
Bertolt Brecht: Kinderkreuzzug 1939 665
Bertolt Brecht: Intervention 670
Bertolt Brecht: Abbau des Schiffes Oskawa durch
die Mannschaft 671
James Krüss: Der Garten des Herrn Ming 674
Heinrich Heine: Der Asra 676
Eva Zeller: an dieser Stelle 677

mit und von Gott reden

Christian Knorr von Rosenroth: Morgenlied 680
Andreas Gryphius: Abend 681
Martin Luther: Ein feste Burg ist unser Gott 682
Conrad Ferdinand Meyer: In Harmesnächten 684
Rainer Maria Rilke: Alle, welche dich suchen 685
Andreas Gryphius: Andenken eines auf der See ausgestandenen gefährlichen Sturms 686
Regina Ullmann: Alles ist sein... 687
Eduard Mörike: Gebet 688
Matthias Claudius: Abendlied 689
Nikolaus Ludwig Graf von Zinzendorf: Gebet 691
Luise Hensel: Müde bin ich, geh zur Ruh 692
Werner Bergengruen: Vor dem Herrn ist nichts gering 693
Johann Christian Günther: Bußgedanken 694
Werner Bergengruen: Stimme Gottes 695
Friedrich Rückert: Um Mitternacht 696
Friedrich Nietzsche: O Mensch! Gib acht! 697
Ernst Jandl: an gott 698
Christian Morgenstern: Vice Versa 699
Friedrich Hölderlin: Hyperions Schicksalslied 700
Johann Wolfgang von Goethe: Wer nie sein Brot mit Tränen aß 701
Günter Eich: Schuttablage 702
Erich Fried: Letzte Warnung 703
Gottfried Benn: Abschied 704
Bertolt Brecht: Vom ertrunkenen Mädchen 705
Rainer Maria Rilke: Was wirst du tun, Gott 706
Günter Kunert: Götterdämmerung 707

dichten

Gustav Schwab: Das Gewitter 710
Joseph von Eichendorff: Zwielicht 712
Börries Freiherr von Münchhausen: Jenseits 713
Gottfried Benn: Dann – 714
Fritz Mühlenweg: Der Einsiedler 715
Stefan George: Ist es neu dir was vermocht 716
Heinrich Heine: Sie haben mich gequälet 717
Friedrich Hölderlin: Menschenbeifall 718
Friedrich Nietzsche: Der geheimnisvolle Nachen 719
Bertolt Brecht: Der Kirschdieb 720
Johann Wolfgang von Goethe: Warum ich wieder zum Papier mich wende? ... 721
Theodor Fontane: O trübe diese Tage nicht 722
Heinrich Heine: Pomare 723
Conrad Ferdinand Meyer: Lenz Wanderer, Mörder, Triumphator ... 724
Ludwig Uhland: Das Schloß am Meere 727
Friedrich Rückert: Vom Bäumlein, das andere Blätter hat gewollt ... 729
Friedrich Hebbel: Schau ich in die tiefste Ferne 732
Heinrich Heine: Mein Kind, wir waren Kinder 735
Wilhelm Busch: Der kluge Kranich 737
Heinrich Heine: Frau Sorge 739
Paul Gerhard: Kirchenjahr 740

Dichterverzeichnis

OSKAR ANSULL
In Gedanken an dich – 462
Sprich in Rätseln 410
ERNST MORITZ ARNDT
Klage um den kleinen Jakob 362
ROSE AUSLÄNDER
In Ehren 301
Italien I 214
Jom Kipur 393
Mein Venedig 271
Nie 334
Vielleicht I 209
INGEBORG BACHMANN
Alle Tage 166
Brief in zwei Fassungen 278
Das Spiel ist aus 562
Die große Fracht 112
Erklär mir, Liebe 545
Freies Geleit (Aria II) 321
Von einem Land, einem Fluß und den Seen 269
Wenn einer fortgeht, muß er den Hut 498
GOTTFRIED BENN
Abschied 704
Aprèslude 257
Dann – 714
Einsamer nie 133
Eure Etüden 335
Jena 181
Keiner weine – 261
Kommt – 138
Melancholie 471
Menschen getroffen 421
Mutter 564
Nur zwei Dinge 418
Reisen 477
Saal der kreißenden Frauen 55
Verhülle dich – 441
Verließ das Haus 191
Was meinte Luther mit dem Apfelbaum? 322
Wie lange noch 568
WERNER BERGENGRUEN
Das Dauernde 292
Die Meise 258
Die Unsichtbaren 86
Dir zum guten Jahrgeleit 580
Leben eines Mannes 609
Stimme Gottes 695
Vor dem Herrn ist nichts gering 693
WOLF BIERMANN
Die Elbe bei Dresden 550
Ermutigung 323
Himmelfahrt in Berlin 26
Nur wer sich ändert, bleibt sich treu 451
Und als wir ans Ufer kamen 482
ELISABETH BORCHERS
Der Soldat 163
EDWIN BORMANN
Goethe-Quintessenz 233
BERTOLT BRECHT
Abbau des Schiffes Oskawa durch die Mannschaft 671
An Chronos 291
An die Nachgeborenen 306
Ansprache des Bauern an seinen Ochsen 407
Das Waschen 387
Der demokratische Richter 664
Der Kirschdieb 720
Der Radwechsel 352
Die da wegkönnen 304
Die gute Nacht 600
Die Liebenden 40
Die Maske des Bösen 332
Die Nachtlager 413
Finnische Landschaft 52
Intervention 670
Kinderhymne 400
Kinderkreuzzug 1939 665
Legende von der Entstehung des Buches 612
Maria 56
Meines Bruders Tod 361
Morgens und abends zu lesen 534
Politische Betrachtungen 326
Sag nicht zu oft, du hast recht, Lehrer! 337
Sieben Rosen hat der Strauch 540
Trenne dich von deinen Kameraden auf dem Bahnhof 295
Vergnügungen 351
Verlangt nicht zuviel Klugheit 179
Vom armen B. B. 432
Vom ertrunkenen Mädchen 705
Vom Fünften Rad 170
CLEMENS BRENTANO
Der Spinnerin Nachtlied 556
Es leben die Soldaten 32
Hör, es klagt die Flöte wieder 277
Hörst du wie die Brunnen rauschen 205
Lieb' und Leid im leichten Leben 23
Was reif in diesen Zeilen steht 132
Wenn die Sonne weggegangen 547
WILHELM BUSCH
Bestimmung 227
Der gütige Wandrer 658
Der kluge Kranich 737
Die Freunde 570
Die Schnecken 229
Glaube 151
Kopf und Herz 136
Pfannekuchen und Salat 60
Romanze vom nützlichen Soldaten 656
Tröstlich 395
Unbeliebtes Wunder 654
Widmung zu einem Kochbuch 45
HANS CAROSSA
Der alte Brunnen 596
MATTHIAS CLAUDIUS
Abendlied 689
Auf den Tod der Kaiserin 319
Der Mensch 22
Der Tod 357
Die Sternseherin Lise 200
Kriegslied 286
Täglich zu singen 430
HEINZ CZECHOWSKI
Ab und zu 464
Blick ins Register 27
Botanischer Garten 50
Es ist nicht wahr 215
Frieden 607
Liberty 145
Ort 67
Schwedisches Stenogramm 405
Selbsttrost 172

SIMON DACH
Perstet amicitiae semper vernerabile foedus! ... 513
GEORG FRIEDRICH DAUMER
Der Verzweifelnde ... 576
Stiller Schrei ... 532
FRANZ JOSEF DEGENHARDT
Der, der meine Lieder singt ... 83
Diesmal ... 324
Feierabend ... 105
Hochzeit ... 510
Spiel nicht mit den Schmuddelkindern ... 414
Tonio Schiavo ... 621
HILDE DOMIN
Abel steh auf ... 287
Auf Wolkenbürgschaft ... 65
Haus ohne Fenster ... 382
Ich lade dich ein ... 90
Laß uns landeinwärts gehn ... 468
Nicht müde werden ... 217
Unterwegs ... 461
Von uns ... 140
Zärtliche Nacht ... 539
ANNETTE VON DROSTE-HÜLSHOFF
Das Spiegelbild ... 448
GÜNTER EICH
Betrachtet die Fingerspitzen ... 402
Der Mann in der blauen Jacke ... 146
Schuttablage ... 702
Weg zum Bahnhof ... 265
JOSEPH FREIHERR VON EICHENDORFF
Der Einsiedler ... 396
Die Nachtblume ... 272
Frühlingsfahrt ... 39
Im Walde ... 597
In der Fremde ... 369
Lied ... 493
Sehnsucht ... 103
Weihnachten ... 601
Wünschelrute ... 64
Zwielicht ... 712
HANS MAGNUS ENZENSBERGER
blindenschrift ... 142
Die verschwundenen ... 368
doomsday ... 167
hôtel fraternité ... 463
Ins lesebuch für die oberstufe ... 401
Kopfkissengedicht ... 507
Über die Schwierigkeiten der Umerziehung 245
PAUL FLEMING
An Sich ... 409
WALTER FLEX
Wildgänse rauschen durch die Nacht ... 367
THEODOR FONTANE
Aber wir lassen es andere machen ... 193
Der 6. November 1632 ... 650
Der alte Zieten ... 652
Flickwerk ... 458
Glück ... 602
Herr von Ribbeck auf Ribbeck im Havelland 627
Ja, das möcht' ich noch erleben ... 262
Mein Leben ... 356
O trübe diese Tage nicht ... 722
Überlaß es der Zeit ... 30
Summa summarum ... 502
Würd' es mir fehlen, würd' ich's vermissen? 423
ERICH FRIED
Angst ... 460
Der Versteckte ... 350
Gespräch mit einem Überlebenden ... 302
Heimatbesuch eines Emigranten ... 169
Hölderlin an Sinclair ... 484
Konstruktive Selbstkritik ... 336
Letzte Warnung ... 703
Nach der Korrektur ... 354
Nach einer alten Anekdote ... 150
Nur nicht ... 518
Praktische Arbeit ... 348
Schmutzkonkurrenz am Morgen ... 530
Schutthaufen ... 212
Sehnsucht ... 499
Tiermarkt/Ankauf ... 53
Ungelöst ... 174
Vielleicht ... 139
Vorahnung des Endsiegs ... 141
Was es ist ... 506
Werbung ... 509
Zu guter Letzt ... 438
HERBERT FRITSCHE
Wir leben, Halbes wagend ... 383
GÜNTER BRUNO FUCHS
Der Irre ist gestorben ... 608
Schularbeiten ... 177
Sechzeilengedicht ... 252
Tageslauf eines dicken Mannes ... 226
PETER GAN
Herzenshöflich... ... 282
STEFAN GEORGE
Breit' in der stille den geist ... 186
Dies leid und diese last: zu bannen ... 495
Es lacht in dem steigenden jahr dir ... 533
Im windes-weben ... 208
Ist es neu dir was vermocht ... 716
Keins wie dein feines ohr ... 524
Mein kind kam heim ... 561
Seelied ... 496
Sieh mein kind ich gehe ... 494
Stimmen im Strom ... 111
Was ist geschehn dass ich mich kaum noch kenne ... 453
Wer seines reichtums unwert ihn nicht nützt ... 157
ROBERT GERNHARDT
Bescheidener Dichter ... 345
Der Tag, an dem ich Unseld übersah ... 239
Materialien zu einer Kritik ... 248
Nach der Lektüre einer Anthologie ... 244
Sauber bleiben ... 443
PAUL GERHARDT
Abendlied ... 604
An das Angesicht des HErrn JEsu ... 374
Kirchenjahr ... 740
Sommergesang ... 585
JOHANN WOLFGANG VON GOETHE
Anakreons Grab ... 263
An den Mond ... 552
Der Fischer ... 110
Der getreue Eckart ... 637
Der Gott und die Bajadere ... 634
Erlkönig ... 639
Gretchens Lied ... 557
Harzreise im Winter ... 487

Hochzeitlied ... 69
Kennst du das Land, wo die Zitronen blühn 196
Neue Liebe, neues Leben ... 548
Prometheus ... 289
Schenke ... 525
Schenke, komm! ... 230
Selige Sehnsucht ... 185
Solang man nüchtern ist ... 190
Talismane ... 256
Trunken müssen wir alle sein ... 340
Wandrers Nachtlied ... 206
Warum gabst Du uns die tiefen Blicke ... 454
Warum ich wieder zum Papier mich wende 721
Wenn Kindesblick begierig schaut ... 176
Wer nie sein Brot mit Tränen aß ... 701
Wer sich der Einsamkeit ergibt ... 544
YVAN GOLL
Am Brunnen der Erinnerung ... 526
Malaische Lieder
Der rote Pfeffer schreit ... 526
Ich höre das Wachsen der jungen Lianen 526
Oft klopft in der Nacht ... 526
So weh und wild wie die Grille im Brotbaum ... 527
GÜNTER GRASS
Ehe ... 574
Kinderlied ... 305
Mein Freund Walter Henn ist tot ... 363
ANDREAS GRYPHIUS
Abend ... 681
Andenken eines auf der See ausgestandenen gefährlichen Sturms ... 686
An sich selbst ... 459
Einsamkeit ... 158
Grabschrift Marianae Gryphiae ... 165
Menschliches Elende ... 469
Überschrift an dem Tempel der Sterblichkeit 501
JOHANN CHRISTIAN GÜNTHER
Bußgedanken ... 694
JOSEF GUGGENMOS
Besuch ... 661
Dein Stift kann's auch ... 89
Der Dachs/Das Eichhörnchen/ Der Elefant/Der Maulwurf ... 47
Die drei Grafen ... 76
Die Schatzkiste ... 35
Ein Elefant marschiert durchs Land ... 662
Eine Taube flog vorüber ... 119
Fritz Stachelwald ... 236
Mein Haus ... 59
Unterm Rasen ... 124
Wick ... 231
PETER HÄRTLING
Ich schreib auf diese Seite ... 346
Sechs Sätze für Fabian ... 36
RUDOLF HAGELSTANGE
Bei den schwarzen Baptisten ... 313
ALBRECHT HAUSHOFER
Nachbarn ... 41
FRIEDRICH HEBBEL
Bubensonntag ... 644
Das Kind am Brunnen ... 646
Der Heideknabe ... 615
Nachtlied ... 99
Schau ich in die tiefste Ferne... ... 732
Schlafen ... 201
Sie sehn sich nicht wieder ... 97
HEINRICH HEINE
Das Fräulein stand am Meere ... 238
Der Asra ... 676
Ein Jüngling liebt ein Mädchen ... 189
Epilog ... 503
Frau Sorge ... 739
Ich grolle nicht ... 528
Ich hatte einst ein schönes Vaterland ... 123
Ich weiß nicht, was soll es bedeuten ... 114
Mein Kind, wir waren Kinder ... 735
Nachtgedanken ... 197
Pomare ... 723
Schelm von Bergen ... 630
Sie haben dir viel erzählet ... 554
Sie haben mich gequälet ... 717
Sie saßen und tranken am Teetisch ... 241
Zwei Ritter ... 80
Vermächtnis ... 247
LUISE HENSEL
Müde bin ich, geh zur Ruh ... 692
WILHELM HEY
Weißt du, wieviel Sterne stehen ... 424
GEORG HEYM
Der Tod der Liebenden ... 370
Die gefangenen Tiere ... 49
Nacht ... 490
FRIEDRICH HÖLDERLIN
Abendphantasie ... 276
Brot und Wein ... 264
Hälfte des Lebens ... 500
Hyperions Schicksalslied ... 700
Menschenbeifall ... 718
Sokrates und Alcibiades ... 134
CHRISTIAN HOFMANN VON HOFMANSWALDAU
Das menschliche Leben ... 128
HUGO VON HOFMANNSTHAL
Manche freilich 156
Reiselied ... 104
Vorfrühling ... 121
RICARDA HUCH
Aus dem 30jährigen Kriege ... 164
ERNST JANDL
an gott ... 698
fünfter sein ... 37
lichtung ... 344
menschenfleiß ... 412
Sich zu erinnern ... 148
Zehn-Jahre-Pamphlet ... 161
HENRY JELINEK
Nachtgesang ... 232
MASCHA KALÉKO
Nennen wir es »Frühlingslied« ... 72
MARIE LUISE KASCHNITZ
Am Strande ... 523
Die Kinder dieser Welt ... 78
Hiroshima ... 320
Nicht gesagt ... 388
HANS KASPER
Die Reise ... 355
Elf Fragen ... 419
Jugend und Alter ... 25
Nachricht ... 58
ERICH KÄSTNER
Der Abschied ... 154
Der Mai ... 589
Die Maulwürfe ... 296

Die sehr moralische Autodroschke 572
Die Zeit fährt Auto 480
Ein Beispiel ewiger Liebe 515
Elegie nach allen Seiten 379
Herr im Herbst 474
Jahrgang 1899 159
Kleine Stadt am Sonntagmorgen 57
Moral 331
Nekrolog für den Maler E. H. 623
Verzweiflung Nr. 1 372
ALFRED KERR
Brief eines kleinen Mädchens 555
KLABUND
Deutsches Volkslied 235
CHRISTIAN KNORR VON ROSENROTH
Morgenlied 680
GERTRUD KOLMAR
Die Fahrende 113
THEODOR KRAMER
Lob der Verzweiflung 390
Requiem für einen Faschisten 309
Wer läutet draußen an der Tür? 483
MICHAEL KRÜGER
Glückliche Zeiten 283
Wenn du die Treppe hinaufgehst 417
JAMES KRÜSS
Das Königreich von Nirgendwo 74
Der Garten des Herrn Ming 674
Gedicht für jeden Tag im Jahr 34
HERMANN KÜKELHAUS
Der Spuk 294
Herbst 274
Wisse, ich kam vom Ende der Welt 456
GÜNTER KUNERT
Abendgedicht 216
Alltagsgeschehen 475
Bitte 311
Ein Gleichnis für keins 149
Götterdämmerung 707
Leben 187
REINER KUNZE
Der hochwald erzieht seine bäume 144
Von der Notwendigkeit der Zensur 342
Weckruf 406
ELSE LASKER-SCHÜLER
Morituri 529
Weltende 508
CHRISTINE LAVANT
Kummergang in Kümmelwiesen 590
WILHELM LEHMANN
Fahrt über den Plöner See 267
RICHARD LEISING
Auch ich 303
NIKOLAUS LENAU
Der Postillion 100
Die drei Zigeuner 38
GOTTHOLD EPHRAIM LESSING
Die drei Reiche der Natur 44
Die Faulheit 411
Die Gewißheit 339
Der größte Mann 31
Der Irrtum 221
Faustin 629
Salomon 188
DETLEV VON LILIENCRON
Mein täglicher Spaziergang 476
Wiegenlied 108
FRIEDRICH VON LOGAU
Abgedankte Soldaten 333
Das höchste Gut 341
Des Krieges Buchstaben 343
Glauben 347
Krieg und Friede 352
MARTIN LUTHER
Ein feste Burg ist unser Gott 682
MAURICE MAETERLINCK
(ÜBERSETZT VON PAUL CELAN)
Und sollt er wiederkommen 386
PETER MAIWALD
Die Frau des Arbeitslosen 365
Die Zeichnung 446
Ich war hungrig 492
KURT MAUTZ
tastenzauber 251
CHRISTOPH MECKEL
An wen auch immer ich mich wende 531
Kein Nachteil 538
Odysseus 444
CARL MEISL
Arie des Orpheus 77
CONRAD FERDINAND MEYER
Begegnung 442
Der Römische Brunnen 24
Eingelegte Ruder 260
Im Spätboot 120
In Harmesnächten 684
Lenz Wanderer, Mörder, Triumphator 724
Mit einem Jugendbildnis 473
Neujahrsglocken 107
EDUARD MÖRIKE
Das verlassene Mägdlein 491
Gebet 688
Gesang Weylas 66
Neue Liebe 204
Nimmersatte Liebe 520
Septembermorgen 599
Um Mitternacht 96
Verborgenheit 566
CHRISTIAN MORGENSTERN
Das Butterbrotpapier 625
Das große Lalulā 88
Die Behörde 237
Die beiden Esel 48
Die Hystrix 73
Die Schildkröte 440
Klabautermann 663
Mich erfüllt Liebestoben zu dir! 521
Vice Versa 699
FRITZ MÜHLENWEG
Der Einsiedler 715
Heimlicher Brief 536
Herzog Wens Abschied 391
Sehnsucht 389
HEINER MÜLLER
Selbstkritik 180
WILHELM MÜLLER
Der Lindenbaum 559
Der Wegweiser 560
BÖRRIES FREIHERR
VON MÜNCHHAUSEN
Jenseits 713
ADOLF MUSCHG
Das Genie des Herzens und sein Katzenmaler ... 147

DAGMAR NICK
Abschiede ... 392
Absprung ... 481
Großstadtabend ... 603
Treibjagd ... 117
Überlegung ... 317
Zugvogelzeit ... 485
FRIEDRICH NIETZSCHE
Der geheimnisvolle Nachen ... 719
»Mein Glück!« ... 270
O Mensch! Gib acht! ... 697
Vereinsamt ... 486
AUGUST VON PLATEN
Anteros ... 517
Die Liebe hat gelogen ... 565
Du sprichst, daß ich mich täuschte ... 567
Es liegt an eines Menschen Schmerz ... 470
Es lächelt, voll von Milde ... 549
Sonett nach Camoens ... 439
Tristan ... 535
Wer wußte je das Leben recht zu fassen ... 425
Wie rafft' ich mich auf in der Nacht ... 98
FRIEDRICH RASCHE
Schreibe! ... 178
ARNO REINFRANK
Was ich lernte ... 435
CHRISTA REINIG
Robinson ... 394
RAINER MARIA RILKE
Alle, welche dich suchen, versuchen dich ... 685
Blaue Hortensie ... 592
Das Karussell ... 593
Der Auszug des verlorenen Sohnes ... 422
Der Knabe ... 199
Der Panther ... 594
Ernste Stunde ... 318
Herbsttag ... 182
Ich lebe mein Leben ... 685
Was wirst du tun, Gott ... 706
JOACHIM RINGELNATZ
Bumerang ... 660
Ich habe dich so lieb ... 519
Kindersand ... 280
Logik ... 240
Ringkampf ... 222
Telephonischer Ferngruß ... 522
EUGEN ROTH
Die guten Bekannten ... 225
Falscher Verdacht ... 220
Hilflosigkeiten ... 224
FRIEDRICH RÜCKERT
Um Mitternacht ... 696
Vom Bäumlein, das andere Blätter hat gewollt ... 729
PETER RÜHMKORF
Al fresco ... 281
Auf was nur einmal ist ... 434
Aufbruch vor Morgen ... 478
Ausfahrt Raststätte Ostetal ... 266
Einen Genickschuß lang ... 118
Elegie ... 378
Komm raus! ... 403
Schon ab Vierzig ... 447
Zum Jahreswechsel ... 183
Zwischenmenschliche Beziehungen ... 457
NELLY SACHS
Chor der Geretteten ... 299
JOSEPH VIKTOR VON SCHEFFEL
Der Ichthyosaurus ... 242
HELMUT SCHELSKY
Gegenseitigkeit ... 175
Ratschläge an mich selbst ... 408
FRIEDRICH VON SCHILLER
Das Glück ... 130
Das verschleierte Bild zu Sais ... 641
Der Handschuh ... 618
Der Jüngling am Bache ... 202
Die Teilung der Erde ... 42
Die Worte des Glaubens ... 143
Hoffnung ... 135
Nänie ... 360
Odysseus ... 155
Reiterlied ... 115
ALBERT VON SCHIRNDING
Also auch du Vernichter ... 465
Armer Cusanus ... 137
Bitte um Heimsuchung ... 497
Carpe diem ... 338
Warnung ... 450
Wer wagt verliert ... 349
WOLFDIETRICH SCHNURRE
Lied, auf Ahasver zu singen ... 384
GUSTAV SCHWAB
Das Gewitter ... 710
ERNST S. STEFFEN
Das Vorleben ... 436
THEODOR STORM
Der Geier Schmerz flog nun davon ... 207
Sprüche ... 330
GEORG TRAKL
In den Nachmittag geflüstert ... 598
KURT TUCHOLSKY
Geduld ... 426
Haben Sie schon mal...? ... 312
Olle Germanen ... 249
Park Monceau ... 595
LUDWIG UHLAND
Bertran de Born ... 648
Das Schloß am Meere ... 727
Der gute Kamerad ... 366
Frühlingsglaube ... 273
REGINA ULLMANN
Alles ist sein 687
UNBEKANNT
Die graus'ge Moritot von Sabinchen, dem Frauenzimmer ... 632
Einem Fremden etwas zeigend ... 420
Es freit ein wilder Wassermann ... 109
FRANZ WERFEL
An den Leser ... 310
JOSEF WEINHEBER
Im Grase ... 591
EVA ZELLER
an dieser Stelle ... 677
Mütterlicherseits ... 28
Nachruf auf einen Gefallenen ... 210
Steinzeit ... 381
Wanderungen durch die Mark Brandenburg ... 213
NIKOLAUS LUDWIG GRAF VON ZINZENDORF
Gebet ... 691

Alphabetisches Verzeichnis der Gedichttitel und -anfänge

Bei gleichlautendem Gedichtanfang ist nur der Titel aufgeführt.
Der jeweilige Autoren-Nachname ist in Klammern angegeben.

Ab und zu (Czechowski) . . . 464
Abbau des Schiffes Oskawa durch die Mannschaft (Brecht) . . . 671
Abel steh auf (Domin) . . . 287
Abend (Gryphius) . . . 681
Abendgedicht (Kunert) . . . 216
Abendlied (Claudius) . . . 689
Abendlied (Gerhardt) . . . 604
Abendphantasie (Hölderlin) . . . 276
Aber wir lassen es andere machen (Fontane) . . . 193
Abgedankte Soldaten (Logau) . . . 333
Abschied (Benn) . . . 704
Abschiede (Nick) . . . 392
Absprung (Nick) . . . 481
Ach dieses lange Einsinken (Kunert) . . . 216
Ach, er war ein guter Maler (Kästner) . . . 623
Ach, es ist so dunkel in des Todes Kammer (Claudius) . . . 357
Älter ist das Wort (Gernhardt) . . . 345
Al fresco (Rühmkorf) . . . 281
Alle Eisenbahnen dampfen in meine Hände (Kolmar) . . . 113
Alle Gewässer durchkreuzt', die Heimat zu finden (Schiller) . . . 155
Alle Tage (Bachmann) . . . 166
Alle, welche dich suchen, versuchen dich (Rilke) . . . 685
Alles ist sein (Ullmann) . . . 687
Alltagsgeschehen (Kunert) . . . 475
Als er siebzig war und war gebrechlich (Brecht) . . . 612
Als ich dir vor Jahren zeigte (Brecht) . . . 387
Als ich Liebe vorschlug (Fried) . . . 530
Als Kind wußte ich (Fried) . . . 438
Als sie ertrunken war und hinunterschwamm (Brecht) . . . 705
Als sie, krank von den letzten Kriegen (Kästner) . . . 296
Als würden einem Botschaften (Kunert) . . . 475
Also auch du Vernichter (Schirnding) . . . 465
Altes Eisen, Messing, Blei (Meisl) . . . 77
Am Brunnen der Erinnerung (Goll) . . . 526
Am Brunnen vor dem Tore (Müller) . . . 559
Am Strande (Kaschnitz) . . . 523
Am Tag, an dem ich Unseld übersah (Gernhardt) . . . 239
An Chronos (Brecht) . . . 291
An das Angesicht des HErrn JEsu (Gerhardt) . . . 374
An den Leser (Werfel) . . . 310
An den Mond (Goethe) . . . 552
An der Quelle saß der Knabe (Schiller) . . . 202
An die Nachgeborenen (Brecht) . . . 306
An diesem Morgen, vor dem Geschützstand (Brecht) . . . 670
an dieser Stelle (Zeller) . . . 677
An einem frühen Morgen, lange vor Hahnenschrei (Brecht) . . . 720
an gott (Jandl) . . . 698
An meiner Wand hängt ein japanisches Holzwerk (Brecht) . . . 332
An Sich (Fleming) . . . 409
An sich selbst (Gryphius) . . . 459
An wen auch immer ich mich wende (Meckel) . . . 531
Anakreons Grab (Goethe) . . . 263
Andenken eines auf der See ausgestandenen gefährlichen Sturms (Gryphius) . . . 686
Angst (Fried) . . . 460
Anmut sparet nicht noch Mühe (Brecht) . . . 400
Ansprache des Bauern an seinen Ochsen (Brecht) . . . 407
Anteros (Platen) . . . 517
Aprèslude (Benn) . . . 257
Arie des Orpheus (Meisl) . . . 77
Armer Cusanus (Schirnding) . . . 137
Auch das Schöne muß sterben! Das Menschen und Götter bezwinget (Schiller) . . . 360
Auch die Abschiede werden jetzt leichter (Nick) . . . 392
Auch ich (Leising) . . . 303
Auf dem Stadtweiher fahren sie stundenlang Kahn (Brecht) . . . 326
Auf den Tod der Kaiserin (Claudius) . . . 319
auf der Suche nach mir (Ansull) . . . 462
Auf Vorteile bauen ist Sache der anderen (Meckel) . . . 538
Auf was nur einmal ist (Rühmkorf) . . . 434
Auf Wolkenbürgschaft (Domin) . . . 65
Aufbruch vor Morgen (Rühmkorf) . . . 478
Aufsteigt der Strahl und fallend gießt (Meyer) . . . 24
Aus dem 30jährigen Kriege (Huch) . . . 164
Aus der Heimat hinter den Blitzen rot (Eichendorff) . . . 369
Aus der Schiffsbank mach ich meinen Pfühl (Meyer) . . . 120
Ausfahrt Raststätte Ostetal (Rühmkorf) . . . 266
badedas placentubex (Jelinek) . . . 232
Bedecke deinen Himmel, Zeus (Goethe) . . . 289
Begegnung (Meyer) . . . 442
Bei den schwarzen Baptisten (Hagelstange) . . . 313
Bei Nacht und Nebel durch den Park (Guggenmos) . . . 236

Bertran de Born (Uhland) 648
Bescheidener Dichter (Gernhardt) 345
Bestimmung (Busch) 227
Besuch (Guggenmos) 661
Betrachtet die Fingerspitzen (Eich) 402
Bitte (Kunert) 311
Bitte um Heimsuchung (Schirnding) 497
Blaue Hortensie (Rilke) 592
Blick ins Register (Czechowski) 27
blindenschrift (Enzensberger) 142
Botanischer Garten (Czechowski) 50
Breit' in der stille den geist (George) 186
Brief eines kleinen Mädchens (Kerr) 555
Brief in zwei Fassungen (Bachmann) 278
Brot und Wein (Hölderlin) 264
Bubensonntag (Hebbel) 644
Bumerang (Ringelnatz) 660
Bußgedanken (Günther) 694
Carpe diem (Schirnding) 338
Chor der Geretteten (Sachs) 299
Crapülinski und Waschlapski (Heine) 80
Dämmrung will die Flügel spreiten (Eichendorff) 712
Dafür, daß du bis in die Fingerspitzen (Enzensberger) 507
Dann – (Benn) 714
Das Butterbrotpapier (Morgenstern) 625
Das Dauernde (Bergengruen) 292
Das Fräulein stand am Meere (Heine) 238
Das Genie des Herzens und sein Katzenmaler (Muschg) 147
Das Gewitter (Schwab) 710
Das Glück (Schiller) 130
Das große Lalulā (Morgenstern) 88
Das hinterindische Stachelschwein (Morgenstern) 73
Das höchste Gut (Logau) 341
Das ist die Geschichte von Tonio Schiavo (Degenhardt) 621
Das Karussell (Rilke) 593
Das Kind am Brunnen (Hebbel) 646
Das Königreich von Nirgendwo (Krüss) 74
Das Leben wäre vielleicht einfacher (Fried) 518
Das menschliche Leben (Hofmannsthal) 128
Das Schloß am Meere (Uhland) 727
Das Schönste für Kinder ist Sand (Ringelnatz) 280
Das Spiegelbild (Droste-Hülshoff) 448
Das Spiel ist aus (Bachmann) 562
Das verlassene Mägdlein (Mörike) 491
Das verschleierte Bild zu Sais (Schiller) 641
Das Vorleben (Steffen) 436
Das Waschen (Brecht) 387
Das Wasser rauscht', das Wasser schwoll (Goethe) 110
Das Wetter ist recht gut geraten (Kästner) 57
Daß er noch lebt, ist gut (Rühmkorf) 457
daß an gott geglaubt einstens er habe (Jandl) 698
Dein Hut lüftet sich leis, grüßt (Bachmann) 545
Dein Stift kann's auch (Guggenmos) 89
Dem Geier gleich (Goethe) 487
Den ersten reut vielleicht, was er getan (Haushofer) 41
Den Hund im Arm, mit bloßen Brüsten (Lessing) 221
Denk dir den Sozialismus (Fried) 354
Denk ich an Deutschland in der Nacht (Heine) 197
denkbar immerhin wenn auch nicht glaublich (Enzensberger) 167
Der 6. November 1632 (Fontane) 650
Der Abschied (Kästner) 154
Der alte Brunnen (Carossa) 596
Der alte Zieten (Fontane) 652
Der Asra (Heine) 676
Der Auszug des verlorenen Sohnes (Rilke) 422
Der Dachs (Guggenmos) 47
Der demokratische Richter (Brecht) 664
Der, den ich liebe (Brecht) 534
Der den Tod auf Hiroshima warf (Kaschnitz) 320
Der, der meine Lieder singt (Degenhardt) 83
Der Dichter Ossip Mandelstam wurde zuletzt gesehen (Fried) 212
Der du von dem Himmel bist (Goethe) 206
Der eine fragt: Was kommt danach? (Storm) 330
Der Einsiedler (Mühlenweg) 715
Der Einsiedler (Eichendorff) 396
Der erste Blick aus dem Fenster am Morgen (Brecht) 351
Der Fischer (Goethe) 110
Der Fortschritt hat keene Lust (Fuchs) 177
Der Garten des Herrn Ming (Krüss) 674
Der geheimnisvolle Nachen (Nietzsche) 719
Der Geier Schmerz flog nun davon (Storm) 207
Der getreue Eckart (Goehte) 637
Der Gott und die Bajadere (Goethe) 634
Der größte Mann (Lessing) 31
Der gütige Wandrer (Busch) 658
Der gute Kamerad (Uhland) 366

Der Handschuh (Schiller) . . . 618
Der Heideknabe (Hebbel) . . . 615
Der hochwald erzieht seine bäume (Kunze) . . . 144
Der Ichthyosaurus (Scheffel) . . . 242
Der Irre ist gestorben (Fuchs) . . . 608
Der Irrtum (Lessing) . . . 221
Der Jüngling am Bache (Schiller) . . . 202
der kein geld hat um sich eine insel zu kaufen (Enzensberger) . . . 463
Der Kirschdieb (Brecht) . . . 720
Der kluge Kranich (Busch) . . . 737
Der Knabe (Rilke) . . . 199
Der Knabe träumt, man schicke ihn fort (Hebbel) . . . 615
Der Krieg wird nicht mehr erklärt (Bachmann) . . . 166
Der Lindenbaum (Müller) . . . 559
Der Mai (Kästner) . . . 589
Der Mann in der blauen Jacke (Eich) . . . 146
Der Mensch (Claudius) . . . 22
Der Mensch hat nichts so eigen (Dach) . . . 513
Der Mond ist aufgegangen (Claudius) . . . 684
Der Panther (Rilke) . . . 594
Der Pissefleck am Fuß der Rolltreppe (Gernhardt) . . . 244
Der Polizeipräsident in Berlin sucht (Fried) . . . 53
Der Postillion (Lenau) . . . 100
Der Radwechsel (Brecht) . . . 353
Der Römische Brunnen (Meyer) . . . 24
Der rote Pfeffer schreit (Goll) . . . 526
Der Schmerz sargt uns ein (Domin) . . . 382
Der schnelle Tag ist hin, die Nacht schwingt ihre Fahn' (Gryphius) . . . 681
Der Soldat (Borchers) . . . 163
Der Spinnerin Nachtlied (Brentano) . . . 556
Der Spuk (Kükelhaus) . . . 294
Der Tag, an dem ich Unseld übersah (Gernhardt) . . . 239
Der Tag, vor dem der große Christ (Brecht) . . . 600
Der Tod (Claudius) . . . 357
Der Tod der Liebenden (Heym) . . . 370
Der Versteckte (Fried) . . . 350
Der Verzweifelnde (Daumer) . . . 576
Der Wasserfall sprüht feuchte Nebelschleier (Mühlenweg) . . . 715
Der Wegweiser (Müller) . . . 560
Des Krieges Buchstaben (Logau) . . . 343
Deutsches Volkslied (Klabund) . . . 235
Die ärmsten Frauen von Berlin (Benn) . . . 55
Die Behörde (Morgenstern) . . . 237
Die beiden Esel (Morgenstern) . . . 48
Die bunten Astern winken durch die Gitter (Kästner) . . . 379
Die da wegkönnen, sollen weggehen (Brecht) . . . 304
Die drei Grafen (Guggenmos) . . . 76
Die drei Reiche der Natur (Lessing) . . . 44
Die drei Zigeuner (Lenau) . . . 38
Die Elbe bei Dresden (Biermann) . . . 550
Die Fahrende (Kolmar) . . . 113
Die Faulheit (Lessing) . . . 411
Die Frau des Arbeitslosen (Maiwald) . . . 365
Die Freunde (Busch) . . . 570
Die gefangenen Tiere (Heym) . . . 49
Die Gewißheit (Lessing) . . . 339
Die graus'ge Moritot von Sabinchen, dem Frauenzimmer (Unbekannt) . . . 632
Die große Fracht (Bachmann) . . . 112
Die großen, sanften Augen der Bauernpferde (Tucholsky) . . . 426
Die gute Nacht (Brecht) . . . 600
Die guten Bekannten (Roth) . . . 225
Die Hystrix (Morgenstern) . . . 73
Die Kinder dieser Welt (Kaschnitz) . . . 78
Die Kinder spielen im Hof so schön (Biermann) . . . 26
Die Krähen schrein (Nietzsche) . . . 486
Die Liebe hat gelogen (Platen) . . . 565
Die Liebenden (Brecht) . . . 40
Die linden Lüfte sind erwacht (Uhland) . . . 273
Die Maske des Bösen (Brecht) . . . 332
Die Maulwürfe (Kästner) . . . 296
Die Meise (Bergengruen) . . . 258
Die Nacht ihrer ersten Geburt war (Brecht) . . . 56
Die Nacht war kalt und sternenklar (Ringelnatz) . . . 240
Die Nachtblume (Eichendorff) . . . 272
Die Nachtlager (Brecht) . . . 413
Die Rechte streckt ich schmerzlich oft (Meyer) . . . 684
Die Reise (Kasper) . . . 355
Die Schatzkiste (Guggenmos) . . . 35
Die Schildkröte (Morgenstern) . . . 440
Die Schnecken (Busch) . . . 229
Die sehr moralische Autodroschke (Kästner) . . . 572
Die Städte wachsen. Und die Kurse steigen (Kästner) . . . 480
Die Sternseherin Lise (Claudius) . . . 200
Die Tauben von San Marco seh ich wieder (Nietzsche) . . . 270
Die Teilung der Erde (Schiller) . . . 42
Die Unsichtbaren (Bergengruen) . . . 86
Die Welt hat Krieg geführt weit über zwanzig Jahr (Logau) . . . 352
Die Worte des Glaubens (Schiller) . . . 143
Die Zeichnung (Maiwald) . . . 446

Die Zeit fährt Auto (Kästner) 480
die verschwundenen (Enzensberger) 368
Dies ist die erste Zeile (Fuchs) 252
Dies leid und diese last (George) 495
Diesmal (Degenhardt) 324
Dir zum guten Jahrgeleit (Bergengruen) 580
doomsday (Enzensberger) 167
Draußen die Dachtraufen (Heym) 490
Drei Worte nenn' ich euch, inhaltschwer (Schiller) 143
Drei Zigeuner fand ich einmal (Lenau) 38
Droben auf dem schroffen Steine (Uhland) 648
Du bist Orplid, mein Land! (Mörike) 66
Du füllst mich an wie Blut die frische Wunde (Benn) 704
Du hast ein dunkles Lied mit meinem Blut geschrieben (Lasker-Schüler) 529
Du klopfest, Herr (Schnurre) 384
Du, laß dich nicht verhärten (Biermann) 323
Du sprichst, daß ich mich täuschte (Platen) 567
Du warst in allem einer ihrer Besten (Kramer) 309
Du willst dem Geschicke zuvorkommen (Ullmann) 687
Durch hohe Tore wir das Meer gezogen (Heym) 370
Durch so viel Formen geschritten (Benn) 418
Durchs Schalloch im Gitarrenbauch (Degenhardt) 83
Ehe (Grass) 574
Eigentlich ist mir alles gleich (Fontane) 262
Eigentlich wollte ich dir den Faun (Nick) 317
Ein Beispiel von ewiger Liebe (Kästner) 515
Ein Butterbrotpapier im Wald (Morgenstern) 625
Ein Chinese ('s sind schon an 200 Jahr) (Fontane) 193
Ein Elefant marschiert durchs Land (Guggenmos) 662
Ein feste Burg ist unser Gott (Luther) 682
Ein finstrer Esel sprach einmal (Morgenstern) 48
Ein Fuchs von flüchtiger Moral (Busch) 227
Ein Gleichnis für keins (Kunert) 149
Ein Hase sitzt auf einer Wiese (Morgenstern) 699
Ein Jüngling, den des Wissens heißer Durst (Schiller) 641
Ein Jüngling liebt ein Mädchen (Goethe) 189
Ein kleiner Junge lief durch die Straßen (Kästner) 372
Ein Mensch begegnet einem zweiten (Roth) 225
Ein Mensch hat meist den übermächtigen Naturdrang (Roth) 220
Ein Mensch, voll Drang, daß er sich schneuzt (Roth) 224
Ein Schiff zieht in den Hafen (Guggenmos) 76
ein faulsein ist nicht lesen (Jandl) 412
Eine Frau mit einem Besen (Kunert) 149
Eine kleine Stellung, ein kleiner Orden (Fontane) 502
Eine Taube flog vorüber (Guggenmos) 119
Eine Tür fällt ins Schloß (Schirnding) 338
Einem Fremden etwas zeigend (Unbekannt) 420
Einen Genickschuß lang (Rühmkorf) 118
Einfach vortrefflich all diese großen Pläne (Enzensberger) 245
Eingelegte Ruder (Meyer) 260
Einmal gewagt mit unverstellter Stimme (Schirnding) 349
Einsamer nie (Benn) 133
Einsamkeit (Gryphius) 158
Elegie (Rühmkorf) 378
Elegie nach allen Seiten (Kästner) 379
Elf Fragen (Kasper) 419
Empfangen und genähret Claudius) 22
Endlich keine Zeitgedichte mehr schreiben (Fried) 499
Epilog (Heine) 503
Er brachte sie im Auto nach Haus (Kästner) 572
Erblosen Todes sterben die Tyrannen (Bergengruen) 292
Erinnern das ist vielleicht (Fried) 139
Erklär mir, Liebe (Bachmann) 545
Erlkönig (Goethe) 639
Ermutigung (Biermann) 323
Ernste Stunde (Rilke) 318
Erscheint dir etwas unerhört (Fontane) 30
Es braust ein Ruf wie Donnerhall (Klabund) 235
Es freit ein wilder Wassermann (Unbekannt) 109
Es gibt nichts Gutes (Kästner) 331
Es ist ein Bäumlein gestanden im Wald (Rückert) 729
Es ist ein Weinen in der Welt (Lasker-Schüler) 508
Es ist nicht wahr (Czechowski) 215

Es ist Unsinn sagte die Vernunft (Fried) . . . 506
Es kommt die Nacht da liebst du (Domin) . . . 539
Es lacht in dem steigenden jahr dir (George) . . . 533
Es lächelt, voll von Milde, mir manches Angesicht (Platen) . . . 549
Es läuft der Frühlingswind (Hofmannsthal) . . . 121
Es laufen die Kinder (Guggenmos) . . . 124
Es leben die Soldaten (Brentano) . . . 32
Es liegt an eines Menschen Schmerz, an eines Menschen Wunde nichts (Platen) . . . 470
Es liegt ein Schatz vergraben (Guggenmos) . . . 35
Es rauscht in den Schachtelhalmen (Scheffel) . . . 242
Es reden und träumen die Menschen viel (Schiller) . . . 135
Es sang vor langen Jahren (Brentano) . . . 556
Es schieben sich wie Traumkulissen (Lehmann) . . . 267
Es schienen so golden die Sterne (Eichendorff) . . . 103
Es steht im Zeichen seiner Macht (Kükelhaus) . . . 294
Es war einmal ein weißes Blatt (Guggenmos) . . . 89
Es wird behauptet, und mit Grund (Busch) . . . 45
Es zog eine Hochzeit den Berg entlang (Eichendorff) . . . 597
Es zogen zwei rüst'ge Gesellen (Eichendorff) . . . 39
Eure Etüden (Benn) . . . 335
Fahrt über den Plöner See (Lehmann) . . . 267
Falscher Verdacht (Roth) . . . 220
Faustin (Lessing) . . . 629
Feierabend dick von Fliederduft (Degenhardt) . . . 105
Fing man vorzeiten einen Dieb . . . 658
Finnische Landschaft (Brecht) . . . 52
Fischreiche Wässer! Schönbaumige Wälder! (Brecht) . . . 52
Fleiß und Arbeit lob' ich nicht (Lessing) . . . 411
Flickwerk (Fontane) . . . 458
Frankfurt. In den Abendstunden (Kasper) . . . 58
Frau Amme, Frau Amme, das Kind ist erwacht! (Hebbel) . . . 646
Frau Sorge (Heine) . . . 739
Freies Geleit (Aria II) (Bachmann) . . . 321
Frieden (Czechowski) . . . 607
Fritz Stachelwald (Guggenmos) . . . 236
Früh, wann die Hähne krähn (Mörike) . . . 491
Frühlingsfahrt (Eichendorff) . . . 39
Frühlingsglaube (Uhland) . . . 273
Füllest wieder Busch und Tal (Goethe) . . . 552
Fünfmal einen Kreis schlagen (Härtling) . . . 36
fünfter sein (Jandl) . . . 37
Gebet (Mörike) . . . 688
Gebet (Zinzendorf) . . . 691
Geboren in der Flucht, umringt mit Schwert und Brand (Gryphius) . . . 165
Gedicht für jeden Tag im Jahr (Krüss) . . . 34
Geduld (Tucholsky) . . . 426
Gegenseitigkeit (Schelsky) . . . 175
Geh aus, mein Herz, und suche Freud (Gerhardt) . . . 585
Geh ich, komm ich nicht weit (Kasper) . . . 355
Gelassen stieg die Nacht ans Land (Mörike) . . . 96
Gesang Weylas (Mörike) . . . 66
Gespräch mit einem Überlebenden (Fried) . . . 302
Gestern fuhr ich Fische fangen (Bergengruen) . . . 609
Gestern nachts, als alles schlief (Nietzsche) . . . 719
Getröstet vom Wort Versöhnung (Ausländer) . . . 393
Gib mir, was du verordnet hast (Zinzendorf) . . . 691
Gibson (sehr nervig), Australien, (Ringelnatz) . . . 222
Glaube (Busch) . . . 151
Glauben (Logau) . . . 347
Glocken und Zyanen (Weinheber) . . . 591
Glück (Fontane) . . . 602
Glückliche Zeiten, die Wälder kehren zurück (Krüger) . . . 283
Goethe-Quintessenz (Bormann) . . . 233
Götterdämmerung (Kunert) . . . 707
Gottes ist der Orient! (Goethe) . . . 256
Grab Dir ein Loch in die Zeit (Schelsky) . . . 408
Grabschrift Marianne Gryphiae (Gryphius) . . . 165
Grauer Gast in vielen Freudenhäusern (Rühmkorf) . . . 447
Gretchens Lied (Goethe) . . . 557
Großstadtabend (Nick) . . . 603
Gruß aus Köln – die bleiche Trauerkarte (Rühmkorf) . . . 378
Haben Sie schon mal...? (Tucholsky) . . . 312
Hälfte des Lebens (Hölderlin) . . . 500
Harzreise im Winter (Goethe) . . . 487
Hast du das Schloß gesehen (Uhland) . . . 727

Haus ohne Fenster (Domin) 382
Heimatbesuch eines Emigranten (Fried) 169
Heimlicher Brief (Mühlenweg) 536
Heine, als er in Berlin war (Czechowski) 67
Herbst (Kükelhaus) 274
Herbsttag (Rilke) 182
Herr im Herbst (Kästner) 474
Herr: es ist Zeit (Rilke) 182
Herr! schicke was du willst (Mörike) 688
Herr von Ribbeck auf Ribbeck im Havelland (Fontane) 627
Herz, mein Herz, was soll das geben (Goethe) 548
Herzenshöflich... (Gan) 282
Herzog Wens Abschied (Mühlenweg) 391
Heut hat mich ein Kind gemalt (Maiwald) 446
Heute früh, nach gut durchschlafener Nacht (Fontane) 423
Heute sah ich wieder dich am Strand (Kaschnitz) 523
Hier – doch keinem darfst du's zeigen (Meyer) 473
Hier ist es hübsch. Hier kann ich ruhig träumen (Tucholsky) 595
Hilfslosigkeiten (Roth) 224
Himmelfahrt in Berlin (Biermann) 26
Hinter Idaroberstein (Guggenmos) 231
Hiroshima (Kaschnitz) 320
Hochzeit (Degenhardt) 510
Hochzeitlied (Goethe) 69
Hölderlin an Sinclair (Fried) 484
Hör', es klagt die Flöte wieder (Brentano) 277
Hörst du wie die Brunnen rauschen (Brentano) 205
Hoffnung (Schiller) 135
Honigabend hat die Stadt (Nick) 603
Horch, Kind, horch, wie der Sturmwind weht (Huch) 164
hôtel fraternité (Enzensberger) 463
Hyperions Schicksalslied (Hölderlin) 700
Ich, Bertolt Brecht, bin aus den schwarzen Wäldern (Brecht) 432
Ich bin eintausend Jahre alt (Morgenstern) 440
Ich bin mal so, sprach Förster Knast (Busch) 737
Ich danke Gott, und freue mich (Claudius) 430
Ich gab ihm das Geleit, bis uns des Stromes Flut (Mühlenweg) 391
Ich grolle nicht, und wenn das Herz auch bricht (Heine) 528
Ich grüße dich durchs Telephon (Ringelnatz) 522
Ich habe dich so lieb (Ringelnatz) 519
Ich habe einen Soldaten gesehn (Borchers) 163
Ich habe Heimweh nach einem Land (Domin) 65
Ich habe Menschen getroffen, die (Benn) 421
Ich hatt' einen Kameraden (Uhland) 366
Ich hatte einst ein schönes Vaterland (Heine) 123
Ich hatte mein Verzeihen vorausgeschickt (Fried) 169
Ich höre, daß in New York (Brecht) 413
Ich höre das Wachsen der jungen Lianen (Goll) 526
Ich höre, großer Gott, den Donner deiner Stimme (Günther) 694
Ich lade dich ein (Domin) 90
Ich lag an einem Raine (Meyer) 724
Ich möchte einer werden so wie die (Rilke) 199
Ich muß mich verstecken lernen (Fried) 350
Ich schreib auf diese Seite (Härtling) 346
Ich schwamm durch Blut in das große Licht (Biermann) 451
Ich sitze am Straßenhang (Brecht) 353
Ich sehe oft um Mitternacht (Claudius) 200
Ich steh an deiner Krippen hier (Gerhardt) 740
Ich trage dich wie eine Wunde (Benn) 564
Ich trink', und trinkend fällt mir bei (Lessing) 44
Ich war hungrig (Maiwald) 492
Ich weiß nicht, was soll es bedeuten (Heine) 114
Ich weiß noch immer nicht (Fried) 174
Ihr irrt, indem ihr lebt, die ganz verschränkte Bahn (Gryphius) 501
Ihr naht euch wieder? In die Ecke, Besen! (Bormann) 233
Ihr wandelt droben im Licht (Hölderlin) 700
Im Galarock des heiteren Verschwenders (Kästner) 584
Im gelben Autobus ging's durch den Ort (Kästner) 515
Im Grase (Weinheber) 591
Im Land der tiefen Seen und der Libellen (Bachmann) 269
Im Nebel ruhet noch die Welt (Mörike) 599
Im Rausch geschmissen auf die kalten Steine (Brecht) 361

Im Schloß zu Düsseldorf am Rhein (Heine) . . . 630
Im Spätboot (Meyer) . . . 120
Im stillen Gartenreiche (Krüss) . . . 674
Im Walde (Eichendorff) . . . 597
Im Wartesaal, wenn die Züge (Fuchs) . . . 608
Im windes-weben (George) . . . 208
Immer eigensinniger und verstockter (Fontane) . . . 458
In Charlottesville, in Virginia (Hagelstange) . . . 313
In das Dunkel dieser alten, kalten (Kaléko) . . . 72
In den Lüften schwellendes Gedröhne (Meyer) . . . 107
In den Nachmittag geflüstert (Trakl) . . . 598
In der Fremde (Eichendorff) . . . 369
In dieser Einsamkeit der mehr denn öden Wüsten (Gryphius) . . . 158
In Dresden, da steht ja die Elbe so still (Biermann) . . . 550
In Ehren (Ausländer) . . . 301
In einem kühlen Grunde (Eichendorff) . . . 493
In Gedanken an dich – (Ansull) . . . 462
In Harmesnächten (Meyer) . . . 684
In Los Angeles vor den Richter, der die Leute examiniert (Brecht) . . . 664
In meines Glückes Sonnenglanz (Heine) . . . 739
In Polen, im Jahr Neununddreißig (Brecht) . . . 665
In Tours, zu Bischof Martins Zeit (Busch) . . . 654
ins lesebuch für die oberstufe (Enzensberger) . . . 401
Intervention (Brecht) . . . 670
Ist es neu dir was vermocht (George) . . . 716
Ist nicht heilig m ein Herz, schöneren Lebens voll (Hölderlin) . . . 718
Italien I (Ausländer) . . . 214
Ja, das möcht ich noch erleben (Fontane) . . . 262
Jahrgang 1899 (Kästner) . . . 159
Jeder wünscht sich jeden Morgen (Krüss) . . . 34
Jena (Benn) . . . 181
Jenseits (Münchhausen) . . . 713
Joachim Hans von Zieten (Fontane) . . . 652
Jom Kipur (Ausländer) . . . 393
Jugend und Alter (Kasper) . . . 25
Jung und gefangen (Jandl) . . . 148
Kann auch ein Mensch des andern auf der Erde (Mörike) . . . 204
Kein geringes Ziel (Czechowski) . . . 50
Kein Nachteil (Meckel) . . . 538
Keine Zeit mehr zum Warten und Hoffen (Nick) . . . 481
Keiner weine – (Benn) . . . 261
Keins wie dein feines ohr (George) . . . 524
Kennst du das Land, wo die Zitronen blühn (Goethe) . . . 196
Kinderhymne (Brecht) . . . 400
Kinderkreuzzug 1939 (Brecht) . . . 665
Kinderlied (Grass) . . . 305
Kindersand (Ringelnatz) . . . 280
Kirchenjahr (Gerhardt) . . . 740
Klabautermann (Morgenstern . . . 663
Klage um den kleinen Jakob (Arndt) . . . 362
Kleine Stadt am Sonntagmorgen (Kästner) . . . 57
Komm gestern zu mir (Fried) . . . 509
Komm raus! (Rühmkorf) . . . 403
Komm Trost der Welt, du stille Nacht! (Eichendorff) . . . 396
Kommt – (Benn) . . . 138
Könnte ich dir sagen, kleine Meise (Bergengruen) . . . 258
Konstruktive Selbstkritik (Fried) . . . 336
Kopf und Herz (Busch) . . . 136
Kopfkissengedicht (Enzensberger) . . . 507
Korf erhält vom Polizeibüro (Morgenstern) . . . 237
Krieg und Friede (Logau) . . . 352
Kriegslied (Claudius) . . . 286
Kroklokwafzi? Sem̄em̄em̄i! (Morgenstern) . . . 88
Kummer, der das Mark verzehret (Logau) . . . 343
Kummergang in Kümmelwiesen (Lavant) . . . 590
Lang ist die Zeit (Schirnding) . . . 137
Lange auf Brücken verharren (Kunert) . . . 187
Laß mir das Messer (Nick) . . . 485
Laß, o Welt, o laß mich sein! (Mörike) . . . 566
Laß uns landeinwärts gehn (Domin) . . . 468
Laßt uns den Priester Orgon fragen (Lessing) . . . 31
Leben (Kunert) . . . 187
Leben eines Mannes (Bergengruen) . . . 609
Legende von der Entstehung des Buches (Brecht) . . . 612
Lenz Wanderer, Mörder, Triumphator (Meyer) . . . 724
Letzte Warnung (Fried) . . . 703
Liberty (Czechowski) . . . 145
lichtung (Jandl) . . . 344
Lieb' und Leid im leichten Leben (Brentano) . . . 23
Liebe Machtha! laß Dir sagen (Kerr) . . . 555

Liebende klagen zagende wesen (George) . . . 111
Lieblich war die Maiennacht (Lenau) . . . 100
Liebster, ich lade dich ein (Domin) . . . 90
Liebwerter Chung! Ich habe eine Bitte (Mühlenweg) . . . 536
Lied (Eichendorff) . . . 493
Lied auf Ahasver zu singen (Schnurre) . . . 384
lies keine oden, mein sohn, lies die fahrpläne (Enzensberger) . . . 401
Lob der Verzweiflung (Kramer) . . . 390
Lobt mir Davids weisen Sohn! (Lessing) . . . 188
lochstreifen flattern vom himmel (Enzensberger) . . . 142
Lösch aus dein Licht und schlaf! Das immer wache (Carossa) . . . 596
Logik (Ringelnatz) . . . 240
Luthrisch, Päpstisch und Calvinisch (Logau) . . . 347
Mahadöh, der Herr der Erde (Goethe) . . . 634
Mais-nochmal und letztes Gras so rührend (Rühmkorf) . . . 266
Man verläßt, man wird verlassen (Schelsky) . . . 175
Man wird in späteren Jahren von uns lesen (Domin) . . . 140
Manche freilich... (Hofmannsthal) . . . 156
manche meinen lechts und rinks (Jandl) . . . 344
Manchmal fragt man sich: ist das das Leben? (Rühmkorf) . . . 434
manchmal weint er wenn die worte (Reinig) . . . 394
Maria (Brecht) . . . 56
Markt und Straßen steh'n verlassen (Eichendorff) . . . 601
Materialien zu einer Kritik der bekanntesten Gedichtform italienischen Ursprungs (Gernhardt) . . . 248
Mein Brot war gelb von Maismehl (Reinfrank) . . . 435
Mein einziger Wunsch ist, Dir, oh Mensch (Werfel) . . . 310
Mein Freund Walter Henn ist tot (Grass) . . . 363
»Mein Glück!« (Nietzsche) . . . 270
Mein Haus (Guggenmos) . . . 59
Mein kind kam heim (George) . . . 561
Mein Kind, wir waren Kinder (Heine) . . . 735
Mein Kriegsherr, mein Friedefürst (Meckel) . . . 531
Mein Leben, ein Leben ist es kaum (Fontane) . . . 356
Mein lieber Bruder, wann bauen wir uns ein Floß (Bachmann) . . . 562
Mein Mann ging mir verloren (Maiwald) . . . 365
Mein täglicher Spaziergang (Liliencron) . . . 476
Mein Vater war Oberfeldwebel (Steffen) . . . 436
Mein Venedig (Ausländer) . . . 271
Meine Angst ist so groß geworden (Fried) . . . 460
Meine eingelegten Ruder triefen (Meyer) . . . 260
Meine Herausgeber wühlen in alten Texten (H. Müller) . . . 180
Meine Ruh ist hin (Goethe) . . . 557
Meine Schwäche war (Fried) . . . 336
Meinen Sie Zürich zum Beispiel (Benn) . . . 477
Meines Bruders Tod (Brecht) . . . 361
Melancholie (Benn) . . . 471
Menschen getroffen (Benn) . . . 421
Menschenbeifall (Hölderlin) . . . 718
menschenfleiß (Jandl) . . . 412
Menschliches Elende (Gryphius) . . . 469
Mich erfüllt Liebestoben zu dir! (Morgenstern) . . . 521
Mich führte durch den Tannenwald (Meyer) . . . 442
Mich manchmal den Medien verweigert (Gernhardt) . . . 443
Mir grauet vor mir selbst, mir zittern alle Glieder (Gryphius) . . . 459
Mit einem Dach und seinem Schatten dreht (Rilke) . . . 593
Mit einem Jugendbildnis (Meyer) . . . 473
Mit Erde, die mein Fuß zertrat (Schirnding) . . . 450
Mit gelben Birnen hänget (Hölderlin) . . . 500
Mit ihrem Hund und bloßen Brüsten (Lessing) . . . 221
Mit schlaftrunkenen Vögeln (Bachmann) . . . 321
Mit schweren Fellen behangen (Heym) . . . 49
Moral (Kästner) . . . 331
Morgen ist es. Horch! die Grille zirpt im Bauer (Mühlenweg) . . . 389
Morgenglanz der Ewigkeit (Rosenroth) . . . 680
Morgenlied (Rosenroth) . . . 680
Morgens verdingt er sich (Fuchs) . . . 226
Morgens und abends zu lesen (Brecht) . . . 534
Morituri (Lasker-Schüler) . . . 529
Müde bin ich, geht zur Ruh (Hensel) . . . 692
Mutter (Benn) . . . 564
Mütterlicherseits (Zeller) . . . 28
Nach der Korrektur (Fried) . . . 354
Nach der Lektüre einer Anthologie (Gernhardt) . . . 244
Nach einer alten Anekdote (Fried) . . . 150

Nachbar Nickel ist verdrießlich (Busch) 395
Nachbarn (Haushofer) 41
Nachtgesang (Jelinek) 232
Nachricht (Kasper) 58
Nachruf auf einen Gefallenen (Zeller) 210
Nacht (Heym) 490
Nacht ist wie ein stilles Meer (Eichendorff) 272
Nachtgedanken (Heine) 197
Nachtlied (Hebbel) 99
Nächstens oder Mittwoch (Degenhardt) 510
Nänie (Schiller) 360
Nehmt hin die Welt! rief Zeus von seinen Höhen (Schiller) 42
Nekrolog für den Maler E. H. (Kästner) 623
Nennen dich den großen Dichter (Goethe) 525
Nennen wir es »Frühlingslied« (Kaléko) 72
Neue Liebe (Mörike) 204
Neue Liebe, neues Leben (Goethe) 548
Neujahrsglocken (Meyer) 107
Nicht festzuhalten: Dieser Tag. Das Leben (Kunert) 707
Nicht gesagt (Kaschnitz) 388
Nicht mehr zu Dir zu gehen (Daumer) 576
Nicht müde werden (Domin) 217
nicht die erde hat sie verschluckt (Enzensberger) 368
Nie (Ausländer) 334
Nie wollte er schlafen gehen (Grass) 363
Nimmersatte Liebe (Mörike) 520
Noch schweigt die Fabrik (Eich) 265
Nun fortzugehn von alledem Verworrnen (Rilke) 422
Nun ich mich ganz von euch löse (Kästner) 154
Nun mein Leben geht zu End' (Heine) 247
Nun ruhen alle Wälder (Gerhardt) 604
Nun wirft der Herbst die Blätter auf den Markt (Kästner) 474
Nur ein paar Birken, Einsamkeit und Leere (Liliencron) 476
Nur nicht (Fried) 518
Nur wer sich ändert, bleibt sich treu (Biermann) 451
Nur zwei Dinge (Benn) 418
O Gott! Was rauhe Not! (Gryphius) 548
O großer Ochse, göttlicher Pflugzieher (Brecht) 407
O Haupt voll Blut und Wunden (Gerhardt) 374
O Mensch! Gib acht! (Nietzsche) 697
O sprich nicht mehr! O laß uns ruhn – (Kükelhaus) 274
O trübe diese Tage nicht (Fontane) 722
O wären wir weiter, o wär' ich zu Haus! (Goethe) 637
Ob ich morgen leben werde (Lessing) 339
Odysseus (Meckel) 444
Odysseus (Schiller) 155
Oft klopft in der Nacht (Goll) 526
Olle Germanen (Tucholsky) 249
Ort (Czechowski) 67
Papa ist Oberförster (Tucholsky) 249
Park Monceau (Tucholsky) 595
Perstet amicitiae semper venerabile foedus! (Dach) 513
Pfannekuchen und Salat (Busch) 60
Phänomenal vor die Hunde (Rühmkorf) 118
Politische Betrachtungen (Brecht) 326
Pomare (Heine) 723
Praktische Arbeit (Fried) 348
Prometheus (Goethe) 289
Quellende, schwellende Nacht (Hebbel) 99
Ratschläge an mich selbst (Schelsky) 408
Reiselied (Hofmannsthal) 104
Reisen (Benn) 477
Reiterlied (Schiller) 115
Requiem für einen Faschisten (Kramer) 309
Retuschierbar ist alles (Kunze) 342
Rieke näht auf die Maschine (Busch) 656
Ringkampf (Ringelnatz) 222
Rings um ruhet die Stadt; still wird die erleuchtete Gasse (Hölderlin) 264
Robinson (Reinig) 394
Rom im November (Bachmann) 278
Romanze vom nützlichen Soldaten (Busch) 656
Rosen, gottweißwoher so schön (Benn) 261
Rötlich dämmert es im Westen (Busch) 229
Rüste abendlich die Schale (Bergengruen) 86
's ist Krieg! 's ist Krieg! O Gottes Engel wehre (Claudius) 286
Saal der kreißenden Frauen (Benn) 55
Sabinchen war ein Frauenzimmer, gar hold (Unbekannt) 632
Sag nicht zu oft, du hast recht, Lehrer! (Brecht) 337
Sagt es niemand, nur den Weisen (Goethe) 185
Salomon (Lessing) 188
Sauber bleiben (Gernhardt) 443

Schau ich in die tiefste Ferne (Hebbel) 732
Schaust du mich an aus dem Kristall (Droste-Hülshoff) 448
Schelm von Bergen (Heine) 630
Schenke (Goethe) 525
Schenke, komm! Noch einen Becher! (Goethe) 230
Scheu dich nicht, mich anzugehen (Bergengruen) 695
Schläft ein Lied in allen Dingen (Eichendorff) 64
Schlafen (Hebbel) 201
Schmutzkonkurrenz am Morgen (Fried) 530
Schon ab Vierzig (Rühmkorf) 447
Schreibe! (Rasche) 178
Schularbeiten (Fuchs) 177
Schuttablage (Eich) 702
Schutthaufen (Fried) 212
Schwedische Heide, Novembertag (Fontane) 650
Schwedisches Stenogramm (Czechowski) 405
Sechs Sätze für Fabian (Härtling) 36
Sechszeilengedicht (Fuchs) 252
Seelied (George) 496
Sehen Sie, damals lagen die Toten hier (Unbekannt) 420
Sehnsucht (Eichendorff) 103
Sehnsucht (Fried) 499
Sehnsucht (Mühlenweg) 389
Sei getröstet, jedes Ding (Bergengruen) 693
Sei dennoch unverzagt (Fleming) 409
Sein Blick ist vom Vorübergehn der Stäbe (Rilke) 594
Selbstkritik (Müller) 180
Selbsttrost (Czechowski) 172
Selig, welchen die Götter, die gnädigen (Schiller) 130
Selige Sehnsucht (Goethe) 185
Septembermorgen (Mörike) 599
Sich zu erinnern (Jandl) 148
Sie fuhren über den Atlantik, Fracht (Czechowski) 145
Sie haben dir viel erzählet (Heine) 554
Sie haben mich gequälet (Heine) 717
Sie machte Frieden! Das ist mein Gedicht (Claudius) 319
Sie saßen und tranken am Teetisch (Heine) 241
Sie sehn sich nicht wieder (Hebbel) 97
Sie tanzt. Wie sie das Leibchen wiegt! (Heine) 723
Sieben Rosen hat der Strauch (Brecht) 540
Sieh hinter deinen Rollen (Rühmkorf) 281
Sieh jene Kraniche in großem Bogen! (Brecht) 40
Sieh mein kind ich gehe (George) 494
Sisyphos staubig und satt (Fried) 141
So ist die Lieb'! So ist die Lieb'! (Mörike) 520
So rasch die jungen Leute auch den Baum (Kasper) 25
So weh und wild die Grille im Brotbaum (Goll) 527
So wie das letzte Grün in Farbentiegeln (Rilke) 592
Sokrates und Alcibiades (Hölderlin) 134
Solang man nüchtern ist (Goethe) 190
Sommergesang (Gerhardt) 585
Sonett nach Camoens (Platen) 439
Sonette find ich sowas von beschissen (Gernhardt) 248
Sonne, herbstlich dünn und zag (Trakl) 598
Sonntagsruhe, Dorfesstille (Fontane) 602
Spätsommer, dieses Gespür (Nick) 117
Spiel nicht mit den Schmuddelkindern (Degenhardt) 414
Sprich in Rätseln (Ansull) 410
Sprüche (Storm) 330
Stark in Glauben und Vertrauen (Busch) 151
Steinzeit (Zeller) 381
Stiller Schrei (Daumer) 532
Stimme Gottes (Bergengruen) 695
Stimmen im Strom (George) 111
Summa summarum (Fontane) 502
Täglich ging die wunderschöne Sultanstochter (Heine) 676
Täglich zu singen (Claudius) 430
Tageslauf eines dicken Mannes (Fuchs) 226
Talismane (Goethe) 256
tastenzauber (Mautz) 251
Tauchen mußt du können, mußt du lernen (Benn) 257
Telephonischer Ferngruß (Ringelnatz) 522
Tiermarkt /Ankauf (Fried) 53
Tonio Schiavo (Degenhardt) 621
Treibjagd (Nick) 117
Trenne dich von deinen Kameraden auf dem Bahnhof (Brecht) 295
Tristan (Platen) 535
Tröstlich (Busch) 395
Trostlied im Konjunktiv (Kästner) 93
Trunken müssen wir alle sein (Goethe) 340
tür auf einer raus (Jandl) 37
Über den Brennesseln beginnt (Eich) 702

Über die Schwierigkeit der Umerziehung (Enzensberger) 245
Überlaß es der Zeit (Fontane) 30
Überlegung (Nick) 317
Überschrift an dem Tempel der Sterblichkeit (Gryphius) 501
Um die Stammler (Fried) 348
Um Mitternacht (Mörike) 96
Um Mitternacht (Rückert) 696
Unbeliebtes Wunder (Busch) 654
Und als wir ans Ufer kamen (Biermann) 482
Und sollt er wiederkommen (Maeterlinck) 368
Ungelöst (Fried) 174
Unser Grab erwärmt der Ruhm (Heine) 503
Unterbelichtete Bilder (Czechowski) 405
Unterm Rasen (Guggenmos) 124
Untersagt worden sei dir (Kunze) 406
Unterwegs (Domin) 461
Urahne, Großmutter, Mutter und Kind (Schwab) 710
Verborgenheit (Mörike) 566
Vereinsamt (Nietzsche) 486
Vergnügungen (Brecht) 351
Verhülle Dich – (Benn) 441
Verjagt aus seiner harten Väter Mauern (Muschg) 147
Verlangt nicht zuviel Klugheit (Brecht) 179
Verließ das Haus – (Benn) 191
Vermächtnis (Heine) 247
Verschone mich verschone mich nicht (Schirnding) 497
Verzweiflung, Freund des Armen (Kramer) 390
Verzweiflung Nr. 1 (Kästner) 372
Vice Versa (Morgenstern) 699
Vielleicht (Fried) 139
Vielleicht I (Ausländer) 209
Vom armen B. B. (Brecht) 432
Vom Bäumlein, das andere Blätter hat gewollt (Rückert) 729
Vom ertrunkenen Mädchen (Brecht) 705
Vom Fünften Rad (Brecht) 170
Von der Notwendigkeit der Zensur (Kunze) 342
Von dunkelnden Wogen (Hebbel) 97
Von einem Land, einem Fluß und den Seen (Bachmann) 269
Von Fruchtomletts da mag berichten (Busch) 60
Von Herberge zu Herberge (Domin) 461
Von uns (Domin) 140
Vor dem Herrn ist nichts gering (Bergengruen) 693
Vor der Türe schläft der Baum (Liliencron) 108
Vor seinem Löwengarten (Schiller) 618
Vor seiner Hütte ruhig im Schatten sitzt (Hölderlin) 276
Vorahnung des Endsiegs (Fried) 141
Vorfrühling (Hofmannsthal) 121
Vorstadt-Feierabend dick von Fliederduft (Degenhardt) 105
Wanderungen durch die Mark Brandenburg (Zeller) 213
Wandrers Nachtlied (Goethe) 206
War ein Ries' bei mir zu Gast (Guggenmos) 661
War einmal ein Bumerang (Ringelnatz) 660
Warnung (Schirnding) 450
Warum gabst du uns die tiefen Blicke (Goethe) 454
Warum huldigest du, heiliger Sokrates (Hölderlin) 134
Warum ich wieder zum Papier mich wende? (Goethe) 721
Was beut die Welt, um noch darnach zu spähn (Platen) 439
Was bleibt mir zu tun (Meckel) 444
Was es ist (Fried) 506
Was hast du damals getan (Fried) 302
Was ich lernte (Reinfrank) 435
Was ist geblieben? (Fried) 484
Was ist geschehn dass ich mich kaum noch kenne (George) 453
Was ist Glück? – Daß du fragst (Kasper) 419
Was meinte Luther mit dem Apfelbaum? (Benn) 322
Was mich traurig macht? Es ist ein quälender Dämon (Platen) 517
Was reif in diesen Zeilen steht (Brentano) 132
Was sind wir Menschen doch! Ein Wohnhaus grimmer Schmerzen (Gryphius) 469
Was vermeid ich denn die Wege (W. Müller) 560
Was wirst du tun, Gott, wenn ich sterbe? (Rilke) 706
Wasser stürzt, uns zu verschlingen (Hofmannsthal) 104
Wer jetzt weint irgendwo in der Welt (Rilke) 318
Weckruf (Kunze) 406
Weg zum Bahnhof (Eich) 265
Weihnachten (Eichendorff) 601

Weißt du, wieviel Sterne stehen (Hey) 424
Weltende (Lasker-Schüler) 508
Wenn an der kimm in sachtem fall (George) 496
Wenn die Sonne weggegangen (Brentano) 547
Wenn du die Treppe hinaufgehst, gib acht (Krüger) 417
Wenn du nur zuweilen lächelst (Daumer) 532
Wenn ein Gesicht, das man als junges kannte (Benn) 714
Wenn einer fortgeht, muß er den Hut (Bachmann) 498
Wenn ich einst, ein kleiner Bube (Hebbel) 644
Wenn Kindesblick begierig schaut (Goethe) 176
Wenn man von Faltern liest, von Schilf und Immen (Benn) 471
Wenn wir nicht aufhören (Fried) 703
Wer die Schönheit angeschaut mit Augen (Platen) 535
Wer jetzt weint irgentwo in der Welt (Rilke) 318
Wer lacht hier, hat gelacht? (Grass) 305
Wer läutet draußen an der Tür? (Kramer) 483
Wer nie sein Brod mit Tränen aß (Goethe) 701
Wer reitet so spät durch Nacht und Wind? (Goethe) 639
Wer seines Reichtums unwert ihn nicht nüzt (George) 157
Wer sich der Einsamkeit ergibt (Goethe) 544
Wer wagt verliert (Schirnding) 349
Wer wußte je das Leben recht zu fassen (Platen) 425
Werbung (Fried) 509
Wick (Guggenmos) 231
Widmung zu einem Kochbuch (Busch) 45
Wie dürftig scheint dem Menschen das Gelücke (Hofmannswaldau) 128
Wie es scheint, ist die Moral (Busch) 136
Wie hast du allein (Fried) 150
Wie hießen die Hügel neben der Straße (Czechowski) 607
Wie lange noch (Benn) 568
Wie rafft ich mich auf in der Nacht, in der Nacht (Platen) 98
Wie soll ich absehn (Czechowski) 172
Wieder mal große Eindrücke vom Fernseher her (Rühmkorf) 183
Wiegenlied (Liliencron) 108
Wieviel Uhr? Es kommen auf einmal (Rühmkorf) 478
Wildgänse rauschen durch die Nacht (Flex) 367
Wir die Verbannten (Ausländer) 301
Wir Geretteten, aus deren hohlem Gebein (Sachs) 299
Wir haben die Frauen zu Bett gebracht (Kästner) 159
Wir haben Kinder, das zählt bis zwei (Grass) 574
Wir leben, Halbes wagend (Fritsche) 383
Wir sind bei dir in der Stunde, wo du erkennst (Brecht) 170
Wir singen und sagen vom Grafen so gern (Goethe) 69
Wir werden uns wiedersehen (Zeller) 210
Wir wollen nicht aus deinem Haus gehen (Brecht) 291
Wirklich, ich lebe in finsteren Zeiten! (Brecht) 306
Wisse, ich kam vom Ende der Welt (Kükelhaus) 456
Wo die Rose blüht, wo Reben um Lorbeer sich schlingen (Goethe) 263
Wo ist der kleine Jakob geblieben? (Arndt) 362
Wohl auf, Kameraden, auf's Pferd, auf's Pferd! (Schiller) 115
Wünschelrute (Eichendorff) 64
Würd' es mir fehlen, würd ich's vermissen? (Fontane) 423
Würmer im Gewissen (Logau) 333
Zärtliche Nacht (Domin) 539
Zehn Jahre sind es her (Jandl) 161
Zehn-Jahre-Pamphlet (Jandl) 161
Zu Beginn des Jahres 1922 (Brecht) 671
Zu guter Letzt (Fried) 438
Zugvogelzeit (Nick) 485
Zum höchsten Gut in dieser Welt (Logau) 341
Zum Jahreswechsel (Rühmkorf) 183
Zwei Knaben, Fritz und Ferdinand (Busch) 570
Zwei Ritter (Heine) 80
Zwielicht (Eichendorff) 712
Zwischenmenschliche Beziehungen (Rühmkorf) 457

Quellenverzeichnis

Oskar Ansull
»In Gedanken an dich« in: Disparates. Gedichte. Radius, Stuttgart 1984.
Mit freundlicher Genehmigung des Autors.
»Sprich in Rätseln« in: Entsicherte Zeit. Postskriptum, Hannover 1988.
© Zu Klampen Verlag, Lüneburg.
Rose Ausländer
Wieder ein Tag aus Glut und Wind.
Gedichte 1980-1982.
© S. Fischer, Frankfurt am Main 1986.
Im Aschenregen die Spur deines Namens.
Gedichte und Prosa 1976.
© S. Fischer, Frankfurt am Main 1984.
Ingeborg Bachmann
Werke. Band 1. © Piper, München 1978.
»Freies Geleit« mit freundlicher Genehmigung des Verlages Schott Musik International, Mainz.
Gottfried Benn
Sämtliche Werke. Stuttgarter Ausgabe. In Verbindung mit Ilse Benn hrsg. von Gerhard Schuster. Band 1: Gedichte 1.
© Klett-Cotta, Stuttgart 1986.
Statische Gedichte. © Arche Verlag, Raabe + Vitali, Zürich 1943, 1983.
Werner Bergengruen
»Gestern fuhr ich Fische fangen…«. Hundert Gedichte. Hrsg. von N. Luise Hackelsberger.
© Arche Verlag, Raabe + Vitali, Zürich 1992.
»Poeta Creator / Dir zum guten Jahrgeleit« und „Vor dem Herrn ist nichts gering" mit freundlicher Genehmigung des Bergengruen-Archivs, Ebenhausen, Frau Dr. N. L. Hackelsberger.
Wolf Biermann
Alle Lieder. © Kiepenheuer & Witsch, Köln 1991.
Elisabeth Borchers
Gedichte. Suhrkamp, Frankfurt am Main 1976. Mit freundlicher Genehmigung der Autorin.
Edwin Bormann
»Goethe-Quintessenz« in: Deutsche Unsinnspoesie. Reclam, Stuttgart 1978.
Bertolt Brecht
Gesammelte Werke.
© Suhrkamp, Frankfurt am Main 1967.
Hans Carossa
Sämtliche Werke. Band 1: Gedichte.
© Insel, Frankfurt am Main 1962.
Heinz Czechowski
Kein näheres Zeichen. Mitteldeutscher Verlag, Halle/Leipzig 1987.
Mit freundlicher Genehmigung des Autors.
Georg Friedrich Daumer
»Der Verzweifelnde« und »Stiller Schrei« in: Rudolf Borchardt: Ewiger Vorrat deutscher Poesie. Ernst Klett, Stuttgart 1956.
Franz-Josef Degenhardt
Spiel nicht mit den Schmuddelkindern. Hoffmann und Campe, Hamburg 1967.
© Aufbau Taschenbuchverlag, Berlin 1995.
Hilde Domin
Hier. S. Fischer, Frankfurt am Main 1964.
Rückkehr der Schiffe. S. Fischer, Frankfurt am Main 1962.
Nur eine Rose als Stütze. S. Fischer, Frankfurt am Main 1959.
Gesammelte Gedichte. S. Fischer, Frankfurt am Main 1987.
Mit freundlicher Genehmigung der Autorin.
Günter Eich
Gesammelte Werke.
© Suhrkamp, Frankfurt am Main 1991.
Hans Magnus Enzensberger
Blindenschrift.
© Suhrkamp, Frankfurt am Main 1975.
Gedichte 1950-1995.
© Suhrkamp, Frankfurt am Main 1996.
Verteidigung der Wölfe.
© Suhrkamp, Frankfurt am Main 1957.
Zukunftsmusik. © Suhrkamp, Frankfurt am Main 1991.
Walter Flex
Gesammelte Werke. 1. Band. München 1925. Mit freundlicher Genehmigung des Verlages C. H. Beck, München.
Erich Fried
Anfechtungen. © Wagenbach, Berlin 1967.
Beunruhigungen. © Wagenbach, Berlin 1984.
Die Beine der größeren Lügen.
© Wagenbach, Berlin 1969.
Die bunten Getüme. © Wagenbach, Berlin 1977.
Es ist was es ist. © Wagenbach, Berlin 1983.
Gegengift. © Wagenbach, Berlin 1974.
So kam ich unter die Deutschen.
© Wagenbach, Berlin 1990.
Unter Nebenfeinden. © Wagenbach, Berlin 1970.
Unverwundenes. © Wagenbach, Berlin 1988.
Warngedichte.
© Carl Hanser, München/Wien 1964.
100 Gedichte ohne Vaterland.
© Wagenbach, Berlin 1978.
Herbert Fritsche
»Wir leben, Halbes wagend« in gesicherter Textfassung nach dem Autograph, das er kurz vor seinem Tod (20. Juni 1960) in einem Münchener Krankenhaus schrieb.
© Herbert-Fritsche-Archiv im Dynamis-Verlag, Oberhausen.
Günter Bruno Fuchs
Werke in drei Bänden.
© Carl Hanser, München 1992.
Peter Gan
Ausgewählte Gedichte. Wallstein, Göttingen 1994. Mit freundlicher Genehmigung von Frau Gesina Möring.
Stefan George
Sämtliche Werke in 18 Bänden.
Hrsg. von der Stefan-George-Stiftung, Stuttgart.

Band 3: Die Bücher der Hirten- und Preisgedichte.
© Klett-Cotta, Stuttgart 1991.
Band 4: Das Jahr der Seele.
© Klett-Cotta, Stuttgart 1982.
Band 6/7: Der siebente Ring.
© Klett-Cotta, Stuttgart 1986.
Band 8: Der Stern des Bundes.
© Klett-Cotta, Stuttgart 1993.
Werke in zwei Bänden. Band 1. Hrsg. von Robert Boehringer.
© Klett-Cotta, Stuttgart [4]1984.

ROBERT GERNHARDT
Gedichte 1954-1994. © Haffmans, Zürich 1996.
»Materialien zu einer Kritik...« mit freundlicher Genehmigung des Autors.

YVAN GOLL
Die Lyrik – Liebesgedichte 1917-1950.
Hrsg. von Barbara Glauert-Hesse.
© Argon, Berlin 1996.

GÜNTER GRASS
Gedichte und Kurzprosa. Werkausgabe, Band 1.
© Steidl, Göttingen 1997.

JOSEF GUGGENMOS
Was denkt die Maus am Donnerstag?
Deutscher Taschenbuch Verlag, München 1971.
Oh, Verzeihung, sagte die Ameise.
© Beltz & Gelberg, Weinheim 1990.

PETER HÄRTLING
Die Gedichte. Luchterhand, München 1989.
Mit freundlicher Genehmigung des Autors.

RUDOLF HAGELSTANGE
Bei den schwarzen Baptisten.
© Paul List, München.

ALBRECHT HAUSHOFER
Moabiter Sonette.
© Langewiesche–Brandt, Ebenhausen 1999.

GEORG HEYM
Dichtungen und Schriften.
Hrsg. von Karl L. Schneider. C. H. Beck, München.

HUGO VON HOFMANNSTHAL
Gedichte. © Insel, Frankfurt am Main.

RICARDA HUCH
Werke. Band V.
© Kiepenheuer & Witsch, Köln 1971.

ERNST JANDL
Poetische Werke. Hrsg. von Klaus Siblewski.
© Luchterhand, München 1997.

HENRY JELINEK
»Nachtgesang«, in: Deutsche Unsinnspoesie.
Reclam, Stuttgart 1978.

ERICH KÄSTNER
Gedichte. Reclam, Stuttgart 1987.
»Der Mai« in: Gedichte. Büchergilde Gutenberg, Frankfurt am Main 1986.
»Die Zeit fährt Auto« in: Herz auf Taille.
Deutscher Taschenbuch Verlag, München 1988.
»Trostlied im Konjunktiv« in: Der tägliche Kram.
Artium, Zürich.

MASCHA KALÉKO
In meinen Träumen läutet der Sturm.
© Deutscher Taschenbuch Verlag, München 1977.

MARIE LUISE KASCHNITZ
Gesammelte Werke. © Claassen, München 1957.

HANS KASPER
Abel gib acht. Econ, Düsseldorf/Wien 1962.
Mit freundlicher Genehmigung von Frau Ursula Huber, Wiesbaden.

ALFRED KERR
Werke. Argon, Berlin 1991. Mit freundlicher Genehmigung der S. Fischer Verlag GmbH, Frankfurt am Main.

KLABUND
Deutsches Volkslied. © Patio, Dreieich.

GERTRUD KOLMAR
Gedichte. © Suhrkamp, Frankfurt am Main 1983.

THEODOR KRAMER
Orgel aus Staub. Gedichte. Wien 1991.
© Paul Zsolnay, Wien 1997.
Vom schwarzen Wein. Salzburg 1956.
© Paul Zsolnay, Wien 1997.
Gesammelte Gedichte. Wien 1984.
© Paul Zsolnay, Wien 1997.

MICHAEL KRÜGER
Idyllen und Illusionen. Wagenbach, Berlin 1989.
Mit freundlicher Genehmigung des Autors.

JAMES KRÜSS
Der wohltemperierte Leierkasten.
© C. Bertelsmann Jugendbuch Verlag, München 1961.

HERMANN KÜKELHAUS
Gedichte. E. Stichnote, Potsdam 1947.
© Urachhaus, Stuttgart. Mit freundlicher Genehmigung von Frau Barbara Vogel-Kükelhaus.

GÜNTER KUNERT
Abtötungsverfahren.
© Carl Hanser, München/Wien 1980.

REINER KUNZE
Gespräch mit der Amsel.
© S. Fischer, Frankfurt am Main 1984.

ELSE LASKER-SCHÜLER
Gedichte. © Suhrkamp, Frankfurt am Main 1996.

CHRISTINE LAVANT
Der Pfauenschrei. © Otto Müller, Salzburg 1962.

WILHELM LEHMANN
Gesammelte Werke in acht Bänden. Band 1: Sämtliche Gedichte. Hrsg. von Hans Dieter Schäfer.
© Klett-Cotta, Stuttgart 1982.

RICHARD LEISING
Die Rotzfahne. Gedichte und kleine Prosa.
© Langewiesche-Brandt, Ebenhausen 1998.

PETER MAIWALD
»Ich war hungrig«, in: Balladen von Samstag auf Sonntag.
© Deutsche Verlags-Anstalt, Stuttgart 1984.
»Die Frau des Arbeitslosen« und »Die Zeichnung« mit freundlicher Genehmigung des Autors.

KURT MAUTZ
Augentest. Permutationen, Typogramme, Collagen. © Eremiten-Presse, Düsseldorf 1979.
CHRISTOPH MECKEL
Ausgewählte Gedichte. Athenäum, Königsstein 1979.
Mit freundlicher Genehmigung des Autors.
CHRISTIAN MORGENSTERN
Werke und Briefe. © Urachhaus, Stuttgart 1990.
FRITZ MÜHLENWEG
Tausendjähriger Bambus. © Libelle, Lengwil 1994.
HEINER MÜLLER
Ein Gespenst verläßt Europa. © Kiepenheuer & Witsch, Köln 1990.
BÖRRIES FREIHERR VON MÜNCHHAUSEN
Das Balladenbuch. Deutsche Verlagsanstalt, Stuttgart 1950.
ADOLF MUSCHG
»Das Genie des Herzens...« in: Ordnung und Unordnung. Hrsg. von Gerold Becker, Helmut Becker und Ludwig Huber. Beltz, Weinheim/Basel 1985.
Mit freundlicher Genehmigung des Autors.
DAGMAR NICK
Gezählte Tage. © Rimbaud, Aachen 1992.
Mit freundlicher Genehmigung der Autorin.
ARNO REINFRANK
»Was ich lernte«.
© Union Verlag/Middelhauve, München.
CHRISTA REINIG
Sämtliche Gedichte.
© Eremiten-Presse, Düsseldorf 1984.
Mit freundlicher Genehmigung der Autorin.
JOACHIM RINGELNATZ
Das Gesamtwerk in sieben Bänden.
© Diogenes, Zürich 1994.
EUGEN ROTH
Ein Mensch. Alexander Duncker Verlag, Weimar 1936.
Mit freundlicher Genehmigung von Herrn Dr. Th. Roth, München.
PETER RÜHMKORF
Außer der Liebe nichts.
© Rowohlt Taschenbuchverlag, Reinbek 1986.
Haltbar bis Ende 1999.
© Rowohlt Taschenbuchverlag, Reinbek 1979.
Irdisches Vergnügen. © Rowohlt, Reinbek 1959.
Mit freundlicher Genehmigung des Autors.
NELLY SACHS
Ausgewählte Gedichte.
© Suhrkamp, Frankfurt am Main 1963.
HELMUT SCHELSKY
»Gegenseitigkeit« und »Ratschläge an mich selbst« mit freundlicher Genehmigung des Autors.
ALBERT VON SCHIRNDING
Mit anderen Augen. Langewiesche-Brandt, Ebenhausen 1986.
Mit freundlicher Genehmigung des Autors.
WOLFDIETRICH SCHNURRE
Kassiber und neue Gedichte.
© Paul List, München 1979.
ERNST S. STEFFEN
Lumpenleben. © Hermann Luchterhand Verlag, Darmstadt und Neuwied, 1969; jetzt: Luchterhand Literaturverlag, München.
GEORG TRAKL
Sämtliche Werke.
© Stroemfeld/Roter Stern, Basel/Frankfurt am Main 1995.
KURT TUCHOLSKY
Gesammelte Werke. © Rowohlt, Reinbek 1960.
REGINA ULLMANN
Erzählungen, Prosa, Gedichte. Carl Hanser, München.
Mit freundlicher Genehmigung von Frau Camilla Ullmann.
JOSEF WEINHEBER
Sämtliche Werke. Band II.
© Otto Müller, Salzburg 1954.
FRANZ WERFEL
Gedichte aus den Jahren 1908-1945.
© S. Fischer, Frankfurt am Main 1967.
EVA ZELLER
Stellprobe. © Deutsche Verlags-Anstalt, Stuttgart 1989.
Ein Stein aus Davids Westentasche.
© Herder, Freiburg 1994.

Herausgeber und Verlag haben sich bemüht, sämtliche Rechteinhaber ausfindig zu machen. Sollte das bei einigen Gedichten nicht geglückt sein, ist die Kallmeyersche Verlagsbuchhandlung selbstverständlich bereit, bei begründetem Anspruch deren Abdruck im üblichen Rahmen zu entgelten.